Ontwaken & De strijd

www.boekerij.nl

L.J. Smith

Ontwaken
&
De strijd

Eerste druk mei 2010
Tweede druk juni 2010
Derde druk juli 2010
Vierde druk oktober 2010
Vijfde druk augustus 2011
Zesde druk januari 2012

ISBN 978-90-225-5453-1
NUR 284

Oorspronkelijke titel: *The Vampire Diaries: The Awakening & The Struggle*
Oorspronkelijke uitgever: HarperTeen
Vertaling: Karin Breuker
Omslagontwerp: DPS design & prepress services, Amsterdam
Omslagbeeld: All cover artwork: TM & © 2010 Warner Bros. Ent. Inc.
Zetwerk: CeevanWee, Amsterdam

© 1991 by Daniel Weiss Associates, Inc. and Lisa Smith. All rights reserved.
© 2010 Voor de Nederlandse taal: De Boekerij bv, Amsterdam

Niets uit deze uitgave mag openbaar worden gemaakt door middel van druk, fotokopie, internet of op welke andere wijze ook, zonder voorafgaande schriftelijke toestemming van de uitgever.

Voor mijn lieve vriendin en zus Judy

Speciale dank aan Anne Smith, Peggy Bokulic, Anne Marie Smith en Laura Penny voor informatie over Virginia, en aan Jack en Sue Check voor alle plaatselijke overleveringen.

De band begon te spelen, een langzaam nummer. Hij staarde haar nog steeds aan, zoog haar als het ware in zich op. Zijn groene ogen werden donker van verlangen. Plotseling had ze het gevoel dat hij haar zomaar naar zich toe zou kunnen trekken en haar hard zou kunnen kussen, zonder iets te zeggen.

'Heb je zin om te dansen?' vroeg ze zacht. Ik speel met vuur, met iets wat ik niet begrijp, dacht ze opeens. En op dat ogenblik besefte ze dat ze bang was. Haar hart begon wild te kloppen. Het was alsof die groene ogen iets in haar raakten wat diep onder het oppervlak begraven lag, en dat iets schreeuwde 'gevaar'. Een instinct dat ouder was dan de beschaving zei haar dat ze moest wegrennen, vluchten.

Ze verroerde zich niet.

Ontwaken

1

4 september

Lief dagboek,
~~*Er gaat vandaag iets afschuwelijks gebeuren*~~*.*
Ik weet niet waarom ik dat schreef. Het is onzinnig. Ik heb geen enkele reden om bang te zijn en alle reden om gelukkig te zijn, maar...
Maar hier zit ik, om half zes in de ochtend, en ik ben bang. Ik houd me steeds voor dat ik van slag ben door het tijdsverschil tussen Frankrijk en hier. Maar dat verklaart niet waarom ik me zo angstig voel. Zo verloren.
Eergisteren, toen tante Judith, Margaret en ik van het vliegveld naar huis reden, had ik zo'n vreemd gevoel. Toen we onze straat in draaiden, dacht ik opeens: papa en mama zitten thuis op ons te wachten. Ik wed dat ze op de veranda staan, of dat ze in de huiskamer voor het raam naar me uitkijken. Ze zullen me vreselijk gemist hebben.
Ik weet het. Dat klinkt totaal krankzinnig.
Maar zelfs toen ik het huis en de lege veranda zag, bleef ik dat gevoel houden. Ik rende de stoep op, probeerde de deur open te duwen en klopte aan met de deurklopper. En toen tante Judith de deur van het slot draaide, viel ik het huis binnen en bleef in de hal staan luisteren, in de verwachting dat mama de trap af zou komen of dat papa iets zou roepen vanuit de werkkamer.
Precies op dat moment liet tante Judith een koffer achter me op de grond vallen, slaakte een diepe zucht en zei: 'We zijn thuis.' En Margaret lachte. En ik werd overvallen door het verschrikkelijkste gevoel dat ik ooit van mijn leven heb gehad. Ik heb me nog nooit

zo absoluut, volkomen verloren gevoeld.
Thuis. Ik ben thuis. Waarom lijkt dat een leugen?
Ik ben hier in Fell's Church geboren. Ik heb altijd in dit huis gewoond. Altijd. Dit is nog dezelfde oude slaapkamer, met de schroeiplek op de plankenvloer, waar Caroline en ik in groep zeven stiekem een sigaret probeerden te roken en er bijna in stikten. Als ik uit het raam kijk, zie ik de grote kweeboom waar Matt en de jongens twee jaar geleden in klommen om het huis binnen te dringen tijdens een pyjamafeestje voor mijn verjaardag. Dit is mijn bed, mijn stoel, mijn toilettafel.
Maar op dit moment komt alles me vreemd voor, alsof ik hier niet thuishoor. Ík ben degene die hier niet op zijn plaats is. En het ergste is dat ik het gevoel heb dat er een plek is waar ik wél thuishoor, maar die ik gewoon niet kan vinden.
Ik was gisteren te moe om naar Oriëntatie te gaan. Meredith heeft mijn lesrooster voor me opgehaald, maar ik had geen zin om door de telefoon met haar te praten. Tante Judith zei tegen iedereen die belde dat ik jetlag had en lag te slapen, maar onder het eten keek ze me met een vreemde uitdrukking op haar gezicht aan.
Maar goed, vandaag moet ik de anderen onder ogen komen. We hebben afgesproken dat we elkaar vóór schooltijd treffen op de parkeerplaats. Ben ik dáárom bang? Ben ik bang voor hen?

Elena Gilbert stopte met schrijven. Ze staarde naar de laatste zin die ze had opgeschreven en schudde haar hoofd. Haar pen bleef zweven boven het kleine boekje met het blauwfluwelen kaft. Toen hief ze haar hoofd op en smeet met een plotseling gebaar de pen en het boekje naar het grote raam van de erker. Ze stuiterden zonder schade aan te richten tegen het glas en belandden op het beklede zitje in de vensterbank.

Het was allemaal zo volkomen belachelijk.

Sinds wanneer was zij, Elena Gilbert, bang om mensen te ontmoeten? Sinds wanneer was ze bang voor wat dan ook? Ze stond op en stak nijdig haar armen in een roodzijden kimono. Ze keek niet eens in de fijn afgewerkte, victoriaanse spiegel boven de kersenhouten toilettafel; ze wist wat ze daar zou zien. Elena Gilbert, koel, blond en slank, trendsetter op modegebied. Het meisje uit de hoogste klas van de middelbare school naar wie iedere jongen verlangde en met wie ieder meisje zou willen ruilen. Op dit moment, tegen haar gewoonte in, met een frons op haar gezicht en een gespannen trek om haar mond.

Van een warm bad en een kopje koffie word ik wel rustig, dacht ze. Het ochtendritueel van wassen en aankleden werkte kalmerend en ze nam alle tijd om haar nieuwe kleren uit Parijs uit te zoeken. Ten slotte koos ze een lichtroze topje boven een witlinnen korte broek, een combi waarin ze eruitzag als een frambozensorbet. Om je vingers bij af te likken, dacht ze, en de spiegel liet een meisje zien met een heimelijke glimlach. Haar eerdere angsten waren weggesmolten, vergeten.

'Elena! Waar ben je? Straks kom je te laat op school!' De stem zweefde zwakjes naar boven.

Elena streek de borstel nog één keer door haar zijdezachte haar en bond het met een donkerroze lint naar achteren. Toen pakte ze haar rugzak en liep naar beneden.

In de keuken zat de vierjarige Margaret aan de keukentafel cornflakes te eten, en tante Judith liet iets aanbranden op het fornuis. Tante Judith was zo'n vrouw die er altijd een beetje zenuwachtig en gejaagd uitzag; ze had een smal, vriendelijk gezicht en licht, loshangend haar, dat ze slordig uit haar gezicht had geveegd. Elena gaf haar een luchtig kusje op haar wang.

'Goedemorgen, allemaal. Sorry dat ik geen tijd heb om te ontbijten.'

'Maar, Elena, je kunt niet zomaar zonder eten weggaan. Je hebt eiwitten nodig...'

'Ik haal vóór schooltijd wel een donut,' zei Elena snel. Ze drukte een zoen op Margarets vlasblonde haar en draaide zich om om weg te gaan.

'Maar, Elena...'

'En na school ga ik waarschijnlijk met Bonnie of Meredith mee naar huis, dus wacht niet op me met avondeten. Dag!'

'Elena...'

Elena was al bij de voordeur. Ze trok hem achter zich dicht, zodat ze tante Judiths verre protesten niet meer kon horen en stapte op de veranda.

En hield stil.

Alle akelige gevoelens van die ochtend raasden weer over haar heen. De ongerustheid, de angst. En de zekerheid dat er iets verschrikkelijks ging gebeuren.

Maple Street was uitgestorven. De hoge victoriaanse huizen zagen er vreemd stil uit, alsof ze allemaal leeg waren, als huizen op een verlaten filmset. Ze zagen eruit alsof er in plaats van mensen vreemde wezens in zaten, die naar haar keken.

Dat was het: iets keek naar haar. De hemel boven haar was niet blauw, maar melkachtig wit en ondoorzichtig, als een gigantische stolp die over haar heen was gezet. De lucht was verstikkend en Elena wist zeker dat er ogen op haar gericht waren.

Haar blik viel op iets donkers tussen de takken van de oude kweeboom voor het huis.

Het was een kraai, die daar net zo roerloos zat als de geelgetinte bladeren om hem heen. Dit was het wezen dat naar haar zat te kijken.

Ze probeerde zich voor te houden dat het belachelijk was, maar op de een of andere manier wist ze het. Het was de grootste kraai die ze ooit had gezien, dik en glanzend, met regenboogkleuren die oplichtten in zijn zwarte veren. Ze zag duidelijk alle details: de begerige zwarte klauwen, de scherpe snavel, één glimmend, zwart oog.

Hij zat zo bewegingloos dat hij een wassen beeld had kunnen zijn. Maar terwijl Elena naar hem staarde, voelde ze hoe ze langzaam begon te gloeien, hoe golven hitte naar haar keel en wangen stegen. Want hij... keek naar haar. Zoals jongens naar haar keken als ze een badpak aanhad, of een doorschijnende blouse. Alsof hij haar met zijn ogen uitkleedde.

Voor ze wist wat ze deed, liet ze haar rugzak op de grond vallen en pakte een steen die naast de oprit lag. 'Ga weg hier,' zei ze, en ze hoorde de woede trillen in haar stem. 'Ga weg! Ga wég!' Met het laatste woord gooide ze de steen.

Er was een explosie van bladeren, maar de kraai vloog ongedeerd op. Zijn vleugels waren enorm en ze maakten net zo veel lawaai als een hele zwerm kraaien. Elena dook angstig in elkaar toen het beest rakelings over haar hoofd scheerde. De wind van zijn vleugels deed haar blonde haar verward opwaaien.

Maar hij schoot weer omhoog en cirkelde rond, een zwarte silhouet tegen de papierwitte lucht. Toen zwenkte hij met een rauwe kreet weg in de richting van de bossen.

Elena kwam langzaam overeind en keek een beetje beschaamd om zich heen. Ze kon er zelf niet over uit wat ze net had gedaan. Maar toen de vogel weg was, voelde de lucht weer gewoon. Een licht briesje bracht de bladeren in beweging en Elena haalde diep adem. Wat verderop in de straat ging een deur open en een stel kinderen rende lachend naar buiten.

Ze glimlachte naar hen en haalde nog eens diep adem. Opluchting stroomde als zonlicht door haar heen. Hoe had ze zo dwaas kunnen zijn? Dit was een prachtige dag, vol belofte, en er ging niets ergs gebeuren.

Er ging niets ergs gebeuren, behalve dat ze te laat was voor school. Iedereen zou op haar staan te wachten op de parkeerplaats.

Ze kon altijd zeggen dat ze stenen had gegooid naar een gluurder, dacht ze, en ze begon bijna te giechelen. Dát zou hen in ieder geval iets geven om over na te denken.

Zonder nog één keer om te kijken naar de kweeboom, liep ze zo snel mogelijk de straat uit.

De kraai brak met geweld door de top van de zware eik en Stefan keek in een reflex op. Toen hij zag dat het maar een vogel was, ontspande hij zich.

Zijn ogen daalden af naar het slappe, witte lijfje in zijn handen en zijn gezicht vertrok van spijt. Het was niet zijn bedoeling geweest om het te doden. Als hij had geweten hoe hongerig hij was, had hij iets groters gevangen dan een konijn. Maar dat was natuurlijk precies wat hem angst aanjoeg: hij wist nooit hoe hevig de honger zou zijn, en wat hij zou moeten doen om hem te stillen. Hij had geluk dat hij deze keer alleen maar een konijn had gedood.

Hij stond onder de oude eikenbomen en het zonlicht viel tussen de bladeren door op zijn golvende haar. In zijn spijkerbroek en T-shirt zag Stefan Salvatore er net uit als een gewone middelbare scholier.

Dat was hij niet.

Diep in het bos, waar niemand hem kon zien, was hij gekomen om zich te voeden. Nu likte hij zorgvuldig met zijn tong zijn tandvlees en lippen af, om er zeker van te zijn dat er geen bloedsporen achterbleven. Hij wilde geen enkel risico nemen. Het zou al moeilijk genoeg zijn om deze schijnvertoning op touw te zetten.

Eén ogenblik vroeg hij zich opnieuw af of hij er niet beter gewoon van kon afzien. Misschien moest hij teruggaan naar Italië, naar zijn schuilplaats. Hoe kwam hij erbij dat hij weer kon terugkeren in de wereld van het daglicht?

Maar hij had er genoeg van om in de schaduw te leven. Hij had genoeg van de duisternis en de wezens die daarin leefden. En hij had er vooral genoeg van om alleen te zijn.

Hij wist niet precies waarom hij het plaatsje Fell's Church in Virginia had uitgekozen. Naar zijn maatstaven was het een jonge plaats; de oudste gebouwen waren er pas anderhalve eeuw geleden neergezet. Maar de herinneringen en de geesten van de Burgeroorlog leefden hier nog voort, net zo reëel als de supermarkten en de fastfoodrestaurants.

Stefan waardeerde respect voor het verleden. Hij dacht dat hij de mensen van Fell's Church misschien wel zou mogen. En misschien, heel misschien, zou hij tussen hen een plekje kunnen vinden.

Hij zou natuurlijk nooit helemaal worden geaccepteerd. Een bitter lachje speelde om zijn lippen bij het idee. Hij wist wel beter dan daarop te hopen. Er zou nooit een plek zijn waar hij helemaal thuishoorde, waar hij echt zichzelf kon zijn.

Tenzij hij koos voor een leven in de schaduw...

Hij joeg de gedachte weg. Hij had de duisternis afgezworen; hij had de schaduwen achter zich gelaten. Al die lange jaren wiste hij uit en hij begon opnieuw. Op deze dag.

Stefan besefte plotseling dat hij nog steeds het konijn in zijn handen had. Voorzichtig legde hij het op het bed van bruine eikenbladeren. In de verte, zo ver weg dat mensenoren het vanaf hier niet konden horen, herkende hij de geluiden van een vos.

Kom maar, broeder roofdier, dacht hij droevig. Je ontbijt wacht op je.

Toen hij zijn jack over zijn schouder slingerde, merkte hij de kraai op die hem eerder had gestoord. Hij zat nog steeds boven in de eikenboom en leek naar hem te kijken. Er hing iets kwaadaardigs om hem heen.

Hij stond op het punt een onderzoekende gedachte in de richting van de vogel te sturen, maar hij hield zichzelf tegen. Denk aan wat je hebt beloofd, dacht hij. Je gebruikt de Machten alleen als het absoluut noodzakelijk is. Als je geen andere keus hebt.

Vrijwel geruisloos liep hij tussen de dode bladeren en droge takken naar de rand van het bos. Daar stond zijn auto geparkeerd. Hij keek één keer om en zag dat de kraai de takken had verlaten en zich op het konijn had gestort.

Er was iets sinisters aan de manier waarop hij zijn vleugels over het slappe, witte karkas uitspreidde. Iets sinisters en triomfantelijks. Stefans keel verstrakte en hij liep bijna terug om de vogel weg te jagen. Maar hij had net zo veel recht om te eten als de vos, zei hij bij zichzelf.

Net zo veel recht als hij.

Als hij de vogel weer tegenkwam, zou hij in zijn geest kijken, besloot hij. Nu rukte hij zijn blik van hem los en haastte hij zich met gespannen kaken door het bos. Hij wilde niet te laat aankomen op het Robert E. Lee College.

2

Meteen toen Elena de parkeerplaats bij de school op liep, kwam iedereen om haar heen staan. Ze waren er allemaal, de hele groep die ze sinds eind juni niet meer had gezien, plus vier of vijf slaafse volgelingen die aansluiting zochten in de hoop dat ze daarmee zelf populairder zouden worden. Een voor een accepteerde ze de welkomstbegroetingen van haar eigen groep.

Caroline was zeker een paar centimeter langer geworden en was slanker en eleganter dan ooit, als een fotomodel in *Vogue*. Ze begroette Elena koeltjes en trok zich meteen weer terug, met haar groene ogen half dichtgeknepen, als een kat.

Bonnie was niets gegroeid, en haar rode krullen reikten nauwelijks tot Elena's kin toen ze enthousiast haar armen om haar heen sloeg. Wacht eens even... krúllen? dacht Elena. Ze duwde het kleinere meisje naar achteren.

'Bonnie! Wat heb je met je haar gedaan?'

'Vind je het leuk? Ik vind dat ik zo langer lijk.' Bonnie duwde haar pluizige haar nog wat verder omhoog en glimlachte. Haar bruine ogen schitterden van opwinding en haar hartvormige gezicht straalde.

Elena ging verder. 'Meredith. Jij bent helemaal niet veranderd.'

Deze begroeting was van beide kanten even hartelijk. Ze had Meredith meer gemist dan wie dan ook, dacht Elena, terwijl ze het lange meisje aankeek. Meredith droeg nooit make-up, maar met haar volmaakte olijfbruine huid en haar zware, donkere wimpers had ze die ook niet nodig. Ze had één elegante wenkbrauw opgetrokken en keek Elena opmerkzaam aan.

'Nou, jouw haar is twee tinten lichter geworden van de zon... Maar waar is je bruine kleurtje? Ik dacht dat je het ervan had genomen aan de Franse Rivièra.'

'Je weet dat ik nooit bruin word.' Elena bracht haar handen omhoog om ze zelf te inspecteren. De huid was smetteloos als porselein, en bijna even blank en doorschijnend als die van Bonnie.

'Wacht eens even, dat doet me ergens aan denken,' onderbrak Bonnie hen, en ze pakte een van Elena's handen. 'Raad eens wat ik afgelopen zomer van mijn nicht heb geleerd?' Voor iemand iets kon zeggen, riep ze triomfantelijk: 'Handlezen.'

Er klonk gekreun en hier en daar gelach.

'Ja, lach maar,' zei Bonnie, totaal niet van haar stuk gebracht. 'Mijn nicht zei tegen me dat ik paranormaal begaafd ben. Goed, laat me eens kijken...' Ze tuurde in Elena's handpalm.

'Schiet op, anders komen we te laat,' zei Elena, een beetje ongeduldig.

'Oké, oké. Goed, dit is je levenslijn... of is het je hartlijn?' Iemand in de groep begon te grinniken. 'Stil. Ik tast in de leegte. Ik zie... ik zie...' Plotseling verloor Bonnies gezicht alle uitdrukking, alsof ze ergens van schrok. Haar bruine ogen werden groot, maar het leek alsof ze niet langer in Elena's hand staarde. Het was alsof ze erdoorheen keek... naar iets beangstigends.

'Je zult een lange, donkere vreemdeling ontmoeten,' mompelde Meredith achter haar. Rondom werd gegiecheld.

'Donker, inderdaad, en een vreemdeling... maar niet lang.' Bonnies stem klonk gedempt en veraf.

'Hoewel,' vervolgde ze na enkele ogenblikken, met een verward gezicht, 'hij wás ooit wel lang.' Haar opengesperde, donkere ogen keken Elena verbijsterd aan. 'Maar dat is onmogelijk... toch?' Ze liet Elena's hand los. Het was bijna alsof ze hem van zich af gooide. 'Ik wil niets meer zien.'

'Oké, de voorstelling is afgelopen. We gaan,' zei Elena licht geïrriteerd tegen de anderen. Ze had altijd gedacht dat paranormale trucjes niet meer waren dan dat: trucjes. Dus waarom was ze dan geïrriteerd? Alleen maar omdat ze die morgen zelf zo bang was geweest...

De meisjes begonnen naar het schoolgebouw te lopen, maar het geronk van een nauwkeurig afgestelde motor zorgde ervoor dat ze ter plekke bleven staan.

'Zo-oo,' zei Caroline, met een starende blik. 'Dat is me nogal een auto.'

'Een Porsche,' verbeterde Meredith haar droog.

De slanke, zwarte 911 Turbo reed licht zoemend over de parkeerplaats, op zoek naar een plek, in een luie beweging, als een panter die zijn prooi besluipt.

Toen de auto stilstond, ging het portier open en zagen ze de chauffeur.

'O, mijn god,' fluisterde Caroline.

'Zeg dat wel,' verzuchtte Bonnie.

Van waar Elena stond, zag ze dat hij een slank, gespierd lichaam had. Hij droeg een gebleekte spijkerbroek, die hij 's avonds waarschijnlijk van zijn lichaam moest stropen, een strak T-shirt en een leren jack van een ongebruikelijke snit. Zijn haar was golvend... en donker.

Maar hij was niet lang, gewoon van gemiddelde lengte.

Elena liet haar adem ontsnappen.

'Wie ís die gemaskerde man?' vroeg Meredith. Het was een treffende opmerking – een donkere zonnebril bedekte de ogen van de jongen volledig en verborg zijn gezicht als een masker.

'Die gemaskerde vréémdeling,' zei iemand anders, en rondom begonnen mensen te mompelen.

'Zie je dat jack? Dat is Italiaans. Waarschijnlijk uit Rome.'

'Hoe weet jij dat nou? Jij bent nog nooit verder geweest dan New York!'

'O-ooo. Elena heeft die blik weer. De jagersblik.'

'Klein-Knap-en-Donker mag wel oppassen.'

'Hij is niet klein; hij is perfect!'

Plotseling klonk Carolines stem boven het gebabbel uit. 'O, kom nou, Elena. Jij hebt Matt al. Wat wil je nog meer? Wat kun je met twee doen wat met één niet kan?'

'Hetzelfde, alleen langer,' zei Meredith traag en de groep begon te lachen.

De jongen had zijn auto afgesloten en liep nu in de richting van de school. Achteloos liep Elena achter hem aan, met de andere meisjes in een dichte kluwen op haar hielen. Even voelde ze irritatie in zich opborrelen. Kon ze dan nergens lopen zonder dat er meteen een hele stoet achter haar aan kwam? Maar Meredith ving haar blik op en ondanks zichzelf moest ze glimlachen.

'*Noblesse oblige*,' zei Meredith zachtjes.

'Wat?'

'Als je de koningin van de school wilt zijn, moet je de gevolgen op de koop toe nemen.'

Elena fronste haar wenkbrauwen over deze opmerking terwijl ze het gebouw binnenliepen. Een lange gang strekte zich voor hen uit en de gestalte in spijkerbroek en leren jack ging een stukje verderop het kantoor van de schooladministratie in. Elena vertraagde haar pas, liep door naar het kantoor en bleef ten slotte staan om aandachtig de berichten op het mededelingenbord naast de deur te bekijken. Er was hier een groot raam, waardoor het hele kantoor zichtbaar was.

De andere meisjes keken openlijk door het raam naar binnen en giechelden. 'Leuke achterkant.' 'Dat is honderd procent zeker een Armani-jack.' 'Denk je dat hij uit een andere staat komt?'

Elena spitste haar oren om de naam van de jongen te horen. Er leek een probleem te zijn: mevrouw Clarke, die het leerlingenbestand bijhield, keek op een lijst en schudde haar hoofd. De jongen zei iets en mevrouw Clarke hief haar handen op, alsof ze wilde zeggen: 'Ik kan er ook niets aan doen.' Ze ging met haar vinger langs de lijst en schudde toen beslist haar hoofd. De jongen wilde zich afwenden, maar draaide zich opeens weer terug. En toen mevrouw Clarke hem aankeek, veranderde haar gezichtsuitdrukking.

De jongen had zijn zonnebril nu in zijn hand. Mevrouw Clarke leek ergens van te schrikken; Elena zag haar een paar keer met haar ogen knipperen. Haar mond ging open en dicht, alsof ze iets probeerde te zeggen.

Elena wenste dat ze meer kon zien dan alleen het achterhoofd van de jongen. Mevrouw Clarke rommelde nu als verdoofd door stapels papieren. Ten slotte vond ze een of ander formulier waar ze iets op schreef. Daarna draaide ze het om en ze schoof het naar de jongen toe.

De jongen zette snel iets op het formulier – waarschijnlijk zijn handtekening – en gaf het terug. Mevrouw Clarke staarde er even naar, rommelde toen door een andere stapel papieren en gaf hem ten slotte iets wat op een lesrooster leek. Haar ogen lieten de jongen geen ogenblik los terwijl hij het papier aanpakte, zijn hoofd boog om haar te bedanken en zich omdraaide naar de deur.

Elena was intussen gek van nieuwsgierigheid. Wat was er daar binnen gebeurd? En hoe zag het gezicht van deze vreemdeling eruit? Maar toen hij het kantoor uit kwam, zette hij zijn zonnebril weer op. Teleurstelling stroomde door haar heen.

Toch kon ze de rest van zijn gezicht zien toen hij even in de deuropening bleef staan. Het donkere, golvende haar omlijstte een gezicht met zulke fijne trekken dat het afkomstig leek van een oude Romeinse munt of medaillon. Hoge jukbeenderen, een klassieke, rechte neus... en een mond die je 's nachts wakker kon houden, dacht Elena. De bovenlip was prachtig gevormd, een beetje gevoelig en héél sensueel. Het gebabbel van de meisjes in de gang verstomde, alsof iemand een knop had omgedraaid.

De meesten van hen draaiden zich van de jongen af en keken alle kanten op, behalve naar hem. Elena bleef op haar plek bij het raam staan. Ze schudde licht met haar hoofd en trok het lint uit haar haar, zodat het losjes over haar schouders viel.

Zonder op of om te kijken liep de jongen de gang door. Zodra hij buiten gehoorsafstand was, ging er een koor van gezucht en gefluister op.

Elena hoorde er niets van.

Hij was vlak langs haar heen gelopen, dacht ze, verbijsterd. Vlak langs haar heen, zonder te kijken.

Vaag was ze zich bewust van de bel. Meredith trok haar aan haar arm.

'Wat?'

'Ik zei: hier is je rooster. We hebben wiskunde op de tweede verdieping. Kom!'

Elena liet zich door Meredith meenemen de gang door, de trap op en een lokaal in. Ze ging automatisch ergens zitten en richtte haar ogen op de lerares voor de klas, zonder haar echt te zien. Ze was de schok nog steeds niet te boven.

Hij was vlak langs haar heen gelopen. Zonder te kijken. Ze kon zich niet herinneren wanneer een jongen dat voor het laatst had gedaan. Het minste wat ze deden was kijken. Sommige jongens floten. Sommigen bleven staan om te praten. Sommigen staarden alleen maar.

En Elena had dat altijd prima gevonden.

Wat was er tenslotte belangrijker dan jongens? Ze waren een maatstaf van hoe populair en hoe mooi je was. En ze konden nuttig zijn voor allerlei dingen. Soms waren ze opwindend, maar meestal bleven ze dat niet lang. Soms waren het van het begin af aan al sukkels.

De meeste jongens, peinsde Elena, waren net jonge honden. Op hun manier schattig, maar vervangbaar. Slechts weinigen konden meer zijn dan dat, konden echte vrienden worden. Zoals Matt.

O, Matt. Vorig jaar had ze gehoopt dat hij degene was die ze zocht, de jongen die haar... nou ja, iets meer kon laten voelen. Meer dan het heerlijke gevoel van triomf na een verovering, de trots als je met je nieuwe aanwinst pronkte bij de andere meisjes. En ze had inderdaad een diepe genegenheid gekregen voor Matt. Maar in de zomer, toen ze de tijd had gehad om na te denken, had ze beseft dat het de genegenheid was van een nichtje, of van een zus.

Mevrouw Halpern deelde de wiskundeboeken uit. Elena pakte het hare mechanisch aan en schreef, nog steeds in gedachten verdiept, haar naam erin.

Ze mocht Matt meer dan alle andere jongens die ze had gekend. En dat was precies waarom ze hem moest vertellen dat het uit was.

Ze had niet geweten hoe ze het hem in een brief moest zeggen. Ze wist ook niet hoe ze het nu moest doen. Ze was niet bang dat hij stampij zou maken; hij zou het gewoon niet begrijpen. Ze begreep het zelf ook niet echt.

Het was alsof ze altijd op zoek was naar... iets. Maar als ze dacht dat ze het had gevonden, was het er niet. Niet met Matt, en niet met de andere jongens die ze had gehad.

En dan moest ze weer helemaal opnieuw beginnen. Gelukkig was er altijd verse voorraad. Geen enkele jongen had ooit weerstand aan haar kunnen bieden, geen enkele jongen had haar ooit genegeerd. Tot nu toe.

Tot nu toe. Toen Elena terugdacht aan dat moment in de gang, merkte ze dat haar vingers zich vastklemden om de pen in haar hand. Ze kon er nog steeds niet over uit dat hij zo nonchalant aan haar voorbij was gelopen.

De bel ging en iedereen liep de klas uit, maar Elena bleef in de deuropening staan. Ze beet op haar lip en speurde de leerlingenmassa af die door de gang stroomde. Toen kreeg ze een van de slaafjes van de parkeerplaats in het oog.

'Frances! Kom eens hier.'

Frances' alledaagse gezicht fleurde zienderogen op en ze kwam gretig aanlopen.

'Luister, Frances, herinner je je die jongen van vanmorgen nog?'

'Met de Porsche en eh... het andere lekkers? Hoe zou ik die kunnen vergeten?'

'Nou, ik wil zijn lesrooster hebben. Haal het uit het kantoor als je kunt, of kopieer het desnoods van hemzelf. Maar zorg dat je het krijgt!'

Frances keek even verbaasd op, maar toen grijnsde ze en knikte. 'Oké, Elena. Ik ga het proberen. Als ik het te pakken krijg, zie ik je in de lunchpauze.'

'Bedankt.' Elena keek het meisje na.

'Jij bent echt gek, weet je dat?' zei Meredith in haar oor.

'Wat heeft het voor zin om koningin van de school te zijn als je niet af en toe misbruik kunt maken van je positie?' reageerde Elena rustig. 'Waar moet ik nu naartoe?'

'Economie. Hier, hou zelf maar bij je.' Meredith duwde haar een lesrooster in de handen. 'Ik moet rennen voor scheikunde. Zie je straks!'

Economie en de rest van de ochtend gingen in een waas aan Elena voorbij. Ze had gehoopt dat ze de nieuwe jongen nog te zien zou krijgen, maar hij zat bij geen enkel vak bij haar in de klas. Matt wel een keer, en er ging een pijnscheut door haar heen toen zijn blauwe ogen haar glimlachend aankeken.

Zodra de bel voor de lunchpauze was gegaan, liep ze links en rechts groetend naar de kantine. Bij de ingang stond Caroline nonchalant tegen een muur geleund, met haar kin in de lucht, haar schouders naar achteren en haar heupen naar voren. De twee jongens met wie ze stond te praten, hielden meteen hun mond en stootten elkaar aan toen Elena naderde.

'Hoi,' zei Elena kort tegen de jongens, en tegen Caroline: 'Klaar om binnen iets te gaan eten?'

Carolines groene ogen flikkerden even op en ze duwde haar kastanjebruine haar uit haar gezicht. 'Wat, aan de kóninklijke tafel?' vroeg ze.

Elena was verbijsterd. Caroline en zij waren al sinds de kleuterschool met elkaar bevriend en hadden altijd op een goedmoedige manier met elkaar gewedijverd. Maar de laatste tijd was er iets met Caroline gebeurd. Ze was de rivaliteit steeds serieuzer gaan nemen. En nu verbaasde Elena zich over de bitterheid in de stem van het andere meisje.

'Nou ja, je hoort niet echt bij het gewone volk, toch?' zei ze luchtig.

'Dáár heb je gelijk in,' zei Caroline en ze draaide zich naar Elena toe. Ze had haar omfloerste, groene kattenogen tot spleetjes geknepen en Elena schrok van de vijandigheid in haar blik. De twee jongens glimlachten onzeker en weken wat opzij.

Caroline leek het niet te merken. 'Er is veel veranderd terwijl je weg was deze zomer, Elena,' ging ze verder. 'Je tijd op de troon kon wel eens snel voorbij zijn.'

Elena merkte dat ze bloosde. Ze deed haar best om haar stem niet te laten trillen. 'Misschien wel,' zei ze. 'Maar als ik jou was, zou ik nog geen scepter kopen, Caroline.' Ze draaide zich om en ging de kantine binnen.

Het was een opluchting om Meredith en Bonnie te zien, met Frances bij hen. Terwijl Elena haar lunch uitkoos en naar hen toe liep, koelden haar wangen langzaam af. Ze zou zich niet door Caroline van streek laten maken; ze zou helemaal niet meer aan Caroline denken.

'Ik heb het,' zei Frances toen Elena ging zitten, en ze wapperde met een stuk papier.

'En ik heb interessante informatie,' zei Bonnie gewichtig. 'Elena, moet je horen. Hij zit bij biologie pal tegenover me. Hij heet Stefan, Stefan Salvatore, en hij komt uit Italië. Hij zit in het pension bij de oude mevrouw Flowers, aan de rand van het dorp.' Ze zuchtte. 'Hij is zó romantisch. Caroline liet haar boeken vallen, en hij raapte ze voor haar op.'

Elena trok een zuur gezicht. 'Wat onhandig van Caroline. Wat gebeurde er nog meer?'

'Nou, dat is alles. Hij praatte niet echt met haar. Hij is héél mysterieus, zie je. Mevrouw Endicott, mijn biologielerares, wilde dat hij zijn zonnebril afzette, maar dat deed hij niet. Hij heeft een medische aandoening.'

'Wat voor aandoening?'

'Weet ik veel. Misschien is het iets dodelijks en zijn zijn dagen geteld. Zou dat niet romantisch zijn?'

'O, enorm,' zei Meredith.

Elena bekeek Frances' papier en beet op haar lip. 'Hij zit bij mij in het zevende uur, bij Europese geschiedenis. Heeft er nog iemand anders dat vak?'

'Ik,' zei Bonnie. 'En Caroline ook, volgens mij. O, en Matt misschien; hij zei gisteren zoiets, dat hij weer de pech moest hebben om bij meneer Tanner in de klas te zitten.'

Fantastisch, dacht Elena. Ze pakte haar vork op en prikte in de aardappelpuree. Het zag ernaar uit dat het zevende uur búítengewoon interessant ging worden.

Stefan was blij dat de eerste schooldag er bijna op zat. Hij wilde weg uit deze drukke lokalen en gangen, al was het maar voor een paar minuten.

Zó veel geesten. De druk van zo veel gedachtepatronen, zo veel geestelijke stemmen om hem heen, maakte hem duizelig. Het was jaren geleden dat hij zo veel mensen om zich heen had gehad.

Eén geest vooral onderscheidde zich van de andere. Ze was aanwezig geweest in de groep die in de hoofdgang van het schoolgebouw naar hem had staan kijken. Hij wist niet hoe ze eruitzag, maar ze had een krachtige persoonlijkheid. Hij was ervan overtuigd dat hij die weer zou herkennen.

Tot nog toe had hij in ieder geval de eerste dag van de maskerade overleefd. Hij had de Machten maar twee keer gebruikt, en dan nog spaarzaam. Maar hij was moe. En hongerig, moest hij spijtig toegeven. Het konijn was niet genoeg geweest.

Maar dat was van later zorg. Hij vond zijn laatste klaslokaal en ging zitten. Meteen voelde hij weer de aanwezigheid van die geest.

Hij gloeide aan de rand van zijn bewustzijn; een goudkleurig licht, zacht maar toch stralend. En voor het eerst kon hij het meisje lokaliseren bij wie het vandaan kwam. Ze zat vlak voor hem.

Het besef was nog maar nauwelijks tot hem doorgedrongen toen ze zich omdraaide en hij haar gezicht zag. De schok benam hem bijna de adem.

Katherine! Maar dat kon natuurlijk niet. Katherine was dood; niemand wist dat beter dan hij.

Toch was er een griezelige gelijkenis. Dat bleke, goudblonde haar, zo licht dat het bijna leek te schitteren. Die roomwitte huid, die hem altijd aan zwanen had doen denken, of albast, met zachtroze blosjes op de wangen. En de ogen... Katherines ogen hadden een kleur gehad die hij nooit eerder had gezien; donkerder dan hemelsblauw, een even krachtige kleur als de lapis lazuli in haar met juwelen bezette hoofdband. Dit meisje had diezelfde ogen.

En ze keken hem recht aan terwijl ze naar hem glimlachte.

Hij wendde snel zijn blik af. De laatste aan wie hij wilde denken was Katherine. Hij wilde niet kijken naar dit meisje dat hem aan haar herinnerde, en hij wilde haar aanwezigheid niet langer voelen. Hij hield zijn ogen strak op zijn tafel gericht en blokkeerde zijn geest zo goed als hij kon. Ten slotte draaide ze zich langzaam weer om.

Ze was gekwetst. Ondanks de blokkade kon hij dat voelen. Het kon hem niet schelen. Hij was er zelfs blij om, en hij hoopte dat het haar bij hem uit de buurt zou houden. Los daarvan had hij geen gevoelens voor haar.

Hij bleef dit in gedachten voor zichzelf herhalen, terwijl hij daar zat en de eentonige stem van de leraar informatie over hem uitstortte, zonder dat hij er iets van in zich opnam. Maar hij rook een subtiele zweem van een of ander parfum – viooltjes, dacht hij. En haar slanke, blanke nek was over haar boek gebogen, terwijl het blonde haar aan weerskanten naar beneden viel.

Woedend en gefrustreerd herkende hij het verleidelijke gevoel in zijn tanden, meer een tintelend, prikkelend gevoel dan pijn. Het was honger, een specifieke honger. En geen honger waaraan hij wilde toegeven.

De leraar liep als een roofdier heen en weer door de klas om vragen te stellen en Stefan richtte doelbewust zijn aandacht op de man. Eerst wist hij niet wat hij ervan moest denken, want hoewel geen van de leerlingen antwoord kon geven, bleven de vragen maar komen. Toen begreep hij dat dat de man zijn bedoeling was. Hij wilde de leerlingen in verlegenheid brengen over wat ze niet wisten.

Precies op dat moment had hij weer een slachtoffer gevonden, een klein meisje met een dikke bos rode krullen en een hartvormig gezicht. Stefan keek met afkeer toe hoe de leraar haar bestookte met vragen. Ze keek ellendig voor zich uit toen hij zich van haar afwendde om de hele klas toe te spreken.

'Zien jullie wat ik bedoel? Jullie denken dat je heel wat bent; jullie zitten in de zesde, klaar om eindexamen te doen. Nou, ik zal jullie eens wat vertellen: sommigen van jullie kunnen nog niet eens eindexamen doen voor de kleuterschool. Neem dit hier!' Hij gebaarde naar het roodharige meisje. 'Weet niets van de Franse Revolutie. Denkt dat Marie Antoinette een filmster was in de tijd van de stomme film.'

Leerlingen rondom Stefan schoven ongemakkelijk heen en weer op hun stoel. Hij voelde de wrok en de vernedering in hun geest. En de angst. Ze waren allemaal bang voor dit magere mannetje met zijn ogen als van een wezel. Zelfs de grote, stoere jongens, die langer waren dan hij.

'Goed, laten we een ander tijdperk nemen.' De leraar draaide zich met een ruk om naar hetzelfde meisje dat hij eerder had ondervraagd. 'Tijdens de renaissance...' Hij onderbrak zichzelf. 'Je weet toch wél wat de renaissance is, hè? De periode tussen de dertiende en de zeventiende eeuw, waarin Europa de grote ideeën van het oude Griekenland en Rome herontdekte. De periode die zo velen van Europa's grootste kunstenaars en denkers heeft voortgebracht.' Toen het meisje verward knikte, vervolgde hij: 'Wat zouden leerlingen van jouw leeftijd tijdens de renaissance op school hebben gedaan, denk je? Nou? Enig idee? Doe eens een gok.'

Het meisje slikte moeizaam. Met een zwak glimlachje zei ze: 'Voetballen?'

Er werd gelachen en het gezicht van de leraar betrok. 'Nee dus!' snauwde hij en de klas werd stil. 'Denk je soms dat dit een grap is? Nee, in die dagen beheersten leerlingen van jouw leeftijd al verschillende talen. Ze waren ook thuis in logica, wiskunde, astronomie, filosofie en grammatica. Ze waren klaar om naar een universiteit te gaan, waar elk vak in het Latijn werd onderwezen. Voetbal was wel het laatste waar...'

'Pardon.'

De rustige stem onderbrak de donderpreek van de leraar. Iedereen draaide zich om en staarde Stefan aan.

'Wat? Wat zei je?'

'Ik zei: pardon,' herhaalde Stefan. Hij zette zijn bril af en stond op. 'U hebt het mis. Leerlingen in de renaissance werden aangemoedigd om aan spelen deel te nemen. Ze leerden dat een gezonde geest samengaat met een gezond lichaam. En ze deden wel degelijk aan teamsporten, zoals cricket, tennis, en zelfs voetbal.' Hij draaide zich glimlachend om naar het roodharige meisje, en zij glimlachte dankbaar terug. Tegen de leraar vervolgde hij: 'Maar de belangrijkste dingen die ze leerden waren goede manieren en hoffelijkheid. Ik weet zeker dat u dat in uw boek terug kunt vinden.'

Leerlingen grijnsden. Het bloed steeg de leraar naar het hoofd en hij sputterde nog wat tegen. Maar Stefan hield zijn blik vast en toen dit een minuut had geduurd, was het de leraar die zijn ogen afwendde.

De bel ging.

Stefan zette snel zijn bril op en raapte zijn boeken bij elkaar. Hij had al meer aandacht op zich gevestigd dan de bedoeling was, en hij had geen zin om het blonde meisje weer te moeten aankijken. Bovendien moest hij hier snel weg; hij had een bekend branderig gevoel in zijn aderen.

Toen hij bij de deur was, schreeuwde iemand: 'Hé! Speelden ze in die tijd echt voetbal?'

Ongewild wierp hij een grijnzende blik over zijn schouder. 'O, ja. Soms met het afgehakte hoofd van krijgsgevangenen.'

Elena keek hem na terwijl hij de klas uit liep. Hij had zich doelbewust van haar afgewend. Hij had haar moedwillig afgewezen, in het bijzijn van Caroline, die als een havik had toegekeken. Tranen brandden in haar ogen, maar op dat moment brandde er maar één gedachte in haar hoofd.

Ze moest hem hebben, zelfs als het haar haar leven zou kosten. Zelfs als het hun allebei hun leven zou kosten. Ze moest hem hebben.

3

Het ochtendlicht kleurde de nachthemel met flarden roze en heel lichtgroen. Stefan keek ernaar vanuit het raam van zijn pensionkamer. Hij had deze kamer speciaal gehuurd vanwege het luik in het plafond, dat toegang gaf tot de uitkijkpost op het dak. Het luik stond open en een koele, vochtige wind blies langs de ladder naar beneden. Stefan was volledig gekleed, maar niet omdat hij vroeg was opgestaan. Hij had helemaal niet geslapen.

Hij was net terug uit het bos, en er kleefden wat natte bladresten aan zijn laars. Hij veegde ze er zorgvuldig van af. De opmerkingen van de leerlingen de dag ervoor waren hem niet ontgaan en hij wist dat ze naar zijn kleren hadden zitten staren. Hij had altijd de beste kleding gedragen, niet zomaar uit ijdelheid, maar omdat dat hoorde. Zijn leraar had het vaak gezegd: een aristocraat hoort zich te kleden naar de positie die hij inneemt. Als hij dit niet doet, toont hij minachting voor anderen. Iedere mens had een plaats in de wereld, en zijn plaats was ooit tussen de adel geweest. Ooit.

Waarom dacht hij over deze dingen na? Hij had zich moeten realiseren dat door voor leerling te spelen de herinneringen aan zijn eigen schooltijd terug zouden komen. De herinneringen kwamen nu snel en overvloedig, alsof hij de bladzijden van een dagboek doorkeek en zijn ogen hier en daar op een zin liet vallen. Eén beeld stond hem nu weer levendig voor de geest: het gezicht van zijn vader toen Damon had aangekondigd dat hij met de universiteit stopte. Dat zou hij nooit vergeten. Hij had zijn vader nog nooit zo kwaad gezien...

'Hoe bedoel je, je gaat niet terug?' Giuseppe was meestal een redelijke man, maar hij was driftig van aard, en zijn oudste zoon bracht zijn gewelddadige kant in hem boven.

Op dat moment depte die zoon zijn lippen met een saffraangele, zijden zakdoek. 'Ik had gedacht dat zelfs u zo'n simpele zin wel zou kunnen begrijpen, vader. Zal ik het in het Latijn voor u herhalen?'

'Damon...' begon Stefan gespannen, ontzet door deze respectloze opmerking. Maar zijn vader viel hem in de rede.

'Wil je mij vertellen dat ik, Giuseppe, Conte di Salvatore, mijn vrienden onder ogen zal moeten komen in de wetenschap dat mijn zoon een *scioparto* is? Een nietsnut? Een luilak die geen zinvolle bijdrage levert aan Florence?' Bedienden weken langzaam achteruit terwijl Giuseppe zichzelf opwerkte naar een enorme woedeaanval.

Damon vertrok geen spier. 'Blijkbaar wel. Als u de mensen die bij u in het gevlei proberen te komen in de hoop geld van u te kunnen lenen tenminste uw vrienden kunt noemen.'

'*Sporco parassito*!' schreeuwde Giuseppe en hij verrees uit zijn stoel. 'Is het nog niet erg genoeg dat je op school je tijd en mijn geld verdoet? O, zeker, je weet alles van het gokken, het steekspel, de vrouwen. En ik weet dat je zonder de hulp van je secretaris en je privéleraren voor elk vak zou zakken. Maar nu wil je me helemaal te schande maken. En waarom? Waarom?' Zijn grote hand schoot omhoog om Damon bij de kin te grijpen. 'Zodat je weer op valkenjacht kunt gaan?'

Damon gaf geen krimp, dat moest Stefan hem nageven. Hij stond er bijna verveeld bij terwijl zijn vader hem vasthield, op en top aristocraat, van de elegante, effen baret op zijn donkere haar tot zijn met hermelijn afgezette cape en zijn zachte leren schoenen. Zijn bovenlip vertrok zich tot een arrogante streep.

Deze keer ben je te ver gegaan, dacht Stefan. Hij keek naar de twee mannen, die hun blik niet van elkaar afwendden. Zelfs jij zult je hier niet met charmante praatjes uit kunnen kletsen.

Maar precies op dat moment klonk er een lichte stap in de deuropening naar de studeerkamer. Toen Stefan zich omdraaide, werd hij duizelig bij het zien van een paar ogen zo blauw als lapis lazuli, omkranst met lange, gouden wimpers. Het was Katherine. Haar vader, Baron von Swartzschild, had haar van de koude streken van de Duitse prinsen naar het Italiaanse platteland gebracht, in de hoop dat ze daar zou herstellen van een langdurige ziekte. En sinds de dag van haar komst was alles voor Stefan veranderd.

'Neem me niet kwalijk. Ik wilde niet storen.' Haar stem was zacht en helder. Ze maakte een lichte beweging, alsof ze wilde weggaan.

'Nee, ga niet weg. Blijf,' zei Stefan snel. Hij wilde meer zeggen, haar hand pakken... maar hij durfde niet. Niet met zijn vader erbij. Het enige wat hij kon doen, was staren in die juweelachtige blauwe ogen die naar hem waren opgeheven.

'Ja, blijf,' zei Giuseppe, en Stefan zag dat zijn dreigende blik verzachtte en dat hij Damon losliet. Hij stapte naar voren en trok de zware plooien van zijn met bont afgezette mantel recht. 'Vandaag komt je vader terug van zijn bezigheden in de stad en hij zal verrukt zijn om je te zien. Maar je wangen zijn bleek, kleine Katherine. Je bent toch niet weer ziek, hoop ik?'

'U weet dat ik altijd bleek zie, meneer. Ik gebruik geen rouge, zoals de stoutmoedige Italiaanse meisjes.'

'Die heb je ook niet nodig,' zei Stefan, voor hij zich kon inhouden, en Katherine schonk hem een glimlach. Ze was zo mooi. Hij voelde een pijnscheut in zijn borst.

Zijn vader vervolgde: 'En ik zie je veel te weinig overdag. Je gunt ons zelden het plezier van je gezelschap vóór de schemering.'

'Ik heb mijn studies en bezigheden in mijn eigen vertrekken, meneer,' zei Katherine zacht en ze sloeg haar ogen neer. Stefan wist dat dit niet waar was, maar hij zei niets. Hij zou nooit Katherines geheim verraden. Ze keek weer op. 'Maar ik ben hier nu, meneer.'

'Ja, ja, dat is waar. En ik moet ervoor zorgen dat er een heel bijzonder maal komt ter ere van de terugkomst van je vader. Damon... wij spreken elkaar nog.' Giuseppe wenkte een bediende en liep de kamer uit. Stefan draaide zich blij om naar Katherine. Het kwam maar zelden voor dat ze met elkaar konden praten zonder dat zijn vader of Gudren, Katherines stugge Duitse dienstmeid, erbij was.

Maar wat Stefan toen zag, voelde voor hem aan alsof hij een stomp in zijn maag kreeg. Katherine glimlachte, het kleine, heimelijke lachje dat ze vaak aan hem had geschonken. Maar ze keek niet naar hem. Ze keek naar Damon.

Stefan haatte zijn broer op dat moment. Hij haatte zijn duistere schoonheid en gratie en de sensualiteit die maakte dat vrouwen door hem werden aangetrokken als motten door het kaarslicht. Op dat moment wilde hij Damon slaan, die schoonheid in stukken beuken. In plaats daarvan moest hij toezien hoe Katherine langzaam, stapje voor stapje, naar zijn broer toe liep, haar goudbrokaten jurk zachtjes slepend over de betegelde vloer.

En terwijl hij toekeek stak Damon zijn hand naar Katherine uit, met de wrede glimlach van de overwinnaar...

Stefan wendde zich met een ruk af van het raam.

Waarom haalde hij oude wonden open? Maar terwijl hij dit dacht, trok hij de dunne gouden ketting tevoorschijn die hij onder zijn shirt droeg. Hij wreef liefkozend met zijn duim en wijsvinger over de ring die eraan hing en hield hem omhoog tegen het licht.

De kleine, gouden band was subtiel uitgewerkt en had in vijf eeuwen niets van zijn glans verloren. Er was één steen ingezet, een lapis lazuli ter grootte van een pinknagel. Stefan keek ernaar, en toen naar de zware zilveren ring, ook met een lapis lazuli, aan zijn eigen hand. In zijn borst voelde hij een bekende spanning.

Hij kon het verleden niet vergeten, en dat wilde hij ook eigenlijk niet. Ondanks alles wat er was gebeurd, koesterde hij Katherines herinnering. Maar er was één herinnering die hij niet mocht verstoren, één bladzijde in het dagboek die hij niet mocht omslaan. Als hij die verschrikking, die... gruwel opnieuw moest beleven, zou hij gek worden. En hij was gek geweest die dag, die laatste dag, toen hij zijn eigen verdoemenis in de ogen zag...

Stefan leunde tegen het raam en drukte zijn voorhoofd tegen de koele ruit. Zijn leraar had nog een ander gezegde: het kwaad vindt nooit rust. Het zal misschien zegevieren, maar het vindt nooit rust.

Waarom was hij naar Fell's Church gekomen?

Hij had gehoopt hier rust te vinden, maar dat was onmogelijk. Hij zou nooit worden geaccepteerd, hij zou nooit rust vinden. Want hij was slecht. Hij kon niet veranderen wat hij was.

Elena was die ochtend nog vroeger op dan gewoonlijk. Ze hoorde hoe tante Judith zich in haar kamer klaarmaakte om te gaan douchen. Margaret was nog diep in slaap en lag als een muisje opgekruld in haar bed. Elena sloop geruisloos langs de half openstaande deur van haar zusje en liep de hal door om naar buiten te gaan.

De lucht was die ochtend fris en helder; de kweeboom werd alleen bevolkt door de gebruikelijke Vlaamse gaaien en mussen. Elena, die met een knallende hoofdpijn naar bed was gegaan, hief haar gezicht op naar de strakblauwe hemel en haalde diep adem.

Ze voelde zich veel beter dan gisteren. Ze had voor schooltijd met Matt afgesproken, en hoewel ze zich er niet op verheugde, wist ze zeker dat het goed zou komen.

Matt woonde maar een paar straten van school in een eenvoudig houten huis. Het zag er net zo uit als de andere huizen in die straat, behalve dat de schommel op de veranda misschien wat aftandser was en de verf iets meer was afgebladderd. Matt stond al buiten en toen ze hem zag, maakte haar hart heel even een sprongetje, net zoals het dat vroeger had gedaan.

Hij was knap. Daar was geen twijfel over mogelijk. Niet op de verbluffende, bijna verontrustende manier waarop... waarop sommige mensen dat waren, maar op een gezonde, Amerikaanse manier. Matt Honeycutt was honderd procent Amerikaans. Zijn blonde haar was kortgeknipt voor het footballseizoen, en zijn huid was bruinverbrand door het buiten werken op de boerderij van zijn grootouders. Zijn blauwe ogen hadden een eerlijke, open blik. En dit keer, op het moment dat hij zijn armen naar haar uitstrekte om haar zachtjes tegen zich aan te trekken, stonden ze een beetje droevig.

'Wil je binnenkomen?'

'Nee, laten we maar gaan lopen,' zei Elena. Ze liepen zij aan zij, zonder elkaar aan te raken. Esdoorns en zwarte walnootbomen stonden langs de straat en in de lucht hing nog de stilte van de ochtend. Elena keek naar haar voeten op de natte stoep. Plotseling was ze onzeker. Ze wist nu toch niet hoe ze moest beginnen.

'Je hebt me nog niet verteld hoe Frankrijk is geweest,' zei hij.

'O, het was geweldig,' zei Elena. Ze keek hem van opzij aan. Hij keek ook naar de stoep. 'Alles was geweldig,' ging ze verder, en ze probeerde wat enthousiasme in haar stem te leggen. 'De mensen, het eten, alles. Het was echt...' Haar stem stierf weg en ze lachte zenuwachtig.

'Ja, ik weet het. Geweldig,' maakte hij de zin voor haar af. Hij bleef staan en keek neer op zijn versleten tennisschoenen. Elena herkende ze van vorig jaar. Matts ouders konden met moeite rondkomen; misschien was er geen geld geweest om schoenen te kopen. Toen ze opkeek, zag ze dat zijn ernstige blauwe ogen haar aankeken.

'Weet je, jíj ziet er op het ogenblik ook geweldig uit,' zei hij.

Elena opende verschrikt haar mond, maar hij sprak verder. 'En ik geloof dat jij me iets te vertellen hebt.' Ze staarde hem aan en hij glimlachte; een scheef, verdrietig lachje. Toen stak hij zijn armen weer naar haar uit.

'O, Matt,' zei ze, en ze klemde hem stevig tegen zich aan. Toen deed ze een stapje achteruit om hem aan te kijken. 'Matt, jij bent de aardigste jongen die ik ooit heb ontmoet. Ik verdien jou niet.'

'O, dus dáárom dump je me,' zei Matt. Ze begonnen weer te lopen. 'Omdat ik te goed voor je ben. Dat had ik me eerder moeten bedenken.'

Ze gaf hem een stomp tegen zijn arm. 'Nee, dat is niet de reden, en ik dump je niet. We blijven vrienden, toch?'

'O, ja, zeker. Absoluut.'

'Want ik ben erachter gekomen dat dat is wat we zijn.' Ze bleef staan en keek weer naar hem op. 'Goede vrienden. Wees eens eerlijk, Matt, is dat niet wat je eigenlijk voor me voelt?'

Hij keek haar aan en sloeg zijn ogen ten hemel. 'Mag ik me beroepen op mijn zwijgrecht?' vroeg hij. Toen Elena's gezicht betrok, voegde hij eraan toe: 'Het heeft toch niets te maken met die nieuwe jongen, hè?'

'Nee,' zei Elena na een aarzeling en toen voegde ze er snel aan toe: 'Ik heb hem nog niet eens ontmoet. Ik ken hem niet.'

'Maar je wilt het wel. Nee, zeg maar niets.' Hij sloeg een arm om haar heen en draaide haar zachtjes om. 'Kom, laten we naar school gaan. Als we nog tijd hebben koop ik een donut voor je.'

Terwijl ze daar liepen, ging er boven hun hoofd iets tekeer in de walnootboom. Matt floot en wees. 'Moet je dat zien! Dat is de grootste kraai die ik ooit heb gezien.'

Elena keek, maar hij was al weg.

Die dag was school voor Elena alleen een handige plek om haar plan nog eens door te nemen.

Toen ze die ochtend wakker werd, wist ze wat ze moest doen. En deze dag verzamelde ze zo veel mogelijk informatie over haar onderwerp: Stefan Salvatore. Dat was niet moeilijk, want iedereen op het Robert E. Lee College had het over hem.

Het was algemeen bekend dat hij de dag ervoor een of andere aanvaring had gehad met de schoolsecretaresse. En deze dag was hij bij de directeur geroepen. Het had iets te maken met zijn papieren. Maar de directeur had hem teruggestuurd naar de klas (zoals het gerucht ging, nadat er was gebeld met Rome... of was het Washington?), en nu leek alles geregeld. Officieel, tenminste.

Toen Elena die middag bij Europese geschiedenis aankwam, werd ze begroet door een zacht gefluit in de hal. Dick Carter en Tyler Smallwood hingen daar een beetje rond. Stelletje eikels, dacht ze. Ze negeerde het gefluit en de starende blikken. Ze dachten dat ze als stopper en verdediger van het footballteam heel wat voorstelden. Ze hield hen in de gaten terwijl ze zelf in de gang bleef hangen, haar lippen opnieuw stiftte en wat rommelde met haar poederdoos. Ze had Bonnie speciale instructies gegeven, en zodra Stefan in beeld kwam, kon het plan van start gaan. De spiegel in haar poederdoos gaf haar een prachtig uitzicht op de hal achter haar.

Toch zag ze hem op de een of andere manier niet aankomen. Plotseling liep hij langs haar heen en ze klapte snel haar poederdoos dicht. Ze wilde hem tegenhouden, maar voor ze dat kon doen, gebeurde er iets. Stefan verstrakte, of in ieder geval leek het alsof hij plotseling op zijn hoede was. Precies op dat moment gingen Dick en Tyler voor de deur naar het geschiedenislokaal staan om hem de weg te versperren.

Ontzaglijke eikels, dacht Elena. Woedend staarde ze hen over Stefans schouder aan.

'Pardon.' Het was dezelfde toon die hij had gebruikt bij de geschiedenisleraar. Rustig, emotieloos.

Dick en Tyler keken eerst elkaar aan en toen om zich heen, alsof ze geesten hoorden.

'Parrrdonnn?' zei Tyler met een hoog stemmetje. 'Parrrrrdonnnne? Prrrrrrdonnnnneee?' Ze begonnen te lachen.

Elena zag hoe zich onder het T-shirt voor haar spieren spanden. Dit was zó oneerlijk; de jongens waren allebei langer dan Stefan en Tyler was ongeveer twee keer zo breed.

'Is er hier een probleem?' Elena schrok net zo erg als de jongens bij het horen van de nieuwe stem achter haar. Toen ze zich omdraaide, zag ze Matt staan. Zijn blauwe ogen stonden hard.

Elena beet op haar lip om niet te glimlachen toen Tyler en Dick langzaam, met tegenzin, opzijgingen. Die goeie, ouwe Matt, dacht ze. Maar nu liep die goeie, ouwe Matt samen met Stefan de klas in, en zij kon niets anders doen dan achter ze aan lopen. Toen ze gingen zitten, nam zij plaats aan de tafel achter Stefan, vanwaar ze naar hem kon kijken zonder zelf bekeken te worden. Haar plannetje zou moeten wachten tot de les was afgelopen.

Matt rammelde met wat kleingeld in zijn zak, wat betekende dat hij iets wilde zeggen.

'Eh... hé,' begon hij ten slotte, een beetje aarzelend, 'die jongens van net, eh...'

Stefan lachte. Het klonk bitter. 'Wie ben ik om daarover te oordelen?' Er was meer emotie in zijn stem dan Elena daar eerder in had gehoord, zelfs toen hij tegen meneer Tanner praatte. En die emotie was onverhulde triestheid. 'Waarom zou ik hier uiteindelijk welkom zijn?' besloot hij, bijna alsof hij het tegen zichzelf had.

'Waarom niet?' Matt had Stefan zitten aanstaren en nu zette hij vastberaden zijn kaken op elkaar. 'Luister,' zei hij. 'Je had het gisteren over sport. Nou, de beste wide receiver van ons footballteam heeft gistermiddag een spier gescheurd en we hebben een vervanger nodig. Vanmiddag zijn de try-outs. Wat denk je ervan?'

'Ik?' Stefan klonk verrast. 'Eh... ik weet niet of ik dat kan.'

'Kun je rennen?'

'Of ik kan...?'

Stefan draaide zich half naar Matt toe en Elena zag dat er een zweem van een glimlach om zijn lippen speelde. 'Ja.'

'Kun je vangen?'

'Ja.'

'Dat is het enige wat een wide receiver hoeft te doen. Ik ben de quarterback. Als je de ballen kunt vangen die ik je toegooi en ermee kunt rennen, kun je spelen.'

'Ik snap het.' Stefan glimlachte bijna en hoewel Matts mond ernstig stond, dansten er lichtjes in zijn blauwe ogen. Elena stelde tot haar eigen stomme verbazing vast dat ze jaloers was. Er was een hartelijkheid tussen de twee jongens die haar volkomen buitensloot.

Maar het volgende ogenblik was Stefans glimlach verdwenen. Hij zei afstandelijk: 'Dank je wel... maar nee. Ik heb andere verplichtingen.'

Op dat moment kwamen Bonnie en Caroline de klas in en de les begon.

Tijdens de hele verhandeling die Tanner over Europa gaf, repeteerde Elena in zichzelf: hallo. Ik ben Elena Gilbert. Ik zit in het welkomstcomité van de zesde klas en ik ben aangesteld om je wegwijs te maken in de school. Je wilt me toch niet in de problemen brengen door me mijn werk niet te laten doen, hè? Dat laatste met grote, zielige ogen, maar alleen als hij de indruk wekte dat hij eronderuit wilde komen. Het kon bijna niet fout gaan. Hij liet zich gemakkelijk inpakken door onschuldige meisjes die gered moesten worden.

Halverwege de les gaf het meisje rechts van haar een briefje aan haar door. Elena maakte het open en herkende Bonnies ronde, kinderlijke handschrift. Er stond: 'Ik heb C. zo lang mogelijk uit de buurt gehouden. Wat is er gebeurd? Is het gelukt???'

Toen Elena opkeek, zag ze Bonnie achterstevoren op haar stoel voor in de klas zitten. Elena wees op het briefje, schudde haar hoofd en zei onhoorbaar: 'Na de les.'

Het leek eeuwen te duren voor Tanner zijn laatste instructies gaf voor de spreekbeurten. Daarna liet hij de klas gaan. Iedereen sprong meteen op. Daar gaan we dan, dacht Elena, en ze stapte met bonzend hart op Stefan af. Ze ging midden in het gangpad staan, zodat hij niet om haar heen kon.

Net als Dick en Tyler, dacht ze, en ze voelde een onbedwingbare giechelbui in zich opkomen. Toen ze opkeek, bleken haar ogen op precies dezelfde hoogte te zijn als zijn mond.

Haar hoofd was op slag helemaal leeg. Wat moest ze ook alweer zeggen? Ze deed haar mond open en op de een of andere manier kwamen de woorden die ze had geoefend naar buiten rollen. 'Hoi, ik ben Elena Gilbert en ik zit in het welkomstcomité van de zesde klas en ik ben aangesteld...'

'Sorry, ik heb geen tijd.' Even kon ze niet geloven dat hij iets zei, dat hij haar niet eens de kans gaf om uit te spreken. Haar mond ging gewoon verder met haar toespraakje.

'... om je wegwijs te maken in de school...'

'Het spijt me, ik kan niet. Ik moet... ik moet naar de footballtry-outs.' Stefan draaide zich om naar Matt, die er stomverbaasd bij stond. 'Je zei toch dat die meteen na school waren?'

'Ja,' zei Matt langzaam. 'Maar...'

'Dan kan ik maar beter opschieten. Misschien kun jij me laten zien waar het is?'

Matt keek Elena hulpeloos aan en haalde zijn schouders op. 'Nou, ja... natuurlijk. Kom maar mee.' Hij keek nog een keer om terwijl ze wegliepen. Stefan niet.

Toen Elena opkeek, zag ze een kring van belangstellenden om zich heen staan, onder wie Caroline, die openlijk genoot. Elena had een verdoofd gevoel in haar lichaam en haar keel was dik. Ze kon het niet verdragen om hier nog één minuut langer te blijven. Ze draaide zich om en liep zo snel als ze kon het lokaal uit.

4

Tegen de tijd dat Elena bij haar kluisje aankwam, was het verdoofde gevoel langzaam aan het wegtrekken en probeerde de brok in haar keel zich op te lossen in tranen. Maar ze ging niet huilen op school, zei ze tegen zichzelf, dat ging ze níét doen. Nadat ze haar kluisje had afgesloten, liep ze naar de hoofduitgang.

Voor de tweede dag op rij ging ze direct na de laatste schoolbel naar huis, alleen. Tante Judith zou niet weten hoe ze het had. Maar toen Elena bij haar huis aankwam, stond de auto van tante Judith niet op de oprit. Blijkbaar was ze met Margaret naar de markt. Het huis was stil en vredig toen Elena zichzelf binnenliet.

Ze was blij om die stilte; ze wilde graag even alleen zijn. Maar aan de andere kant wist ze niet goed wat ze met zichzelf aan moest. Nu ze eindelijk kón huilen, merkte ze dat de tranen niet wilden komen. Ze liet haar rugzak in de hal op de grond zakken en liep langzaam de huiskamer in.

Het was een mooie, indrukwekkende kamer, naast Elena's slaapkamer het enige deel van de woning dat tot het oorspronkelijke huis behoorde. Dat eerste huis was voor 1861 gebouwd en was tijdens de Burgeroorlog bijna volledig afgebrand. Het enige wat gered kon worden was deze kamer, met de met krullijsten versierde open haard, en de slaapkamer boven. De overgrootvader van Elena's vader had een nieuw huis gebouwd en daar hadden de Gilberts sindsdien in gewoond.

Elena draaide zich om en keek door een van de kamerhoge ramen naar buiten. Hier en daar zaten er oneffenheden en bobbeltjes in het oude glas en alles buiten zag er een beetje scheef en vervormd uit. Ze herinnerde zich de eerste keer dat haar vader haar dat gebobbelde oude glas had laten zien. Ze was toen jonger dan Margaret nu.

De brok in haar keel was terug, maar nog steeds wilden er geen tranen komen. Alles in haar voelde tegenstrijdig. Ze wilde geen gezelschap, maar toch was ze pijnlijk eenzaam. Ze wilde wel denken, maar toen ze dat probeerde, ontglipten de gedachten haar als muizen die wegvluchten voor een witte uil.

Witte uil... roofvogel... vleeseter... kraai, dacht ze. 'De grootste kraai die ik ooit heb gezien,' had Matt gezegd.

Haar ogen prikten weer. Arme Matt. Ze had hem gekwetst, maar hij had het zo aardig opgenomen. Hij was zelfs vriendelijk geweest tegen Stefan.

Stefan. Haar hart gaf een harde bons en er drupten twee hete tranen uit haar ogen. Daar dan, eindelijk huilde ze. Ze huilde van woede, vernedering, frustratie... en wat nog meer?

Wat was ze deze dag echt kwijtgeraakt? Wat voelde ze echt voor deze vreemdeling, deze Stefan Salvatore? Hij was een uitdaging, ja, en dat maakte hem anders, interessant. Stefan was exotisch... opwindend.

Grappig, dat hadden jongens soms tegen Elena gezegd over háár. En later had ze van henzelf of van hun vrienden of zussen gehoord hoe zenuwachtig ze waren geweest voor ze met haar uit gingen. Dat hun handen zweterig waren en dat ze vlinders in hun buik hadden. Elena had zulke verhalen altijd vermakelijk gevonden. Geen enkele jongen die zij in haar leven had ontmoet, had haar zenuwachtig gemaakt.

Maar toen ze dit keer met Stefan praatte, ging haar hart als een razende tekeer en werden haar knieën slap. Haar handen waren nat. En ze had geen vlinders maar vleermuizen in haar buik.

Was ze in die jongen geïnteresseerd omdat hij haar zenuwachtig maakte? Geen erg goede reden, Elena, zei ze tegen zichzelf. Een erg slechte reden, eigenlijk.

Maar er was ook die mond. Die prachtig gevormde mond die haar knieën slap maakte van iets heel anders dan zenuwachtigheid. En dat pikzwarte haar... haar vingers jeukten om door die zachtheid heen te strijken. Dat soepele, gespierde lichaam, die lange benen... en die stém. Het was zijn stem die haar gisteren voor zich had gewonnen, die haar er absoluut van had overtuigd dat ze hem moest hebben. Zijn stem was koel en neerbuigend geweest toen hij tegen meneer Tanner sprak, maar toch had hij iets vreemd fascinerends gehad. Ze vroeg zich af of hij ook zo donker kon klinken als de nacht, en hoe het zou zijn als hij haar naam zou zeggen, haar naam zou fluisteren...

'Elena!'

Elena veerde overeind, opgeschrokken uit haar dagdroom. Maar het was niet Stefan Salvatore die haar riep. Het was tante Judith, die met veel kabaal de voordeur openmaakte.

'Elena? Elena!' En dat was het stemmetje van Margaret, met een schrille uithaal. 'Ben je thuis?'

Verdriet welde weer in Elena op en ze keek de keuken rond. Ze kon de bezorgde vragen van haar tante en de onschuldige vrolijkheid van Margaret nu niet verdragen. Niet met haar wimpers nat van het huilen en tranen die ieder moment tevoorschijn konden komen. Ze nam bliksemsnel een besluit en terwijl de voordeur met een klap dichtviel, glipte zij stilletjes via de achterdeur naar buiten.

Toen ze van de achterveranda de tuin in liep, aarzelde ze. Ze wilde geen bekenden tegen het lijf lopen. Maar waar kon ze naartoe om alleen te zijn?

Het antwoord kwam bijna onmiddellijk. Natuurlijk. Ze ging papa en mama bezoeken.

Het was een vrij lange wandeling, bijna naar de rand van het dorp, maar de laatste drie jaar was Elena met de route vertrouwd geraakt. Ze stak de Wickery Bridge over, klom de heuvel op, liep langs de ruïne van de kerk en daalde af in het kleine dal.

In tegenstelling tot het oude gedeelte van het kerkhof, dat meer kans kreeg om te verwilderen, werd dit deel goed onderhouden. Het gras werd er netjes gemaaid en boeketjes met bloemen gaven hier en daar kleur. Elena ging zitten bij de grote, marmeren grafsteen waar de naam 'Gilbert' in was gegraveerd.

'Hoi, mam. Hoi, pap,' fluisterde ze. Ze boog zich voofover om een bloemetje van een vlijtig liesje, dat ze onderweg had geplukt, bij de grafsteen neer te leggen. Toen stopte ze haar benen onder zich en zat daar alleen maar.

Na het ongeluk was ze hier vaak naartoe gegaan. Margaret was maar één keer geweest, direct na het auto-ongeluk. Zij herinnerde zich haar vader en moeder niet echt. Maar Elena wel. Nu liet ze haar geest door haar herinneringen teruggaan. De brok in haar keel groeide en de tranen kwamen gemakkelijker. Ze miste hen zo erg, nog steeds. Moeder, zo jong en mooi, en vader, met een glimlach die rimpeltjes maakte om zijn ogen.

Ze had natuurlijk geluk dat ze tante Judith had. Niet iedere tante zou haar baan opgeven en terug verhuizen naar een klein dorpje om daar voor haar twee ouderloze nichtjes te gaan zorgen. En Robert, de verloofde van tante Judith, was meer een stiefvader voor Margaret dan een toekomstige aangetrouwde oom.

Maar Elena herinnerde zich haar ouders nog. Na de begrafenis was ze hier soms gekomen om tegen ze tekeer te gaan, woedend omdat ze zo stom waren geweest te verongelukken. In die tijd kende ze tante Judith nog niet zo goed en ze had het gevoel dat ze nergens ter wereld meer thuishoorde.

Waar hoorde ze nu thuis? vroeg ze zich af. Het gemakkelijke antwoord was: hier, in Fell's Church, waar ze haar hele leven had gewoond. Maar de laatste tijd leek het gemakkelijke antwoord fout. De laatste tijd had ze het gevoel dat er ergens iets anders moest zijn voor haar, een plek die ze meteen als haar thuis zou herkennen.

Er viel een schaduw over haar heen en ze keek geschrokken op. Even kwamen de twee gestalten haar vreemd voor, onbekend en vaag bedreigend. Ze staarde hen als versteend aan.

'Elena,' zei de kleinste gedaante zenuwachtig, met de handen in haar zij. 'Soms maak ik me zorgen om jou, echt waar.'

Elena knipperde met haar ogen en lachte kort. Het waren Bonnie en Meredith. 'Wat moet een mens doen om een beetje privacy te hebben?' vroeg ze, toen ze gingen zitten.

'Zeg maar dat we weg moeten,' stelde Meredith voor, maar Elena haalde haar schouders op. Meredith en Bonnie waren haar hier in de maanden na het ongeluk vaak komen opzoeken. Plotseling was ze daar blij om, en was ze hen daar dankbaar voor. Als ze ergens thuishoorde, dan was het bij haar vriendinnen, die om haar gaven. Ze vond het niet erg dat ze zagen dat ze had gehuild en ze pakte de verfrommelde tissue aan die Bonnie haar gaf om de tranen af te vegen. Ze zaten een poosje met z'n drieën bij elkaar en luisterden naar het geruis van de wind in de eikenbomen die langs de rand van het kerkhof stonden.

'Het spijt me wat er is gebeurd,' zei Bonnie ten slotte met een zacht stemmetje. 'Dat was echt afschuwelijk.'

'Wat ben je toch tactvol,' zei Meredith. 'Zo erg kan het toch niet geweest zijn, Elena?'

'Jij was er niet bij.' Elena's wangen gloeiden weer bij de herinnering. 'Het was wél afschuwelijk. Maar het interesseert me niet meer,' voegde ze er uitdagend aan toe. 'Ik ben klaar met hem. Ik wil hem niet eens meer.'

'Elena!'

'Echt niet, Bonnie. Blijkbaar vindt hij zichzelf te goed voor... voor Amerikanen. Dus wat mij betreft kan hij die designzonnebril van hem in zijn...'

De andere meisjes schoten in de lach. Elena veegde haar neus af en schudde haar hoofd. 'Nou,' zei ze tegen Bonnie, vastbesloten om van onderwerp te veranderen. 'Tanner was vandaag in ieder geval in een betere bui.'

Bonnie trok een martelaarsgezicht. 'Weet je dat hij me heeft gedwongen om me als eerste op te geven om een spreekbeurt te houden? Maar het kan me niet schelen. Ik ga het houden over druïden en...'

'Over wát?'

'Over dru-i-den. Die vreemde oude mannetjes die Stonehenge hebben gebouwd en in het oude Engeland aan magie deden en zo. Ik stam van ze af; daarom ben ik ook paranormaal begaafd.'

Meredith snoof spottend, maar Elena keek fronsend naar de grasspriet die ze tussen haar vingers heen en weer rolde. 'Bonnie, zag je gisteren echt iets in mijn hand?' vroeg ze abrupt.

Bonnie aarzelde. 'Ik weet het niet,' zei ze ten slotte. 'Ik... ik dácht het op dat moment. Maar soms gaat mijn verbeelding met me op de loop.'

'Ze wist dat je hier was,' zei Meredith onverwacht. 'Ik wilde bij de koffietent gaan kijken, maar Bonnie zei: "Ze is op het kerkhof."'

'Is dat zo?' Bonnie keek een beetje verbaasd, maar onder de indruk. 'Nou, zo zie je maar weer. Mijn grootmoeder in Edinburgh is helderziend en ik ook. Het slaat altijd een generatie over.'

'En jij stamt af van de druïden,' zei Meredith plechtig.

'Nou, dat is zo! In Schotland houden ze de oude tradities in ere. Je wilt niet geloven wat mijn grootmoeder allemaal doet. Zij weet op de een of andere manier met wie je gaat trouwen en wanneer je doodgaat. Ze heeft mij verteld dat ik jong doodga.'

'Bonnie!'

'Echt waar. Ik kom jong en mooi in mijn doodskist te liggen. Vinden jullie dat niet romantisch?'

'Nee, niet echt. Ik vind het walgelijk,' zei Elena. De schaduwen werden langer en de wind begon kil te worden.

'En met wie ga je trouwen, Bonnie?' vroeg Meredith snel.

'Weet ik niet. Mijn grootmoeder heeft me het ritueel uitgelegd waarmee je daarachter kunt komen, maar ik heb het nooit geprobeerd. Natuurlijk' – Bonnie nam een geraffineerde houding aan – 'moet hij waanzinnig rijk en knap zijn. Zoiets als onze mysterieuze, donkere vreemdeling, bijvoorbeeld. Vooral als niemand anders hem wil.' Ze wierp Elena een valse blik toe.

Elena hapte niet. 'Wat dacht je van Tyler Smallwood?' mompelde ze onschuldig. 'Zijn vader is in ieder geval rijk genoeg.'

'En hij ziet er niet slecht uit,' beaamde Meredith ernstig. 'Nou ja, als je van beesten houdt, natuurlijk. Al die grote, witte tanden.'

De meisjes keken elkaar aan en barstten alle drie tegelijk in lachen uit. Bonnie gooide een handvol gras naar Meredith, die het van zich af veegde en een paardenbloem teruggooide. Ergens halverwege dit alles besefte Elena opeens dat het goed zou komen met haar. Ze was zichzelf weer. Ze voelde zich niet verloren, geen vreemdeling, maar Elena Gilbert, de koningin van het Robert E. Lee College. Ze trok het abrikoosgele lint uit haar haar en schudde de haren los om haar gezicht.

'Ik heb besloten waar ík mijn spreekbeurt over ga houden,' zei ze. Ze keek met half dichtgeknepen ogen toe terwijl Bonnie met haar vingers het gras uit haar krullen kamde.

'Waarover dan?' vroeg Meredith.

Elena hief haar kin op om naar de rood met paars gekleurde hemel boven de heuvel te staren. Ze haalde bedachtzaam adem en liet de spanning even opbouwen. Toen zei ze koel: 'Over de Italiaanse renaissance.'

Bonnie en Meredith staarden haar aan, keken toen naar elkaar en barstten weer in lachen uit.

'Aha,' zei Meredith, toen ze weer waren bijgekomen. 'Dus de tijger is terug.'

Elena wierp haar een dierlijke grijns toe. Haar geschokte zelfvertrouwen had zich hersteld. En hoewel ze het zelf niet begreep, wist ze één ding zeker: ze zou Stefan Salvatore niet levend laten ontsnappen.

'Oké,' zei ze kordaat. 'Luister goed. Niemand mag hiervan weten, anders lacht iedereen op school me uit. En Caroline zit gewoon een gelegenheid af te wachten om me belachelijk te maken. Maar ik wíl hem hebben, en ik zal hem krijgen ook. Ik weet nog niet hoe, maar het gaat gebeuren. Maar tot ik een plan heb bedacht, doen we of hij lucht is.'

'O, doen wé dat?'

'Ja, dat doen wé. Jij kunt hem niet krijgen, Bonnie; hij is van mij. En ik moet je volledig kunnen vertrouwen.'

'Wacht even,' zei Meredith, met een schittering in haar ogen. Ze maakte de goudemaillen speld los van haar blouse, stak haar duim omhoog en prikte er snel een wondje in. 'Bonnie, geef me je hand.'

'Waarom?' vroeg Bonnie, met een wantrouwige blik op de speld.

'Omdat ik met je wil trouwen, nou goed? Waarom denk je, gek?'

'Maar... maar... O, oké dan. Au!'

'Nu jij, Elena.' Meredith prikte efficiënt in Elena's duim en kneep erin om er een druppel bloed uit te krijgen. 'Zo,' vervolgde ze, en ze keek de andere twee met schitterende, donkere ogen aan, 'nu drukken we onze duimen tegen elkaar en leggen we een eed af. Vooral jij, Bonnie. Zweer dat je dit geheim zult bewaren en alles zult doen wat Elena van je vraagt als het om Stefan gaat.'

'Luister eens, zweren met bloed is gevaarlijk,' protesteerde Bonnie ernstig. 'Het betekent dat je je aan je eed moet houden, wat er ook gebeurt. Wat er ook gebeurt, Meredith.'

'Dat weet ik,' zei Meredith onverbiddelijk. 'Daarom zeg ik juist dat je het moet doen. Ik weet nog wat er met Michael Martin is gebeurd.'

Bonnie trok een gezicht. 'Dat was jaren geleden, en we maakten het toch meteen weer uit en... Nou ja, oké. Ik doe het wel.' Ze deed haar ogen dicht en zei: 'Ik zweer dat ik dit geheim zal bewaren en alles zal doen wat Elena van me vraagt als het om Stefan gaat.'

Meredith herhaalde de eed. Elena staarde naar het bleke silhouet van hun duimen, verenigd in de opkomende schemering, en zei zacht: 'En ik zweer dat ik niet zal rusten voor hij van mij is.'

Een koude windvlaag streek over het kerkhof. Het haar van de meisjes waaide op en droge blaadjes vlogen ritselend over de grond. Bonnie hapte naar adem en trok zich geschrokken terug. Toen keken ze om zich heen en giechelden nerveus.

'Het is donker,' zei Elena verbaasd.

'We kunnen maar beter naar huis gaan,' zei Meredith en ze maakte terwijl ze opstond haar speld weer vast. Bonnie stond ook op en stak het topje van haar duim in haar mond.

'Dag,' zei Elena zachtjes, in de richting van de grafsteen. Het paarse bloemetje was een vage vlek op de grond. Ze raapte het abrikoosgele lint op dat ernaast lag, draaide zich om en knikte naar Bonnie en Meredith. 'We gaan.'

Zwijgend liepen ze de heuvel op naar de vervallen kerk. De met bloed bezegelde eed had hen allemaal in een plechtige stemming gebracht en Bonnie huiverde toen ze langs de kerk kwamen. Nu de zon onder was, was de temperatuur abrupt gedaald en de wind stak op. Elke windvlaag bracht het gras ruisend in beweging en liet de blaadjes van de oude eikenbomen ritselen.

'Ik heb het ijskoud,' zei Elena. Ze bleef even stilstaan bij het zwarte gat waar ooit een kerkdeur had gezeten en keek neer op het landschap onder haar.

De maan was nog niet op en ze kon nog net het oude kerkhof en de Wickery Bridge daarachter onderscheiden. Het oude kerkhof dateerde uit de tijd van de Burgeroorlog en veel grafstenen droegen de naam van een soldaat. Het zag er wild uit; braamstruiken en hoog opgeschoten onkruid groeiden over de graven en klimopranken slingerden zich om het afgebrokkelde graniet. Elena had het nooit een prettige plek gevonden.

'Het ziet er anders uit, hè? In het donker, bedoel ik,' zei ze met onvaste stem. Ze wist niet hoe ze moest zeggen wat ze eigenlijk bedoelde; dat het geen plek was voor de levenden.

'We kunnen de lange route nemen,' zei Meredith. 'Maar dan moeten we nog twintig minuten lopen.'

'Ik vind het niet erg om hierlangs te gaan,' zei Bonnie. Ze slikte moeizaam. 'Ik heb altijd gezegd dat ik op het oude kerkhof begraven wilde worden.'

'Hou nou eens op over begraven worden!' snauwde Elena en ze begon de heuvel af te lopen. Maar hoe verder ze kwam op het smalle pad, hoe onbehaaglijker ze zich voelde. Ze vertraagde haar pas tot Bonnie en Meredith haar hadden ingehaald. Toen ze de eerste grafsteen naderden begon haar hart sneller te kloppen. Ze probeerde het te negeren, maar haar hele huid tintelde van spanning en de dunne haartjes op haar armen stonden rechtovereind. Tussen de windvlagen door leek elk geluid verschrikkelijk te worden versterkt; het gekraak van hun voeten op het met bladeren bedekte pad was oorverdovend.

De vervallen kerk was nu een zwarte schaduw achter hen. Het smalle pad leidde tussen de met korstmos begroeide grafstenen door, waarvan er vele boven Meredith uitstaken. Hoog genoeg om iemand te verbergen, dacht Elena onbehaaglijk. Sommige grafstenen zagen er zelf verontrustend uit. Zo was er een met een engeltje dat eruitzag als een echte baby, behalve dat het hoofdje eraf was gevallen en netjes naast het lijfje was gezet. De grote granieten ogen in het hoofd hadden geen enkele uitdrukking. Elena kon haar ogen er niet van losmaken en haar hart begon te bonzen.

'Waarom staan we stil?' vroeg Meredith.

'Ik... sorry,' mompelde Elena, maar toen ze zichzelf dwong om zich af te wenden, verstijfde ze onmiddellijk. 'Bonnie?' zei ze. 'Bonnie, wat is er?'

Bonnie staarde recht voor zich uit over het kerkhof. Haar lippen waren iets van elkaar geweken en haar ogen waren groot en uitdrukkingsloos, als die van het stenen engeltje. Elena's maag kneep samen

van angst. 'Bonnie, hou op! Hou op! Dit is niet grappig.'
Bonnie antwoordde niet.
'Bonnie!' zei Meredith. Elena en zij keken elkaar aan, en plotseling wist Elena dat ze weg moest. Ze draaide zich vliegensvlug om, maar toen klonk er een vreemde stem achter haar en ze draaide zich met een ruk terug.
'Elena,' zei de stem. Het was niet Bonnies stem, maar hij kwam wel uit Bonnies mond. Met een gezicht dat bleek oplichtte in het donker staarde ze volkomen uitdrukkingsloos uit over het kerkhof.
'Elena,' zei de stem weer en hij vervolgde, terwijl Bonnie haar hoofd naar haar toe draaide: 'er wacht daar iemand op je.'
Elena zou nooit precies weten wat er de volgende paar minuten gebeurde. Het leek alsof er iets tussen de donkere, gewelfde vormen van de grafstenen tevoorschijn kwam en in een vloeiende beweging tussen hen opdook. Elena gilde en Meredith schreeuwde het uit. Ze zetten het op een lopen en Bonnie rende gillend met hen mee.
Elena holde struikelend over stenen en graspollen het smalle pad af. Bonnie rende achter haar en hapte snikkend naar adem, en Meredith, de rustige, cynische Meredith, hijgde wild. Plotseling klonk boven hen in een eikenboom een hard krakend geluid en een rauwe kreet, en Elena merkte dat ze nog harder kon lopen.
'Er is iets achter ons,' gilde Bonnie met schrille stem. 'O god, wat gebeurt er?'
'We moeten naar de brug,' zei Elena hijgend door de brandende pijn in haar longen heen. Ze wist niet waarom, maar ze moest die plek gewoon zien te bereiken. 'Blijf rennen, Bonnie! Niet achteromkijken!' Ze greep het andere meisje bij haar mouw en trok haar mee.
'Ik kan niet meer,' bracht Bonnie snikkend uit. Ze drukte haar hand tegen haar zij en wankelde op haar benen.
'Jawel, je moet,' snauwde Elena. Ze greep Bonnie weer bij haar mouw en dwong haar om door te lopen. 'Kom nou. Schiet op!'
Ze zag het zilverachtig glanzende water voor hen. Daar was de open plek tussen de eikenbomen, en daar vlak achter de brug. Elena's benen trilden en haar adem gierde in haar keel, maar ze wilde niet opgeven. Nu zag ze de houten planken van de voetbrug. Nog zes meter

waren ze van de brug verwijderd, nog vier, nog twee.

'We hebben het gered,' hijgde Meredith. Hun voeten roffelden over het hout.

'Rennen! We moeten naar de overkant!'

De brug kraakte terwijl ze er half struikelend overheen renden. Hun voetstappen weergalmden over het water. Toen Elena aan de overkant in het harde zand sprong, liet ze eindelijk Bonnies mouw los en kwamen haar benen wankelend tot stilstand.

Meredith stond voorovergebogen, met haar handen op haar dijen, op adem te komen. Bonnie huilde.

'Wat was dat? O, wat was dat?' vroeg ze. 'Zit het nog steeds achter ons aan?'

'Ik dacht dat jij de deskundige was,' zei Meredith met onvaste stem. 'Kom, Elena, laten we in godsnaam maken dat we wegkomen.'

'Nee, het is goed nu,' fluisterde Elena. Ze had tranen in haar ogen en ze beefde over haar hele lichaam, maar de hete adem in haar nek was verdwenen. Het donkere, kolkende water van de rivier strekte zich uit tussen haar en wat het ook maar was geweest. 'Hier kan het ons niet volgen,' zei ze.

Meredith staarde haar aan. Toen keek ze naar de groepjes eikenbomen aan de overkant, en naar Bonnie. Ze streek met haar tong over haar lippen en lachte kort. 'Natuurlijk. Het kan ons niet volgen. Maar laten we toch maar naar huis gaan, oké? Tenzij je de nacht hier wilt doorbrengen.'

Een onbeschrijfelijk gevoel trok als een huivering door Elena heen. 'Vannacht niet, dank je wel,' zei ze. Ze sloeg een arm om Bonnie heen, die nog steeds stond te snikken. 'Het is in orde, Bonnie. We zijn nu veilig. Kom maar mee.'

Meredith keek weer naar de overkant van de rivier. 'Ik zie daar helemaal niets, weet je dat?' zei ze, met rustiger stem. 'Misschien zat er wel niets achter ons aan. Misschien zijn we alleen maar in paniek geraakt en hebben we onszelf bang gemaakt. Met een beetje hulp van de druïdepriesteres hier.'

Elena zei niets. Ze liepen verder en bleven dicht bij elkaar op het zandpad. Maar ze had haar twijfels. Ze had heel sterk haar twijfels.

5

De vollemaan stond recht boven Stefans hoofd toen hij bij het pension terugkwam. Hij was duizelig en wankelde bijna op zijn benen, zowel van vermoeidheid als van de overvloed aan bloed die hij tot zich had genomen. Het was lang geleden dat hij zichzelf had toegestaan om zo uitgebreid zijn honger te stillen. Maar de uitbarsting van woeste Macht bij het kerkhof had hem meegesleurd in zijn razernij en zijn toch al verzwakte zelfbeheersing weggevaagd. Hij wist nog steeds niet zeker waar de Macht vandaan was gekomen. Toen hij vanuit zijn schuilplaats in de schaduw naar de meisjes had zitten kijken, was deze plotseling achter hem opgedoken en had de meisjes op de vlucht gejaagd. Stefan was bevangen geweest door de angst dat ze de rivier in zouden rennen en door het verlangen deze Macht te onderzoeken en de bron ervan te achterhalen. Uiteindelijk was hij háár gevolgd, niet in staat het risico te nemen dat haar iets zou overkomen.

Toen de meisjes de veilige haven van de brug hadden bereikt, was er iets zwarts weggevlogen in de richting van het bos, maar zelfs Stefans nachtelijke zintuigen konden niet uitmaken wat het was. Hij had toegekeken hoe zíj en de twee anderen op weg waren gegaan naar het dorp. Toen was hij teruggekeerd naar het kerkhof.

Dat was nu verlaten, gezuiverd van wat het ook maar was dat daar was geweest. Op de grond lag een smal strookje zijde dat voor gewone ogen grijs zou zijn geweest in het donker. Maar hij zag de echte kleur en toen hij het kreukte tussen zijn vingers en het langzaam naar zijn lippen bracht, rook hij de geur van haar haar.

Herinneringen overspoelden hem. Het was al erg genoeg als ze buiten zijn gezichtsveld was, als de koele gloed van haar geest alleen maar de grens van zijn bewustzijn prikkelde. Maar om op school met haar in dezelfde ruimte te zijn, om haar aanwezigheid achter zich te voelen, om overal om hem heen de bedwelmende geur van haar huid te ruiken, was bijna meer dan hij kon verdragen.

Hij had elke zachte ademhaling van haar gehoord, hij had haar warmte voelen stralen tegen zijn rug, hij had elke klop van haar geliefde hart gevoeld. En uiteindelijk had hij tot zijn afgrijzen gemerkt dat hij eraan toegaf. Zijn tong had heen en weer gewreven over zijn hoektanden en had genoten van het pijnlijke genotgevoel dat zich daar opbouwde en dat hij bewust aanmoedigde. Hij had opzettelijk haar geur opgesnoven en de visioenen tot zich laten doordringen. Hij had het zich allemaal voorgesteld: hoe zacht haar nek zou zijn en hoe zijn lippen er eerst net zo zacht overheen zouden strelen, er kleine kusjes op zouden drukken, hier en hier, tot hij bij het zachte kuiltje onder aan haar nek zou komen. Hoe hij daar zou snuffelen, op de plek waar haar hart zo krachtig klopte tegen de tere huid. En hoe zijn lippen ten slotte uiteen zouden wijken, zijn hunkerende tanden zouden blootleggen, die nu zo scherp waren als kleine dolken, en...

Nee. Hij had zich met geweld uit de trance losgerukt. Zijn hart ging woest tekeer, zijn lichaam beefde. De les was afgelopen, iedereen om hem heen stond op en hij kon alleen maar hopen dat niemand goed op hem had gelet.

Toen ze hem aansprak, was het voor hem ondenkbaar dat hij haar zou moeten aankijken terwijl zijn aderen brandden en zijn hele bovenkaak pijn deed. Even was hij bang dat hij zijn zelfbeheersing zou verliezen. Dat hij haar bij haar schouders zou grijpen en haar zou nemen waar iedereen bij stond. Hij had er geen idee van hoe hij was weggekomen. Hij wist alleen dat hij later met zware lichamelijke inspanning zijn energie in banen had geleid en zich er vaag van bewust was geweest dat hij geen gebruik mocht maken van de Machten. Dat gaf niet, zelfs zonder de Machten was hij in alle opzichten beter dan de sterfelijke jongens, die met hem wedijverden op het footballveld. Zijn gezichtsvermogen was scherper, zijn reflexen waren sneller en zijn spieren sterker. Op dat moment gaf iemand hem een klap op zijn rug en hoorde hij Matts stem in zijn oren: 'Gefeliciteerd! Welkom in het team!'

Toen Stefan in dat oprechte, glimlachende gezicht keek, werd hij overvallen door schaamte. Als je wist wat ik ben, zou je niet naar me lachen, dacht hij grimmig. Ik heb die wedstrijd van jou met bedrog gewonnen. En het meisje van wie je houdt – je houdt toch van haar, of niet? – is nu in mijn gedachten.

En ze was daar gebleven, ondanks al zijn pogingen om haar uit zijn hoofd te bannen. Hij was zonder iets te zien naar het kerkhof gelopen, uit de bossen weggetrokken door een kracht die hij niet begreep. Daar aangekomen had hij naar haar gekeken en hij had gevochten met zichzelf, met zijn behoefte, tot de explosie van Macht haar en haar vriendinnen op de vlucht had gejaagd. En daarna was hij thuisgekomen, maar pas nadat hij zijn honger had gestild. Nadat hij zijn zelfbeheersing had verloren.

Hij kon zich niet precies herinneren hoe het was gegaan, hoe hij het had laten gebeuren. Die uitbarsting van Macht had het op gang gebracht, had dingen in hem wakker geschud die beter niet gewekt konden worden. De drang om te jagen. De hunkering naar de achtervolging, naar de geur van angst en de wilde triomf van het doden. Het was jaren, eeuwen geleden dat hij de drang zo hevig had gevoeld. Zijn aderen brandden als vuur. En al zijn gedachten kleurden rood: hij kon aan niets anders denken dan aan de warme, koperachtige smaak, het oergevoel van stromend bloed.

Terwijl de opwinding nog door hem heen joeg, had hij de meisjes een paar stappen achtervolgd. Hij moest er niet aan denken wat er was gebeurd als hij de oude man niet had geroken. Maar toen hij de brug bereikte, sperden zijn neusgaten zich open bij de scherpe, karakteristieke geur van mensenvlees.

Mensenblóéd. Het ultieme elixir, de verboden wijn. Bedwelmender dan welke sterkedrank dan ook, de dampende essentie van het leven zelf. En hij was het zo moe om zich tegen de drang te verzetten.

Er had iets bewogen in een stapel oude vodden op de oever onder de brug. En het volgende moment was Stefan er met een sierlijke, katachtige beweging naast geland. Zijn hand schoot naar voren en trok de vodden opzij, en een verschrompeld gezicht boven een magere nek keek hem knipperend met zijn ogen aan. Zijn lippen trokken op.

En daarna was er alleen het geluid van het voeden.

Nu liep hij struikelend de trap van het pension op en hij probeerde er niet aan te denken, niet aan hááр te denken, aan het meisje dat hem tartte met haar warmte, haar leven. Zíj was degene naar wie hij echt verlangde, maar daar moest hij een eind aan maken. Voortaan moest hij dergelijke gedachten meteen de kop indrukken. In zijn belang, en in het hare. Hij was haar ergste nachtmerrie en ze wist het niet eens.

'Wie is daar? Ben jij het, jongen?' vroeg een scherpe, krakerige stem. Een van de deuren op de tweede verdieping ging open en een grijs hoofd kwam tevoorschijn.

'Ja, signora... mevrouw Flowers. Sorry als ik u heb gestoord.'

'Ah, er is meer nodig dan een krakende vloerplank om mij te storen. Heb je de deur achter je op slot gedaan?'

'Ja, signora. U bent... veilig.'

'Mooi zo. Dat moet ook. Je weet nooit wat er daar buiten in de bossen zit, nietwaar?'

Hij keek snel naar het glimlachende gezicht met de plukjes grijs haar eromheen en de scherpe, heldere ogen. Lag daar een geheim in verborgen?

'Welterusten, signora.'

'Welterusten, jongen.' Ze deed de deur dicht.

In zijn eigen kamer liet hij zich op het bed vallen en staarde naar het lage, scheve plafond.

Meestal sliep hij 's nachts onrustig; het was niet zijn natuurlijke slaaptijd. Maar deze avond was hij moe. Het kostte hem zo veel energie om in het zonlicht te komen en het zware maal droeg bij aan zijn loomheid. Hoewel zijn ogen niet dichtgingen, zag hij al snel niet meer het witte plafond boven hem.

Willekeurige flarden van herinneringen zweefden door zijn geest. Katherine, zo mooi die avond bij de fontein, in het maanlicht dat dat lichte, goudblonde haar een zilveren glans gaf. Wat was hij trots geweest om bij haar te zitten, om degene te zijn met wie ze een geheim had...

'Maar je mag nooit in het zonlicht komen?'

'Ja, dat mag ik wel, zolang ik deze draag.' Ze stak een kleine, bleke hand omhoog en het maanlicht scheen op de ring met de lapis lazuli. 'Maar ik word zo moe van het zonlicht. Ik ben nooit erg sterk geweest.'

Stefan keek naar haar, naar haar tere trekken en haar tengere lichaam. Ze was bijna doorzichtig, als gesponnen glas. Nee, ze was vast nooit sterk geweest.

'Ik was als kind vaak ziek,' zei ze zacht, met haar ogen gericht op de beweging van het water in de fontein. 'De laatste keer zei de arts ten slotte dat ik dood zou gaan. Ik herinner me dat papa huilde en dat ik in mijn grote bed lag, te zwak om te bewegen. Zelfs ademen kostte me te veel inspanning. Ik was zo verdrietig dat ik de wereld moest verlaten, en ik had het zo koud, zo vreselijk koud.' Ze huiverde, en glimlachte.

'Maar wat is er toen gebeurd?'

'Ik werd midden in de nacht wakker doordat Gudren, mijn dienstmeisje, over me heen gebogen stond. En toen deed ze een stap opzij en zag ik de man die ze had meegebracht. Ik was bang. Hij heette Klaus, en ik had de mensen in het dorp horen zeggen dat hij slecht was. Ik schreeuwde naar Gudren dat ze me moest redden, maar ze stond daar alleen maar toe te kijken. Toen hij zijn mond naar mijn nek bracht, dacht ik dat hij me ging vermoorden.'

Ze zweeg even. Stefan staarde haar vol afschuw en medelijden aan, maar zij schonk hem een geruststellende glimlach. 'Achteraf was het helemaal niet zo erg. Eerst deed het een beetje pijn, maar dat ging snel over. En daarna was het eigenlijk wel een prettig gevoel. Toen hij me zijn eigen bloed te drinken gaf, voelde ik me sterker dan ik me in maanden had gevoeld. En vervolgens wachtten we samen de uren af tot de zon opkwam. Toen de dokter kwam, kon hij er niet over uit dat ik rechtop kon zitten en kon praten. Papa zei dat het een wonder was, en hij huilde weer, van geluk.' Haar gezicht betrok. 'Binnenkort zal ik mijn vader moeten verlaten. Op een dag zal het tot hem doordringen dat ik sinds mijn ziekte geen dag ouder ben geworden.'

'En ga je nooit dood?'

'Nee. Dat is het wonderbaarlijke ervan, Stefan!' Ze keek met kinderlijk plezier naar hem op. 'Ik blijf eeuwig jong, en ik ga nooit dood! Kun je het je voorstellen?'

Hij kon zich haar niet anders voorstellen dan ze nu was: mooi, onschuldig, volmaakt. 'Maar... vond je het eerst niet eng?'

'In het begin wel een beetje. Maar Gudren liet me zien wat ik moest doen. Zij vertelde me dat ik deze ring moest laten maken, met een edelsteen die me tegen het zonlicht zou beschermen. Ze gaf me in bed warme kandeel te drinken. Later bracht ze me kleine dieren, die haar zoon had gevangen.'

'Geen... mensen?'

Ze schoot in de lach. 'Natuurlijk niet. Ik kan alles wat ik in een nacht nodig heb uit een duif halen. Gudren zegt dat ik mensenbloed moet drinken als ik machtig wil zijn, want het levensextract van mensen is het sterkst. En Klaus drong er ook op aan; hij wilde weer bloed met me uitwisselen. Maar ik zeg tegen Gudren dat ik geen macht wil. En wat Klaus betreft...' Ze sloeg haar ogen neer, zodat haar zware wimpers op haar wangen rustten. Haar stem was heel zacht toen ze vervolgde: 'Ik vind niet dat het iets is wat je zomaar moet doen. Ik ben van plan om alleen mensenbloed te nemen als ik mijn partner heb gevonden, degene die tot in de eeuwigheid bij me zal blijven.' Ze keek ernstig naar hem op.

Stefan glimlachte naar haar. Hij was duizelig van trots. Hij kon het geluk dat hij op dat moment voelde nauwelijks bevatten.

Maar dat was vóór zijn broer Damon terugkwam van de universiteit. Voor Damon terugkwam en Katherines prachtige blauwe ogen zag.

Stefan lag op zijn bed in de kamer met het lage plafond en kreunde. Toen zoog de duisternis hem verder op en nieuwe beelden speelden door zijn hoofd.

Het waren willekeurige flarden uit het verleden, die geen aaneengesloten geheel vormden. Hij zag ze als taferelen die door bliksemschichten kort werden verlicht. Het gezicht van zijn broer, verwrongen tot een masker van onmenselijke woede. Katherines blauwe ogen die schitterden en dansten terwijl ze een pirouette draaide in haar nieuwe witte jurk. Een glimp wit achter een citroenboom. Het gevoel van een zwaard in zijn hand, Giuseppes stem die vanuit de verte iets schreeuwde. De citroenboom. Hij moest niet achter de citroenboom komen. Hij zag Damons gezicht weer, maar nu was zijn broer wild aan het lachen. Het lachen ging maar door, het klonk als het knarsen van gebroken glas. En de citroenboom was nu dichterbij...

'Damon... Katherine... néé!'

Hij zat stijf rechtop in zijn bed.

Hij streek met trillende handen door zijn haar en probeerde rustig te ademen.

Een verschrikkelijke droom. Het was lang geleden dat dit soort dromen hem hadden gekweld; het was hoe dan ook lang geleden dat hij had gedroomd. De laatste paar seconden speelden keer op keer door zijn hoofd. Hij zag weer de citroenboom en hoorde weer het lachen van zijn broer.

Het weergalmde bijna té duidelijk in zijn hoofd. Plotseling, zonder dat hij zich bewust was dat hij in beweging wilde komen, stond hij bij het open raam. De nachtlucht voelde koud aan op zijn wangen toen hij de zilverachtige duisternis in keek.

'Damon?' Zoekend zond hij de gedachte uit op een golf van Macht. Toen bleef hij een poosje roerloos staan en luisterde met al zijn zintuigen.

Hij voelde niets, geen spoor van een reactie. Dichtbij vlogen een paar nachtvogels op uit een boom. In het dorp lagen veel geesten te slapen, in de bossen hielden nachtdieren zich bezig met hun verborgen activiteiten.

Hij zuchtte en draaide zich weer om naar zijn kamer. Misschien had hij zich vergist en had hij helemaal geen gelach gehoord. Misschien had hij zich zelfs vergist wat betreft die dreigende aanwezigheid op het kerkhof. Fell's Church was stil en vredig en hij moest ook proberen tot rust te komen. Hij had slaap nodig.

5 september (eigenlijk net 6 september, ongeveer 01.00 uur 's nachts)

Lief dagboek,
Eigenlijk zou ik snel weer naar bed moeten gaan. Een paar minuten geleden werd ik wakker met het idee dat ik iemand hoorde schreeuwen, maar nu is het stil in huis. Er zijn vanavond zo veel vreemde dingen gebeurd, ik zal wel last hebben van overspannen zenuwen.

   In ieder geval wist ik toen ik wakker werd precies hoe ik het met Stefan ga aanpakken. Op de een of andere manier had ik het opeens in mijn hoofd. Plan B, fase één gaat morgen van start.

Frances' ogen schitterden en haar wangen waren vuurrood toen ze op de drie meisjes aan de tafel afliep.

'O, Elena, moet je dit horen!'

Elena glimlachte naar haar, beleefd maar niet al te toeschietelijk. Frances boog haar hoofd. 'Ik bedoel... mag ik erbij komen zitten? Ik heb net iets heel geks gehoord over Stefan Salvatore.'

'Ga zitten,' zei Elena minzaam. Ze smeerde boter op een bolletje en voegde eraan toe: 'Hoewel we niet echt in het nieuws geïnteresseerd zijn.'

'Je...?' Frances staarde haar aan. Ze keek naar Meredith en toen naar Bonnie. 'Jullie maken toch een grapje, hè?'

'Helemaal niet.' Meredith prikte een sperzieboon aan haar vork en bekeek hem goed. 'We hebben andere dingen aan ons hoofd.'

'Precies,' zei Bonnie, die opschrok uit haar gedachten. 'Stefan is oud nieuws, weet je. Passé.' Ze boog zich opzij en wreef over haar enkel.

Frances keek Elena smekend aan. 'Maar ik dacht dat je alles over hem wilde weten?'

'Nieuwsgierigheid,' zei Elena. 'Hij is tenslotte een gast en ik wilde hem welkom heten in Fell's Church. Maar ik moet natuurlijk trouw blijven aan Jean-Claude.'

'Jean-Claude?'

'Jean-Claude,' zei Meredith. Ze trok haar wenkbrauwen op en zuchtte.

'Jean-Claude,' herhaalde Bonnie enthousiast.

Heel voorzichtig, met duim en wijsvinger, haalde Elena een foto uit haar rugzak tevoorschijn. 'Hier staat hij voor het huisje waar we logeerden. Even later plukte hij een bloem voor me en zei... nou ja' – ze glimlachte geheimzinnig – 'dat zal ik maar niet herhalen.'

Frances staarde naar de foto. Er stond een zongebruinde jongeman op, zonder overhemd. Hij stond voor een hibiscusstruik en glimlachte verlegen. 'Hij is ouder dan jij, hè?' zei ze, vol respect.

'Eenentwintig.' Elena keek snel over haar schouder en voegde eraan toe: 'Mijn tante zou het natuurlijk nooit goedvinden, dus we houden het voor haar verborgen tot ik eindexamen heb gedaan. We moeten elkaar in het geheim schrijven.'

'Wat romantisch,' fluisterde Frances. 'Ik zeg het tegen niemand, dat beloof ik je. Maar wat Stefan betreft...'

Elena wierp haar een hooghartig lachje toe. 'Als ik Europees ga eten, vind ik de Franse keuken echt véél lekkerder dan de Italiaanse.' Ze wendde zich tot Meredith. 'Toch?'

'Mm-hmm. Zéker.' Meredith en Elena glimlachten elkaar veelbetekenend toe en draaiden zich toen om naar Frances. 'Vind je ook niet?'

'O, ja,' zei Frances haastig. 'Ik ook. Nou en of.' Ook zij glimlachte veelbetekenend, knikte een paar keer, stond op en vertrok.

Toen ze weg was, zei Bonnie klagend: 'Ik kan hier niet tegen. Elena, ik ga dood als ik die roddels niet mag horen.'

'O, dat? Die kan ik je wel vertellen,' antwoordde Elena rustig. 'Ze wilde zeggen dat het gerucht gaat dat Stefan Salvatore een rechercheur van de narcoticabrigade is.'

'Een wát!' Bonnie staarde haar aan en barstte in lachen uit. 'Maar dat is belachelijk. Welke rechercheur trekt er nou zulke kleren aan en draagt een zonnebril? Ik bedoel, hij heeft er alles aan gedaan om de aandacht op zich te vestigen...' Haar stem stierf weg en ze sperde haar bruine ogen open. 'Maar hé, misschien doet hij het er juist wel om. Wie verdenkt er nou iemand die zo in de gaten loopt? Bovendien woont hij inderdaad alleen, en hij is erg op zichzelf... Elena! Stel dat het waar is?'

'Het is niet waar,' zei Meredith.

'Hoe weet je dat?'

'Omdat ik het verhaal de wereld in heb geholpen.' Toen ze Bonnies gezicht zag, grijnsde ze en voegde eraan toe: 'Op verzoek van Elena.'

'Oooo.' Bonnie keek Elena bewonderend aan. 'Jij bent vals. Mag ik tegen de mensen zeggen dat hij een dodelijke ziekte heeft?'

'Nee, dat mag niet. Ik wil niet dat er allemaal Florence Nightingale-types opduiken om zijn hand vast te houden. Maar over Jean-Claude mag je alles rondvertellen wat je wilt.'

Bonnie pakte de foto op. 'Wie is het echt?'

'De tuinman. Hij was gek op die hibiscusstruiken. Hij was ook getrouwd, met twee kinderen.'

'Jammer,' zei Bonnie ernstig. 'En je hebt tegen Frances gezegd dat ze niemand over hem mocht vertellen...'

'Precies.' Elena keek op haar horloge. 'Dus dat betekent dat rond... zeg maar een uur of twee de hele school ervan weet.'

Na school gingen de meisjes naar Bonnies huis. Bij de deur werden ze begroet door een doordringend gekef en toen Bonnie de deur opendeed, probeerde een erg oud, dik pekineesje naar buiten te ontsnappen. Hij heette Yangtze, en hij was zo verwend dat niemand hem kon uitstaan, behalve Bonnies moeder. Hij hapte naar Elena's enkel toen ze voorbijliep.

De huiskamer was donker en vol, met veel nogal drukke meubelen en dikke gordijnen voor de ramen. Bonnies zus Mary was thuis en stond net een verpleegsterskapje uit haar golvende, rode haar los te maken. Ze was maar twee jaar ouder dan Bonnie en ze werkte in het ziekenhuis van Fell's Church.

'O, Bonnie,' zei ze. 'Ik ben blij dat je terug bent. Hallo, Elena, Meredith.'

Elena en Meredith zeiden gedag. 'Wat is er aan de hand? Je ziet er moe uit,' zei Bonnie.

Mary gooide haar kapje op de koffietafel. In plaats van antwoord te geven, stelde ze een tegenvraag. 'Toen je gisteravond zo van streek thuiskwam, waar zei je toen dat jullie waren geweest?'

'Bij het... O, gewoon, bij de Wickery Bridge.'

'Dat dacht ik al.' Mary haalde diep adem. 'Nu moet je eens goed naar me luisteren, Bonnie McCullough. Ga daar nóóit meer naartoe, en vooral niet 's avonds, in je eentje. Heb je dat begrepen?'

'Maar waarom niet?' vroeg Bonnie, verbijsterd.

'Omdat er daar gisteravond iemand is aangevallen, dáárom niet. En weet je waar ze hem hebben aangetroffen? Op de oever, onder de Wickery Bridge.'

Elena en Meredith staarden haar ongelovig aan, en Bonnie greep Elena's arm vast. 'Is iemand aangevallen onder de brug? Maar wie was het dan? Wat is er gebeurd?'

'Dat weet ik niet. Vanmorgen zag een van de mensen die op het kerkhof werken hem daar liggen. Het was een dakloze, denk ik, en hij lag waarschijnlijk onder de brug te slapen toen hij werd aangevallen. Maar hij was half dood toen ze hem binnenbrachten en hij is nog steeds niet bij bewustzijn. Hij gaat misschien dood.'

Elena slikte. 'Hoe bedoel je, aangevallen?'

'Ik bedoel,' zei Mary nadrukkelijk, 'dat zijn keel was opengescheurd. Hij heeft een ongelofelijke hoeveelheid bloed verloren. Eerst dachten ze dat een beest het misschien had gedaan, maar nu zegt dokter Lowen dat het een mens is geweest. En de politie denkt dat degene die het heeft gedaan, zich misschien schuilhoudt op het kerkhof.' Mary keek hen een voor een aan. Haar mond was vertrokken tot een rechte streep. 'Dus als jullie inderdaad bij de brug waren – of op het kerkhof, Elena Gilbert – kan het zijn dat die persoon daar vlak bij jullie in de buurt was. Snap je?'

'Je hoeft ons verder niet bang te maken,' zei Bonnie zwakjes. 'We begrijpen wat je bedoelt, Mary.'

'Oké. Mooi.' Mary liet haar schouders zakken en wreef vermoeid over de achterkant van haar nek. 'Ik moet even een poosje gaan liggen. Ik wilde niet chagrijnig zijn.' Ze liep de kamer uit.

Toen ze weg was, keken de drie meisjes elkaar aan.

'Het had een van ons kunnen zijn,' zei Meredith zacht. 'Vooral jij, Elena. Jij was daar alleen.'

Elena's huid prikte. Ze had weer hetzelfde pijnlijke, waakzame gevoel dat ze op het oude kerkhof had gehad. Ze voelde weer de koude wind en zag de rijen met hoge grafstenen om zich heen staan. De zon en het Robert E. Lee College hadden nog nooit zo ver weg geleken.

'Bonnie,' zei ze langzaam, 'heb jij daar iemand gezien? Bedoelde je dat toen je zei dat er iemand op me wachtte?'

In de donkere kamer keek Bonnie haar niet-begrijpend aan. 'Waar heb je het over? Dat heb ik helemaal niet gezegd.'

'Jawel, dat heb je wel gedaan.'

'Nee, niet waar. Ik heb dat nooit gezegd.'

'Bonnie,' zei Meredith, 'we hebben het allebei gehoord. Je staarde naar de oude grafstenen, en toen zei je tegen Elena...'

'Ik weet niet waar je het over hebt. Ik heb helemaal níéts gezegd.' Bonnies gezicht was strak van boosheid, maar er stonden tranen in haar ogen. 'Ik wil er niet meer over praten.'

Elena en Meredith keken elkaar hulpeloos aan. Buiten verdween de zon achter een wolk.

6

26 september

Lief dagboek,
Het spijt me dat het zo lang heeft geduurd, en ik kan niet eens goed uitleggen waarom ik niet heb geschreven, behalve dat er zo veel dingen zijn waar ik niet over durf te praten, zelfs niet tegen jou.

Om te beginnen is er iets heel verschrikkelijks gebeurd. De dag dat Bonnie, Meredith en ik op het kerkhof waren, is daar een oude man aangevallen en bijna vermoord. De politie heeft de dader nog steeds niet opgepakt. De mensen denken dat de oude man gek was, want toen hij wakker werd, begon hij te raaskallen over 'ogen in het donker' en eikenbomen en zo. Maar ik weet nog wat wij die avond hebben meegemaakt en ik heb mijn twijfels. Ik vind het eng.

Iedereen was een poosje bang, en alle kinderen moesten na donker binnenblijven, of mochten alleen in groepjes naar buiten. Maar het is nu een week of drie geleden en er zijn geen aanvallen meer geweest, dus de opwinding begint af te nemen. Volgens tante Judith heeft een andere dakloze het gedaan. De vader van Tyler Smallwood suggereerde zelfs dat de oude man het zichzelf had aangedaan, hoewel ik wel eens zou willen weten hoe iemand zichzelf in zijn keel zou moeten bijten.

Maar ik heb het vooral erg druk gehad met Plan B. Voor zover het loopt, loopt het goed. Ik heb verschillende brieven en een boeket rode rozen van 'Jean-Claude' gekregen (Merediths oom is bloemist) en het lijkt erop dat iedereen is vergeten dat ik ooit in Stefan geïnteresseerd was. Dus mijn sociale positie is veiliggesteld. Zelfs Caroline doet niet moeilijk.

Eigenlijk weet ik niet eens wat Caroline de laatste tijd uitvoert, en *het kan me ook niet schelen. Ik zie haar nooit meer in de lunchpauze of na school; het lijkt wel alsof ze zich helemaal uit haar oude vriendengroep heeft teruggetrokken.*

Er is maar één ding dat me op dit moment interesseert: Stefan.

Zelfs Bonnie en Meredith beseffen niet hoe belangrijk hij voor me is. Ik durf het ze niet te vertellen. Ik ben bang dat ze zullen denken dat ik gek ben. Op school doe ik me heel rustig en beheerst voor, maar vanbinnen... en het wordt elke dag alleen maar erger.

Tante Judith begint zich zorgen over me te maken. Ze zegt dat ik de laatste tijd niet genoeg eet, en ze heeft gelijk. Ik kan me niet concentreren op mijn lessen, zelfs niet op iets leuks, zoals de Spookhuisactie. Ik kan me alleen maar concentreren op hem, en ik begrijp niet waarom.

Sinds die verschrikkelijke middag heeft hij niet meer tegen me gesproken. Maar ik zal je eens iets geks vertellen. Toen ik vorige week tijdens geschiedenis opkeek, betrapte ik hem erop dat hij naar me zat te kijken. We zaten een paar tafels bij elkaar vandaan en hij zat half omgedraaid op zijn stoel en keek naar me. Even werd ik er bijna bang van en mijn hart begon te bonzen. We staarden elkaar alleen maar aan, en toen wendde hij zijn blik af. Maar sinds die keer is het nog twee keer gebeurd, en elke keer voelde ik al dat hij naar me keek vóór ik het zag. Dit is de absolute waarheid. Ik weet dat ik het me niet verbeeld.

Hij is anders dan alle andere jongens die ik ooit heb gekend.

Hij lijkt zo alleen, zo eenzaam. Ook al wil hij dat zelf. Hij heeft behoorlijk indruk gemaakt in het footballteam, maar hij gaat niet met de andere jongens om, behalve misschien met Matt. Matt is de enige met wie hij praat. Voor zover ik kan zien, gaat hij ook niet om met meisjes, dus het kan zijn dat dat gerucht van die narcotica-rechercheur een beetje helpt. Maar het lijkt er meer op dat hij andere mensen ontloopt dan andersom. Tussen de lessen door en na de footballtraining verdwijnt hij, en ik heb hem nog nooit in de kantine gezien. Hij heeft nog nooit iemand uitgenodigd op zijn kamer in het pension. Hij gaat na school nooit naar de koffietent.

Dus hoe moet ik hem ooit ergens tegenkomen waar hij me niet kan ontlopen? Dat is het echte probleem met Plan B. Bonnie zegt: 'Zorg dat je met hem in noodweer belandt, zodat je bij elkaar moet kruipen om warm te blijven.' En Meredith stelde voor dat ik vlak voor het pension pech zou kunnen krijgen met mijn auto. Maar die ideeën zijn geen van beide erg práktisch, en ik probeer als een gek iets beters te verzinnen.

Het wordt elke dag erger voor me. Ik heb het gevoel dat ik een wekker ben of zo, die steeds strakker wordt opgewonden. Als ik niet heel snel iets bedenk wat ik kan doen, ga ik...

Ik wilde zeggen: 'dood'.

De oplossing kwam plotseling bij haar op en was heel eenvoudig.

Ze had medelijden met Matt; ze wist dat hij gekwetst was door het gerucht over Jean-Claude. Sinds het verhaal bekend was geworden, had hij nauwelijks meer tegen haar gesproken. Meestal liep hij haar met een kort knikje voorbij. En toen ze hem op een dag in een verlaten gang toevallig tegenkwam, keek hij haar niet aan.

'Matt...' begon ze. Ze wilde tegen hem zeggen dat het niet waar was, dat ze nooit iets met een andere jongen zou zijn begonnen zonder dat eerst aan hem te vertellen. Ze wilde hem vertellen dat ze hem nooit had willen kwetsen en dat ze zich nu verschrikkelijk schuldig voelde. Maar ze wist niet hoe ze moest beginnen. Ten slotte gooide ze er alleen maar uit: 'Het spijt me!' Ze draaide zich om om de klas in te gaan.

'Elena,' zei hij, en ze draaide zich terug. Hij keek haar nu in ieder geval aan. Zijn ogen bleven even rusten op haar lippen en haar haar. Toen schudde hij zijn hoofd, alsof hij zich wilde verontschuldigen. 'Bestaat die Franse jongen echt?' vroeg hij ten slotte.

'Nee,' zei Elena onmiddellijk, zonder te aarzelen. 'Ik heb hem verzonnen,' voegde ze er eenvoudig aan toe, 'om aan iedereen te bewijzen dat ik me niets aantrok van...' Ze maakte haar zin niet af.

'Van Stefan. Ik begrijp het.' Matt knikte. Hij zag er grimmiger maar tegelijkertijd ook wat begrijpender uit. 'Luister, Elena, dat was inderdaad nogal bot van hem. Maar ik geloof niet dat hij het persoonlijk bedoelde. Hij is tegen iedereen zo...'

'Behalve tegen jou.'

'Nee. Hij praat soms tegen me, maar niet over persoonlijke dingen. Hij vertelt niets over zijn familie, of over wat hij buiten school doet. Het is alsof... alsof er een muur om hem heen staat, waar ik niet doorheen kan komen. Ik geloof niet dat hij ooit iemand binnen die muur zal toelaten. En dat is verdomd jammer, want ik geloof dat hij zich daar knap ellendig voelt.'

Elena dacht hier even over na, gefascineerd door een kijk op Stefan die ze nooit eerder had overwogen. Hij leek altijd zo beheerst, zo kalm en onverstoorbaar. Maar aan de andere kant wist ze dat ze zelf ook zo op andere mensen overkwam. Was het mogelijk dat hij zich inwendig net zo verward en ongelukkig voelde als zij?

Toen kwam het idee in haar op, en het was belachelijk eenvoudig. Geen ingewikkelde trucs, geen noodweer, of auto's die kapotgingen.

'Matt,' zei ze langzaam, 'zou het niet goed zijn als er wél iemand binnen die muur zou komen? Goed voor Stefan, bedoel ik? Denk je niet dat dat het beste zou zijn wat hem zou kunnen overkomen?' Ze keek gespannen naar hem op, en wenste uit alle macht dat hij het zou begrijpen.

Hij staarde haar even aan, kneep toen kort zijn ogen dicht en schudde ongelovig zijn hoofd. 'Elena,' zei hij, 'jij bent ongelofelijk. Je wikkelt mensen om je pink, en ik geloof dat je zelf niet eens doorhebt dat je dat doet. Je gaat me nu vragen om iets voor je te doen waardoor jij Stefan in de val kunt lokken, en ik ben zo'n sukkel dat ik het misschien nog ga doen ook.'

'Jij bent geen sukkel, je bent een heer. En ik wil inderdaad dat je iets voor me doet, maar alleen als je het zelf een goed idee vindt. Ik wil Stefan niet kwetsen, en jou ook niet.'

'O nee?'

'Néé. Ik weet hoe dat klinkt, maar het is waar. Ik wil alleen...' Ze onderbrak zichzelf weer. Hoe moest ze uitleggen wat ze wilde, als ze het zelf niet eens begreep?

'Jij wilt alleen maar dat alles en iedereen om Elena Gilbert draait,' zei hij bitter. 'Jij wilt alleen maar hebben wat je niet hebt.'

Geschokt deed ze een stap achteruit en keek hem aan. Er kwam een brok in haar keel en haar ogen werden warm.

'Niet doen,' zei Matt. 'Elena, kijk niet zo. Het spijt me.' Hij zuchtte. 'Oké, wat moet ik doen? Hem aan handen en voeten vastbinden en bij je voordeur afleveren?'

'Nee,' zei Elena. Ze probeerde nog steeds de tranen terug te dringen. 'Ik wilde je alleen vragen hem over te halen om volgende week naar het schoolbal te gaan.'

Matt keek haar vreemd aan. 'Je wilt alleen maar dat hij naar het bal gaat.'

Elena knikte.

'Oké. Ik weet vrijwel zeker dat hij gaat. En, Elena... ik wil daar echt het liefst met jou naartoe.'

'Oké,' zei Elena, na een korte aarzeling. 'En... nou ja, bedankt.'

Matt keek haar nog steeds eigenaardig aan. 'Niets te danken, Elena. Het is niets... niet echt.' Ze dacht hier nog over na toen hij zich omdraaide en de gang uit liep.

'Zit stil,' zei Meredith en ze gaf Elena een corrigerend rukje aan haar haar.

'Ik vond ze allebei geweldig,' zei Bonnie, vanaf het zitje in de vensterbank.

'Wie?' mompelde Elena afwezig.

'Alsof jij dat niet weet,' zei Bonnie. 'Die twee jongens van jou, die gisteren in de laatste minuut de wedstrijd redden. Toen Stefan die laatste bal ving, dacht ik dat ik ging flauwvallen. Of overgeven.'

'O, alsjeblíéft, zeg,' zei Meredith.

'En Matt... die jongen is gewoon een gedicht in beweging...'

'En ze zijn geen van tweeën van mij,' zei Elena vlak. Onder Merediths ervaren vingers veranderde haar haar in een kunstwerk, een zachte massa van gevlochten goud. En de jurk was mooi; het lichte violet liet het violet in haar ogen goed uitkomen. Maar zelfs in haar eigen ogen zag ze er bleek en ijzig uit, niet blozend van opwinding, maar wit en vastberaden, als een heel jonge soldaat die naar het front wordt gestuurd.

Toen ze de vorige dag op het footballveld stond en haar naam werd afgeroepen als koningin van het bal, had ze maar één gedachte: hij kón niet weigeren met haar te dansen. Als hij naar het feest ging, kon hij de koningin van het bal niet afwijzen. En nu ze voor de spiegel stond, zei ze het nog eens tegen zichzelf.

'Vanavond kun je iedereen krijgen die je wilt,' zei Bonnie geruststellend. 'En hoor eens, als je Matt aan de kant hebt gezet, mag ik hem dan troosten?'

Meredith snoof spottend. 'Wat zal Raymond daarvan denken?'

'O, dan mag jíj hém troosten. Maar echt, Elena, ik vind Matt aardig. En als jij Stefan probeert te krijgen, wordt het een beetje druk met z'n drieën. Dus...'

'O, doe maar wat je wilt. Matt heeft wel wat aandacht verdiend.' Van mij krijgt hij die in ieder geval niet, dacht Elena. Ze kon er nog steeds niet over uit wat ze hem aandeed. Maar op dit moment kon ze zich geen twijfels veroorloven; ze had al haar kracht en concentratie hard nodig.

'Zo.' Meredith stak de laatste speld in Elena's haar. 'Nou, kijk eens, daar zijn we dan, de koningin van het bal met haar hofhouding, een deel ervan, in ieder geval. We zien er prachtig uit.'

'Is dat het koninklijke "wij"?' vroeg Elena spottend. Maar het was waar: ze zágen er prachtig uit. Merediths jurk was gemaakt van zuiver, bordeauxrood satijn en viel van de smalle taille in plooien over de heupen naar beneden. Haar donkere haar hing los op haar rug. En Bonnie, die bij hen voor de spiegel kwam staan, zag er in haar roze tafzijden jurk met zwarte lovertjes uit als een glinsterend elfje.

Wat haarzelf betrof... Elena bekeek met een geoefend oog haar spiegelbeeld en dacht weer: de jurk is mooi. De enige andere woorden die bij haar opkwamen, waren 'gekristalliseerde viooltjes'. Haar grootmoeder had ze vroeger in een potje: echte bloemen, in kristalsuiker gedoopt en bevroren.

Ze gingen samen naar beneden, zoals ze sinds de brugklas bij elk schoolbal hadden gedaan, behalve dat voorheen Caroline er altijd bij was geweest. Elena bedacht een beetje verbaasd dat ze niet eens wist met wie Caroline naar het feest zou gaan.

Tante Judith en Robert – binnenkort oom Robert – zaten in de huiskamer, samen met Margaret, die haar pyjama aanhad.

'O, meisjes, wat zien jullie er prachtig uit,' zei tante Judith. Ze was nerveus en opgewonden, alsof ze zelf naar het bal moest. Ze gaf Elena een zoen en Margaret stak haar armpjes omhoog voor een knuffel.

'Je bent mooi,' zei ze, met de eenvoud van een vierjarige.

Robert keek ook naar Elena. Hij knipperde met zijn ogen, deed zijn mond open en klapte hem meteen weer dicht.

'Wat is er, Bob?'

'O.' Hij keek tante Judith een beetje gegeneerd aan. 'Nou, ik bedacht opeens dat Elena is afgeleid van Helena. En om de een of andere reden moest ik denken aan Helena van Troje.'

'Beeldschoon en gedoemd,' zei Bonnie opgewekt.

'Eh, ja, inderdaad,' zei Robert, helemaal niet opgewekt. Elena zei niets.

De deurbel ging. Matt stond op de stoep, in zijn vertrouwde blauwe sportjas. Hij was samen met Ed Goff en Raymond Hernandez, de jongens met wie Meredith en Bonnie naar het feest zouden gaan. Elena keek of ze Stefan ergens zag.

'Hij is er waarschijnlijk al,' zei Matt, die haar blik had gezien. 'Luister, Elena...'

Maar wat hij ook wilde zeggen, ging verloren in het drukke gepraat van de andere stelletjes. Bonnie en Raymond stapten bij hen in Matts auto en zaten de hele weg naar school met elkaar te dollen.

Muziekklanken dreven door de open deuren van de aula naar buiten. Zodra Elena de auto uit stapte, werd ze overspoeld door een eigenaardig gevoel van zekerheid. Er ging iets gebeuren, besefte ze, toen ze het vierkante schoolgebouw voor zich zag opdoemen. De laatste paar weken waren in een rustig tempo verlopen, maar nu zouden de gebeurtenissen overschakelen naar een hogere versnelling.

Ik ben er klaar voor, dacht ze, en ze hoopte dat het waar was.

Binnen was het een bonte mengelmoes van kleur en activiteit. Matt en zij werden meteen omringd door mensen. Ze werden overladen met complimentjes. Elena's jurk... haar haar... haar bloemen. Matt was een legende in opkomst, een tweede Joe Montana, verzekerd van een studiebeurs door zijn sportieve talent.

In de duizelingwekkende maalstroom, waarin Elena zich als een vis in het water had moeten voelen, bleef ze uitkijken naar één donker hoofd.

Tyler Smallwood, die een walm van drank, Brut en kauwgom om zich heen verspreidde, stond zwaar in haar gezicht te ademen. Zijn vriendinnetje had een moordlustige blik in haar ogen. Elena negeerde hem, in de hoop dat hij weg zou gaan.

Meneer Tanner kwam voorbij met een slap kartonnen bekertje in zijn hand, en een gezicht alsof zijn boordje te strak zat. Sue Carson, die tot prinses van het bal was gekozen, kwam nonchalant op haar af lopen en maakte een vleiende opmerking over de violette jurk. Bonnie was al op de dansvloer. Haar jurk glansde in het lamplicht. Maar Stefan zag Elena nergens.

Als ze nóg meer kauwgomlucht te verwerken kreeg, werd ze misselijk. Ze gaf Matt een por en ze ontsnapten naar de tafel met drankjes, waar coach Lyman een kritische analyse van de wedstrijd ten beste gaf. Stelletjes en groepjes kwamen naar hen toe lopen, bleven een paar minuten staan praten en trokken zich dan weer terug, om plaats te maken voor de volgenden in de rij. Net of we échte royalty zijn, dacht Elena geamuseerd. Ze keek opzij om te zien of Matt er ook zo over dacht, maar hij keek strak naar links.

Ze volgde zijn blik. Daar, half verscholen achter een meute footballspelers, zag ze het donkere hoofd dat ze had gezocht. Onmiskenbaar, zelfs in dit schemerlicht. Er ging een rilling door haar heen, meer van pijn dan van iets anders.

'En nu?' vroeg Matt, met een strak gezicht. 'Vastbinden maar?'

'Nee. Ik ga hem vragen om met me te dansen, meer niet. Ik wil wel wachten tot wij eerst hebben gedanst, als je wilt.'

Hij schudde zijn hoofd en ze liep door de menigte op Stefan af.

Naarmate ze dichterbij kwam, kreeg ze stukje bij beetje meer van hem te zien. Zijn zwarte jasje was net iets eleganter van snit dan dat van de andere jongens, en hij droeg er een witte kasjmieren trui onder. Hij stond er heel rustig bij, een beetje afgezonderd van de groep om hem heen. En hoewel ze zijn gezicht alleen van opzij kon zien, zag ze dat hij zijn bril niet op had.

Hij deed hem natuurlijk af met football, maar ze had hem nog nooit van dichtbij gezien zonder bril. Het gaf haar een duizelig, opgewonden gevoel, alsof ze op een gemaskerd bal waren en dit het moment was dat de maskers af gingen. Ze richtte haar blik op zijn schouder, de lijn van zijn kaak, en toen draaide hij zich naar haar toe.

Op dat ogenblik was Elena zich ervan bewust dat ze mooi was. Het was niet alleen de jurk, of de manier waarop haar haar was opgemaakt. Ze was mooi van zichzelf: slank, koninklijk, een wezen van zijde en innerlijk vuur. Ze zag zijn lippen iets uit elkaar gaan, als in een reflex, en toen keek ze in zijn ogen.

'Hallo.' Was dat haar eigen stem, zo rustig en zelfverzekerd? Zijn ogen waren groen. Groen als eikenbladeren in de zomer. 'Vermaak je je een beetje?'

Nu wel. Hij zei het niet, maar ze wist dat hij het dacht; ze zag het aan de manier waarop hij naar haar keek. Ze was nog nooit zo overtuigd geweest van haar macht. Alleen zag hij er niet uit alsof hij zich vermaakte. Hij zag er verslagen en gekweld uit, alsof hij dit alles geen minuut langer kon verdragen.

De band begon te spelen, een langzaam nummer. Hij staarde haar nog steeds aan, zoog haar als het ware in zich op. Zijn groene ogen werden donker van verlangen. Plotseling had ze het gevoel dat hij haar zomaar naar zich toe zou kunnen trekken en haar hard zou kunnen kussen, zonder iets te zeggen.

'Heb je zin om te dansen?' vroeg ze zacht. Ik speel met vuur, met iets wat ik niet begrijp, dacht ze opeens. En op dat ogenblik besefte ze dat ze bang was. Haar hart begon wild te kloppen. Het was alsof die groene ogen iets in haar raakten wat diep onder het oppervlak begraven lag, en dat iets schreeuwde 'gevaar'. Een instinct dat ouder was dan de beschaving zei haar dat ze moest wegrennen, vluchten.

Ze verroerde zich niet. Dezelfde kracht die haar angst aanjoeg, hield haar gevangen. Dit loopt uit de hand, dacht ze plotseling. Wat hier ook gebeurde was niet normaal of verstandelijk te beredeneren. Ze begreep het niet. Maar het kon niet meer gestopt worden, en hoewel ze doodsbang was, genoot ze er ook van. Het was het meest intense moment dat ze ooit met een jongen had meegemaakt, maar er gebeurde helemaal niets. Hij staarde haar alleen maar gehypnotiseerd aan en zij staarde terug, terwijl de energie als een weerlicht tussen hen heen en weer flitste. Ze zag een verslagen, duistere blik in zijn ogen, en ze voelde haar hart woest opspringen toen hij langzaam zijn hand naar haar uitstrekte.

En toen stortte alles ineen.

'Jeetje, Elena, wat zie je er líéf uit,' zei een stem, en Elena's ogen werden verblind door een gouden gloed. Het was Caroline. Haar dikke, kastanjebruine haar glansde en haar huid had een perfecte, zongebruinde kleur. Ze droeg een jurk van zuiver goudlamé, waarin een ongelofelijk gedurfde hoeveelheid van die perfecte huid zichtbaar was. Ze stak haar blote arm door die van Stefan en keek traag glimlachend naar hem op. Ze zagen er prachtig uit samen, als een paar internationale modellen dat vertier zoekt op een middelbareschoolfeestje en er veel chiquer en geraffineerder uitziet dan alle andere mensen die daar rondlopen.

'En dat jurkje is zó schattig,' ging Caroline verder. Elena's hersenen draaiden automatisch door. Die bezitterige arm die zo nonchalant door die van Stefan was gestoken, zei haar alles: waar Caroline de afgelopen weken haar lunchpauzes had doorgebracht, wat ze al die tijd in haar schild had gevoerd. 'Ik zei net tegen Stefan dat we hier echt even langs moesten, maar we blijven niet lang. Dus als je het niet erg vindt houd ik hem met dansen voor mezelf, oké?'

Elena was nu vreemd rustig. Haar hersenen vormden een zoemende leegte. Ze zei dat ze het niet erg vond, natuurlijk niet, en ze zag Caroline weglopen, een symfonie van kastanjerood en goud. Stefan liep met haar mee.

Er was een kring van mensen om Elena heen. Ze wendde zich af en zag Matt staan.

'Je wist dat hij met haar zou komen.'

'Ik wist dat zij dat wilde. Ze heeft hem in de pauzes en na school voortdurend achtervolgd, ze heeft zich min of meer aan hem opgedrongen. Maar...'

'Ik snap het.' Nog steeds gevangen in die eigenaardige, kunstmatige kalmte speurde ze de menigte af. Ze zag dat Bonnie naar haar toe kwam lopen en dat Meredith opstond van haar tafel. Ze hadden het dus gezien. Iedereen had het waarschijnlijk gezien. Zonder nog een woord tegen Matt te zeggen, liep ze naar hen toe en zette automatisch koers naar de meisjestoiletten.

Daar stond het helemaal vol. Meredith en Bonnie babbelden opgewekt verder, maar keken haar ondertussen bezorgd aan.

'Zag je die jurk?' vroeg Bonnie en ze kneep Elena heimelijk in haar vingers. 'De voorkant had ze zeker met superlijm vastgezet. Wat zou ze op een volgend feest aandoen? Cellofaan?'

'Plasticfolie,' zei Meredith. Zachtjes voegde ze eraan toe: 'Gaat het een beetje?'

'Ja.' Elena zag in de spiegel dat haar ogen te veel schitterden en dat ze op allebei haar wangen een vuurrode vlek had. Ze streek haar haar glad en draaide zich om.

De toiletruimte liep langzaam leeg, zodat ten slotte alleen zij nog over waren. Bonnie frutselde zenuwachtig aan het lint om haar middel. 'Misschien is het niet zo heel erg,' zei ze zacht. 'Ik bedoel, je hebt wekenlang aan niets anders gedacht dan aan hem. Bijna een maand. Misschien is het maar beter zo. Je kunt je nu met andere dingen gaan bezighouden, in plaats van... nou ja, met hem achternazitten.'

Ook gij, Brutus? dacht Elena. 'Heel hartelijk bedankt voor je steun,' zei ze hardop.

'Kom, Elena, doe nou niet zo,' kwam Meredith tussenbeide. 'Ze wil je niet kwetsen, ze denkt alleen...'

'En jij denkt er net zo over, zeker? Nou, dat is dan prima. Ik ga wel naar binnen om me met andere dingen bezig te houden. Misschien met het zoeken naar een paar nieuwe beste vriendinnen.' Ze draaide zich om en liep weg, nagestaard door de anderen.

Binnen stortte ze zich in de draaikolk van kleur en muziek. Ze was uitbundiger dan ze ooit op een feest was geweest. Ze danste met iedereen, lachte te hard en flirtte met iedere jongen die ze tegenkwam.

Ze werd naar voren geroepen om gekroond te worden. Ze stond op het podium en keek neer op de menigte aan haar voeten, felgekleurd als vlinders. Iemand gaf haar bloemen, iemand zette een met glitters bezette tiara op haar hoofd. Er werd geklapt. Het ging allemaal als in een droom langs haar heen.

Ze flirtte met Tyler, omdat die het dichtstbij stond toen ze het podium af kwam. Toen herinnerde ze zich wat Dick en hij Stefan hadden aangedaan. Ze brak een van de rozen van haar boeket en gaf de bloem aan hem. Matt keek vanaf de zijkant met een strakke mond toe. Tylers vergeten vriendinnetje was bijna in tranen.

Ze rook naast de mintgeur ook alcohol in Tylers adem en zijn gezicht was roodaangelopen. Zijn vrienden stonden om haar heen, een schreeuwende, lachende menigte, en ze zag hoe Dick uit een bruinpapieren zak iets bij zijn glas met punch schonk.

Ze had nog nooit eerder met deze groep opgetrokken. Ze maakten het haar welkom en bewonderden haar en de jongens wedijverden om haar aandacht. Grappen vlogen over en weer en Elena lachte erom, zelfs als ze nergens op sloegen. Tyler sloeg zijn arm om haar middel, en ze lachte nog harder. Vanuit haar ooghoek zag ze Matt zijn hoofd schudden en weglopen. De meisjes begonnen steeds harder te gillen, de jongens werden ruwer. Tyler streelde met vochtige lippen langs haar nek.

'Ik heb een idee,' deelde hij de groep mee, en hij trok Elena nog wat dichter tegen zich aan. 'Laten we ergens naartoe gaan waar we meer lol kunnen hebben.'

Iemand schreeuwde: 'Waar naartoe dan, Tyler? Het huis van je vader?'

Tyler grijnsde; een brede, dronken, overmoedige grijns. 'Nee, ik bedoel een plek waar we onze sporen kunnen achterlaten. Het kerkhof bijvoorbeeld.'

De meisjes gilden. De jongens stootten elkaar met hun elleboog aan en deden alsof ze elkaar stompten.

Tylers vriendinnetje stond nog steeds buiten de kring. 'Tyler, dat is idioot,' zei ze, met een hoog, dun stemmetje. 'Je weet wat er met die oude man is gebeurd. Ik ga daar niet naartoe.'

'Prima, dan blijf je hier.' Tyler viste sleutels uit zijn zak en zwaaide ermee naar de rest van de groep. 'Wie is er níét bang?' vroeg hij.

'O, ik ga wel mee,' zei Dick. Er ging een goedkeurend gemompel op.

'Ik ook,' zei Elena, helder en uitdagend. Ze keek glimlachend op naar Tyler en hij greep haar zo ruw vast dat ze bijna viel.

Vervolgens liepen Tyler en zij aan het hoofd van een groep rumoerige, rellerige jongeren naar de parkeerplaats, die zich allemaal in de auto's propten. Toen deed Tyler het open dak van zijn auto naar beneden, en zij klom naar binnen. Dick en een meisje dat Vickie Bennett heette zaten dicht tegen elkaar geklemd op de achterbank.

'Elena!' riep iemand in de verte, vanuit de verlichte ingang van de school.

'Rijden,' zei ze tegen Tyler. Ze zette haar tiara af en de motor kwam brullend tot leven. Met piepende banden reden ze de parkeerplaats af. De koele wind blies in Elena's gezicht.

7

Bonnie stond met gesloten ogen op de dansvloer en liet de muziek door zich heen stromen. Toen ze haar ogen even opendeed, stond Meredith vanaf de zijkant van de zaal naar haar te wenken. Bonnie stak opstandig haar kin naar voren, maar toen de gebaren dringender werden, sloeg ze haar ogen ten hemel en gehoorzaamde. Raymond liep met haar mee.

Matt en Ed stonden achter Meredith. Matt had zichtbaar de pest in. Ed keek ongemakkelijk.

'Elena is net weggegaan,' zei Meredith.

'We leven in een vrij land,' zei Bonnie.

'Ze is met Tyler Smallwood mee,' zei Meredith. 'Matt, weet je zeker dat je niet hebt gehoord waar ze naartoe gingen?'

Matt schudde zijn hoofd. 'Als je het mij vraagt heeft ze het aan zichzelf te danken als er iets gebeurt... maar ergens is het ook mijn schuld,' zei hij somber. 'Ik denk dat we achter haar aan moeten.'

'Bij het féést weggaan?' vroeg Bonnie. Ze keek naar Meredith, die mimede: je hebt het beloofd. 'Ongelófelijk,' mompelde ze woedend.

'Ik weet niet hoe we haar moeten vinden,' zei Meredith, 'maar we moeten het in ieder geval proberen.' Toen voegde ze er met een vreemd aarzelende stem aan toe: 'Bonnie, jíj weet toch niet toevallig waar ze is, hè?'

'Wat? Nee, natuurlijk niet. Ik was aan het dansen. Daar heb je toch wel eens van gehoord, dansen? Wat je doet op een bal?'

'Jij en Ray blijven hier,' zei Matt tegen Ed. 'Zeg als ze terugkomt maar dat we haar aan het zoeken zijn.'

'Als we dan toch gaan, kunnen we maar beter opschieten,' zei Bonnie kortaf. Ze draaide zich om en liep regelrecht tegen een donker jasje aan.

'O, neem me niet kwalijk,' snauwde ze. Ze keek op en zag dat het Stefan Salvatore was. Hij zei niets. Bonnie en Meredith liepen naar de deur en Raymond en Ed bleven somber achter.

De sterren stonden hoog en glashelder aan de wolkeloze hemel. Elena voelde zich net als die sterren. Iets in haar lachte en schreeuwde met Dick, Vickie en Tyler boven het gebulder van de wind uit, maar iets anders in haar keek vanuit de verte toe.

Tyler parkeerde zijn auto halverwege de heuvel die naar de vervallen kerk leidde. Hij liet zijn koplampen aan staan en ze stapten uit. Hoewel er verschillende auto's achter hen hadden gezeten toen ze bij school weggingen, leken zij als enigen helemaal naar het kerkhof te zijn gereden.

Tyler deed de kofferbak open en haalde een sixpack voor de dag. 'Des te meer blijft er over voor ons.' Hij bood Elena een flesje bier aan, maar ze schudde haar hoofd. Ze probeerde het misselijke gevoel in haar maag te negeren. Het was helemaal verkeerd om hier te zijn, maar dat ging ze nu beslist niet toegeven.

Ze klommen over de ongelijke stenen naar boven. De meisjes zwikten op hun hoge hakken en leunden op de jongens. Toen ze op de top van de heuvel aankwamen, hapte Elena naar adem en Vickie gaf een gilletje.

Iets enorm groots en roods zweefde vlak boven de horizon. Het duurde even voor het tot Elena doordrong dat het de maan was. Hij was groot en onwerkelijk, als een decorstuk in een sciencefictionfilm. Zijn bolle massa gaf een mat, ongezond schijnsel af.

'Net een grote, rotte pompoen,' zei Tyler en hij gooide er een steen naar. Elena dwong zichzelf stralend naar hem te glimlachen.

'Laten we naar binnen gaan,' stelde Vickie voor en ze wees met haar witte hand naar het lege gat van de kerkdeur.

Het dak was grotendeels ingestort, maar de klokkentoren was intact en stak hoog boven hen uit. Drie muren stonden nog overeind; de vierde kwam slechts tot kniehoogte. Overal lagen hopen puin.

Plotseling streek er een licht langs Elena's wang en toen ze geschrokken omkeek, zag ze dat Tyler een aansteker in zijn hand hield.

Hij grijnsde zijn sterke, witte tanden bloot en vroeg: 'Krijg ik een vuurtje van je?'

Elena lachte het hardst, om haar onbehagen te verhullen. Ze nam de aansteker van hem over en gebruikte hem om de graftombe in de kerk te verlichten. Hij zag er heel anders uit dan de graven op het kerkhof, hoewel haar vader had verteld dat hij iets dergelijks ook wel in Engeland had gezien. De tombe leek net een grote, stenen kist, groot genoeg voor twee mensen, met twee liggende, marmeren beelden op het deksel.

'Thomas Keeping Fell en Honoria Fell,' zei Tyler met een groots gebaar, alsof hij ze voorstelde. 'Men beweert dat de oude Thomas Fell's Church heeft gesticht, hoewel de Smallwoods er destijds ook bij waren. De betovergrootvader van mijn overgrootvader woonde in de vallei bij de Drowning Creek...'

'... tot hij door wolven werd verslonden,' zei Dick, en hij gooide zijn hoofd achterover, als een wolf. Toen liet hij een boer. Vickie giechelde. Er trok even een geërgerde uitdrukking over Tylers knappe gezicht, maar hij dwong zichzelf tot een glimlach.

'Thomas en Honoria zien een beetje bleek,' zei Vickie, nog steeds giechelend. 'Ik denk dat ze wat kleur nodig hebben.' Ze haalde een lippenstift uit haar tasje en begon de witte, marmeren mond van het vrouwelijke beeld in een wasachtige scharlakenrode kleur te stiften. Elena voelde weer een golf van misselijkheid bovenkomen. Als kind had ze altijd een diep ontzag gevoeld voor de bleke dame en de ernstige man, zoals ze daar lagen met gesloten ogen en hun handen op hun borst gevouwen. Toen haar ouders waren overleden, stelde ze zich voor dat ze net zo naast elkaar op het kerkhof lagen. Maar ze hield de aansteker vast terwijl het andere meisje met haar lippenstift een snor en een clownsneus op Thomas Fells gezicht tekende.

Tyler keek naar wat ze deden. 'Hé, nu zijn ze wel helemaal opgetut, maar ze kunnen nergens heen.' Hij legde zijn handen om de rand van het stenen deksel en leunde ertegenaan om het opzij te schuiven. 'Wat zeg je ervan, Dick... zullen we ze een avondje laten stappen in het dorp? In het centrum, zeg maar?'

Nee, dacht Elena ontzet, maar Dick lachte ruw en Vickie gilde het uit van het lachen. Even later stond Dick naast Tyler bij de kist. Hij legde zijn handen tegen het deksel en zette zich schrap.

'Ik tel tot drie,' zei Tyler. 'Eén, twee, dríé.'

Elena keek strak naar het verschrikkelijke, clownachtige gezicht van Thomas Fell terwijl de jongens grommend van inspanning duwden. Hun spieren spanden zich onder hun kleren. Het deksel kwam geen centimeter van zijn plaats.

'Dat rotding zit zeker ergens vast,' zei Tyler kwaad en hij wendde zich af.

Elena werd slap van opluchting. Om zich een houding te geven leunde ze tegen het stenen deksel voor steun... en toen gebeurde het.

Ze hoorde stenen over elkaar knarsen en voelde hoe plotseling het deksel onder haar linkerhand begon te bewegen. Het schoof bij haar vandaan, zodat ze haar evenwicht verloor. De aansteker vloog door de lucht, ze schreeuwde het uit en probeerde uit alle macht op de been te blijven. Ze viel in de open tombe en om haar heen bulderde een ijzige wind. In haar oren klonk gegil.

Plotseling stond ze weer buiten en het maanlicht was zo helder dat ze de anderen kon zien. Tyler hield haar vast. Ze keek wild om zich heen.

'Ben je gek geworden of zo? Wat gebeurde er?' Tyler schudde haar heen en weer.

'Het bewoog! Het deksel bewoog! Het schoof opzij en... ik weet niet... ik viel er bijna in. Het was koud...'

De jongens lachten. 'De arme schat is helemaal bang,' zei Tyler. 'Kom op, Dicky, jongen, dan gaan we kijken.'

'Tyler, nee...'

Maar ze gingen toch naar binnen. Vickie keek vanuit de deuropening toe terwijl Elena stond te trillen. Toen wenkte Tyler haar vanuit de deuropening dichterbij.

'Kijk,' zei hij, toen ze met tegenzin weer naar binnen stapte. Hij had de aansteker gevonden en hield hem boven Thomas Fells marmeren borst. 'Hij zit nog veilig vast. Zie je wel?'

Elena staarde naar het deksel, dat keurig recht op de stenen kist lag. 'Het bewoog echt. Ik viel er bijna in...'

'Tuurlijk, schatje, als jij het zegt is het zo.' Tyler sloeg zijn armen van achteren om haar heen en trok haar dicht tegen zich aan. Ze keek naar Dick en Vickie, die er ongeveer net zo bij stonden, met het verschil dat Vickie haar ogen gesloten had en eruitzag alsof ze het fijn vond. Tyler wreef met zijn sterke kin over haar haar.

'Ik wil nu graag terug naar het feest,' zei ze vlak.

Het gewrijf hield even op. Toen zuchtte Tyler en hij zei: 'Tuurlijk, schatje.' Hij keek naar Dick en Vickie. 'Wat doen jullie?'

Dick grijnsde. 'Wij blijven nog even hier.' Vickie giechelde, nog steeds met haar ogen dicht.

'Oké.' Elena vroeg zich af hoe ze terug moesten komen, maar ze liet zich door Tyler mee naar buiten nemen. Eenmaal buiten bleef hij echter staan.

'Voor ik je laat gaan moet ik je eerst het graf van mijn grootvader laten zien,' zei hij. 'Ah, kom op nou, Elena,' vervolgde hij, toen ze begon te protesteren, 'stel me nou niet teleur. Je moet het zien; het is de trots van de familie.'

Elena dwong zich te glimlachen, hoewel haar maag aanvoelde als een klomp ijs. Als ze hem zijn zin gaf, zorgde hij misschien dat ze hier weer wegkwam. 'Goed,' zei ze, en ze liep in de richting van het kerkhof.

'Niet die kant op. Hierheen.' En het volgende ogenblik voerde hij haar mee naar het oude kerkhof. 'Het kan geen kwaad, echt niet, het is niet ver van het pad. Kijk, daar, zie je wel?' Hij wees naar iets wat glansde in het maanlicht.

Elena hapte naar adem en de spieren om haar hart verkrampten. Het leek alsof daar iemand stond, een reus met een rond hoofd, zonder haar. Ze vond het helemaal niet prettig om hier te zijn, tussen de vervallen, scheefgezakte granieten grafstenen van eeuwen geleden. Het heldere maanlicht wierp vreemde schaduwen en overal waren poelen van ondoordringbare duisternis.

'Het is alleen maar de bal die erbovenop staat. Niets om bang voor te zijn,' zei Tyler. Hij trok haar met zich mee het pad af, naar de glanzende grafsteen. Hij was gemaakt van rood marmer en de enorme bal die erboven uitstak deed haar denken aan de opgezwollen maan aan de horizon. Nu scheen diezelfde maan boven hen, net zo wit als de witte handen van Thomas Fell. Elena moest rillen, of ze wilde of niet.

'De arme schat heeft het koud. Ik zal haar even opwarmen,' zei Tyler. Elena probeerde hem weg te duwen, maar hij was te sterk. Hij sloeg zijn armen om haar heen en trok haar tegen zich aan.

'Tyler, ik wil weg. Ik wil nú weg...'

'Tuurlijk, schatje, we gaan,' zei hij. 'Maar eerst moeten we je warm krijgen. Jeetje, wat ben je koud.'

'Tyler, stóp,' zei ze. Zijn armen om haar heen belemmerden haar eerst alleen hinderlijk in haar bewegingen, maar toen voelde ze tot haar schrik hoe zijn handen haar lichaam aftastten, op zoek naar blote huid.

Nog nooit in haar leven was Elena in een dergelijke situatie geweest, ver verwijderd van alle hulp. Ze probeerde met haar naaldhak op zijn lakleren instapper te trappen, maar hij ontweek haar. 'Tyler, blijf van me áf.'

'Kom nou, Elena, doe niet zo raar. Ik wil je alleen maar lekker warm maken...'

'Tyler, laat me los,' zei ze met verstikte stem. Ze probeerde zich los te wringen. Tyler struikelde, en toen lag hij plotseling met zijn volle gewicht boven op haar en duwde haar in de wirwar van klimop en onkruid op de grond. Elena sprak wanhopig. 'Ik vermoord je, Tyler. Ik meen het. Ga van me áf.'

Tyler probeerde van haar af te rollen. Plotseling begon hij te giechelen. Zijn ledematen waren zwaar, hij had er nauwelijks nog macht over. 'Ach, kom op, Elena, niet boos zijn. Ik probeer je alleen maar op te warmen. Elena de IJskoningin moet warm worden... Je wordt al lekker warm, hè?'

Toen voelde Elena zijn mond heet en nat op haar gezicht. Ze lag nog steeds onder hem, en zijn kleffe zoenen gleden langs haar keel naar beneden. Ze hoorde stof scheuren.

'Oeps,' mompelde Tyler. 'Sorry, hoor.'

Elena draaide haar hoofd opzij en haar mond vond Tylers hand, die onhandig over haar wang streelde. Ze beet erin en liet haar tanden diep in de vlezige handpalm zakken. Ze beet hard. Ze proefde bloed en hoorde Tyler schreeuwen van pijn. De hand werd met een ruk weggetrokken.

'Hé! Ik zei toch sorry!' Tyler keek verongelijkt naar zijn pijnlijke hand. Toen betrok zijn gezicht en nog steeds starend naar zijn hand balde hij deze tot een vuist.

Nu is het gebeurd, dacht Elena ijzig kalm, als in een nachtmerrie. Hij gaat me bewusteloos slaan, of vermoorden. Ze zette zich schrap voor de klap.

Stefan had zich ertegen verzet om het kerkhof op te gaan. Alles in hem schreeuwde dat hij het niet moest doen. De laatste keer dat hij hier was geweest, was in de nacht met de oude man.

Hij voelde weer de afschuw in zijn buik bij de herinnering. Hij had durven zweren dat hij de man onder de brug niet had leeggezogen, dat hij niet genoeg bloed had genomen om hem schade te berokkenen. Maar na de golf van Macht was alles wat er die nacht was gebeurd troebel en verward. Als er al een golf van Macht was geweest. Misschien had hij het zich maar verbeeld, of was hij er zelf de oorzaak van. Als de behoefte te sterk werd, konden er vreemde dingen gebeuren.

Hij sloot zijn ogen. Toen hij had gehoord dat de oude man bijna dood in het ziekenhuis was opgenomen, was hij ongelofelijk geschrokken. Hoe had hij zich zó kunnen laten gaan? Iemand bijna vermoorden, terwijl hij niet had gemoord sinds...

Hij stond zichzelf niet toe daaraan te denken.

Nu hij midden in de nacht in het donker voor het hek van het kerkhof stond, wilde hij niets liever dan zich omdraaien en weggaan. Terug naar het feest, waar hij Caroline had achtergelaten, dat elegante, zongebruinde wezen dat volkomen veilig was, omdat ze absoluut niets voor hem betekende.

Maar hij kon niet teruggaan, want Elena was op het kerkhof. Hij kon haar voelen, en hij voelde haar steeds grotere angst. Elena was op het kerkhof, ze was in moeilijkheden en hij moest naar haar toe.

Hij was halverwege de heuvel toen de duizeligheid hem overviel. Hij wankelde op zijn benen en liep met grote moeite verder in de richting van de kerk, omdat dat het enige was wat hij nog kon onderscheiden. Grijze mistflarden zweefden door zijn hoofd en hij worstelde om in beweging te blijven. Zwak, hij was zo zwak. En hulpeloos tegenover de pure kracht van deze duizeligheid.

Hij moest... naar Elena. Maar hij was zwak. Hij mocht niet... zwak zijn... als hij Elena wilde helpen. Hij... moest...

Voor hem gaapte het gat van de kerkdeur.

Elena zag de maan boven Tylers linkerschouder. Het was vreemd toepasselijk dat dat het laatste zou zijn wat ze ooit zou zien, dacht ze. De gil was in haar keel blijven steken, verstikt door angst.

En toen pakte iets Tyler op en kwakte hem tegen de grafsteen van zijn grootvader.

Zo zag het eruit voor Elena. Ze draaide zich hijgend opzij, terwijl ze met haar ene hand haar gescheurde jurk bij elkaar hield en met haar andere hand naar een wapen zocht.

Ze had geen wapen nodig. Er bewoog iets in het donker en ze zag de persoon die Tyler van haar af had getrokken. Stefan Salvatore. Maar zo had ze Stefan nog niet eerder gezien: zijn fijne gezicht was wit en kil van razernij en er glansde een dodelijk licht in zijn groene ogen. Zonder zich te verroeren straalde Stefan zo veel woede en dreiging uit dat Elena merkte dat ze banger was voor hem dan ze voor Tyler was geweest.

'De eerste keer dat ik je zag, wist ik al dat je geen manieren had geleerd,' zei Stefan. Zijn stem was zacht, koud en licht en maakte Elena op de een of andere manier duizelig. Ze kon haar ogen niet van hem afhouden toen hij naar Tyler toe liep, die verbouwereerd zijn hoofd schudde en aanstalten maakte om overeind te komen. Stefan bewoog als een danser, soepel en had al zijn bewegingen volledig in de hand. 'Maar ik wist niet dat je karakter zó onder de maat was.'

Hij sloeg Tyler. De grotere jongen had zijn vlezige hand naar hem uitgestrekt, maar nog voor hij iets kon doen, had Stefan hem bijna nonchalant een klap in zijn gezicht gegeven.

Tyler vloog tegen een andere grafsteen. Hijgend krabbelde hij overeind. Zijn oogwit was zichtbaar. Elena zag een straaltje bloed uit zijn neus lopen. Toen deed hij een uitval.

'Een héér dringt zijn gezelschap niet aan anderen op,' zei Stefan, en hij stompte hem opzij. Tyler vloog weer door de lucht en belandde op zijn buik tussen het onkruid en de doornstruiken. Deze keer kwam hij minder snel overeind en het bloed stroomde uit zijn mond en zijn beide neusgaten. Briesend als een angstig paard stortte hij zich op Stefan.

Stefan greep Tyler bij de voorkant van zijn jas, zodat ze allebei om hun as tolden en de moorddadige aanval werd afgewend. Hij schudde hem een paar keer hard heen en weer, terwijl Tylers vlezige vuisten wild om zich heen sloegen, maar er niet in slaagden hem te raken. Toen liet hij de jongen vallen.

'Een heer beledigt een dame niet,' zei hij. Tylers gezicht was verwrongen en zijn ogen rolden in zijn kassen, maar hij probeerde toch nog Stefans been vast te grijpen. Stefan sleurde hem overeind en schudde hem opnieuw heen en weer. Tylers lichaam werd slap als een vaatdoek en zijn ogen draaiden weg. Stefan sprak verder, terwijl hij het zware lichaam overeind hield en elk woord benadrukte door het woest heen en weer te schudden. 'En bovenal doet hij haar geen pijn...'

'Stefan!' gilde Elena. Tylers hoofd bungelde met elke schudbeweging heen en weer. Ze was bang voor wat ze zag; bang voor wat Stefan zou kunnen doen. En ze was vooral bang voor Stefans stem, die kille stem die was als een dansende degen: mooi, dodelijk en volkomen genadeloos. 'Stefan, stóp.'

Met een ruk draaide hij zich naar haar om, geschrokken, alsof hij haar aanwezigheid was vergeten. Even keek hij haar aan alsof hij haar niet herkende. Zijn ogen waren zwart in het maanlicht en deden haar denken aan een roofdier, een enorme vogel of een soepel bewegende vleeseter, niet in staat tot menselijke emoties. Toen verscheen er een begrijpende uitdrukking op zijn gezicht en de starende, duistere blik in zijn ogen vervaagde.

Hij keek naar Tylers voorovergeknakte hoofd en zette hem zachtjes tegen de roodmarmeren grafsteen. Tyler zakte door zijn knieën en gleed langs de zerk naar beneden, maar tot Elena's opluchting gingen zijn ogen open, het linkeroog, in ieder geval. Het rechteroog was tot een smal spleetje opgezwollen.

'Het komt wel goed met hem,' zei Stefan. Zijn stem klonk leeg.

Toen haar angst was weggeëbd, voelde Elena zich zelf ook leeg. Het is de schok, dacht ze. Ik ben in een shocktoestand. Waarschijnlijk kan ik ieder moment hysterisch gaan gillen.

'Is er iemand die je naar huis kan brengen?' vroeg Stefan, nog steeds met die emotieloze stem die haar rillingen bezorgde.

Elena dacht aan Dick en Vickie, die nu god weet wat aan het doen waren naast het beeld van Thomas Fell. 'Nee,' zei ze. Haar geest begon weer te werken en dingen om haar heen op te merken. De violette jurk was aan de voorkant van onder tot boven opengescheurd; die was niet meer te redden. Met een mechanisch gebaar trok ze hem over haar slipje.

'Ik breng je wel met de auto,' zei Stefan.

Ondanks de verdoving voelde Elena even een rilling van angst door zich heen gaan. Ze keek naar hem, een vreemd elegante verschijning tussen de grafstenen, zijn gezicht bleek in het maanlicht. Hij was in haar ogen nog nooit zo... móói geweest, maar die schoonheid was bijna buitenaards. Niet alleen maar uitheems, maar onmenselijk, want geen mens kon zo veel kracht of afstand uitstralen.

'Dank je wel. Dat zou erg aardig zijn,' zei ze langzaam. Ze had geen andere keus.

Ze lieten Tyler achter, die zich moeizaam opheees aan de grafsteen van zijn grootvader. Elena kreeg weer een koude rilling toen ze het pad bereikten en Stefan in de richting van de Wickery Bridge wilde lopen.

'Ik heb mijn auto bij het pension laten staan,' zei hij. 'Dit is voor ons de snelste weg terug.'

'Ben je op de heenweg ook zo gekomen?'

'Nee. Ik ben niet over de brug gegaan. Maar het is veilig.'

Elena geloofde hem. Bleek en zwijgend liep hij naast haar, zonder haar aan te raken, behalve toen hij zijn jasje om haar blote schouders legde. Ze was er ongewoon zeker van dat hij iedereen zou vermoorden die haar iets probeerde aan te doen.

De Wickery Bridge lag wit in het maanlicht en het ijskoude water kolkte over de oude stenen. De hele wereld was stil en mooi en koud toen ze tussen de eikenbomen door naar de smalle landweg liepen.

Ze kwamen langs donkere velden en omheinde weilanden, tot ze op een lang, kronkelig tuinpad uitkwamen. Het pension was een enorm gebouw van roestbruine baksteen, gebakken uit klei uit de omgeving, en werd omringd door eeuwenoude ceders en esdoorns. Alle ramen waren donker, op één na.

Stefan opende een van de dubbele deuren en ze stapten een kleine hal in. Vlak vóór hen bevond zich een trap. De trapleuning was net als de deuren van blank eiken, en was zo goed opgewreven dat hij leek te gloeien.

Ze liepen de trap op naar een slecht verlichte overloop op de eerste verdieping. Tot Elena's verbazing voerde Stefan haar een van de slaapkamers binnen en opende iets wat leek op een kastdeur. Daarachter zag ze een erg steile, smalle trap.

Wat een vreemde plek, dacht ze. Een verborgen trap, weggestopt in het hart van het huis, waar geen geluid van buitenaf kon doordringen. Ze bereikte de bovenkant van de trap en stapte een grote kamer binnen, die de hele tweede verdieping van het huis in beslag nam.

De kamer was bijna even spaarzaam verlicht als de trap, maar Elena kon de gevlekte, houten vloer en de kale balken in het schuine plafond onderscheiden. Aan alle kanten waren hoge ramen en naast enkele zware meubelstukken stond er een groot aantal hutkoffers in de kamer.

Ze besefte dat hij naar haar keek. 'Is er een badkamer waar ik...?'

Hij knikte naar de deur. Ze trok zijn jasje uit, stak het hem toe zonder hem aan te kijken en ging de badkamer in.

8

Elena was half verdoofd en met een vaag gevoel van dankbaarheid de badkamer in gegaan. Ze kwam er woedend uit.

Ze wist niet precies hoe de transformatie had plaatsgevonden. Maar toen ze de schrammen op haar gezicht en armen stond te wassen, geïrriteerd omdat er geen spiegel was en omdat ze haar tasje in Tylers auto had laten liggen, was ze op een bepaald moment weer gaan vóélen. En wat ze voelde was woede.

Stefan Salvatore kon doodvallen. Zo koud en beheerst, zelfs terwijl hij haar leven redde. Hij kon doodvallen met zijn beleefdheid en zijn hoffelijkheid en zijn muren om zich heen, die dikker en hoger leken dan ooit.

Ze trok de overgebleven haarspelden uit haar haar en gebruikte ze om de voorkant van haar jurk vast te zetten. Toen haalde ze snel een gegraveerde benen kam die ze bij de wastafel had gevonden door haar losse haar. Met opgeheven kin en samengeknepen ogen liep ze de badkamer uit.

Hij had zijn jasje niet aangetrokken. In zijn witte trui stond hij met gebogen hoofd gespannen te wachten bij het raam. Zonder zijn hoofd op te tillen gebaarde hij naar een stuk donker fluweel dat over een stoelleuning lag.

'Misschien wil je dat over je jurk aantrekken.'

Het was een lange cape, erg kostbaar en zacht, met een capuchon. Elena trok de zware stof om haar schouders. Maar het geschenk stemde haar niet milder. Ze merkte dat Stefan niet dichter naar haar toe was gekomen en haar zelfs niet aankeek terwijl hij tegen haar sprak.

Opzettelijk drong ze zijn persoonlijke ruimte binnen. Ze trok de cape nog wat strakker om zich heen en was zich er zelfs op dat moment op een sensuele manier van bewust hoe de plooien om haar heen vielen en achter haar over de grond sleepten. Ze liep naar hem toe en bekeek aandachtig de zware mahoniehouten ladekast bij het raam.

Op de kast lag een gevaarlijk uitziende dolk met een ivoren handvat, en er stond een prachtige bokaal van agaat op een zilveren voet. Er stond ook een gouden wereldbol met een of andere wijzerplaat erin, en er lagen verschillende losse gouden munten.

Ze raapte een van de munten op, deels omdat het interessant was en deels omdat ze wist dat het hem zou irriteren dat ze aan zijn spullen zat. 'Wat is dit?'

Het duurde even voor hij antwoordde. Toen zei hij: 'Een gouden florijn. Een munt uit Florence.'

'En wat is dit?'

'Een Duits zakhorloge. Eind vijftiende eeuw,' zei hij verstrooid. Toen voegde hij eraan toe: 'Elena...'

Ze stak haar hand uit naar een klein, ijzeren koffertje met een hangslot. 'Wat is hiermee? Kan het open?'

'Néé.' Hij had de reflexen van een kat; in een flits legde hij zijn hand op de koffer en hield het deksel naar beneden. 'Dat is privé,' zei hij. De spanning in zijn stem was hoorbaar.

Ze merkte op dat zijn hand alleen contact maakte met het gebogen ijzeren deksel en niet met haar huid. Ze schoof haar vingers een stukje op en hij trok onmiddellijk zijn hand weg.

Plotseling werd ze zo woedend dat ze zich niet langer kon inhouden. 'Voorzichtig, hoor,' zei ze heftig. 'Raak me niet aan, anders krijg je nog een ziekte.'

Hij wendde zich af naar het raam.

Maar terwijl ze bij hem wegliep naar het midden van de kamer, voelde ze dat hij naar haar spiegelbeeld keek. En opeens wist ze hoe ze er in zijn ogen moest uitzien, met haar lichte haar dat uitwaaierde over de zwarte cape en haar witte hand die het fluweel bij haar keel bijeenhield: als een gehavende prinses, die heen en weer loopt in haar torenkamer.

Ze legde haar hoofd achter in haar nek om naar het luik in het plafond te kijken en hoorde duidelijk hoe hij zijn adem inhield. Toen ze zich omdraaide, waren zijn ogen strak op haar blote nek gevestigd; de blik in zijn ogen verwarde haar. Maar het volgende ogenblik verhardde zijn gezicht zich en hij sloot haar weer buiten.

'Ik denk,' zei hij, 'dat ik je maar beter naar huis kan brengen.'

Op dat moment wilde ze hem pijn doen. Ze wilde dat hij zich net zo ellendig zou voelen als zij zich door hem voelde. Maar ze wilde ook de waarheid weten. Ze had genoeg van dit spelletje, ze had genoeg van het plannen smeden en samenzweren, ze had geen zin meer om Stefan Salvatores gedachten te raden. Het was angstaanjagend, maar tegelijkertijd was het een heerlijke opluchting om haar eigen stem te horen zeggen wat ze al zo lang dacht.

'Waarom haat je mij?'

Hij staarde haar aan. Een ogenblik leek het alsof hij geen woorden kon vinden. Toen zei hij: 'Ik haat je niet.'

'Dat doe je wel,' zei Elena. 'Ik weet dat het niet... niet beleefd is om het te zeggen, maar dat kan me niet schelen. Ik weet dat ik je dankbaar zou moeten zijn omdat je me vanavond hebt gered, maar dat kan me ook niet schelen. Ik heb je niet gevraagd om me te redden. Ik weet niet eens waarom je überhaupt op het kerkhof was. En ik begrijp al helemaal niet waarom je het hebt gedaan, gezien hoe je over me denkt.'

Hij schudde zijn hoofd, maar zijn stem was zacht. 'Ik haat je niet.'

'Je hebt me van het begin af aan ontlopen alsof ik... alsof ik melaats was of zo. Ik probeerde aardig tegen je te zijn, maar je wees me gewoon af. Is dat wat een héér doet als iemand hem probeert te verwelkomen?'

Hij probeerde iets te zeggen, maar ze besteedde er geen aandacht aan en ging verder. 'Je hebt me keer op keer voor schut gezet waar iedereen bij stond. Je hebt me vernederd op school. Als het geen kwestie van leven of dood was geweest, zou je nu nog steeds niet met me praten. Moet er zoiets gebeuren om jou aan het praten te krijgen? Moet iemand eerst bijna worden vermoord?

En zelfs nu,' vervolgde ze bitter, 'zelfs nu mag ik niet bij je in de buurt komen. Wat is er met je aan de hand, Stefan Salvatore, dat je zo moet leven? Dat je een muur om je heen moet bouwen om andere mensen weg te houden? Dat je niemand kunt vertrouwen? Wat mankéért jou?'

Hij zweeg nu, met afgewend gezicht. Ze haalde diep adem, trok haar schouders naar achteren en hield haar hoofd recht, hoewel haar ogen brandden. 'En wat mankeert er aan míj,' voegde ze er rustiger aan toe, 'dat je mij niet eens kunt aankijken, maar dat je je door Caroline Forbes helemaal laat inpakken? Ik heb op zijn minst het recht om dat te weten. Ik zal je nooit meer lastigvallen, ik zal op school niet eens met je praten, maar voor ik ga, wil ik de waarheid weten. Waarom haat je me zo, Stefan?'

Langzaam draaide hij zich om en hief zijn hoofd op. Zijn ogen stonden somber en leken niets te zien. Elena voelde iets in haar lichaam samenknijpen toen ze de pijn in zijn gezicht zag.

Hij had zijn stem nog in de hand, maar ze hoorde hoeveel moeite het hem kostte om hem niet te laten trillen.

'Ja,' zei hij, 'ik denk dat je inderdaad het recht hebt om het te weten, Elena.' Hij keek haar nu recht in de ogen en ze dacht: is het zo erg? Wat kan er nou zo erg zijn? 'Ik haat je niet,' vervolgde hij. Hij sprak elk woord heel zorgvuldig uit. 'Ik heb je nooit gehaat. Maar je... herinnert me aan iemand.'

Elena was verbijsterd. Wat ze ook had verwacht, dit niet. 'Ik herinner je aan iemand anders die je kent?'

'Aan iemand die ik héb gekend,' zei hij rustig. 'Maar,' voegde hij er langzaam aan toe, alsof hij iets voor zichzelf probeerde uit te puzzelen, 'je bent niet echt zoals zij. Ze leek op je, maar ze was broos, teer. Kwetsbaar. Zowel vanbinnen als vanbuiten.'

'En dat ben ik niet.'

Hij maakte een geluid dat een lach was geweest als er humor in door had geklonken. 'Nee. Jij bent een vechter. Jij bent... jezelf.'

Elena zweeg even. Ze kon niet boos blijven, toen ze de pijn in zijn gezicht zag. 'Kende je haar erg goed?'

'Ja.'

'Wat is er gebeurd?'

Er viel een lange stilte, zo lang dat Elena dacht dat hij haar geen antwoord zou geven. Maar ten slotte zei hij: 'Ze is overleden.'

Elena liet een bevende zucht ontsnappen. Haar laatste beetje woede verdween. 'Dat moet ontzettend pijn hebben gedaan,' zei ze zacht, denkend aan de witte grafsteen van haar ouders in het gras. 'Wat erg voor je.'

Hij zei niets. Zijn gezicht was weer gesloten en het leek alsof hij in de verte keek naar iets verschrikkelijks, iets hartverscheurends, dat alleen hij kon zien. Maar er was niet alleen verdriet op zijn gezicht te lezen. Door de muren, door zijn bevende zelfbeheersing heen, zag ze een gekwelde blik vol ondraaglijk schuldgevoel en eenzaamheid. Een blik zo pijnlijk dat ze voor ze wist wat ze deed naast hem kwam staan.

'Stefan,' fluisterde ze. Hij leek haar niet te horen; hij leek stuurloos rond te drijven in zijn eigen wereld van ellende.

Ze kon zich er niet van weerhouden een hand op zijn arm te leggen. 'Stefan, ik weet hoeveel pijn het kan doen...'

'Dat kún je niet weten,' barstte hij uit. Al zijn kalmte explodeerde in blinde woede. Hij keek neer op haar hand, alsof hij zich nu pas realiseerde dat die daar lag, alsof haar brutaliteit om hem aan te raken zijn woede had gewekt. Met zijn groene ogen opengesperd en donker van woede schudde hij haar hand van zich af. Zijn hand schoot omhoog om te verhinderen dat ze hem opnieuw zou aanraken...

... maar op de een of andere manier pakte hij in plaats daarvan haar hand beet. Zijn vingers klemden zich om de hare en hielden haar vast of zijn leven er vanaf hing. Verbijsterd keek hij neer op hun verstrengelde handen. Toen gleed zijn blik langzaam naar haar gezicht.

'Elena...' fluisterde hij.

Toen zag ze het. Ze zag de ontreddering in zijn ogen, alsof hij eenvoudigweg niet meer kon vechten. De verslagenheid toen de muren eindelijk afbrokkelden en ze zag wat daarachter lag.

En toen boog hij zijn hoofd hulpeloos naar haar lippen.

'Wacht... stop hier,' zei Bonnie. 'Ik dacht dat ik iets zag.'

Matts gedeukte Ford minderde vaart en reed voorzichtig naar de zijkant van de weg, die dichtbegroeid was met bramen en ander struikgewas. Er lichtte iets wits op, dat in hun richting kwam.

'O mijn god,' zei Meredith. 'Het is Vickie Bennett.'

Het meisje liep strompelend in het licht van de koplampen naar hen toe en bleef wankelend staan toen Matt op de rem trapte. Haar lichtbruine haar zat in de war, haar ogen staarden glazig voor zich uit en haar gezicht was besmeurd met modder. Ze had alleen een klein onderjurkje aan.

'Zet haar in de auto,' zei Matt. Meredith deed het portier al open. Ze sprong naar buiten en rende op het verdwaasde meisje af.

'Vickie, gaat het? Wat is er met je gebeurd?'

Vickie kreunde en staarde nog steeds recht voor zich uit. Toen leek ze Meredith plotseling op te merken. Ze klampte zich aan haar vast en begroef haar nagels in haar armen.

'Ga weg hier,' zei ze, met een wanhopige blik in haar ogen. Haar stem klonk vreemd gesmoord, alsof ze iets in haar mond had. 'Jullie allemaal... ga weg hier! Het komt eraan.'

'Wat komt eraan? Vickie, waar is Elena?'

'Ga weg, nú...'

Meredith keek de weg af en leidde het trillende meisje naar de auto. 'Wij nemen je mee,' zei ze. 'Maar je moet ons vertellen wat er is gebeurd. Bonnie, geef me je sjaal. Ze heeft het ijskoud.'

'Er is haar iets overkomen,' zei Matt grimmig. 'Ze verkeert in een shock of zoiets. De vraag is: waar zijn de anderen? Vickie, was Elena bij je?'

Vickie snikte. Ze sloeg haar handen voor haar gezicht toen Meredith Bonnies roze sjaal met glitters om haar schouders legde. 'Nee... Dick,' zei ze vaag. Het leek alsof het praten haar pijn deed. 'We waren in de kerk... het was afschuwelijk. Het was... alsof er opeens overal mist om ons heen was. Donkere mist. En ogen. Ik zag gloeiende ogen in het donker. Ze hebben me verbrand...'

'Ze ijlt,' zei Bonnie. 'Of ze is hysterisch. Ik weet niet hoe je het moet noemen.'

Matt sprak langzaam en duidelijk. 'Vickie, alsjeblieft, vertel ons één ding. Waar is Elena? Wat is er met haar gebeurd?'

'Dat wéét ik niet.' Vickie hief haar betraande gezicht naar de hemel. 'Dick en ik... waren alleen. We waren... en toen was het opeens overal om ons heen. Ik kon niet wegvluchten. Elena zei dat de graftombe was opengegaan. Misschien kwam het daarvandaan. Het was afschuwelijk...'

'Ze waren op het kerkhof, in de vervallen kerk,' probeerde Meredith samen te vatten. 'En Elena was bij hen. Moet je dit zien.' In het licht van de auto konden ze allemaal de diepe, verse krabben zien die van Vickies nek naar het kanten lijfje van haar onderjurk liepen.

'Het lijkt wel of een dier dat heeft gedaan, met zijn klauwen,' zei Bonnie. 'Misschien een kat of zo.'

'Die oude man onder de brug is niet gepakt door een kat,' zei Matt. Zijn gezicht zag bleek en de spieren in zijn kaak stonden strakgespannen. Meredith volgde zijn blik de weg af en schudde haar hoofd.

'Matt, we moeten eerst Vickie wegbrengen. Dat móét,' zei ze. 'Luister naar me. Ik maak me net zo veel zorgen over Elena als jij. Maar Vickie moet naar de dokter, en we moeten de politie bellen. We hebben geen andere keus. We moeten terug.'

Matt staarde nog enkele ogenblikken de weg af. Toen liet hij met een sissend geluid zijn adem ontsnappen. Hij sloeg met een klap het portier dicht, zette de auto in de versnelling en keerde hem met woeste bewegingen.

De hele weg terug naar het dorp klaagde Vickie kreunend over de ogen.

Elena voelde Stefans lippen op de hare.

En... het was ineens doodsimpel. Alle vragen waren beantwoord, alle angsten waren weggenomen, alle twijfels waren verdwenen. Wat ze voelde was niet alleen hartstocht, maar een verpletterende tederheid en een liefde die zo sterk was dat ze er inwendig van trilde. De intensiteit had beangstigend kunnen zijn, maar in zijn nabijheid kon ze nergens bang voor zijn.

Het was alsof ze thuiskwam.

Hier hoorde ze, eindelijk had ze het gevonden. Bij Stefan was ze thuis.

Hij trok zich iets terug en ze voelde dat hij beefde.

'O, Elena,' fluisterde hij tegen haar lippen. 'We kunnen niet...'

'Het is al zo,' fluisterde ze en ze trok hem weer naar zich toe.

Het was bijna alsof ze zijn gedachten kon horen, zijn gevoelens kon ervaren. Genot en verlangen flitsten tussen hen heen en weer, verbonden hen met elkaar, trokken hen dichter naar elkaar toe. En Elena voelde in hem ook een bron van diepere emoties. Hij wilde haar voor altijd vasthouden, haar beschermen tegen alle kwaad. Hij wilde haar verdedigen tegen elk onheil dat haar bedreigde. Hij wilde zijn leven met het hare verenigen.

Ze voelde de tedere druk van zijn lippen op de hare en ze kon de zoetheid ervan nauwelijks verdragen. Ja, dacht ze. Gevoelens deinden door haar heen als golven op een stil, helder meer. Ze verdronk in het genot dat ze bij Stefan voelde en de verrukkelijke reactie die dat bij haarzelf teweegbracht. Stefans liefde omhulde haar als een warm bad, scheen door haar heen, verlichtte elke donkere plek in haar ziel als de zon. Ze trilde van genot, liefde en verlangen.

Hij trok zich langzaam terug, alsof hij het niet kon verdragen om haar los te laten, en ze keken elkaar vol verwondering en geluk in de ogen.

Ze spraken niet. Ze hadden geen woorden nodig. Hij streelde haar haar, zo zacht dat ze het nauwelijks kon voelen, alsof hij bang was dat ze in zijn handen zou breken. Op dat moment wist ze dat het geen haat was geweest waarom hij haar zo lang had ontweken. Nee, het was beslist geen haat geweest.

Elena had geen idee hoeveel later het was toen ze zachtjes de trap van het pension af liepen. Op ieder ander moment zou ze opgetogen zijn geweest om in Stefans prachtig gestroomlijnde zwarte auto te stappen, maar dit keer merkte ze hem nauwelijks op. Stefan hield haar hand vast terwijl ze door de verlaten straten reden.

Het eerste wat Elena zag toen ze haar huis naderden, waren de lichten.

'De politie is er,' zei ze. Ze had moeite haar stem te vinden. Het was vreemd om te praten na zo lang gezwegen te hebben. 'En daar staat Roberts auto op de oprit, en daar die van Matt.' Ze keek Stefan aan, en de rust die haar had vervuld, leek plotseling heel breekbaar. 'Wat zou er zijn? Tyler zal hun toch nog niet hebben verteld...?'

'Zelfs Tyler is niet zó stom,' zei Stefan.

Hij parkeerde zijn auto achter een van de politieauto's en Elena maakte met tegenzin haar hand uit de zijne los. Ze wenste met heel haar hart dat Stefan en zij gewoon samen konden zijn, dat ze de wereld nooit meer onder ogen zouden hoeven komen.

Maar er was niets aan te doen. Ze liepen over het pad naar de deur, die openstond. Binnen baadde het huis in licht.

Toen Elena binnenkwam, had ze het gevoel dat tientallen mensen hun hoofd haar kant op draaiden. Plotseling had ze een visioen van hoe ze eruit moest zien, zoals ze daar in de deuropening stond met de lange, zwartfluwelen cape om zich heen en Stefan Salvatore naast haar. Toen gaf tante Judith een gil. Ze trok haar in haar armen en schudde haar door elkaar en knuffelde haar tegelijkertijd.

'Elena! O, godzijdank, je bent veilig. Maar waar heb je gezeten? En waarom heb je niet gebeld? Besef je wel wat je iedereen hebt aangedaan?'

Elena keek verbijsterd de kamer rond. Ze begreep er helemaal niets van.

'We zijn alleen maar blij om je terug te zien,' zei Robert.

'Ik was met Stefan in het pension,' zei ze langzaam. 'Tante Judith, dit is Stefan Salvatore; hij huurt daar een kamer. Hij heeft me thuisgebracht.'

'Dank je wel,' zei tante Judith over Elena's hoofd tegen Stefan. Toen duwde ze Elena een stukje van zich af om haar goed te bekijken en ze zei: 'Maar je jurk, je haar... wat is er gebeurd?'

'Weten jullie dat nog niet? Dan heeft Tyler het dus niet verteld. Maar waarom is de politie dan hier?' Elena schoof automatisch naar Stefan toe en ze voelde dat hij dichter bij haar kwam staan om haar te beschermen.

'Ze zijn hier omdat Vickie Bennett vannacht op het kerkhof is aangevallen,' zei Matt. Bonnie, Meredith en hij stonden achter tante Judith en Robert. Ze zagen er opgelucht, een beetje opgelaten en vooral doodmoe uit. 'We hebben haar zo'n twee, drie uur geleden gevonden en sindsdien hebben wij naar je gezocht.'

'Aángevallen?' vroeg Elena, verbijsterd. 'Door wie?'

'Dat weet niemand,' zei Meredith.

'Ach, misschien hoeven we ons nergens zorgen over te maken,' zei Robert geruststellend. 'De dokter zei dat ze flink was geschrokken en dat ze had gedronken. Het kan wel allemaal verbeelding zijn geweest.'

'Die krabben waren geen verbeelding,' zei Matt, beleefd maar koppig.

'Welke krabben? Waar hebben jullie het over?' vroeg Elena op bevelende toon. Ze keek van de een naar de ander.

'Dat zal ik je vertellen,' zei Meredith en ze legde kort uit hoe zij Vickie hadden aangetroffen. 'Ze zei steeds dat ze niet wist waar je was en dat ze alleen was met Dick toen het gebeurde. Toen we haar hiernaartoe hadden gebracht, zei de dokter dat hij niets bijzonders kon vinden. Ze had geen echte verwondingen, behalve die krabben, en die konden van een kat zijn.'

'Zijn er verder geen sporen op haar gevonden?' vroeg Stefan scherp. Het was de eerste keer dat hij sprak sinds hij binnen was en Elena keek hem aan, verrast door zijn toon.

'Nee,' zei Meredith. 'Een kat kan natuurlijk niet haar kleren van haar lijf hebben gescheurd, maar dat heeft Dick misschien gedaan. O ja, en er was op haar tong gebeten.'

'Wát?' zei Elena.

'Hard gebeten, bedoel ik. Het heeft vast flink gebloed, en het doet pijn met praten.'

Stefan, die nog steeds naast Elena stond, was nu erg stil geworden. 'Had ze een verklaring voor wat er was gebeurd?'

'Ze was hysterisch,' zei Matt. 'Echt hysterisch. Ze sloeg wartaal uit. Ze kletste maar over ogen en donkere mist en dat ze niet kon vluchten. Daarom denkt de dokter ook dat het een soort hallucinatie is geweest. Maar wat wij ervan begrijpen is dat Dick Carter en zij rond middernacht in de vervallen kerk bij het kerkhof waren en dat er toen iets is binnengekomen en haar heeft aangevallen.'

Bonnie voegde eraan toe: 'Het heeft Dick niet aangevallen, dus daaruit blijkt dat het in ieder geval smaak heeft. De politie heeft hem bewusteloos op de kerkvloer aangetroffen, en hij kan zich niets herinneren.'

Elena hoorde de laatste woorden nauwelijks. Er was iets verschrikkelijk mis met Stefan. Ze kon niet verklaren hoe ze dat wist, maar ze wist het. Zodra Matt was uitgesproken, verstijfde hij, en hoewel hij zich niet verroerde had ze het gevoel dat er een enorme afstand tussen hen ontstond, alsof hij en zij zich aan weerskanten van een scheurende, krakende massa ijsschotsen bevonden.

Met die vreselijk beheerste stem die ze eerder in zijn kamer van hem had gehoord, vroeg hij: 'In de kerk, Matt?'

'Ja, in de vervallen kerk,' zei Matt.

'En je weet zeker dat ze zei dat het om middernacht was?'

'Ze wist het niet precies, maar het moet rond die tijd geweest zijn. We hebben haar niet lang daarna gevonden. Hoezo?'

Stefan zei niets. Elena voelde de kloof tussen hen breder worden. 'Stefan,' fluisterde ze. Toen vroeg ze wanhopig, met luide stem: 'Stefan, wat is er?'

Hij schudde zijn hoofd. Sluit me niet buiten, dacht ze, maar hij keek haar niet eens meer aan. 'Redt ze het?' vroeg hij abrupt.

'De dokter zei dat er niet veel met haar aan de hand was,' zei Matt. 'Niemand heeft ook maar een ogenblik overwogen dat ze dood zou kunnen gaan.'

Stefan knikte kort. Toen keerde hij zich naar Elena. 'Ik moet gaan,' zei hij. 'Je bent nu veilig.'

Ze pakte zijn hand toen hij wilde weglopen. 'Natuurlijk ben ik veilig,' zei ze. 'Dankzij jou.'

'Ja,' zei hij. Maar er was geen reactie in zijn ogen. Hij keek haar mat, uitdrukkingsloos aan.

'Bel me morgen.' Ze kneep in zijn hand om te midden van de vele kritische blikken haar gevoelens aan hem over te brengen. Hij móést het begrijpen.

Hij keek volkomen uitdrukkingsloos op hun handen neer en richtte toen zijn blik weer op haar gezicht. Toen, eindelijk, kneep hij terug. 'Ja, Elena,' fluisterde hij en zijn ogen hechtten zich aan de hare. Het volgende ogenblik was hij verdwenen.

Ze haalde diep adem en ging terug naar de volle kamer. Tante Judith liep nog steeds een beetje heen en weer te drentelen, haar blik strak gericht op wat er onder de cape te zien was van Elena's gescheurde jurk.

'Elena,' zei ze. 'Wat is er gebéúrd?' Haar ogen dwaalden naar de deur waardoor Stefan zojuist was vertrokken.

Er welde een hysterische lachbui op in Elena's keel, maar ze slikte hem weg. 'Stefan heeft dat niet gedaan,' zei ze. 'Stefan heeft me gered.' Haar gezicht verstrakte en ze keek de politieagent aan die achter tante Judith stond. 'Het was Tyler. Tyler Smallwood...'

9

Ze was niet de reïncarnatie van Katherine.

Terwijl hij in de vaag naar lavendel geurende stilte voor zonsopgang naar het pension terugreed, dacht Stefan daarover na.

Hij had zoiets tegen haar gezegd, en het was waar, maar hij besefte nu pas hoe lang hij naar die conclusie had toegewerkt. Hij was zich wekenlang van elke ademhaling van Elena bewust geweest en had elk verschil nauwkeurig geregistreerd.

Haar haar was een paar tinten lichter dan dat van Katherine en haar wenkbrauwen en wimpers waren donkerder. Die van Katherine waren bijna zilverwit geweest. En Elena was meer dan een hand langer. Ze was ook vrijer in haar bewegingen; de meisjes van tegenwoordig voelden zich meer op hun gemak in hun lichaam.

Zelfs haar ogen, die ogen die hem de eerste dag hadden verlamd met hun schokkende gelijkenis, waren niet echt hetzelfde. Katherine had haar ogen meestal opengesperd van kinderlijke verbazing, of neergeslagen, zoals passend was voor een jong meisje aan het eind van de vijftiende eeuw. Maar Elena's ogen keken je recht aan, met een vaste blik, zonder te knipperen. En soms knepen ze uitdagend of vastberaden samen, zoals Katherines ogen nooit hadden gedaan.

Qua gratie, schoonheid en pure charme deden ze niet voor elkaar onder. Maar waar Katherine een wit poesje was geweest, was Elena een sneeuwwitte tijgerin.

Stefan reed langs de silhouetten van de esdoorns en kromp ineen bij de herinnering die hem plotseling overviel. Hij wilde er niet aan denken, wilde het zichzelf niet toestaan... maar de beelden ontrolden zich voor zijn ogen. Het was alsof het dagboek was opengevallen en hij alleen maar hulpeloos naar de bladzijde kon staren, terwijl het verhaal zich in zijn hoofd afspeelde.

Wit, Katherine had die dag wit gedragen. Een nieuwe witte jurk van Venetiaanse zijde, met splitten in de mouwen, waaronder de fijne linnen onderjurk zichtbaar was. Ze droeg een gouden ketting met parels om haar hals en oorbellen met kleine parels in haar oren.

Ze was dolblij geweest met de nieuwe jurk, die haar vader speciaal voor haar had laten maken.

Ze had een pirouette gemaakt voor Stefan en de lange rok met haar kleine hand een stukje opgetild om de met goudbrokaat afgewerkte onderrok te laten zien...

'Zie je, zelfs mijn initialen zijn erin geborduurd. Dat heeft mijn papa laten doen. *Mein lieber Papa...*' Haar stem stierf weg, ze stopte met ronddraaien en zette langzaam haar hand in haar zij. 'Maar wat is er, Stefan? Je lacht niet.'

Hij kon het niet eens proberen. Zoals ze daar stond, wit met goud, als een geestverschijning, bezorgde haar aanblik hem fysieke pijn. Als hij haar kwijt zou raken, wist hij niet hoe hij verder moest leven.

Zijn vingers klemden zich krampachtig om haar hand. 'Katherine, hoe kan ik lachen, hoe kan ik gelukkig zijn, als...'

'Als wat?'

'Als ik zie hoe je naar Damon kijkt.' Zo, het was eruit. Hij ging moeizaam verder. 'Voor hij thuiskwam, waren jij en ik elke dag samen. Mijn vader en jouw vader waren blij en maakten trouwplannen. Maar nu worden de dagen korter, de zomer is bijna voorbij... en je brengt bijna evenveel tijd met Damon door als met mij. De enige reden waarom vader het goedvindt dat hij hier blijft is dat jij erom gevraagd hebt. Maar waaróm heb je het gevraagd, Katherine? Ik dacht dat je om me gaf.'

Haar blauwe ogen keken hem ontzet aan. 'Ik gééf ook om je, Stefan. O, dat weet je toch wel!'

'Waarom spring je dan voor Damon in de bres bij mijn vader? Als je dat niet had gedaan, had hij Damon op straat gegooid...'

'En dat had jij vast heel fijn gevonden, broertje lief.' De stem bij de deur klonk minzaam en arrogant, maar toen Stefan zich omdraaide, zag hij dat Damons ogen gloeiden van woede.

'O, nee, dat is niet waar,' zei Katherine. 'Stefan zou je nooit kwaad toewensen.'

Damons lip krulde op en hij wierp Stefan een zure blik toe terwijl hij naast Katherine kwam staan. 'Misschien niet,' zei hij, met een iets zachtere klank in zijn stem. 'Maar mijn broer heeft in ieder geval in één ding gelijk. De dagen worden korter en binnenkort zal je vader Florence gaan verlaten. En dan neemt hij jou mee... tenzij je een reden hebt om te blijven.'

Tenzij je een echtgenoot hebt om bij te blijven. De woorden bleven onuitgesproken, maar ze hoorden ze alle drie. De baron was te verzot op zijn dochter om haar tegen haar wil te laten trouwen. Uiteindelijk zou het Katherines beslissing moeten zijn. Katherines keus.

Nu het onderwerp ter sprake was gebracht, kon Stefan niet langer zwijgen. 'Katherine weet dat ze haar vader binnenkort zal moeten verlaten...' begon hij, pronkend met zijn geheime kennis, maar zijn broer viel hem in de rede.

'Ah, ja, voor de oude man wantrouwen krijgt,' zei Damon nonchalant. 'Zelfs de meest toegewijde vader moet zich iets gaan afvragen als zijn dochter alleen 's nachts tevoorschijn komt.'

Stefan werd overspoeld door woede en pijn. Het was dus waar. Damon wist ervan. Katherine had haar geheim aan zijn broer verteld.

'Waarom heb je het hem verteld, Katherine? Waarom? Wat zie je in een man die om niets en niemand geeft en alleen zijn eigen plezier najaagt? Hoe kan hij jou gelukkig maken? Een man die alleen aan zichzelf denkt?'

'En hoe kan deze jóngen je gelukkig maken, die niets van de wereld weet?' viel Damon hem in de rede. Zijn stem was messcherp van minachting. 'Hoe moet hij je beschermen? Hij heeft nog nooit in de werkelijkheid geleefd. Hij heeft zijn hele leven tussen boeken en schilderijen doorgebracht. Laat hem hier blijven.'

Katherine schudde ontreddert haar hoofd. Haar prachtige blauwe ogen waren bedekt met een waas van tranen.

'Jullie begrijpen het alle twee niet,' zei ze. 'Jullie denken dat ik kan trouwen en hier kan komen wonen, net als iedere andere dame in Florence. Maar ik kan niet zijn zoals andere dames. Hoe zou ik er een huishouding op na kunnen houden, met bedienden die altijd mijn gangen nagaan? Hoe kan ik op één plek blijven wonen, waar de mensen zullen merken dat de jaren geen invloed op me hebben? Ik zal nooit een normaal leven hebben.'

Ze haalde diep adem en keek hen beurtelings aan. 'Wie mijn echtgenoot wil worden, moet het leven in het zonlicht opgeven,' fluisterde ze. 'Hij moet kiezen voor een leven onder de maan en in de uren van duisternis.'

'Dan moet jíj iemand nemen die niet bang is voor schaduwen,' zei Damon, en Stefan was verrast door de intensiteit van zijn stem. Hij had Damon nog nooit zo oprecht en zonder omhaal horen praten. 'Katherine, kijk naar mijn broer. Zal hij afstand kunnen doen van het zonlicht? Hij is te veel gehecht aan alledaagse dingen: zijn vrienden, zijn familie, zijn plicht tegenover Florence. De duisternis zou hem vernietigen.'

'Leugenaar!' schreeuwde Stefan. Hij ziedde nu van woede. 'Ik ben net zo sterk als jij, bróér, en ik ben niet bang voor de schaduwen, noch voor het zonlicht. En ik hou meer van Katherine dan van mijn vrienden en familie...'

'... en je plicht? Hou je genoeg van haar om die ook op te geven?'

'Ja,' zei Stefan uitdagend. 'Ik hou genoeg van haar om alles op te geven.'

Damon schonk hem een van zijn onverwachte, verontrustende glimlachjes. Toen wendde hij zich weer tot Katherine. 'Het lijkt me,' zei hij, 'dat de keus aan jou is en aan niemand anders. Je hebt twee minnaars die naar je hand dingen; kies je een van ons of geen van beiden?'

Katherine boog langzaam haar goudblonde hoofd. Toen hief ze haar vochtige blauwe ogen naar hen op.

'Geef me tot zondag de tijd om erover na te denken. En belast me daarvoor niet met vragen.'

Stefan knikte met tegenzin. Damon vroeg: 'En op zondag?'

'Zondagavond bij het vallen van de schemering maak ik mijn keus.'

De schemering... de diepe, violette duisternis van de schemering...

De fluwelen schaduwen om Stefan heen vervaagden en hij kwam

tot zichzelf. Het was niet de avondschemering, maar het ochtendgloren dat de lucht om hem heen kleurde. In gedachten verdiept was hij naar de rand van het bos gereden.

In het noordwesten zag hij de Wickery Bridge en het kerkhof. Nieuwere herinneringen deden zijn hart sneller kloppen.

Hij had tegen Damon gezegd dat hij bereid was alles op te geven voor Katherine. En dat was precies wat hij had gedaan. Hij had afstand gedaan van elk recht op zonlicht en was voor haar een schepsel van de duisternis geworden. Een roofdier dat gedoemd was altijd achtervolgd te worden, een dief die leven moest stelen om zijn eigen aderen te vullen.

En misschien een moordenaar.

Nee, ze hadden gezegd dat het meisje Vickie niet zou sterven. Maar zijn volgende slachtoffer zou dat misschien wel doen. Het ergste van deze laatste aanval was dat hij zich er niets van herinnerde. Hij herinnerde zich de zwakte, de overweldigende behoefte, en hij herinnerde zich dat hij door de kerkdeur naar binnen was gestrompeld, maar daarna wist hij niets meer. Hij was buiten tot zichzelf gekomen, met de echo van Elena's gil in zijn oren, en hij was naar haar toe gerend, zonder erover na te denken wat er was gebeurd.

Elena... Even vergat hij alles en werd hij overspoeld door een golf van pure blijdschap en geluk. Elena, warm als het zonlicht, zacht als de ochtend, maar met een staalharde kern die niet gebroken kon worden. Zij was als een vuur dat brandde in ijs, als het scherpe snijvlak van een zilveren dolk.

Maar had hij het recht om van haar te houden? Zijn gevoelens voor haar brachten haar in gevaar. Stel je voor dat de volgende keer dat de behoefte hem in zijn greep kreeg, Elena het dichtstbijzijnde levende wezen was, het dichtstbijzijnde vat vol warm, vernieuwend bloed?

Ik zal nog liever sterven dan dat ik haar aanraak, bezwoer hij zichzelf. Ik zal nog liever van dorst sterven dan dat ik haar aderen openscheur. En ik zweer dat ze nooit mijn geheim te weten zal komen. Ze zal nooit om mij het daglicht hoeven opgeven.

Achter hem lichtte de hemel op. Maar voor hij vertrok, zond hij één onderzoekende gedachte uit, speurend naar een andere Macht die misschien in de buurt was. Speurend naar een andere verklaring voor wat er in de kerk was gebeurd.

Maar er was niets, niets wat in de buurt kwam van een antwoord. Het kerkhof zweeg spottend.

Elena werd wakker van het zonlicht dat door haar raam naar binnen scheen. Meteen had ze het gevoel alsof ze net was genezen van een langdurige griep, alsof het kerstochtend was. Haar gedachten tuimelden door elkaar toen ze rechtop ging zitten.

O. Ze had overal pijn. Maar Stefan en zij... dat maakte alles goed. Die dronken smeerlap van een Tyler... Maar Tyler deed er niet meer toe. Niets deed er meer toe, behalve dat Stefan van haar hield. Ze liep in haar nachthemd de trap af. Toen ze het licht schuin door de ramen naar binnen zag schijnen, besefte ze dat ze erg lang had uitgeslapen. Tante Judith en Margaret zaten in de huiskamer.

'Goedemorgen, tante Judith.' Ze gaf haar verraste tante een lange, stevige omhelzing. 'En goedemorgen, schatje.' Ze tilde Margaret met een zwaai van de grond en danste met haar de kamer door. 'En... o! Goedemorgen, Robert.' Een beetje gegeneerd vanwege haar uitgelaten gedrag en haar halfontklede toestand zette ze Margaret op de grond en haastte ze zich de keuken in.

Tante Judith liep achter haar aan. Hoewel ze donkere wallen onder haar ogen had, glimlachte ze. 'Jij bent in een goede bui vanmorgen.'

'O, dat ben ik zeker.' Elena omhelsde haar nog een keer, om zich te verontschuldigen voor de donkere wallen.

'Je weet dat we naar het politiebureau moeten om over Tyler te praten.'

'Ja.' Elena pakte sap uit de koelkast en schonk zich een glas in. 'Maar is het goed als ik eerst bij Vickie Bennett langsga? Ze zal wel van streek zijn, vooral omdat blijkbaar niet iedereen haar gelooft.'

'Geloof jij haar, Elena?'

'Ja,' zei ze langzaam. 'Ik geloof haar zeker. En, tante Judith,' voegde ze eraan toe, nadat ze even had nagedacht, 'er is met mij ook iets gebeurd in de kerk. Ik dacht...'

'Elena! Bonnie en Meredith zijn er voor je,' riep Robert vanuit de gang.

De vertrouwelijke stemming was verbroken. 'O... laat ze maar binnenkomen,' riep Elena terug en ze nam een slok sinaasappelsap. 'Ik vertel het straks wel,' beloofde ze tante Judith, terwijl voetstappen de keuken naderden.

Bonnie en Meredith bleven ongewoon formeel in de deuropening staan. Elena was niet op haar gemak en wachtte tot haar tante de keuken uit was voor ze begon te praten.

Ze schraapte haar keel en hield haar ogen strak op een versleten tegel in het linoleum gericht. Toen ze heimelijk opkeek, zag ze dat Bonnie en Meredith naar dezelfde tegel stonden te staren.

Ze barstte in lachen uit en de anderen keken op.

'Ik ben te gelukkig om me te verdedigen,' zei Elena, en ze stak haar armen naar hen uit. 'Ik weet dat ik spijt zou moeten hebben van wat ik heb gezegd, en dat héb ik ook, maar ik kan me er gewoon niet echt druk over maken. Ik heb me vreselijk misdragen en ik verdien de doodstraf, maar kunnen we nu verder niet gewoon doen alsof er niets is gebeurd?'

'Je mag er inderdaad wel flink spijt van hebben dat je zo bij ons bent weggerend,' mopperde Bonnie, terwijl ze elkaar met z'n drieën omhelsden.

'En nog wel samen met Tyler Smallwood. Het kon niet erger,' zei Meredith.

'Nou, wat dat aangaat heb ik mijn lesje geleerd,' zei Elena, en ze versomberde even. Toen begon Bonnie weer te lachen.

'En je hebt zelfs de hoofdprijs binnengehaald: Stefan Salvatore! Wat een dramatische entree was dat, zeg! Ik dacht dat ik hallucineerde toen jullie samen binnenkwamen. Hoe heb je het gedáán?'

'Ik heb helemaal niets gedaan. Hij was er gewoon opeens, net als de cavalerie in een van die oude films.'

'Om je eer te verdedigen,' zei Bonnie. 'Opwindender kan toch niet?'

'Ik weet wel een paar dingen die nóg opwindender zijn,' zei Meredith, 'maar ja, misschien heeft Elena die ook wel uitgeprobeerd.'

'Ik zal jullie er alles over vertellen,' zei Elena. Ze liet de meisjes los en deed een stapje naar achteren. 'Maar gaan jullie eerst mee naar Vickie? Ik wil met haar praten.'

'Je kunt met óns praten terwijl je je aankleedt en terwijl we onderweg zijn. En ook terwijl je je tanden poetst, trouwens,' zei Bonnie vastberaden. 'En als je ook maar íéts weglaat, leveren we je uit aan de Spaanse Inquisitie.'

'Je ziet,' zei Meredith ondeugend, 'meneer Tanners werk heeft vruchten afgeworpen. Bonnie weet nu dat de Spaanse Inquisitie geen rockgroep is.'

Elena lachte uitgelaten terwijl ze de trap op liepen.

Mevrouw Bennett zag er bleek en moe uit, maar ze nodigde hen uit om binnen te komen.

'Vickie heeft geslapen. De dokter zei dat we haar in bed moesten houden,' zei ze met een beverig lachje. Elena, Bonnie en Meredith persten zich in het kleine gangetje.

Mevrouw Bennett klopte zachtjes op Vickies deur. 'Vickie, liever, er zijn hier een paar meisjes van school voor je. Maak het niet te lang,' voegde ze er tegen Elena aan toe en ze deed de deur open.

'Dat zullen we niet doen,' beloofde Elena. Op de voet gevolgd door de anderen stapte ze een mooie, blauw met witte slaapkamer binnen. Vickie lag in bed met een stapel kussens in haar rug. Ze had een lichtblauwe donzen deken tot haar kin opgetrokken, waar haar gezicht spierwit tegen afstak en ze staarde met lodderige ogen recht voor zich uit.

'Zo keek ze gisteravond ook,' fluisterde Bonnie.

Elena schoof naar de rand van het bed. 'Vickie,' zei ze zacht. Vickie ging door met staren, maar Elena dacht dat ze iets hoorde veranderen in haar ademhaling. 'Vickie, kun je me horen? Ik ben het, Elena Gilbert.' Ze keek onzeker naar Bonnie en Meredith.

'Zo te zien heeft ze iets kalmerends gekregen,' zei Meredith.

Maar mevrouw Bennett had niet gezegd dat ze haar medicijnen hadden gegeven. Fronsend wendde Elena zich weer tot het lethargische meisje.

'Vickie, ik ben het, Elena. Ik wilde alleen even met je praten over gisteravond. Ik wil je zeggen dat ik geloof wat je vertelt over wat er is gebeurd.' Elena negeerde de scherpe blik die Meredith haar toewierp en vervolgde: 'En ik wilde je vragen...'

'Nee!' Een doordringende, rauwe gil ontsnapte uit Vickies keel. Hoewel ze eerst roerloos als een wassen beeld in bed had gelegen, kwam ze plotseling explosief en gewelddadig in actie. Haar lichtbruine haar zwiepte in haar gezicht terwijl ze woest met haar hoofd schudde en met haar handen in de lucht sloeg. 'Nee! Nee!' gilde ze.

'Doe iets!' hijgde Bonnie. 'Mevrouw Bennett! Mevrouw Bennett!'

Elena en Meredith probeerden Vickie op het bed terug te duwen, maar ze verzette zich hevig. Ze bleef maar gillen. Toen stond plotseling Vickies moeder naast hen. Ze duwde de anderen opzij en probeerde haar dochter vast te pakken.

'Wat hebben jullie met haar gedaan?' riep ze.

Vickie klampte zich aan haar moeder vast en kalmeerde een beetje, maar toen zagen de lodderige ogen over haar schouder plotseling Elena staan.

'Jij hoort erbij! Je bent slecht!' gilde ze hysterisch tegen Elena. 'Blijf bij me uit de buurt!'

Elena was met stomheid geslagen. 'Vickie! Ik kwam alleen vragen...'

'Ik denk dat je nu maar beter kunt gaan. Laat ons met rust,' zei mevrouw Bennett, en ze sloeg beschermend haar armen om haar dochter heen. 'Zie je niet wat je haar aandoet?'

Verbijsterd liep Elena zwijgend de kamer uit. Bonnie en Meredith gingen met haar mee.

'Het komt vast door de medicijnen,' zei Bonnie, toen ze weer buiten stonden. 'Ze werd helemaal gek.'

'Heb je haar handen gevoeld?' vroeg Meredith aan Elena. 'Toen we haar probeerden tegen te houden, kreeg ik haar hand te pakken. Hij was ijskoud.'

Elena schudde verward haar hoofd. Het was allemaal volkomen onbegrijpelijk, maar ze wilde er haar dag niet door laten bederven. Dat liet ze niet gebeuren. Wanhopig probeerde ze iets te bedenken wat deze ervaring kon goedmaken, iets waardoor ze aan haar geluk kon vasthouden.

'Ik weet iets,' zei ze. 'Het pension.'

'Wat?'

'Ik heb tegen Stefan gezegd dat hij me vandaag moest bellen, maar waarom gaan we zelf niet naar het pension? Het is niet ver.'

'Maar twintig minuten lopen,' zei Bonnie. Ze vrolijkte helemaal op. 'Dan kunnen we tenminste eindelijk die kamer van hem zien.'

'Eigenlijk,' zei Elena, 'dacht ik dat jullie misschien beter beneden konden wachten.' Toen ze de anderen zag kijken, voegde ze er verdedigend aan toe: 'Nou ja, ik zie hem zelf ook maar even.' Het was misschien raar, maar ze wilde Stefan nog even niet met haar vriendinnen delen. Hij was nog zo nieuw voor haar, hij leek bijna op een geheim.

Toen ze op de glanzende, eikenhouten deur klopten, deed mevrouw Flowers open. Ze was een gerimpeld, dwergachtig vrouwtje, met verrassend stralende, donkere ogen.

'Jij bent zeker Elena,' zei ze. 'Ik zag Stefan en jou gisteravond weggaan en toen hij terugkwam, vertelde hij hoe je heette.'

'Hebt u ons gezien?' vroeg Elena, geschrokken. 'Ik heb u niet gezien.'

'Nee, nee, dat klopt,' zei mevrouw Flowers, en ze grinnikte. 'Je bent een mooi meisje, lieve kind. Een erg mooi meisje.' Ze klopte Elena op haar wang.

'Eh... dank u wel,' zei Elena onbehaaglijk. Ze vond het niet prettig zoals die vogelachtige ogen strak op haar gevestigd waren. Ze keek om mevrouw Flowers heen naar de trap. 'Is Stefan thuis?'

'Dat moet haast wel, tenzij hij van het dak is gevlogen!' zei mevrouw Flowers en ze grinnikte weer. Elena lachte beleefd mee.

'Wij blijven wel beneden, bij mevrouw Flowers,' zei Meredith tegen Elena. Bonnie sloeg lijdzaam haar ogen ten hemel. Elena onderdrukte een grijns, knikte even en liep de trap op.

Wat een vreemd, oud huis, dacht ze weer, toen ze de tweede trap in de slaapkamer zag. De stemmen beneden waren hiervandaan slechts vaag hoorbaar en toen ze de trap op liep, verdwenen ze helemaal. Ze werd omhuld door stilte en toen ze bij de zwak verlichte deur boven aan de trap kwam, had ze het gevoel dat ze in een andere wereld terecht was gekomen.

Ze klopte zachtjes aan. 'Stefan?'

Ze hoorde niets binnen, maar plotseling zwaaide de deur open. Blijkbaar ziet iedereen er vandaag moe en bleek uit, dacht Elena, en toen lag ze in zijn armen.

Die armen klemden zich krampachtig om haar heen. 'Elena. O, Elena...'

Toen trok hij zich terug. Het was net als de avond ervoor; Elena voelde hoe de kloof zich tussen hen opende. Ze zag de koele, beleefde blik in zijn ogen verschijnen.

'Nee,' zei ze. Ze was zich er nauwelijks van bewust dat ze hardop sprak. 'Ik laat dit niet gebeuren.' En ze trok zijn lippen op de hare.

Even was er geen reactie, maar toen ging er een rilling door hem heen en brandde zijn kus op haar lippen. Zijn vingers woelden door haar haar en het universum om haar heen verschrompelde. Er bestond niets anders meer dan Stefan, het gevoel van zijn armen om haar heen en het vuur van zijn lippen op de hare.

Een paar minuten of een paar eeuwen later maakten ze zich bevend van elkaar los. Maar ze bleven elkaar aankijken en Elena zag dat Stefans pupillen extreem groot waren, zelfs voor dit schemerige licht. Eromheen was maar een heel dun randje groen zichtbaar. Hij zag eruit alsof hij verdoofd was en zijn mond – die mond! – was gezwollen.

'Ik denk,' zei hij en ze hoorde de beheersing in zijn stem, 'dat we voorzichtig moeten zijn wanneer we dat doen.'

Elena knikte, zelf ook verdoofd. Niet in het openbaar, dacht ze. En niet als Bonnie en Meredith beneden staan te wachten. En ook niet als we helemaal alleen zijn, tenzij...

'Maar je kunt me gewoon vasthouden,' zei ze.

Wat vreemd dat ze zich na al die passie zo veilig, zo vredig kon voelen in zijn armen. 'Ik hou van je,' fluisterde ze in de ruwe wol van zijn trui.

Ze voelde een huivering door hem heen gaan. 'Elena,' zei hij weer, en het klonk bijna wanhopig.

Ze tilde haar hoofd op. 'Wat is daar mis mee? Wat zou daar nou mis mee kunnen zijn, Stefan? Hou jij niet van mij?'

'Ik...' Hij keek haar hulpeloos aan, en toen hoorden ze vaag de stem van mevrouw Flowers, onder aan de trap.

'Jongen! Jongen! Stefan!' Het leek wel alsof ze met haar schoen op de trapleuning bonkte.

Stefan zuchtte. 'Ik zal maar even gaan kijken wat ze wil.' Hij schoof langs haar heen, zonder dat er iets van zijn gezicht af te lezen viel.

Alleen achtergebleven, sloeg Elena haar armen over elkaar en huiverde. Het was hier zo koud. Hij zou een haardvuur moeten hebben, dacht ze. Haar ogen gleden doelloos door de kamer, tot ze ten slotte bleven rusten op de mahoniehouten ladekast die ze de vorige avond had onderzocht.

De koffer.

Ze keek even naar de dichte deur. Als hij terugkwam en haar betrapte... Ze moest het eigenlijk niet doen... maar ze liep al naar de ladekast toe.

Denk aan de vrouw van Blauwbaard, zei ze tegen zichzelf. Haar nieuwsgierigheid kostte haar het leven. Maar haar vingers waren al op het ijzeren deksel. Met bonzend hart duwde ze het deksel omhoog.

In het schemerige licht leek het eerst of de koffer leeg was, en Elena schoot zenuwachtig in de lach. Wat had ze verwacht? Liefdesbrieven van Caroline? Een bebloede dolk?

Toen zag ze het smalle strookje zijde een paar keer netjes dubbelgevouwen in een hoek liggen. Ze haalde het tevoorschijn en liet het tussen haar vingers door glijden. Het was het abrikoosgele lint dat ze de tweede schooldag had verloren.

O, Stefan. Tranen prikten in haar ogen en haar hart stroomde over van hulpeloze liefde. Zo lang geleden? Zo lang geleden gaf je al om me? O, Stefan, ik hou van je...

En het geeft niet als je het niet tegen me kunt zeggen, dacht ze. Er klonk een geluid bij de deur. Ze vouwde het lint snel op en legde het terug in de koffer. Toen draaide ze zich met tranen in haar ogen om naar de deur.

Het geeft niet als je het nu nog niet kunt zeggen. Ik zeg het voor ons allebei. En op een dag zul je het leren.

10

7 oktober, ongeveer 08.00 uur 's morgens

Lief dagboek,
Ik schrijf dit onder wiskunde. Ik hoop maar dat mevrouw Halpern het niet merkt.

    Ik had gisteravond geen tijd om te schrijven, hoewel ik het wel wilde. Gisteren was een vreemde, verwarrende dag, net als de avond van het bal. Nu ik hier op school zit, heb ik bijna het gevoel dat alles wat er dit weekend is gebeurd, een droom was. De akelige dingen waren heel akelig, maar de fijne dingen waren echt superfijn.

    Ik ga Tyler niet aangeven bij de politie. Hij is wel tijdelijk van school gestuurd en uit het footballteam gezet. Dick ook, omdat hij dronken was op het bal. Niemand zegt het, maar volgens mij denken heel veel mensen dat hij verantwoordelijk is voor wat er met Vickie is gebeurd. Bonnies zus zag Tyler gisteren in het ziekenhuis en ze vertelde dat hij twee blauwe ogen had en dat zijn hele gezicht paars was. Ik maak me zorgen over wat er gaat gebeuren als Dick en hij weer terugkomen op school. Ze hebben nu meer reden dan ooit om Stefan te haten.

    Dat brengt me op Stefan. Vanmorgen werd ik in paniek wakker. Ik dacht: stel je voor dat het allemaal niet waar is? Dat het niet is gebeurd, of dat hij van gedachten is veranderd? Tante Judith maakte zich zorgen aan het ontbijt, omdat ik weer niet kon eten. Maar toen ik naar school ging, zag ik hem in de gang bij het kantoor en we keken elkaar alleen maar aan. En toen wist ik het. Vlak voor hij zich afwendde, glimlachte hij, een beetje zuur. Dat begreep ik ook, en hij had gelijk. Het was beter om niet in het openbaar naar elkaar toe te *lopen, tenzij we de secretaresses de sensatie van hun leven wilden bezorgen.*

We hebben nu echt iets met elkaar. Nu moet ik alleen nog een manier vinden om het aan Jean-Claude uit te leggen. Ha ha.

Wat ik niet begrijp is waarom Stefan er niet zo blij om is als ik. Als we samen zijn, voel ik hoe hij zich voelt. Dan weet ik hoe hij naar me verlangt, hoeveel hij om me geeft. Er is een bijna wanhopige honger in hem als hij me kust, alsof hij de ziel uit mijn lichaam wil trekken. Als een zwart gat dat

Nog steeds 7 oktober, nu ongeveer 14.00 uur 's middags
Goed, ik moest even stoppen, omdat mevrouw Halpern me betrapte. Ze begon zelfs wat ik had geschreven hardop voor te lezen, maar ik denk dat haar brillenglazen besloegen van de inhoud, want ze hield ermee op. Ze was er Niet Blij Mee. Maar ik ben veel te gelukkig om me druk te maken over kleine dingetjes, zoals een slecht cijfer voor wiskunde.

Stefan en ik hebben samen geluncht, dat wil zeggen: we zijn met mijn lunch in een hoek van het veld gaan zitten. Hij had niet eens de moeite genomen om iets mee te nemen, en natuurlijk bleek toen dat ik ook geen hap door mijn keel kon krijgen. We raakten elkaar niet veel aan – echt niet – maar we hebben gepraat en veel naar elkaar gekeken. Ik wil hem aanraken. Meer dan de andere jongens die ik heb gekend. En ik weet dat hij het ook wil, maar hij houdt zich in.

Dát begrijp ik niet: waarom hij zich hiertegen verzet, waarom hij zich inhoudt. Gisteren in zijn kamer vond ik hét bewijs dat hij al vanaf het allereerste begin naar me heeft gekeken. Weet je nog dat ik je vertelde dat Bonnie, Meredith en ik op de tweede schooldag op het kerkhof waren? Nou, gisteren vond ik in Stefans kamer het abrikoosgele lint dat ik die dag droeg. Ik herinner me dat het uit mijn hand is gevallen toen ik wegrende, en hij heeft het blijkbaar opgeraapt en bewaard. Ik heb hem niet verteld dat ik het weet, omdat hij het duidelijk geheim wil houden, maar dat bewijst toch dat hij om me geeft?

Ik zal je vertellen wie er nog meer Niet Blij is. Caroline. Blijkbaar heeft ze hem elke dag meegesleept naar het fotografielokaal om samen te lunchen. Toen hij vandaag niet kwam opdagen, is ze hem gaan zoeken en toen zag ze ons. Arme Stefan, hij was haar helemaal vergeten. Hij was er zelf ontdaan van. Toen ze weg was – ze zag groen van nijd, echt waar – vertelde hij me hoe ze zich die eerste week aan hem had opgedrongen. Ze zei dat ze had gemerkt dat hij in de lunchpauze weinig at en dat zij op dieet was en dat zij dus ook niet veel at, en of hij zin had om samen op een rustig plekje te gaan zitten om een beetje te relaxen. Hij wilde niet echt iets vervelends over haar zeggen (ik denk dat dat weer zijn idee is van goede manieren: een heer doet zoiets niet), maar hij zei wel dat er helemaal niets tussen hen was. En wat Caroline betreft, ik denk dat het voor haar erger was dat hij haar was vergeten dan als hij met stenen naar haar had gegooid.

Ik vraag me trouwens af waarom Stefan niet eet tussen de middag. Dat is vreemd voor een footballspeler.

O-ooo. Meneer Tanner kwam net voorbij. Ik legde nog net op tijd mijn schrift over dit dagboek heen. Bonnie zit te grinniken achter haar geschiedenisboek, ik zie haar schouders schudden. En Stefan, die voor me zit, ziet er heel gespannen uit, net of hij ieder ogenblik overeind kan springen uit zijn stoel. Matt kijkt me aan met een gezicht van 'jij bent gek' en Caroline werpt me dodelijke blikken toe. Ik ben de onschuld zelve en zit te schrijven met mijn ogen strak op Tanner gevestigd. Dus als dit er een beetje wiebelig en slordig uitziet, weet je hoe het komt.

Ik ben de laatste tijd niet echt mezelf. Ik kan niet helder nadenken en ik kan me op niets anders concentreren dan op Stefan. Ik loop met zo veel dingen achter, dat ik er bang van word. Ik zou de decoraties voor het Spookhuis regelen en ik heb er nog helemaal niéts aan gedaan. Nu heb ik nog precies drieënhalve week om het te organiseren, en ik wil bij Stéfan zijn.

Ik zou uit het comité kunnen stappen. Maar dan moeten Bonnie en Meredith alles alleen opknappen. En ik moet steeds denken aan wat Matt zei toen ik hem vroeg ervoor te zorgen dat Stefan naar het bal kwam: 'Jij wilt dat alles en iedereen om Elena Gilbert draait.'

Dat is niet waar. Of in ieder geval, als het in het verleden zo is geweest, wil ik dat nu niet meer. Ik wil... o, dit zal wel heel stom klinken, maar ik wil Stefan waard zijn. Ik weet dat hij de jongens van het footballteam niet in de steek zou laten als dat hem toevallig goed uitkwam. Ik wil dat hij trots op me is.

Ik wil dat hij net zo veel van mij houdt als ik van hem.

'Schiet op nou!' riep Bonnie vanuit de deur van de gymzaal. Naast haar stond de conciërge, meneer Shelby, te wachten.

Elena wierp nog een laatste blik op de figuurtjes op het footballveld en stak toen met tegenzin het asfalt over om zich bij Bonnie te voegen.

'Ik wilde alleen even tegen Stefan zeggen waar ik naartoe ging,' zei ze. Ze was nu een week samen met Stefan, maar het gaf haar nog steeds een opgewonden gevoel om zijn naam uit te spreken. Hij was deze week elke avond naar haar huis gekomen. Hij verscheen dan rond zonsondergang in de deuropening, met zijn handen in zijn zakken en de kraag van zijn jack omhoog geslagen. Meestal maakten ze een wandeling in de schemering, of ze zaten op de veranda te praten. Hoewel het niet werd uitgesproken, wist Elena dat dit Stefans manier was om ervoor te zorgen dat ze niet alleen waren. Sinds de avond van het bal had hij dat zo geregeld. Om haar eer te beschermen, dacht Elena zuur, maar meteen voelde ze een steek, want in haar hart wist ze dat er meer aan de hand was.

'Hij kan best een avond zonder jou, hoor,' zei Bonnie harteloos. 'Als je met hem gaat praten, kom je nooit meer weg en ik wil graag op tijd thuis zijn om nog iets eetbaars binnen te krijgen.'

'Dag, meneer Shelby,' zei Elena tegen de conciërge, die nog steeds geduldig stond te wachten. Tot haar verrassing wierp hij haar een plechtige knipoog toe. 'Waar is Meredith?' vervolgde ze.

'Hier,' zei een stem achter haar, en daar verscheen Meredith, met een kartonnen doos vol mappen en schriften in haar armen. 'Ik heb de spullen uit je kluisje gehaald.'

'Zijn jullie er allemaal?' vroeg meneer Shelby. 'Goed, meisjes, doe de deur achter je op slot, hè? Dan kan er niemand binnenkomen.'

Bonnie, die op het punt stond naar binnen te gaan, bleef abrupt staan. 'Weet u zeker dat er niet al iemand binnen is?' vroeg ze behoedzaam.

Elena gaf haar een duw tussen de schouderbladen. 'Schiet nou maar op,' bauwde ze haar kattig na. 'Ik wil op tijd thuis zijn om te eten.'

'Er is niemand binnen,' zei meneer Shelby. Zijn mond vertrok krampachtig onder zijn snor. 'Maar geven jullie maar een gil als je iets wilt. Ik ben in de buurt.'

De deur viel met een vreemd, onherroepelijk geluid achter hem dicht.

'Aan het werk dan maar,' zei Meredith gelaten en ze zette de doos op de grond.

Elena knikte en bekeek de grote, lege zaal van onder tot boven. Elk jaar organiseerde de leerlingenraad een Spookhuis om geld in te zamelen. Elena had de afgelopen twee jaar samen met Bonnie en Meredith in het decoratiecomité gezeten, maar als voorzitter was het anders. Ze moest beslissingen nemen die op iedereen van invloed waren, en ze kon daarbij niet terugvallen op wat er eerdere jaren was gedaan.

Het Spookhuis werd meestal gehouden in de opslaghal van een houthandel, maar vanwege de groeiende onrust in het dorp was besloten dat de gymzaal van de school veiliger was. Voor Elena betekende dat dat de hele indeling van het Spookhuis opnieuw bedacht moest worden, en dat terwijl het over drie weken al Halloween was.

'Eigenlijk is het hier best spookachtig,' zei Meredith zacht. Het was inderdaad een beetje verontrustend om in zo'n grote, afgesloten ruimte te zijn, dacht Elena. Ze merkte dat ze vanzelf zachter ging praten.

'Laten we het hier eerst opmeten,' zei ze. Hun voetstappen weerkaatsten hol terwijl ze door de zaal liepen.

'Goed,' zei Elena toen ze klaar waren. 'Aan de slag dan maar.' Ze probeerde het onbehaaglijke gevoel van zich af te schudden en hield zichzelf voor dat het belachelijk was om zich niet op haar gemak te voelen in de gymzaal, terwijl Bonnie en Meredith bij haar waren en nog geen tweehonderd meter verderop een heel footballteam aan het trainen was.

Ze gingen met pennen en schriften in hun hand op de tribune zitten. Elena en Meredith bekeken de ontwerptekeningen van eerdere jaren, terwijl Bonnie op haar pen beet en nadenkend om zich heen keek.

'Nou, dit is de gymzaal,' zei Meredith. Ze maakte een snelle schets in haar schrift. 'En hier komen de mensen binnen. We kunnen het Bloederige Lijk helemaal aan het eind doen... Wie is dit jaar trouwens het Bloederige Lijk?'

'Coach Lyman, denk ik. Hij heeft het vorig jaar goed gedaan, en hij kan de footballspelers in toom houden.' Elena wees aan op de tekening. 'Oké, dit deel scheiden we af voor de Middeleeuwse Martelkamer. Daarvandaan komen ze rechtstreeks in de Kamer van de Levende Doden...'

'Ik vind dat we druïden moeten hebben,' zei Bonnie abrupt.

'Wát moeten we hebben?' vroeg Elena. Toen Bonnie begon te gillen: 'Dru-ieeeeeden' stak ze kalmerend haar hand op. 'Oké, oké, ik weet het alweer. Maar waarom?'

'Omdat die Halloween hebben uitgevonden. Echt waar. Het begon als een van hun heilige dagen, waarop ze vuren stookten en knollen neerzetten waarin een gezicht was uitgesneden om de boze geesten weg te houden. Ze geloofden dat het de dag was waarop de grens tussen de doden en de levenden het dunst was. En ze waren eng, Elena. Ze brachten mensenoffers. Wij zouden coach Lyman kunnen offeren.'

'Dat is niet eens zo'n gek idee,' zei Meredith. 'Het Bloederige Lijk zou een offer kunnen zijn. Je weet wel, op een stenen altaar, met een mes en overal plassen bloed. En als je dan echt dichtbij komt, komt hij opeens overeind.'

'En bezorgt je een hartaanval,' zei Elena, maar ze moest toegeven dat het een goed idee was, heel eng in ieder geval. Ze werd een beetje misselijk bij de gedachte. Al dat bloed... Maar het was natuurlijk maar limonadesiroop.

De andere meisjes waren ook stil geworden. In de jongenskleedkamer naast de gymzaal hoorden ze water stromen en kluisdeurtjes dichtslaan en daar bovenuit hoorden ze stemmen schreeuwen.

'De training is afgelopen,' mompelde Bonnie. 'Het zal wel donker zijn, buiten.'

'Ja, en Onze Held staat zich te douchen,' zei Meredith en ze trok een wenkbrauw op naar Elena. 'Wil je niet even stiekem kijken?'

'Kon het maar,' zei Elena, half lachend. Op een subtiele manier was de stemming er opeens uit. Net op het moment dat ze inderdaad wenste dat ze Stefan kon zien, bij hem kon zijn.

'Hebben jullie nog iets gehoord over Vickie Bennett?' vroeg ze plotseling.

'Nou,' zei Bonnie, na een korte stilte. 'Ik hoorde wel dat haar ouders er een psychiater bij gaan halen.'

'Een psychiater? Waarom?'

'Tja... ik vermoed dat ze denken dat de dingen die ze ons vertelde hallucinaties waren van het een of ander. En ik hoorde dat ze heel akelige nachtmerries heeft.'

'O,' zei Elena. De geluiden uit de jongenskleedkamer vervaagden en ze hoorden een buitendeur dichtslaan. Hallucinaties, dacht ze. Hallucinaties en nachtmerries. Om de een of andere reden moest ze denken aan die avond op het kerkhof, die avond dat Bonnie hen op de vlucht had gejaagd voor iets wat ze geen van allen konden zien.

'We kunnen beter weer aan de slag gaan,' zei Meredith. Elena rukte zich los uit haar gepeins en knikte.

'We... we zouden een kerkhof kunnen doen,' zei Bonnie voorzichtig, alsof ze Elena's gedachten had gelezen. 'In het Spookhuis, bedoel ik.'

'Néé,' zei Elena scherp. 'Nee, we houden het bij wat we nu hebben,' voegde ze er rustiger aan toe, en ze boog zich weer over haar schrift.

Opnieuw was er niets anders te horen dan het gekras van pennen en papiergeritsel.

'Goed,' zei Elena ten slotte. 'Nu moeten we alleen de verschillende onderdelen nog opmeten. Iemand zal achter de tribune moeten kruipen... Wat is dat nou?'

De lichten in de gymzaal hadden even geflikkerd en brandden nu alleen nog op halve kracht.

'O, néé, hè?' zei Meredith geërgerd. De lichten flikkerden opnieuw, gingen even uit, en brandden toen weer op halve kracht verder.

'Ik kan zo niets lezen,' zei Elena. Ze staarde naar het papier. Ze keek op naar Bonnie en Meredith en zag twee witte vlekken op de plek waar hun gezicht zat.

'Er is zeker iets mis met de noodgenerator,' zei Meredith. 'Ik ga meneer Shelby even halen.'

'Kunnen we het morgen niet afmaken?' vroeg Bonnie klagend.

'Morgen is het zaterdag,' zei Elena. 'En we hadden dit eigenlijk vorige week al moeten doen.'

'Ik haal Shelby,' zei Meredith opnieuw. 'Kom op, Bonnie, jij gaat met me mee.'

Elena begon: 'We kunnen alle drie gaan...' maar Meredith viel haar in de rede.

'Als we allemaal gaan en hem niet kunnen vinden, kunnen we niet terug naar binnen. Kom op, Bonnie, het is gewoon in de school.'

'Maar het is daar dónker.'

'Het is overal donker. Het is avond. Kom óp nou; met ons tweeën zijn we veilig.' Meredith sleepte de onwillige Bonnie mee naar de deur. 'Elena, laat niemand anders binnen.'

'Alsof ik dat zou doen,' zei Elena. Ze hield de deur voor hen open en keek hen even na terwijl ze door de gang liepen. Toen ze in de duisternis verdwenen, stapte ze naar binnen en sloot de deur.

Nou, zoals haar moeder vroeger altijd zei: het was een mooie puinhoop. Elena liep naar de kartonnen doos die Meredith had meegenomen en begon er de mappen en schriften in terug te stoppen. Bij dit licht waren het voor haar slechts vage schimmen. Er was geen geluid te horen, behalve haar ademhaling en de geluiden die ze zelf maakte. Ze was alleen in de grote, schemerige ruimte...

Er keek iemand naar haar.

Ze wist niet hoe ze het wist, maar ze was er zeker van. Iemand stond achter haar in de donkere gymzaal naar haar te kijken. Ogen in het donker, had de oude man gezegd. Vickie had het ook gezegd. En nu waren er ogen op haar gericht.

Ze draaide zich bliksemsnel om naar de zaal en tuurde ingespannen in het donker. Ze deed haar best om onhoorbaar te ademen. Ze was doodsbenauwd dat als ze een geluid maakte, het ding dat daar zat haar zou grijpen. Maar ze kon niets zien en niets horen.

De tribunes strekten zich als duistere, dreigende vormen uit in het niets. En de overkant van de zaal was slechts een vage, grijze mist. Donkere mist, dacht ze, en al haar spieren spanden zich pijnlijk. Ze luisterde wanhopig. O god, wat was dat zachte, fluisterende geluid? Het was vast haar verbeelding... Ze smeekte dat het haar verbeelding was.

Plotseling kon ze weer helder denken. Ze moest hier weg, nú. Er was hier echt gevaar, niet alleen in haar verbeelding. Er was daar iets, iets slechts, iets wat haar wilde hebben. En ze was helemaal alleen.

Er bewoog iets in de schaduw.

Haar gil stokte in haar keel. Haar spieren verstrakten, ze verstarde van angst en van een naamloze kracht die haar in zijn greep hield. Hulpeloos keek ze toe terwijl de schim vanuit de schaduw op haar afkwam. Het was bijna alsof de duisternis zelf tot leven was gekomen en onder haar ogen samensmolt, een gedaante aannam, een menselijke gedaante, de gedaante van een jongeman.

'Het spijt me als ik je bang heb gemaakt.'

De stem had een aangename klank, met een licht accent dat ze niet kon thuisbrengen. Hij klonk helemaal niet spijtig.

De opluchting was zo plotseling en volledig dat het pijn deed. Ze zakte in elkaar en hoorde haar eigen adem ontsnappen.

Het was maar een man, een of andere oud-leerling of een assistent van meneer Shelby. Een gewone man, die vaag stond te glimlachen, alsof het hem amuseerde dat ze bijna was flauwgevallen.

Nou ja, misschien niet echt een gewone man. Hij was opvallend knap. Zijn gezicht zag bleek in het flauwe kunstlicht, maar ze zag dat zijn trekken zich scherp aftekenden en bijna perfect waren onder zijn donkere bos met haar. Die jukbeenderen waren de droom van iedere beeldhouwer. En ze had hem bijna niet kunnen zien omdat hij helemaal in het zwart was gekleed: zachte, zwarte laarzen, een zwarte spijkerbroek, een zwarte trui en een zwartleren jack.

Hij stond nog steeds flauwtjes te glimlachen. Elena's opluchting sloeg om in woede.

'Hoe ben je binnengekomen?' vroeg ze gebiedend. 'En wat doe je hier? Er mag verder niemand in de gymzaal zijn.'

'Ik ben door de deur gekomen,' zei hij. Zijn stem was zacht en beschaafd, maar ze hoorde er nog steeds iets van vermaak in en dat verontrustte haar.

'Alle deuren zijn op slot,' zei ze kortaf, beschuldigend.

Hij trok glimlachend zijn wenkbrauwen op. 'Is dat zo?'

Elena voelde weer een rilling van angst door zich heen gaan en de haartjes in haar nek gingen overeind staan. 'Dat was wel de bedoeling,' zei ze, met de kilste stem die ze kon opbrengen.

'Je bent boos,' zei hij ernstig. 'Ik zei dat het me speet dat ik je bang had gemaakt.'

'Ik was niet bang!' snauwde ze. Op de een of andere manier voelde ze zich dwaas tegenover hem, als een kind dat naar de mond wordt gepraat door iemand die veel ouder en wijzer is dan zijzelf. Het maakte haar nog bozer. 'Ik was alleen geschrokken,' vervolgde ze. 'En dat is niet zo gek, als iemand in het donker naar je zit te loeren.'

'Soms... gebeuren er interessante dingen in het donker.'

Hij dreef nog steeds de spot met haar; ze kon het zien aan zijn ogen. Hij was een stap dichterbij gekomen en ze zag dat het ongewone ogen waren, bijna zwart, maar met vreemde lichtjes erin. Alsof je er dieper en dieper in kon kijken, tot je erin viel en eeuwig door bleef vallen.

Ze besefte dat ze stond te staren. Waarom ging het licht niet aan? Ze wilde hier weg. Ze deed een paar stappen achteruit, zodat het uiteinde van de tribune tussen hen in kwam te staan, en stopte de laatste mappen in de doos. Laat de rest van het werk maar zitten. Ze wilde nu alleen nog maar weg.

Maar de aanhoudende stilte gaf haar een onbehaaglijk gevoel. Hij stond daar alleen maar roerloos naar haar te kijken. Waarom zei hij niets?

'Zocht je iemand?' Het irriteerde haar dat zij als eerste weer begon te praten.

Hij stond nog steeds naar haar te staren, op een manier die haar een steeds onbehaaglijker gevoel gaf. Ze slikte.

Met zijn ogen op haar lippen gevestigd mompelde hij: 'O, ja.'

'Wat?' Ze was vergeten wat ze had gevraagd. Haar wangen en haar keel brandden, tintelden van het bloed. Ze was heel erg duizelig. Als hij maar niet zo naar haar kéék...

'Ja, ik zocht hier iemand,' herhaalde hij, niet luider dan daarvoor. Toen deed hij een stap naar haar toe, zodat alleen het uiterste puntje van de tribune nog tussen hen in stond.

Elena kon geen adem krijgen. Hij stond zo dicht bij haar. Zo dichtbij dat hij haar kon aanraken. Ze rook vaag de geur van reukwater en het leer van zijn jack. En zijn ogen hielden nog steeds de hare vast, ze kon haar blik niet van hem afwenden. Ze had nog nooit zulke ogen gezien; zwart als de nacht, de pupillen verwijd als van een kat. Ze vulden haar gezichtsveld terwijl hij naar voren leunde en zijn hoofd naar haar toe boog. Haar ogen vielen half dicht, haar blik vervaagde. Haar hoofd viel achterover, haar lippen weken uit elkaar.

Nee! Nog net op tijd wierp ze haar hoofd opzij. Ze had het gevoel dat ze zich had teruggetrokken van de rand van een afgrond. Wat doe ik? dacht ze geschokt. Ik had me bijna door hem laten kussen. Een volslagen onbekende, iemand die ik nog maar een paar minuten geleden heb ontmoet.

Maar dat was niet het ergste. In die paar minuten was er iets ongelofelijks gebeurd. In die paar minuten was ze Stefan vergeten.

Maar nu vulde zijn beeld haar gedachten en het verlangen naar hem voelde aan als een fysieke pijn in haar lichaam. Ze wilde Stefan, ze wilde zijn armen om haar heen, ze wilde veilig bij hem zijn.

Ze slikte. Haar neusgaten sperden zich open en ze haalde diep adem. Ze probeerde haar stem vast en waardig te laten klinken.

'Ik ga nu weg,' zei ze. 'Als je iemand zoekt, denk ik dat je beter ergens anders kunt gaan kijken.'

Hij keek haar vreemd aan, met een uitdrukking op zijn gezicht die ze niet begreep. Het was een mengeling van ergernis, ongewild respect... en nog iets anders. Iets vurigs en woests dat haar op een andere manier angst aanjoeg.

Hij wachtte tot ze haar hand op de deurknop legde voor hij antwoordde. Zijn stem was zacht en ernstig, met geen spoor van spot. 'Misschien heb ik haar al gevonden... Elena.'

Toen ze zich omdraaide, zag ze niets in het donker.

11

Elena liep struikelend door de schemerige gang en probeerde zich voor te stellen wat er om haar heen was. Toen gingen de lampen flikkerend aan en werd de wereld plotseling helder verlicht. Om haar heen stonden de vertrouwde rijen met kluisjes. Ze was zo opgelucht dat ze het bijna uitschreeuwde. Ze had nooit gedacht dat ze zo blij zou zijn om alleen maar te kunnen zíén. Ze stond even dankbaar om zich heen te kijken.

'Elena! Wat doe jij hier?'

Het waren Meredith en Bonnie, die door de gang op haar af renden.

'Waar hebben jullie gezéten?' vroeg ze heftig.

Meredith trok een gezicht. 'We konden Shelby niet vinden. En toen we hem eindelijk hadden gevonden, lag hij te slapen. Serieus,' voegde ze eraan toe, toen ze Elena's ongelovige gezicht zag. 'Hij lag te slapen. En we konden hem niet wakker krijgen. Pas toen de lichten weer aangingen, deed hij zijn ogen open. Toen gingen we snel terug naar jou. Maar wat doe jij híér?'

Elena aarzelde. 'Ik had geen zin meer om te wachten,' zei ze zo luchtig mogelijk. 'Ik denk trouwens dat we voor vandaag genoeg hebben gedaan.'

'Dat zei ik toch ook al?' zei Bonnie.

Meredith zei niets, maar ze keek Elena onderzoekend aan. Elena had het onbehaaglijke gevoel dat die donkere ogen dwars door haar heen keken.

Dat hele weekend en de week daarop werkte Elena aan de plannen voor het Spookhuis. Er was nooit genoeg tijd om bij Stefan te zijn. Dat was frustrerend, maar Stefan zelf was nog frustrerender. Ze kon zijn passie voor haar voelen, maar ze voelde ook dat hij zich ertegen verzette. Hij weigerde nog steeds met haar alleen te zijn. In veel opzichten was hij nog net zo'n raadsel voor haar als toen ze hem voor het eerst ontmoette.

Hij sprak nooit over zijn familie of over zijn leven voor hij in Fell's Church kwam wonen, en als ze ernaar vroeg, ging hij er niet op in. Eén keer had ze hem gevraagd of hij Italië miste, en of hij spijt had dat hij hiernaartoe was gekomen. Heel even waren zijn ogen opgelicht. Het groen schitterde als de weerspiegeling van eikenbladeren in een stromende rivier. 'Hoe zou ik daar spijt van kunnen hebben? Jíj bent toch hier?' zei hij en hij kuste haar op een manier die alle vragen uit haar hoofd verdrong. Op dat moment had ze geweten hoe het was om helemaal gelukkig te zijn. Ze had ook zijn vreugde gevoeld en toen hij zich terugtrok had ze gezien dat zijn gezicht straalde, alsof de zon erdoorheen scheen.

'O, Elena,' had hij gefluisterd.

De goede momenten waren zo. Maar de laatste tijd kuste hij haar steeds minder vaak en ze voelde de afstand tussen hen groter worden.

Die vrijdag spraken Elena en Meredith met Bonnie af dat ze bij de familie McCulloughs zouden komen logeren. De lucht was grijs en druilerig toen ze naar Bonnies huis liepen. Het was ongewoon kil voor half oktober en de bomen langs de rustige straat hadden de invloed van de koude wind al gemerkt. De esdoorns vlamden scharlakenrood op en de ginkgo's waren felgeel gekleurd.

Bonnie begroette hen bij de deur met: 'Iedereen is weg! Morgenmiddag komt mijn familie terug uit Leesburg en tot die tijd hebben we het hele huis voor ons alleen.' Ze wenkte hen naar binnen en probeerde de dikke pekinees te pakken, die naar buiten wilde glippen. 'Nee, Yangtze, binnenblijven. Yangtze, nee, niet doen! Nee!'

Maar het was al te laat. Yangtze was ontsnapt en rende door de voortuin naar de enige berkenboom die daar stond. Daar ging hij schel staan blaffen naar de takken, terwijl de vetrolletjes op zijn rug heen en weer schudden.

'O, waar zit hij nú weer achteraan?' zei Bonnie en ze sloeg haar handen over haar oren.

'Zo te zien is het een kraai,' zei Meredith.

Elena verstijfde. Ze deed een paar stappen naar de boom en tuurde omhoog tussen de goudgele bladeren. En daar zat hij. Dezelfde kraai die ze twee keer eerder had gezien. Misschien al drie keer, dacht ze, terugdenkend aan de donkere gedaante die uit de eikenbomen bij het kerkhof omhoog was gevlogen.

Terwijl ze naar hem keek, kneep haar maag samen van angst en werden haar handen koud. Het beest staarde weer naar haar met een helder, zwart oog. Het was een bijna menselijke, starende blik. Dat oog... waar had ze eerder zo'n oog gezien?

Plotseling slaakte de kraai een rauwe kreet, sloeg zijn vleugels uit en scheerde vanuit de boom op de meisjes af, die geschrokken achteruitsprongen. Op het laatste moment veranderde hij van koers en dook neer op het hondje, dat nu hysterisch stond te blaffen. Op enkele centimeters van de hondentanden steeg hij op, vloog over het dak en verdween in de zwarte walnotenboom achter het huis.

De drie meisjes waren verstijfd van schrik. Toen keken Bonnie en Meredith elkaar aan en schoten zenuwachtig in de lach, waardoor de spanning werd verbroken.

'Ik dacht even dat hij het op ons had gemunt,' zei Bonnie. Ze liep naar het woedende pekineesje dat nog steeds tekeerging en sleepte het terug het huis in.

'Dat dacht ik ook,' zei Elena zacht. Ze liep achter haar vriendinnen aan naar binnen, maar ze lachte niet met hen mee.

Nadat Meredith en zij hun spullen hadden weggezet, verliep de avond verder volgens een vertrouwd patroon. Het was niet moeilijk om het onbehaaglijke gevoel kwijt te raken terwijl ze met een kop warme chocolademelk in haar hand in Bonnies rommelige huiskamer bij een bulderend openhaardvuur zat. Algauw begonnen ze de laatste plannen voor het Spookhuis te bespreken en ze ontspande zich.

'We zijn al best ver,' zei Meredith ten slotte. 'Natuurlijk hebben we zo lang nagedacht over de kostuums voor de anderen, dat we nog niet eens hebben bedacht wat we zelf aantrekken.'

'Voor mij is het simpel,' zei Bonnie. 'Ik ga als druïdepriesteres. Ik hoef alleen maar een wit gewaad en een krans van eikenbladeren in mijn haar. Mary en ik kunnen het in één avond in elkaar zetten.'

'Ik denk dat ik als heks ga,' zei Meredith nadenkend. 'Daar heb ik alleen een lange, zwarte jurk voor nodig. En jij, Elena?'

Elena glimlachte. 'Nou, ik wilde het eigenlijk geheimhouden, maar... tante Judith heeft me naar een kleermaker laten gaan. In een van de boeken die ik had gebruikt voor mijn spreekbeurt stond een plaatje van een jurk uit de renaissance, en die laten we namaken. Hij is van Venetiaanse zijde, ijsblauw, en hij is echt prachtig.'

'Het klinkt mooi,' zei Bonnie. 'En duur.'

'Ik betaal hem zelf, van het geld uit de erfenis van mijn ouders. Ik hoop maar dat Stefan hem mooi vindt. Het is een verrassing voor hem, en... nou ja, ik hoop alleen maar dat hij hem mooi vindt.'

'Wat voor kostuum heeft Stefan eigenlijk? Helpt hij mee in het Spookhuis?' vroeg Bonnie nieuwsgierig.

'Dat weet ik niet,' zei Elena, na een korte stilte. 'Volgens mij vindt hij dat hele Halloweengedoe niet zo geweldig.'

'Je kunt je hem moeilijk voorstellen met gescheurde lakens om hem heen en onder het nepbloed, zoals de andere jongens,' zei Meredith instemmend. 'Daar lijkt hij me te... nou ja, te chic voor.'

'Ik weet het!' zei Bonnie. 'Ik weet precies hoe hij kan gaan, en hij hoeft zich er nauwelijks voor te verkleden. Luister, hij komt uit het buitenland, hij is redelijk bleek en hij heeft die prachtige, broeierige blik... Doe hem een rokkostuum aan en je hebt een perfecte graaf Dracula!'

Elena moest glimlachen, of ze wilde of niet. 'Nou, ik zal het hem vragen,' zei ze.

'Over Stefan gesproken,' zei Meredith en ze keek Elena met haar donkere ogen strak aan. 'Hoe gaat het tussen jullie?'

Elena zuchtte. Ze wendde haar blik af naar het vuur. 'Ik... ik weet het niet zeker,' zei ze ten slotte langzaam. 'Er zijn momenten dat alles fantastisch is, maar er zijn ook momenten dat...'

Meredith en Bonnie wierpen elkaar een blik toe. Meredith vroeg zacht: 'Ook momenten dat...?'

Elena aarzelde, niet wetend wat ze moest doen. Toen nam ze een besluit. 'Wacht even,' zei ze. Ze stond op en rende de trap op. Ze kwam terug met een klein, blauwfluwelen boekje in haar hand.

'Gisteren, toen ik niet kon slapen, heb ik een paar dingen opgeschreven,' zei ze. 'Dit zegt het beter dan ik het nu zou kunnen uitleggen.' Ze vond de bladzijde die ze zocht, haalde diep adem en begon:

17 oktober

Lief dagboek,
Ik voel me afschuwelijk vanavond. En ik moet er met iemand over praten.
 Er gaat iets verkeerd met Stefan en mij. Hij heeft die verschrikkelijke treurigheid vanbinnen die ik niet kan bereiken en die ons uit elkaar drijft. Ik weet niet wat ik moet doen.
 Ik kan de gedachte niet verdragen dat ik hem kwijt zou raken. Maar hij is zo vreselijk ongelukkig ergens over, en als hij me niet vertelt wat het is, als hij me daar niet genoeg voor vertrouwt, zie ik geen hoop voor ons.
 Gisteren, toen hij me vasthield, voelde ik iets glads en ronds onder zijn shirt, iets aan een ketting. Ik vroeg hem voor de grap of het een cadeautje was van Caroline. Maar hij verstijfde helemaal en wilde niet meer praten. Het was alsof hij opeens duizend kilometer ver weg was, en zijn ogen... er was zo veel pijn in zijn ogen dat ik het bijna niet kon verdragen.'

Elena stopte met voorlezen en gleed zwijgend met haar ogen over de laatste regels die ze in haar dagboek had geschreven. *Ik heb het gevoel dat iemand hem in het verleden verschrikkelijk heeft gekwetst en dat hij daar nooit overheen is gekomen. Maar ik denk ook dat hij ergens bang voor is, een geheim waarvan hij vreest dat ik erachter zal komen. Als ik maar wist wat het was, kon ik hem bewijzen dat hij me kan vertrouwen. Dat hij me kan vertrouwen, wat er ook gebeurt, tot het einde.*

'Als ik het maar wist,' fluisterde ze.

'Als je wat maar wist?' vroeg Meredith, en Elena keek geschrokken op.

'O, als ik maar wist wat er zou gebeuren,' zei ze snel, terwijl ze het dagboek dichtsloeg. 'Ik bedoel, als ik wist dat we uiteindelijk uit elkaar zouden gaan, zou ik er waarschijnlijk gewoon zo snel mogelijk een punt achter willen zetten. En als ik wist dat het uiteindelijk allemaal goed zou komen, zou ik alles wat er nu gebeurt niet erg vinden. Maar dag in dag uit moeten leven zonder enige zekerheid is afschuwelijk.'

Bonnie beet op haar lip, maar toen schoot ze met fonkelende ogen overeind. 'Ik weet een manier om erachter te komen, Elena,' zei ze. 'Mijn grootmoeder heeft me geleerd hoe je te weten kunt komen met wie je gaat trouwen. Het heet het Zwijgende Avondmaal.'

'Eens raden... een oude druïdetruc,' zei Meredith.

'Ik weet niet hoe oud het is,' zei Bonnie. 'Volgens mijn grootmoeder hebben de mensen het altijd gedaan. Hoe dan ook, het werkt. Mijn moeder zag mijn vader toen ze het probeerde, en een maand later waren ze getrouwd. Het is gemakkelijk, Elena, en wat heb je te verliezen?'

Elena keek van Bonnie naar Meredith. 'Ik weet het niet,' zei ze. 'Maar luister eens, je gelooft toch niet echt...'

Bonnie kwam beledigd overeind. 'Noem je mijn moeder een leugenaar? Och, kom, Elena, het kan toch geen kwaad om het te proberen? Waarom zou je het niet doen?'

'Wat zou ik dan moeten doen?' vroeg Elena twijfelachtig. Ze was vreemd geïntrigeerd, maar tegelijkertijd ook bang.

'Het is eenvoudig. We moeten alles klaarzetten vóór de klok twaalf uur slaat...'

Vijf minuten voor middernacht stond Elena in de eetkamer van de familie McCullough. Ze voelde zich vooral dwaas. In de achtertuin hoorde ze Yangtze uitzinnig blaffen, maar in het huis klonk geen enkel geluid, behalve het bedaarde tikken van de staande klok. Op Bonnies aanwijzingen had ze de grote, zwarte notenhouten tafel gedekt met een bord, een glas en zilveren bestek, alles zonder een woord te zeggen. Toen had ze een kaars aangestoken, die in een kandelaar midden op de tafel stond, en daarna was ze zelf achter de stoel met het couvert gaan staan.

Volgens Bonnie moest ze als de klok twaalf uur sloeg, de stoel naar achteren schuiven en haar toekomstige man uitnodigen om binnen te komen. Op dat moment zou de kaars uitwaaien en dan zou ze een spookgedaante in de stoel zien zitten.

Eerder had ze zich bij dit alles een beetje onbehaaglijk gevoeld. Ze was er niet van overtuigd of ze überhaupt een spookgedaante wilde zien, ook al was het dan haar toekomstige echtgenoot. Maar op dit moment leek het hele gedoe haar dwaas en ongevaarlijk. Toen de klok begon te slaan, ging ze rechtop staan en pakte de rugleuning van de stoel wat steviger beet. Bonnie had gezegd dat ze die niet mocht loslaten voor de ceremonie afgelopen was.

O, dit wás onzinnig. Misschien ging ze toch maar niets zeggen... maar toen de klok twaalf uur sloeg, hoorde ze zichzelf spreken.

'Kom binnen,' zei ze onzeker tegen de lege kamer en ze trok de stoel naar achteren. 'Kom binnen, kom binnen.'

De kaars ging uit.

Elena schrok van de plotselinge duisternis. Ze had de wind gevoeld, een koude windvlaag die de kaars had uitgeblazen. Hij was afkomstig van de openslaande deuren achter haar, en ze draaide zich snel om, met haar ene hand nog op de stoel. Ze had durven zweren dat die deuren dichtzaten.

Er bewoog iets in het donker.

Elena werd overvallen door een hevige angst, die al haar onzekerheid en vrolijkheid in één klap wegvaagde. O god, wat had ze gedaan, wat had ze zich op de hals gehaald? Haar hart kromp samen en ze had het gevoel dat ze zonder waarschuwing in haar meest afschuwelijke nachtmerrie terecht was gekomen. Het was niet alleen donker, maar ook volkomen stil; er was niets te zien en niets te horen, en ze viel...

'Mag ik?' zei een stem, en een heldere vlam flakkerde in het donker.

Eén vreselijke, misselijkmakende seconde lang dacht ze dat het Tyler was, zoals ze zich hem herinnerde, met zijn aansteker in de vervallen kerk op de heuvel. Maar toen de kaars op tafel oplichtte, zag ze de bleke hand met de lange vingers die hem vasthield. Dit was niet Tylers vlezige, rode vuist. Even dacht ze dat het Stefan was, en haar ogen gleden omhoog naar het gezicht.

'Jij!' zei ze geschokt. 'Wat doe jíj hier?' Ze keek van hem naar de openslaande deuren, die inderdaad openstonden en uitzicht boden op het grasveld aan de zijkant van het huis. 'Kom je altijd onuitgenodigd andermans huis binnenlopen?'

'Maar jij hebt me binnengevraagd.' Zijn stem was zoals ze hem zich herinnerde: zacht, ironisch en geamuseerd. Ze herinnerde zich de glimlach ook. 'Dank je wel,' vervolgde hij, en hij nam zwierig plaats op de stoel die ze naar achteren had geschoven.

Ze trok met een ruk haar hand van de rugleuning. 'De uitnodiging was niet voor jóú bestemd,' zei ze hulpeloos, gevangen tussen verontwaardiging en onbehagen. 'Waarom hang jij om Bonnies huis rond?'

Hij glimlachte. In het kaarslicht glansde zijn haar bijna als vloeistof; te zacht en te fijn voor mensenhaar. Zijn gezicht was erg bleek, maar tegelijkertijd ongelofelijk fascinerend. Zijn ogen vingen haar blik en hielden die vast.

'Helena, uw schoonheid is voor mij / als die sloepen van vroeger, uit Nysa / die langzaam, over een geurige zee...'

'Ik denk dat je nu maar beter kunt gaan.' Ze wilde niet dat hij verder nog iets zou zeggen. Zijn stem deed vreemde dingen met haar. Hij maakte dat ze zich vreemd zwak voelde en dat haar maag samensmolt. 'Je hoort hier niet te zijn. Alsjeblieft.' Ze stak haar hand uit naar de kaars. Ze wilde hem pakken en weglopen, en vocht met de duizeligheid die haar dreigde te overmannen.

Maar voor ze de kaars kon pakken, deed hij iets buitengewoons. Hij pakte haar grijpende hand, niet ruw, maar voorzichtig, en hield hem tussen zijn koele, slanke vingers. Toen draaide hij haar hand om, boog zijn donkere hoofd en kuste haar handpalm.

'Niet doen...' fluisterde Elena, geschokt.

'Kom met me mee,' zei hij en hij keek haar in de ogen.

'Alsjeblieft, niet doen...' fluisterde ze weer. De wereld draaide als in een waas om haar heen. Hij was gek; waar had hij het over? Waar moest ze met hem naartoe gaan? Maar ze was zo duizelig, zo zwak.

Hij stond naast haar, ondersteunde haar. Ze leunde tegen hem aan, voelde die koele vingers op het bovenste knoopje van haar blouse, bij haar keel. 'Alsjeblieft, nee...'

'Het is goed. Je zult het zien.' Hij trok de blouse weg bij haar nek en ondersteunde met zijn andere hand haar hoofd.

'Néé.' Plotseling kwam haar kracht terug. Ze rukte zich van hem los en viel struikelend tegen de stoel. 'Ik vroeg je om weg te gaan en dat meende ik. Ga weg, nu!'

Heel even vlamde er een razende woede op in zijn ogen, een donkere golf van dreiging. Toen werden ze kalm en koud en hij glimlachte; een snelle, stralende glimlach, die hij meteen weer liet verdwijnen.

'Ik zal gaan,' zei hij. 'Voorlopig.'

Ze schudde haar hoofd en keek zonder een woord te zeggen toe terwijl hij door de openslaande deuren naar buiten liep. Toen de deuren achter hem waren dichtgegaan, stond ze in de stilte en probeerde weer op adem te komen.

De stilte... maar het hoorde niet stil te zijn. Ze draaide zich verbijsterd om naar de staande klok en zag dat hij stilstond. Maar voor ze hem goed kon bekijken, hoorde ze Meredith en Bonnie roepen.

Ze haastte zich naar de gang en voelde de ongebruikelijke zwakte in haar benen. Ze trok haar blouse omhoog en maakte het knoopje vast. De achterdeur stond open en buiten zag ze twee gestalten gebogen staan over iets wat op het grasveld lag.

'Bonnie? Meredith? Wat is er aan de hand?'

Bonnie keek op toen Elena bij hen kwam staan. Ze had tranen in haar ogen. 'O, Elena, hij is dood.'

Huiverend van ontzetting staarde Elena naar het kleine bundeltje aan Bonnies voeten. Het was het pekineesje, dat heel stijf op zijn zij lag, met zijn ogen open. 'O, Bónnie,' zei ze.

'Hij was al oud,' zei Bonnie, 'maar ik had nooit verwacht dat hij al zo gauw dood zou gaan. Net stond hij nog te blaffen.'

'Ik denk dat we maar beter naar binnen kunnen gaan,' zei Meredith. Elena keek haar aan en knikte. Dit was geen avond om in het donker buiten te zijn. Het was ook geen avond om wezens binnen uit te nodigen. Ze wist dat nu, hoewel ze nog steeds niet begreep wat er was gebeurd.

Toen ze terugkwamen in de huiskamer, ontdekte ze dat haar dagboek weg was.

Stefan hief zijn hoofd op van de fluweelzachte nek van de hinde en keek om zich heen. Overal in de bossen klonken nachtgeluiden en hij wist niet precies wat hem had gestoord.

Toen de Macht van zijn geest was afgeleid, ontwaakte de hinde uit haar versufte toestand. Hij voelde haar spieren beven terwijl ze haar poten onder zich probeerde te krijgen.

Ga dan, dacht hij. Hij leunde achterover en liet haar nu helemaal los. Met een ruk kwam ze overeind en rende weg.

Hij had genoeg gedronken. Hij likte zorgvuldig zijn mondhoeken schoon en voelde hoe zijn hoektanden zich terugtrokken en hun scherpe punten kwijtraakten. Na een uitgebreide maaltijd waren ze altijd overgevoelig. Het was tegenwoordig moeilijk te bepalen wat genoeg was. Na die keer bij de kerk had hij geen aanvallen van duizeligheid meer gehad, maar hij leefde voortdurend in angst dat ze zouden terugkomen.

Hij had één specifieke angst: dat hij op een dag verward en duizelig bij bewustzijn zou komen, met Elena's levenloze lichaam in zijn armen, haar slanke hals gemarkeerd met twee rode wondjes, haar hart voorgoed het zwijgen opgelegd.

Dat was zijn vooruitzicht.

De bloeddorst met zijn talloze verschrikkingen en bronnen van genot was zelfs nu nog een raadsel voor hem. Hoewel hij er al eeuwenlang elke dag mee leefde, begreep hij het nog steeds niet. Toen hij nog leefde had hij ongetwijfeld gewalgd bij de gedachte dat hij het rijke, warme spul rechtstreeks uit een ademend lichaam zou opdrinken. Dat wil zeggen, als iemand hem dat met zoveel woorden had voorgesteld.

Maar die nacht, de nacht dat Katherine hem veranderde, waren er geen woorden aan te pas gekomen.

Zelfs na al die jaren stond de herinnering hem nog scherp voor de geest. Hij had geslapen toen ze in zijn kamer verscheen. Ze had net zo onhoorbaar bewogen als een visioen of een geest. Hij had geslapen, alleen...

Ze droeg een fijn, linnen nachthemd toen ze bij hem kwam.

Het was de nacht vóór de dag die ze had genoemd, de dag dat ze haar keus bekend zou maken. En ze kwam bij hem.

Een witte hand schoof de gordijnen om zijn bed opzij. Stefan ontwaakte uit zijn slaap en ging geschrokken overeind zitten. Toen hij het goudblonde haar rond haar schouders zag en de blauwe ogen, verborgen in de schaduw, was hij met stomheid geslagen van verbazing. En van liefde. Nog nooit in zijn leven had hij zoiets moois gezien. Hij beefde en wilde iets zeggen, maar ze legde twee koele vingers op zijn lippen.

'Stil,' fluisterde ze, en het matras zakte wat in onder haar gewicht toen ze bij hem in bed stapte.

Zijn gezicht gloeide, zijn hart bonsde van verlegenheid en opwinding. Er had nog nooit eerder een vrouw in zijn bed gelegen. En dit was Katherine, Katherine, wier schoonheid uit de hemel leek te komen, Katherine van wie hij meer hield dan van zijn eigen ziel.

En omdat hij van haar hield, raapte hij al zijn wilskracht bij elkaar. Terwijl ze onder de lakens gleed en zo dicht tegen hem aan kroop dat hij de koele frisheid van de nachtlucht in haar dunne nachthemd kon voelen, slaagde hij erin om te praten.

'Katherine,' fluisterde hij. 'We... ik kan wachten. Tot we in de kerk getrouwd zijn. Ik zal zorgen dat mijn vader het volgende week regelt. Het... het zal niet lang duren...'

'Stil,' fluisterde ze weer, en hij voelde de koelheid van haar huid. Hij kon er niets aan doen. Hij sloeg zijn armen om haar heen en trok haar tegen zich aan. 'Wat we nu doen heeft daar niets mee te maken,' zei ze, en strekte haar slanke vingers uit om zijn keel te strelen.

Hij begreep het. Hij voelde een vlaag van angst, die verdween toen haar vingers doorgingen met strelen. Hij wilde dit, hij wilde alles wat hem in staat stelde bij Katherine te zijn.

'Ga maar liggen, mijn liefste,' fluisterde ze.

Mijn liefste. De woorden zongen door hem heen terwijl hij zich in het kussen liet zakken en zijn kin optilde, zodat zijn keel blootlag. Zijn angst was verdwenen en vervangen door een geluksgevoel dat zo groot was dat hij dacht dat het hem zou verpletteren.

Hij voelde de zachte streling van haar haar op zijn borst en probeerde zijn ademhaling tot rust te brengen. Hij voelde haar adem op zijn keel, en haar lippen. En toen haar tanden.

Er was een stekende pijn, maar hij bleef roerloos liggen en maakte geen geluid. Hij dacht alleen maar aan Katherine en aan zijn verlangen om aan haar te geven. En vrijwel meteen verminderde de pijn en hij voelde hoe het bloed aan zijn lichaam werd onttrokken. Het was niet verschrikkelijk, zoals hij had gevreesd. Het was een gevoel van voeden, van geven.

Toen was het alsof hun geesten samensmolten, één werden. Hij voelde Katherines genot terwijl ze van hem dronk, haar verrukking terwijl ze het warme bloed in zich opnam dat haar leven schonk. En hij wist dat zij voelde hoeveel genot het hem gaf om te geven. Maar de werkelijkheid gleed steeds verder naar de achtergrond, de grens tussen dromen en waken vervaagde. Hij kon niet meer helder denken; hij kon helemaal niet meer denken. Hij kon alleen nog maar vóélen, en zijn gevoelens voerden hem in een opwaartse spiraal steeds verder omhoog, tot zijn laatste banden met de aarde werden verbroken.

Enige tijd later vond hij zichzelf terug in haar armen, zonder te weten hoe hij daar was gekomen. Ze wiegde hem zoals een moeder haar baby wiegt en leidde zijn mond naar de blote huid iets boven de kraag van haar nachthemd. Er was daar een kleine wond, een sneetje dat donker afstak tegen de bleke huid. Hij voelde geen angst of aarzeling en toen ze hem bemoedigend over zijn haar streelde, begon hij te zuigen.

Kil en nauwgezet veegde Stefan het vuil van zijn knieën. De mensenwereld was in diepe slaap, zich van niets bewust, maar zijn zintuigen waren messcherp. Hij had verzadigd moeten zijn, maar hij had alweer honger; de herinnering had zijn eetlust gewekt. Met zijn neusgaten opengesperd om de muskusachtige geur van een vos op te vangen begon hij aan de jacht.

12

Elena draaide zich langzaam om voor de staande spiegel in de slaapkamer van tante Judith. Margaret zat op het voeteneinde van het grote hemelbed, haar blauwe ogen groot en ernstig van bewondering.

'Ik wilde dat ik zo'n jurk had voor *trick-or-treat*,' zei ze.

'Ik vind je het leukst als een klein, wit poesje,' zei Elena en ze gaf een kusje tussen de witfluwelen oren die op Margarets haarband waren vastgezet. Toen draaide ze zich om naar haar tante, die met naald en draad in haar hand bij de deur stond. 'Het is helemaal goed,' zei ze hartelijk. 'We hoeven er niets aan te veranderen.'

Het meisje in de spiegel kon zó uit een van Elena's boeken over de Italiaanse renaissance zijn gestapt. Haar hals en schouders waren bloot en het strakke lijfje van de ijsblauwe jurk liet haar slanke taille prachtig uitkomen. De lange, wijde mouwen hadden een split, waar de stof van het witzijden onderhemd door te zien was en de wijd uitstaande rok raakte precies de grond om haar heen. Het was een prachtige jurk en het lichte, heldere blauw leek het donkerdere blauw van Elena's ogen nog te benadrukken.

Toen ze zich afwendde, viel haar blik op de ouderwetse pendule op de toilettafel. 'O nee, het is al bijna zeven uur. Stefan kan ieder ogenblik hier zijn.'

'Daar heb je zijn auto,' zei tante Judith, die uit het raam keek. 'Ik ga wel naar beneden om de deur open te doen.'

'Laat maar,' zei Elena kort. 'Ik ga zelf wel. Tot straks, veel plezier met trick-or-treat!' Ze rende de trap af.

Daar gaan we dan, dacht ze. Terwijl ze haar hand uitstrekte naar de deurknop, moest ze denken aan die dag, nu bijna twee maanden geleden, dat ze bij Europese geschiedenis op Stefan was afgestapt. Ze had toen dezelfde opwinding en spanning gevoeld als nu.

Ik hoop dat dit beter uitpakt dan dat plan van toen, dacht ze. De afgelopen anderhalve week had ze al haar hoop op dit moment, deze avond gevestigd. Als Stefan en zij die avond niet bij elkaar kwamen, zou dat nooit gebeuren.

De deur zwaaide open en ze stapte met neergeslagen ogen naar achteren, bijna verlegen, en bang om Stefans gezicht te zien. Maar toen ze zijn adem hoorde stokken, keek ze snel op, en haar hart werd koud.

Hij staarde haar verbluft aan. Maar ze zag niet de verrukte blik in zijn ogen die ze die eerste avond op zijn kamer had gezien. Hij leek eerder geschokt.

'Je vindt hem niet mooi,' fluisterde ze, ontzet door de tranen die in haar ogen prikten.

Zoals altijd herstelde hij zich snel. Hij knipperde met zijn ogen en schudde zijn hoofd. 'Nee, nee, hij is prachtig. Jij bent prachtig.'

Waarom sta je dan te kijken alsof je een geest hebt gezien? dacht ze. Waarom pak je me niet vast, kus je me niet... wat dan ook!

'Jij ziet er ook goed uit,' zei ze zacht. En het was waar: hij zag er keurig verzorgd en knap uit in de smoking en cape die hij voor zijn rol had aangetrokken. Het had haar verbaasd dat hij met het voorstel had ingestemd, maar ze had de indruk gekregen dat hij het vooral vermakelijk vond. Op dit moment zag hij er elegant en volkomen op zijn gemak uit, alsof hij deze kleren net zo gemakkelijk droeg als een spijkerbroek.

'Laten we maar gaan,' zei hij, even zacht en ernstig als zij.

Elena knikte en liep met hem naar de auto, maar haar hart was zo koud als ijs. Hij stond verder van haar af dan ooit, en ze had geen idee hoe ze hem terug moest krijgen.

Er klonk gerommel van onweer in de lucht toen ze naar school reden en Elena keek met een dof gevoel van wanhoop door het autoraampje naar buiten. Er hing een dik, donker wolkendek, hoewel het nog niet regende. De lucht was elektrisch geladen en de sombere, paarse donderwolken gaven de hemel een nachtmerrieachtige aanblik. Het was een perfecte sfeer voor Halloween, dreigend en bovennatuurlijk, maar bij Elena riep het alleen maar angst op. Sinds die nacht bij Bonnie thuis was ze haar waardering voor het griezelige en bovennatuurlijke helemaal kwijtgeraakt.

Haar dagboek was nooit meer boven water gekomen, hoewel ze Bonnies huis van onder tot boven hadden doorzocht. Ze kon nog steeds niet geloven dat het echt weg was, en de gedachte dat een onbekende haar intiemste gedachten zou lezen, maakte haar inwendig woedend. Want het was natuurlijk gestolen; hoe kon het anders verklaard worden? Er hadden die nacht bij de McCulloughs meerdere deuren opengestaan; iemand kon gewoon naar binnen zijn gelopen. Ze wilde degene die dat had gedaan het liefst vermoorden.

Er doemde een visioen van donkere ogen voor haar op. Die jongen, de jongen voor wie ze bijna was bezweken in Bonnies huis, de jongen die haar Stefan had doen vergeten. Was hij het geweest?

Ze ging rechtop zitten toen ze bij de school aankwamen en dwong zichzelf te glimlachen terwijl ze door de gangen liepen. In de gymzaal heerste een nauwelijks beheerste chaos. In het uur nadat Elena was weggegaan was alles veranderd. De zaal was volgestroomd met leerlingen uit de hoogste klassen: leden van de leerlingenraad, footballspelers, de Key Club, die allemaal de laatste hand legden aan het decor en de rekwisieten. Nu wemelde het er van de onbekenden, de meeste niet eens in mensengedaante.

Toen Elena binnenkwam draaiden verschillende zombies haar kant op, hun grijnzende doodshoofd zichtbaar onder het rottende vlees van hun gezicht. Een zonderling misvormde figuur met een bochel kwam samen met een lijk met een asgrauw gezicht en holle ogen op haar af hinken. Uit een andere richting kwam een weerwolf, met zijn wrede bek onder het bloed, en weer ergens anders liep een donkere, theatrale heks.

Elena besefte met een schok dat ze de helft van deze mensen in hun kostuum niet herkende. Toen kwamen ze om haar heen staan. Sommigen bewonderden haar ijsblauwe jurk, anderen meldden problemen die zich hadden voorgedaan. Elena vroeg om stilte en wendde zich tot de heks, wier lange, donkere haar over de rug van haar strakke, zwarte jurk golfde.

'Wat is er aan de hand, Meredith?' vroeg ze.

'Coach Lyman is ziek,' antwoordde Meredith somber, 'dus nu heeft iemand Tanner gevraagd om voor hem in te vallen.'

'Meneer Tánner?' Elena was ontzet.

'Ja, en hij loopt nu al problemen te maken. Die arme Bonnie krijgt er wat van. Je kunt er maar beter even naartoe gaan.'

Elena zuchtte, knikte en begon aan de kronkelroute door het Spookhuis. Toen ze door de griezelige Martelkamer en de gruwelijke Kamer van de Krankzinnige Slachter kwam, vond ze dat ze het bijna té echt hadden gemaakt. Deze plek was zelfs met de lichten aan doodeng.

De Druïdekamer was dicht bij de uitgang. In de kamer was een kartonnen Stonehenge nagebouwd. Maar het knappe druïdepriesteresje dat in haar witte gewaad en met een krans van eikenbladeren op haar hoofd tussen de vrij realistisch ogende stenen stond, zag eruit alsof ze ieder moment in tranen kon uitbarsten.

'Maar u móét bloed over u heen,' zei ze smekend. 'Dat hoort erbij; u bent een offer.'

'Het is al erg genoeg dat ik deze belachelijke vodden aan moet,' antwoordde Tanner kortaf. 'Niemand heeft me verteld dat ik me onder de siroop moest smeren.'

'Het komt niet echt op ú,' zei Bonnie. 'Het komt alleen op de kleren en op het altaar. U bent een offer,' herhaalde ze, alsof dat hem op de een of andere manier zou kunnen overtuigen.

'Dat is ook zoiets,' zei meneer Tanner vol afschuw. 'De historische juistheid van dit hele gedoe is uitermate twijfelachtig. In tegenstelling tot wat algemeen wordt verondersteld, hebben de druïden Stonehenge niet gebouwd; het is gebouwd door een cultuur uit het Bronzen Tijdperk, die...'

Elena stapte naar voren. 'Meneer Tanner, daar gaat het niet om.'

'Nee, dat zal wel niet,' zei hij. 'Dat is precies de reden waarom je neurotische vriendin en jij hier allebei zakken voor geschiedenis.'

'Dat is ongehoord,' zei een stem, en Elena keek snel over haar schouder naar Stefan.

'Meneer Salvatore,' zei Tanner. Hij sprak de woorden uit alsof hij wilde zeggen: nu krijgen we dat weer. 'Ik veronderstel dat u weer wat nieuwe wijze woorden voor ons in petto hebt. Of gaat u míj nu een blauw oog slaan?' Zijn blik gleed over Stefan, zoals hij daar stond in zijn perfect gesneden rokkostuum, zich niet bewust van zijn elegante verschijning. Met een schok drong het tot Elena door.

Tanner is niet zo veel ouder dan wij, dacht ze. Hij ziet er oud uit, omdat hij al een beetje begint te kalen, maar ik wed dat hij pas in de twintig is. Toen herinnerde ze zich om de een of andere reden hoe Tanner eruit had gezien op het schoolbal, in zijn goedkope, glimmende pak dat hem niet goed paste.

Ik wed dat hij in zijn eigen schooltijd nooit naar een bal is geweest, dacht ze. En voor het eerst had ze een beetje medelijden met hem.

Misschien had Stefan het ook, want hij ging vlak voor het kleine mannetje staan en zei met zachte stem: 'Nee, dat zal ik niet doen. Ik denk dat dit allemaal een beetje te veel wordt opgeblazen. Is het niet beter om...' Elena kon de rest niet verstaan, maar hij sprak op zachte, kalmerende toon en meneer Tanner leek werkelijk te luisteren. Ze keek achterom naar de groep die zich achter haar had gevormd: vier of vijf demonen, de weerwolf, een gorilla en een gebochelde.

'Goed, alles is in orde,' zei ze, en de groep verspreidde zich. Stefan handelde de zaak verder af, hoewel ze niet precies wist hoe, omdat ze alleen maar zijn achterhoofd kon zien.

Zijn achterhoofd... Even flitste er een beeld door haar heen van de eerste schooldag. Hoe Stefan in het kantoortje had staan praten met mevrouw Clarke, de secretaresse, en hoe vreemd mevrouw Clarke zich had gedragen. En inderdaad, toen Elena naar meneer Tanner keek, zag ze dat hij dezelfde enigszins verdwaasde uitdrukking op zijn gezicht had. Elena voelde een licht onbehagen bij zich opkomen.

'Kom,' zei ze tegen Bonnie, 'laten we teruggaan.'

Ze liepen dwars door de Landingsplaats voor Buitenaardse Wezens en de Kamer van de Levende Doden heen, glipten tussen de scheidingswanden door en kwamen uit in de eerste kamer, waar de bezoekers begroet zouden worden door een weerwolf. De weerwolf had zijn kop afgezet en stond te praten met een stel mummies en een Egyptische prinses.

Elena moest toegeven dat Caroline er goed uitzag als Cleopatra.

De omtrekken van haar gebruinde lichaam waren duidelijk zichtbaar door het doorschijnende linnen van haar nauwsluitende jurk. Het viel Matt, de weerwolf, nauwelijks te verwijten dat zijn ogen steeds van Carolines gezicht naar beneden afdwaalden.

'Hoe gaat het hier?' vroeg Elena op een gedwongen luchtige toon.

Matt schrok even en draaide zich naar Bonnie en haar om. Elena had hem sinds de nacht van het schoolbal nauwelijks meer gezien en ze wist dat Stefan en hij ook niet meer met elkaar omgingen. Vanwege haar. En hoewel dát Matt ook niet te verwijten viel, wist ze hoeveel pijn het Stefan deed.

'Prima,' zei Matt, duidelijk slecht op zijn gemak.

'Als Stefan klaar is met Tanner, denk ik dat ik hem hiernaartoe stuur,' zei Elena. 'Hij kan helpen de mensen naar binnen te brengen.'

Matt haalde onverschillig een schouder op. Toen vroeg hij: 'Hoezo, als hij klaar is met Tanner?'

Elena keek hem verbaasd aan. Ze had durven zweren dat Matt net nog in de Druïdekamer was geweest en alles had gezien. Ze legde het uit.

Buiten rommelde de donder weer en door de open deur zag Elena een bliksemschicht de nachtelijke hemel verlichten. Een paar seconden later volgde er een nieuwe, hardere donderklap.

'Ik hoop dat het niet gaat regenen,' zei Bonnie.

'Ja,' zei Caroline, die er zwijgend bij had gestaan toen Elena met Matt praatte. 'Het zou zó jammer zijn als er niemand kwam opdagen.'

Elena keek haar scherp aan en zag openlijke haat in Carolines katachtig samengeknepen ogen.

'Caroline,' zei ze impulsief, 'luister. Kunnen jij en ik hier niet een streep onder zetten? Kunnen we niet vergeten wat er is gebeurd en opnieuw beginnen?'

Onder de cobra op haar voorhoofd verwijdden Carolines ogen zich. Toen knepen ze zich weer tot spleetjes. Haar mond vertrok en ze deed een stap naar Elena toe.

'Ik zal het nóóit vergeten,' zei ze. Daarna draaide ze zich om en vertrok.

Er viel een stilte. Bonnie en Matt keken naar de grond. Elena liep naar de deur om de koele lucht op haar wangen te voelen. Buiten zag ze het veld en de heen en weer zwiepende takken van de eikenbomen daarachter, en opnieuw werd ze overvallen door dat vreemde gevoel van naderend onheil. Vannacht is de nacht, dacht ze ellendig. Vannacht is de nacht dat het allemaal gaat gebeuren. Maar wat 'het' was, daar had ze geen idee van.

Er klonk een stem door de getransformeerde gymzaal. 'Oké, ze gaan nu de rij vanaf de parkeerplaats binnenlaten. Lichten uit, Ed!' Plotseling daalde de duisternis op hen neer en de lucht vulde zich met gekreun en krankzinnig geschater, als een orkest dat bezig is zijn instrumenten te stemmen. Elena zuchtte en draaide zich om.

'Maak je maar klaar om de horde erdoor te loodsen,' zei ze rustig tegen Bonnie. Die knikte en verdween in het donker. Matt had zijn weerwolfkop opgezet en zette de geluidsinstallatie aan om enge muziek aan de kakofonie van geluid toe te voegen.

Op dat moment kwam Stefan de hoek om. Zijn haar en kleding versmolten met de duisternis om hem heen. Alleen zijn witte overhemd was duidelijk zichtbaar. 'Het probleem met Tanner is opgelost,' zei hij. 'Kan ik nog iets anders doen?'

'Nou, je zou hier samen met Matt de mensen naar binnen kunnen brengen...' Elena's stem stierf weg. Matt stond over de geluidsinstallatie gebogen en stelde zonder op of om te kijken minutieus het volume in. Elena keek naar Stefan en zag dat hij strak en uitdrukkingsloos voor zich uit staarde. 'Je kunt ook naar de jongenskleedkamer gaan en koffie regelen voor de medewerkers,' besloot ze vermoeid.

'Ik ga naar de kleedkamer,' zei hij. Toen hij zich omdraaide, zag ze hem een beetje wankelen.

'Stefan? Gaat het?'

'Ja, hoor, prima,' antwoordde hij, terwijl hij zijn evenwicht herstelde. 'Een beetje moe, dat is alles.' Ze keek hem na. Het zware gevoel in haar borst werd met de minuut erger.

Ze draaide zich om naar Matt om iets tegen hem te zeggen, maar op dat moment had de rij met bezoekers de deur bereikt.

'Het spel gaat beginnen,' zei hij, en hij kroop weg in de schaduw.

Elena ging van de ene kamer naar de andere om kleine problemen uit de weg te ruimen. In voorgaande jaren had ze dit gedeelte van de avond altijd het leukst gevonden. Ze had genoten van de gruwelijke scènes en de heerlijke angst van de bezoekers, maar deze avond werden haar gedachten beheerst door vrees en spanning. Vannacht is de nacht, dacht ze weer en het ijsblok in haar borst leek groter te worden.

Er kwam een Man met de Zeis langs haar heen lopen – ze dacht tenminste dat de figuur in de zwarte cape met de kap over zijn hoofd dat moest voorstellen – en ze probeerde zich verstrooid te herinneren of ze hem al eens bij eerdere Halloween-feestjes had gezien. Er was iets bekends aan zijn manier van bewegen.

Bonnie wisselde een gekwelde glimlach met de lange, slanke heks die de bezoekersstroom de Spinnenkamer in loodste. Verschillende jongens uit de onderbouw sloegen schreeuwend naar de rubberen spinnen aan het plafond en gedroegen zich ook verder erg irritant. Bonnie duwde hen de Druïdekamer binnen.

Hier zorgden de stroboscooplampen voor een onwezenlijke sfeer. Bonnie zag tot haar grimmige voldoening meneer Tanner languit op het stenen altaar liggen. Zijn witte gewaad was doordrenkt met bloed, zijn ogen staarden glazig naar het plafond.

'Cool!' schreeuwde een van de jongens en hij rende naar het altaar. Bonnie wachtte grijnzend af tot het bloederige offer overeind zou komen en het jong de doodschrik op het lijf zou jagen.

Maar meneer Tanner verroerde zich niet, zelfs niet toen de jongen zijn hand in de plas bloed bij het hoofd van het slachtoffer zette.

Dat is raar, dacht Bonnie. Ze rende naar voren om te voorkomen dat de jongen het offermes pakte.

'Niet doen,' snauwde ze, en hij bleef met zijn bloederige hand in de lucht staan. In elke flits van de lamp lichtte de hand rood op. Plotseling werd Bonnie overvallen door de irrationele angst dat meneer Tanner wachtte tot zij zich over hem heen zou buigen, om haar dan de stuipen op het lijf te jagen. Maar hij bleef gewoon naar het plafond staren.

'Meneer Tanner, is alles goed met u? Meneer Tanner? Meneer Tanner!'

Geen enkele beweging, geen enkel geluid. Nog geen trilling in die witte, opengesperde ogen. Raak hem niet aan, zei plotseling een dringend stemmetje in Bonnies hoofd. Raak hem niet aan raak hem niet aan raak hem niet...

Onder de stroboscooplamp zag ze haar eigen hand naar voren bewegen, meneer Tanner bij zijn schouder pakken en heen en weer schudden. Ze zag hoe zijn hoofd slap naar voren viel. Toen zag ze zijn keel.

En ze begon te gillen.

Elena hoorde het gegil. Het klonk schril en ingehouden, heel anders dan de andere geluiden in het Spookhuis, en ze wist meteen dat dit geen grap was.

Alles daarna was een nachtmerrie.

Toen ze de Druïdekamer binnenrende, zag ze een merkwaardig schouwspel, maar niet een dat voor bezoekers bedoeld was. Bonnie stond te gillen en Meredith hield haar schouders vast. Drie jonge knullen probeerden weg te komen door het gordijn bij de uitgang en twee uitsmijters keken naar binnen en versperden hen de weg. Meneer Tanner lag languit op het stenen altaar, en zijn gezicht...

'Hij is dood,' zei Bonnie snikkend. Langzaam ging haar gegil over in woorden. 'O god, het bloed is echt, en hij is dood. Ik heb hem áángeraakt, Elena, en hij is dood, hij is echt dood...'

Mensen kwamen de kamer binnen. Iemand anders begon te gillen en het gegil verspreidde zich, en toen probeerde iedereen weg te komen. Mensen duwden elkaar in paniek opzij, vielen tegen de scheidingswanden.

'Doe het licht aan!' schreeuwde Elena en ze hoorde hoe anderen haar kreet overnamen. 'Meredith, snel, zoek een telefoon en bel de ambulance, de politie... Doe het lícht aan!'

Toen het licht aanging, keek Elena om zich heen, maar ze zag nergens volwassenen, niemand die de leiding kon nemen over de situatie. Een deel van haar was ijskoud en probeerde bliksemsnel te bedenken wat ze nu het eerst moest doen. Een ander deel was verdoofd van ontzetting. Meneer Tanner... Ze had hem nooit gemogen, maar dat maakte het op de een of andere manier alleen maar erger.

'Haal alle kinderen hier weg. Iedereen naar buiten, behalve de staf,' zei ze.

'Nee! Doe de deuren dicht! Niemand mag naar buiten voor de politie er is,' schreeuwde een weerwolf naast haar. Hij zette zijn masker af. Elena draaide zich verbaasd om bij het horen van zijn stem en zag dat het niet Matt was, maar Tyler Smallwood.

Hij was pas sinds een week terug op school en zijn gezicht was nog steeds bont en blauw van de klappen die Stefan hem had gegeven. Maar er klonk autoriteit in zijn stem en Elena zag dat de uitsmijters de uitgang afsloten. Ook aan de andere kant van de gymzaal hoorde ze een deur dichtgaan.

Ze schatte dat zich ongeveer tien mensen in het Stonehenge-gebied verzameld hadden, en daarvan herkende ze er maar één als medewerker. De anderen waren bekenden van school, maar geen van hen kende ze goed. Eén van hen, een jongen die als piraat verkleed was, sprak Tyler aan.

'Bedoel je... denk je dat iemand hier het heeft gedaan?'

'Iemand hier heeft het zeker gedaan,' zei Tyler. Er was een vreemde, opgewonden klank in zijn stem, bijna alsof hij ervan genoot. 'Dat bloed is nog vloeibaar, het kan niet al te lang geleden zijn gebeurd. En kijk eens hoe zijn keel is opengesneden. De moordenaar moet het daarmee hebben gedaan.' Hij wees naar het offermes.

'Dan is de moordenaar op dit moment misschien wel hier,' fluisterde een meisje in een kimono.

'En het is niet moeilijk te raden wie het is,' zei Tyler. 'Iemand die de pest had aan Tanner, die altijd met hem in de clinch lag. Iemand die vanavond nog ruzie met hem heeft gehad. Ik heb het zelf gezien.'

Dus *jíj* was de weerwolf in deze kamer, dacht Elena half verdoofd. Maar wat had je hier überhaupt te zoeken? Je hoort niet bij de staf.

'Iemand met een gewelddadige voorgeschiedenis,' vervolgde Tyler, met opgetrokken lippen. 'Iemand van wie we niets weten. Iemand die maar zó een psychopaat kan zijn die alleen maar in Fell's Church is om te moorden.'

'Tyler, waar heb je het over?' Elena's halfverdoofde toestand was als een luchtbel uit elkaar gespat. Woedend liep ze op de lange, stevige jongen af. 'Je bent gek!'

Hij wees naar haar zonder haar aan te kijken. 'Dat zegt zijn vriendin... maar die is misschien een beetje bevooroordeeld.'

'Misschien ben jíj wel een beetje bevooroordeeld, Tyler,' zei een stem achter in de menigte en Elena zag hoe een tweede weerwolf zich een weg naar voren baande. Matt.

'O ja? Nou, vertel jij ons dan maar eens wat jij van Salvatore weet. Waar komt hij vandaan? Waar is zijn familie? Hoe komt hij aan al zijn geld?' Tyler draaide zich om naar de rest van het publiek. 'Wie weet er ook maar íéts van hem af?'

Mensen schudden hun hoofd. Elena zag op het ene na het andere gezicht wantrouwen verschijnen. Wantrouwen voor wat onbekend en anders is. En Stefan was anders. Hij was de vreemdeling in hun midden en op dit moment hadden ze een zondebok nodig.

Het meisje in de kimono begon: 'Ik heb een gerucht gehoord...'

'Dat is het enige wat iedereen heeft gehoord, geruchten!' zei Tyler. 'Niemand wéét echt iets over hem. Maar één ding weet ik wel. De aanvallen in Fell's Church zijn in de eerste schoolweek begonnen... en dat was de week dat Stefan Salvatore hiernaartoe kwam.'

Hierop ontstond een steeds luider wordend geroezemoes en ook Elena voelde een schok door zich heen gaan. Het was natuurlijk allemaal belachelijk, het was gewoon toeval. Maar wat Tyler zei was waar. De aanvallen waren na Stefans komst begonnen.

'En ik zal jullie nog iets anders vertellen,' schreeuwde Tyler. Hij gebaarde dat ze stil moesten zijn. 'Luister naar me! Ik zal jullie nog iets anders vertellen!' Hij wachtte tot iedereen naar hem keek en zei toen langzaam en op imponerende toon: 'Hij was op het kerkhof in de nacht dat Vickie Bennett werd aangevallen.'

'Ja, hij was zeker op het kerkhof, om jouw gezicht te verbouwen,' zei Matt, maar zijn stem was niet zo krachtig als gewoonlijk. Tyler ving de opmerking op en gaf er zijn eigen draai aan.

'Ja, en hij vermoordde me bijna. En vanavond heeft iemand Tanner vermoord. Ik weet niet hoe jullie erover denken, maar ík denk dat hij het heeft gedaan. Ik denk dat hij de dader is!'

'Maar waar is hij?' riep iemand uit de menigte.

Tyler keek om zich heen. 'Als hij het heeft gedaan, moet hij hier nog zijn,' schreeuwde hij. 'Laten we hem gaan zoeken.'

'Stefan heeft niets gedaan! Tyler...' schreeuwde Elena, maar het lawaai van de menigte overstemde haar. Tylers woorden werden overgenomen en herhaald. We gaan hem zoeken... we gaan hem zoeken... we gaan hem zoeken. Elena hoorde het van mond tot mond gaan. En de gezichten in de Druïdekamer waren niet meer alleen vervuld van wantrouwen; Elena zag nu ook woede en wraakzucht. De menigte was veranderd in iets afschuwelijks, iets wat niet meer te beheersen viel.

'Waar is hij, Elena?' vroeg Tyler, en ze zag de triomf schitteren in zijn ogen. Hij genoot hier echt van.

'Ik weet het niet,' zei ze fel. Ze kon hem wel slaan.

'Hij moet hier zijn! Zoek hem!' schreeuwde iemand en toen leek het alsof iedereen tegelijkertijd begon te lopen, te wijzen en te duwen. Scheidingswanden werden omvergegooid en opzij geschoven.

Elena's hart bonsde. Dit was geen gewone menigte meer; dit was een meute. Ze was doodsbang voor wat ze met Stefan zouden doen als ze hem zouden vinden. Maar als ze zou proberen hem te waarschuwen, zou ze Tyler rechtstreeks naar hem toe leiden.

Ze keek wanhopig om zich heen. Bonnie stond nog steeds naar de overleden meneer Tanner te staren. Van haar hoefde ze geen hulp te verwachten. Ze draaide zich om de menigte af te speuren en haar ogen ontmoetten die van Matt.

Hij keek verward en kwaad. Zijn blonde haar zat in de war, zijn wangen waren rood en bezweet. Elena legde al haar wilskracht in een smekende blik.

Alsjeblieft, Matt, dacht ze. Je mag dit niet allemaal geloven. Je weet dat het niet waar is.

Maar aan zijn ogen kon ze zien dat hij het níét wist. Hij werd verscheurd door verbijstering en onrust.

Alsjeblieft, dacht Elena. Ze staarde in zijn blauwe ogen en wenste uit alle macht dat hij het zou begrijpen. O, alsjeblieft, Matt, alleen jij kunt hem redden. Zelfs als je het niet gelooft, probeer alsjeblieft vertrouwen te hebben, alsjeblieft...

Ze zag de verandering in zijn gezicht. De verwarring maakte plaats voor verbeten vastberadenheid. Hij staarde haar nog een ogenblik indringend aan en knikte één keer. Toen draaide hij zich om en glipte weg in de kolkende, jagende menigte.

Matt gleed als een mes door de drukte, tot hij de andere kant van de gymzaal had bereikt. Er stonden een paar derdeklassers bij de deur naar de jongenskleedkamer. Hij gaf ze bruusk opdracht de gevallen scheidingswanden te gaan opruimen en toen hun aandacht was afgeleid, rukte hij de deur open en dook de kleedkamer in.

Hij keek snel om zich heen. Hij voelde er weinig voor om te roepen. Stefan zal het kabaal in de gymzaal trouwens wel gehoord hebben, dacht hij. Hij is er waarschijnlijk al vandoor. Maar toen zag Matt de in het zwart geklede gedaante op de witte tegelvloer liggen.

'Stefan! Wat is er gebeurd?' Eén verschrikkelijke seconde lang dacht Matt dat hij naar nog een dode stond te kijken. Maar toen hij naast Stefan op de grond knielde, zag hij hem bewegen.

'Hé, gaat het? Kom rustig overeind... voorzichtig. Gaat het met je, Stefan?'

'Ja,' zei Stefan. Hij zag er niet uit alsof het goed met hem ging, dacht Matt. Zijn gezicht was lijkbleek en zijn pupillen waren enorm verwijd. Hij zag er verward en ziek uit. 'Dank je wel,' zei hij.

'Direct zul je me waarschijnlijk minder dankbaar zijn. Stefan, je moet hier weg. Hoor je ze niet? Ze zitten achter je aan.'

Stefan draaide zich om naar de gymzaal, alsof hij luisterde. Maar er was geen begrip op zijn gezicht te lezen. 'Wie zit er achter me aan? Waarom?'

'Iedereen. Het doet er niet toe. Het belangrijkste is dat je hier weg moet zijn voor ze binnenkomen.' Toen Stefan met een wezenloze blik voor zich uit bleef staren, voegde hij eraan toe: 'Er is weer een aanval geweest, dit keer op Tanner, meneer Tanner. Hij is dood, Stefan, en ze denken dat jij het hebt gedaan.'

Nu zag hij eindelijk begrip in Stefans ogen. Begrip en ontzetting en een soort verslagenheid die beangstigender was dan alles wat Matt die avond had gezien. Hij greep Stefan hard bij zijn schouder.

'Ik wéét dat je het niet hebt gedaan,' zei hij, en op dat moment was dat waar. 'Zij zullen dat ook beseffen, als ze weer kunnen nadenken. Maar intussen kun je beter weggaan.'

'Weggaan... ja,' zei Stefan. De verwarde blik was verdwenen en er was een brandende bitterheid in de manier waarop hij de woorden uitsprak. 'Ik zal... weggaan.'

'Stefan...'

'Matt.' De groene ogen waren donker en gloeiden en Matt merkte dat hij zijn blik er niet van kon afwenden. 'Is Elena veilig? Goed. Zorg dan voor haar. Alsjeblieft.'

'Stefan, waar heb je het over? Je bent onschuldig; dit waait wel weer over...'

'Zorg nou maar voor haar, Matt.'

Matt deed een stap achteruit. Nog steeds keek hij in die dwingende groene ogen. Toen knikte hij langzaam.

'Ik zal het doen,' zei hij zacht, en hij keek Stefan na terwijl hij wegliep.

13

Elena stond in de cirkel van volwassenen en politieagenten en wachtte op de kans om te ontsnappen. Ze wist dat Matt Stefan op tijd had gewaarschuwd – dat zag ze aan zijn gezicht – maar hij had niet dicht genoeg bij haar in de buurt kunnen komen om met haar te praten.

Ten slotte, toen alle aandacht op het lijk gevestigd was, maakte ze zich los van de groep en schoof voorzichtig naar Matt toe.

'Stefan is veilig weggekomen,' zei hij, met zijn ogen op de groep volwassenen gericht. 'Maar hij heeft me gevraagd om voor je te zorgen en ik wil dat je hier blijft.'

'Voor me te zórgen?' Ontsteltenis en wantrouwen flitsten door Elena heen. Toen zei ze, bijna fluisterend: 'Ik begrijp het.' Ze dacht even na en zei toen behoedzaam: 'Matt, ik moet mijn handen wassen. Bonnie heeft bloed op me geveegd. Wacht hier, ik kom zo terug.'

Hij wilde protesteren, maar ze liep al weg. Bij de meisjeskleedkamer stak ze ter verklaring haar besmeurde handen in de lucht, en de leraar die daar nu stond liet haar doorlopen. Maar in de kleedkamer liep ze regelrecht door de volgende deur de donkere school in. En van daar de nacht in.

Zuccone! dacht Stefan. Hij greep een boekenkast en smeet hem met inhoud en al tegen de grond. Idioot! Afschuwelijke, blinde idioot. Hoe had hij zo stom kunnen zijn?

Hier, tussen hen, een plek vinden? Als een van hen geaccepteerd worden? Hij was gek geweest dat hij dat voor mogelijk had gehouden.

Hij pakte een van de grote, zware hutkoffers en smeet hem door de kamer, waar hij tegen de muur sloeg en een raam versplinterde. Stom, stóm.

Wie zat er achter hem aan? Iedereen. Matt had het gezegd. 'Er is weer een aanval geweest... Ze denken dat jij het hebt gedaan.'

Nou, voor deze ene keer zag het ernaar uit dat de *barbari*, de kleingeestige levende mensen met hun angst voor alles wat ze niet kenden, gelijk hadden. Hoe moest je anders verklaren wat er was gebeurd? Hij had de zwakte gevoeld, de wervelende, tollende verwarring; en toen was hij opgeslokt door de duisternis. Toen hij wakker werd, hoorde hij Matt zeggen dat er weer een mens was gepakt, aangevallen. Dit keer niet alleen beroofd van zijn bloed, maar ook van zijn leven. Hoe moest je dat verklaren, tenzij hij, Stefan, de moordenaar was?

Een moordenaar wás hij. Slecht. Een wezen geboren in de duisternis, voorbestemd om daar voor eeuwig te leven, te jagen en zich schuil te houden. Nou, waarom zou hij dan niet moorden? Waarom zou hij zijn ware aard niet nakomen? Hij kon er toch niets aan veranderen, dus dan kon hij er net zo goed van genieten. Hij zou zijn duisternis uitstorten over dit dorp dat hem haatte, dat de jacht op hem had geopend.

Maar eerst... had hij dorst. Zijn aderen brandden als een netwerk van droge, hete elektriciteitsdraden. Hij moest drinken... snel... nu.

Het pension was donker. Elena klopte op de deur, maar er kwam geen antwoord. De donder bulderde boven haar hoofd. Het regende nog steeds niet.

Nadat ze drie keer had aangeklopt, pakte ze de deurknop. De deur ging open. Binnen was het stil en aardedonker. Ze vond op de tast haar weg naar de trap en liep naar boven.

De overloop was net zo donker. Struikelend probeerde ze de slaapkamer met de trap naar de tweede verdieping te vinden. Boven aan de trap zag ze een zwak lichtschijnsel. Ze klom ernaartoe, met het beklemmende gevoel dat de muren van weerskanten op haar af kwamen.

Het licht kwam onder de gesloten deur vandaan. Elena klopte snel en zachtjes aan. 'Stefan,' fluisterde ze, en toen, luider: 'Stefan, ik ben het.'

Geen antwoord. Ze pakte de deurknop, duwde de deur open en keek om zich heen. 'Stefan...'

Ze sprak tegen een lege kamer.

Een kamer die in chaos verkeerde. Het leek alsof er een enorme storm had gewoed, die een spoor van vernieling had achtergelaten. De hutkoffers die in de hoeken hadden gestaan, lagen ordeloos op de grond, hun deksels open en hun inhoud uitgestrooid over de grond. Een raam was verbrijzeld. Al Stefans bezittingen, alle spullen die hij zo zorgvuldig had bewaard en die hij op prijs leek te stellen, lagen als afval her en der verspreid.

Elena werd vervuld van ontzetting. De blinde woede en het geweld kwamen op dit toneel van vernietiging pijnlijk duidelijk naar voren en maakten haar bijna duizelig. Iemand met een gewelddadige voorgeschiedenis, had Tyler gezegd.

Het kan me niet schelen, dacht ze, en haar angst maakte plaats voor woede. Het kan me allemaal niet schelen, Stefan; ik wil je toch spreken. Maar waar ben je?

Het luik in het plafond stond open en een koude wind sloeg naar beneden. O, dacht Elena, en ze werd plotseling koud van angst. Dat dak was zo hoog...

Ze was nog nooit de trap naar het dak op geweest en haar lange rok belemmerde haar in haar bewegingen. Ze kroop langzaam door het luik naar boven, zette eerst haar knie op het dak en ging toen staan. Ze zag een donkere gestalte in de hoek en ze liep er snel naartoe.

'Stefan, ik moest komen...' begon ze, maar toen zweeg ze abrupt, want een bliksemschicht verlichtte de hemel precies op het moment dat de gestalte in de hoek zich met een ruk omdraaide. En toen was het alsof elk duister voorgevoel, elke angst en nachtmerrie die ze ooit had gehad in één klap werkelijkheid werden. Het was te erg om te gillen, te erg om wat dan ook te doen.

O god... nee. Haar hersenen weigerden te begrijpen wat haar ogen zagen. Nee. Nee. Ze wilde dit niet zien, ze wilde het niet geloven...

Maar ze móést het wel zien. Zelfs als ze haar ogen had kunnen dichtknijpen, stond elk detail van het tafereel in haar geheugen gegrift. Alsof de bliksemschicht het voorgoed in haar hersenen had gebrand.

Stefan. Stefan, zo keurig verzorgd en elegant in zijn gewone kleren, in zijn zwartleren jack met de opgeslagen kraag. Stefan, met zijn haar net zo donker als de jagende onweerswolken achter hem. Stefan was gevangen in die lichtflits, half naar haar toe gewend, zijn lichaam verwrongen in een dierlijke, gehurkte houding, met een beestachtige, woedende grimas op zijn gezicht.

En bloed. Die arrogante, gevoelige, sensuele mond zat onder het bloed. Het rood stak weerzinwekkend af tegen zijn bleke huid, tegen het scherpe wit van zijn ontblote tanden. In zijn handen hield hij het slappe karkas van een duif, net zo wit als die tanden, met de vleugels wijd uitgespreid. Een andere lag als een verkreukelde, afgedankte zakdoek bij zijn voeten op de grond.

'O god, nee,' fluisterde Elena. Ze bleef dit fluisteren terwijl ze achteruitdeinsde, zich nauwelijks bewust van wat ze deed. Haar geest kon deze verschrikking eenvoudig niet verwerken; haar gedachten schoten in paniek alle kanten op, als muizen die proberen te ontsnappen uit een kooi. Ze kon dit niet geloven, ze kon het niet gelóven. Haar lichaam was vervuld van een ondraaglijke spanning, haar hart ging als een razende tekeer, het duizelde haar.

'O god, néé...'

'Elena!' Dit was het allerergste, om Stefán vanuit dat dierlijke gezicht naar haar te zien kijken, om de woeste grimas te zien veranderen in een blik vol schrik en wanhoop. 'Elena, alsjeblieft. Alsjeblieft, niet...'

'O god, néé!' De kreten probeerden zich uit haar keel los te scheuren. Struikelend deinsde ze verder achteruit toen hij een stap in haar richting deed. 'Nee!'

'Elena, alsjeblieft... wees voorzichtig...' Dat afschuwelijke ding, dat ding met Stefans gezicht erin, kwam met gloeiende groene ogen achter haar aan. Ze wierp zich naar achteren toen hij met uitgestrekte hand een stap dichterbij kwam. Die lange hand met de slanke vingers, die haar haar zo zacht hadden gestreeld...

'Blijf van me áf!' schreeuwde ze. En toen gilde ze, precies op het moment dat haar rug de ijzeren reling om het platte dak raakte. De reling had daar al bijna anderhalve eeuw gestaan en op sommige plekken was het ijzer bijna doorgeroest. Elena's angstige gewicht ertegenaan was te veel en ze voelde hoe het meegaf. Het scheurende geluid van overbelast metaal en hout vermengde zich met haar eigen angstkreet. Er was niets achter haar, niets om zich aan vast te grijpen, en ze viel.

Ze zag de kolkende paarse wolken, de donkere massa van het huis naast haar. Het bleek dat ze genoeg tijd had om dit alles duidelijk te zien en een oneindige angst te voelen terwijl ze gilde en viel en viel.

Maar de verschrikkelijke, verpletterende klap kwam niet. Plotseling waren er armen om haar heen, die haar ondersteunden in de leegte. Er was een doffe plof en de armen spanden zich om haar heen, boden tegenwicht om de klap op te vangen. Toen werd alles stil.

Ze hield zich roerloos in de cirkel van die armen en probeerde zichzelf in de hand te krijgen. Probeerde opnieuw iets ongelofelijks te geloven. Ze was van de derde verdieping van een huis gevallen en ze leefde nog. Ze stond in de tuin achter het pension, in de absolute stilte tussen twee donderslagen, met gevallen bladeren op de grond waar haar kapotgeslagen lijk had moeten liggen.

Langzaam hief ze haar blik op naar degene die haar in zijn armen hield. Stefan.

Er was die avond te veel angst geweest, ze had te veel klappen moeten verwerken. Ze kon niet meer reageren. Ze kon alleen met een verwonderde blik naar hem opkijken.

Er was zo veel treurigheid in zijn ogen. Die ogen die hadden gebrand als groen ijs waren nu donker en leeg, hopeloos. Dezelfde blik die ze die eerste avond in zijn kamer had gezien, maar nu erger. Want nu was het verdriet vermengd met zelfhaat en bittere afkeuring. Ze kon het niet verdragen.

'Stefan,' fluisterde ze, en ze voelde het verdriet in haar eigen ziel binnendringen. Ze zag nog steeds een spoor van rood op zijn lippen, maar nu riep dit naast de instinctieve afkeer ook een trilling van medelijden op. Zo alleen te zijn, zo anders en zo alleen...

'O, Stefan,' fluisterde ze.

Er was geen antwoord in die sombere, afwezige ogen. 'Kom,' zei hij zacht, en hij voerde haar terug naar het huis.

Er ging een golf van schaamte door Stefan heen toen ze zijn vernielde kamer binnenkwamen. Dat juist Elena dit moest zien was onverdraaglijk. Aan de andere kant was het misschien wel goed dat ze zag wat hij werkelijk was, waartoe hij in staat was.

Ze liep langzaam, half verdoofd naar het bed en ging zitten. Toen keek ze naar hem op en haar holle ogen ontmoetten de zijne. 'Vertel het me,' zei ze alleen maar.

Hij lachte kort, zonder humor, en zag haar ineenkrimpen. Hij haatte zichzelf er nog meer om. 'Wat wil je weten?' vroeg hij. Hij zette zijn voet op het deksel van een hutkoffer die ondersteboven op de grond lag, keek haar bijna uitdagend aan en wees om zich heen. 'Wie dit heeft gedaan? Ik.'

'Je bent sterk,' zei ze, met haar ogen op een omgevallen hutkoffer gericht. Haar blik ging omhoog, alsof ze zich herinnerde wat er op het dak was gebeurd. 'En snel.'

'Sterker dan een mens,' zei hij, met bewuste nadruk op het laatste woord. Waarom dook ze nu niet voor hem weg, waarom keek ze hem niet aan met de afkeer die hij eerder bij haar had gezien? Het kon hem niet meer schelen wat ze dacht. 'Mijn reflexen zijn sneller en ik ben veerkrachtiger. Ik moet wel. Ik ben een roofdier,' zei hij ruw.

Iets in haar blik herinnerde hem eraan dat ze hem had gestoord. Hij veegde zijn mond af met de rug van zijn hand en pakte snel een glas water, dat onbeschadigd op het nachtkastje stond. Hij voelde haar ogen op zich gevestigd toen hij water dronk en opnieuw zijn mond afveegde. O, het kon hem wel degelijk schelen wat ze dacht.

'Je kunt... andere dingen eten en drinken,' zei ze.

'Dat hoef ik niet te doen,' zei hij zacht. Hij was moe en gelaten. 'Ik heb niets anders nodig.' Plotseling draaide hij zich met een ruk om en hij voelde de felle hartstocht weer in zich oplaaien. 'Je zegt dat ik snel ben, maar dat ben ik juist niet. Snelheid is leven. Ik leef niet.'

Hij kon zien dat ze beefde. Maar haar stem was kalm en ze wendde haar ogen geen moment van hem af. 'Vertel het me,' zei ze weer. 'Stefan, ik heb het recht om het te weten.'

Hij herkende die woorden. En ze waren net zo waar als toen ze ze de eerste keer zei. 'Ja, ik denk dat dat zo is,' zei hij, en zijn stem klonk vermoeid. Hij staarde enkele ogenblikken naar het gebroken raam. Toen keek hij weer naar haar en begon op vlakke toon te praten. 'Ik ben aan het eind van de vijftiende eeuw geboren. Geloof je dat?'

Ze keek naar de voorwerpen die hij met één woedende haal van zijn arm van het bureau had geveegd. De florijnen, de bokaal van agaat, de dolk. 'Ja,' zei ze zacht. 'Ja, dat geloof ik.'

'En wil je nog meer weten? Hoe ik ben geworden wat ik ben?' Toen ze knikte, wendde hij zich weer naar het raam. Hoe kon hij het haar vertellen? Hij, die zo lang vragen had ontweken, die een expert was geworden in het verbergen en bedriegen.

Er was maar één manier, en dat was de absolute waarheid te vertellen, zonder iets achter te houden. Hij moest haar alles toevertrouwen, iets wat hij nog nooit bij iemand had gedaan.

En hij wilde het doen. Hij wist dat ze zich uiteindelijk van hem zou afkeren, maar hij moest Elena laten zien wat hij was.

En dus begon hij, starend in de duisternis, waar felblauwe flitsen af en toe de hemel verlichtten, te vertellen.

Hij sprak zonder emotie en koos zorgvuldig zijn woorden. Hij vertelde haar over zijn vader, die degelijke, betrouwbare man uit de renaissance, en over zijn wereld in Florence, op hun landgoed. Hij vertelde haar over zijn studies en zijn ambities. En over zijn broer, die zo anders was dan hij, en over de vijandigheid tussen hen.

'Ik weet niet wanneer Damon me begon te haten,' zei hij. 'Het is altijd zo geweest, zolang ik me kan herinneren. Misschien was het omdat mijn moeder mijn geboorte nooit helemaal te boven is gekomen. Ze is een paar jaar later gestorven. Damon hield heel veel van haar en ik heb altijd het gevoel gehad dat hij mij er de schuld van gaf.' Hij zweeg even en slikte. 'En toen, later, was er een meisje.'

'Degene aan wie ik je doe denken?' vroeg Elena zacht. Hij knikte.

'Degene,' vervolgde ze, met een aarzeling, 'die je de ring heeft gegeven?'

Hij wierp een blik op de zilveren ring aan zijn vinger en ontmoette haar ogen. Toen haalde hij langzaam de ring tevoorschijn die hij aan de ketting onder zijn shirt droeg en keek ernaar.

'Ja. Dit was haar ring,' zei hij. 'Zonder zo'n talisman sterven we in het zonlicht als in een brand.'

'Dus zij was... net als jij?'
'Zij heeft me gemaakt wat ik ben.' Haperend vertelde hij haar over Katherine. Over haar schoonheid en beminnelijkheid, en over zijn liefde voor haar. En over Damons liefde voor haar.
'Ze was te zachtaardig, te vol van liefde,' zei hij ten slotte, moeizaam. 'Ze gaf haar liefde aan iedereen, ook aan mijn broer. Maar uiteindelijk vertelden we haar dat ze tussen ons moest kiezen. En toen... kwam ze naar mij toe.'
De herinnering aan die nacht, die lieflijke, verschrikkelijke nacht, spoelde als een golf over hem heen. Ze was naar hem toe gekomen. En hij was zo gelukkig geweest, zo blij en verrukt. Hij probeerde Elena daarover te vertellen, de woorden te vinden. Die hele nacht was hij zo gelukkig geweest, en zelfs de volgende ochtend, toen hij wakker werd en zij weg was, was hij vervuld geweest van diepe gelukzaligheid...

Het had bijna een droom kunnen zijn, maar de twee kleine wondjes in zijn nek waren echt. Hij ontdekte tot zijn verbazing dat ze geen pijn deden en dat ze al gedeeltelijk genezen leken te zijn. Ze werden verborgen door de hoge kraag van zijn shirt.

Háár bloed brandde nu in zijn aderen, dacht hij, en die woorden deden zijn hart heftig kloppen. Ze had haar kracht aan hem gegeven; ze had hem gekozen.

Hij kon zelfs een glimlach opbrengen voor Damon toen ze die avond op de afgesproken plaats bij elkaar kwamen. Damon was de hele dag niet thuis geweest, maar hij verscheen precies op tijd in de minutieus aangelegde tuin en trok leunend tegen een boom zijn manchet recht. Katherine was er nog niet.

'Misschien is ze moe,' opperde Stefan, met een blik op de hemel, die van meloengeel langzaam overging in een diep nachtblauw. Hij probeerde de verlegen zelfvoldaanheid uit zijn stem te weren. 'Misschien heeft ze meer rust nodig dan gewoonlijk.'

Damon wierp hem een scherpe blik toe. Zijn donkere ogen priemden van onder zijn donkere haar in zijn richting. 'Misschien wel,' zei hij, en zijn stem ging omhoog, alsof hij nog meer wilde zeggen.

Maar op dat moment hoorden ze lichte voetstappen op het pad, en

Katherine verscheen tussen de recht geknipte hegjes. Ze droeg haar witte jurk en ze was zo mooi als een engel.

Ze schonk hun allebei een glimlach. Stefan glimlachte beleefd terug en liet alleen zijn ogen van hun geheim spreken. Toen wachtte hij.

'Jullie hebben me gevraagd mijn keus te maken,' zei ze, terwijl ze eerst hem en daarna zijn broer aankeek. 'Nu zijn jullie hier op de tijd die ik heb aangewezen, en ik zal jullie vertellen wat ik heb gekozen.'

Ze stak haar kleine hand op, de hand met de ring eraan. Stefan keek naar de steen en besefte dat hij dezelfde diepblauwe kleur had als de avondhemel. Het was alsof Katherine altijd een stukje van de nacht bij zich droeg.

'Jullie hebben allebei deze ring gezien,' zei ze rustig. 'En jullie weten dat ik zonder die ring zou sterven. Het is niet gemakkelijk om zo'n talisman te laten maken, maar gelukkig is mijn dienstmeid Gudren erg vindingrijk. En zijn er veel zilversmeden in Florence.'

Stefan luisterde zonder er iets van te begrijpen, maar toen ze zich naar hem toe wendde, glimlachte hij weer bemoedigend.

'En dus,' zei ze, terwijl ze hem aankeek, 'heb ik een cadeau voor je laten maken.' Ze pakte zijn hand en drukte er iets in. Toen hij keek, zag hij dat het een ring was in dezelfde stijl als de ring die zij droeg, maar groter en zwaarder en gemaakt van zilver in plaats van goud.

'Je hebt hem nu nog niet nodig om het zonlicht in te gaan,' zei ze zacht. 'Maar dat zal heel snel komen.'

Hij kon niet spreken van trots en verrukking. Hij wilde haar hand pakken om hem te kussen. Hij wilde haar ter plekke, waar Damon bij stond, in zijn armen nemen, maar Katherine draaide zich om.

'En voor jou,' zei ze, en Stefan dacht dat zijn oren hem bedrogen, want de warmte en de diepe genegenheid in Katherines stem konden onmogelijk voor zijn broer bestemd zijn, 'voor jou ook. Jij zult hem ook heel snel nodig hebben.'

Stefans ogen bedrogen hem blijkbaar ook. Ze lieten hem iets zien wat onmogelijk was, wat niet waar kon zijn. Katherine legde net zo'n ring in Damons hand als ze aan hem had gegeven.

Er viel een absolute stilte, een stilte als na het einde van de wereld.

'Katherine...' Stefan kon de woorden nauwelijks over zijn lippen krijgen. 'Hoe kun je dat aan hém geven? Na wat wij hebben gedaan...'

'Wat júllie hebben gedaan?' Damons stem klonk als het knallen van een zweep en hij wendde zich boos tot Stefan. 'Ze is gisternacht naar míj toe gekomen. De keus is al gemaakt.' Damon rukte zijn hoge kraag naar beneden om twee kleine wondjes in zijn keel te laten zien.

Stefan staarde hem aan en deed zijn best om een golf van misselijkheid te onderdrukken. De wondjes zagen er precies zo uit als de zijne.

Hij schudde verbijsterd zijn hoofd. 'Maar, Katherine... het was geen droom. Je bent naar míj toe gekomen...'

'Ik ben naar jullie allebei toe gekomen.' Katherines stem klonk kalm, tevreden zelfs, en haar ogen stonden helder en rustig. Ze glimlachte naar Damon en toen naar Stefan. 'Het heeft me verzwakt, maar ik ben zo blij dat ik het heb gedaan. Begrijpen jullie het niet?' vervolgde ze, toen ze haar aanstaarden, te verbijsterd om iets te zeggen. 'Dit is mijn keuze! Ik hou van jullie allebei, en ik wil jullie geen van beiden opgeven. Nu kunnen we met z'n drieën bij elkaar blijven en gelukkig zijn.'

'Gelukkig...' bracht Stefan met verstikte stem uit.

'Ja, gelukkig! We kunnen elkaars metgezellen zijn, blijde metgezellen, voor altijd.' Haar stem werd schril van verrukking en haar ogen straalden van kinderlijke blijdschap. 'We zullen altijd bij elkaar zijn, nooit ziek zijn, nooit oud worden, tot het einde der tijden! Dat is mijn keuze!'

'Gelukkig zijn... met hém?' Damons stem trilde van woede en Stefan zag dat zijn gewoonlijk zo beheerste broer wit zag van nijd. 'Met deze jóngen die tussen ons in staat, dat wauwelende, zeurderige toonbeeld van deugdzaamheid? Ik kan zijn aanblik nu al nauwelijks verdragen. Ik zou God op mijn blote knieën danken als ik hem nooit meer zou hoeven zien, zijn stem nooit meer zou hoeven horen!'

'Dat geldt ook voor mij, broer,' beet Stefan hem toe. Zijn hart kneep samen in zijn borst. Dit was Damons schuld. Damon had Katherines geest vergiftigd, zodat ze niet meer wist wat ze deed. 'En ik denk er hard over om te zorgen dat het zover komt,' voegde hij er woest aan toe.

Damon begreep zijn bedoeling. 'Haal dan je zwaard, als je het kunt

vinden,' snauwde hij terug. Zijn ogen waren zwart en dreigend.
'Damon, Stefan, alsjeblieft! Alsjeblieft, nee!' gilde Katherine. Ze ging tussen hen in staan en greep Stefans arm. Ze keek van de een naar de ander, haar blauwe ogen groot van schrik en glanzend van onvergoten tranen. 'Denk toch na bij wat je zegt. Jullie zijn broers.'
'Dat is mijn schuld niet,' zei Damon met raspende stem. De woorden klonken als een vloek.
'Maar kunnen jullie geen vrede sluiten? Voor mij, Damon... Stefan? Alsjeblíéft.'
Iets in Stefan wilde wegsmelten bij het zien van Katherines wanhopige blik en haar tranen. Maar zijn gekwetste trots en jaloezie waren te sterk en hij wist dat zijn gezicht even hard en onverzoenlijk stond als dat van Damon.
'Nee,' zei hij. 'Dat kunnen we niet. Het moet óf de een óf de ander zijn, Katherine. Ik zal je nooit met hém delen.'
Katherines hand viel van zijn arm en tranen stroomden uit haar ogen, grote druppels die op de witte jurk uiteenspatten. Haar adem stokte in een hartverscheurende snik. Toen raapte ze, nog steeds huilend, haar rokken bij elkaar en rende weg.

'En toen nam Damon de ring die ze hem had gegeven en deed hem om,' zei Stefan. Zijn stem was schor van het praten en van de emotie. 'En hij zei tegen me: "Ik krijg haar toch wel, bróér." En toen liep hij weg.' Hij draaide zich om, knipperde met zijn ogen alsof hij vanuit het donker in het felle licht kwam en keek Elena aan.
Zij zat roerloos op het bed en keek hem aan met die ogen die zo veel op die van Katherine leken. Vooral nu, nu ze vervuld waren van verdriet en angst. Maar Elena rende niet weg. Ze sprak tegen hem.
'En... wat gebeurde er toen?'
Stefans handen balden zich als in een reflex en hij trok zich met een ruk terug van het raam. Niet die herinnering. Hij kon die herinnering niet verdragen, laat staan erover práten. Hoe kon hij dat doen? Hoe kon hij Elena die duisternis in voeren en haar de verschrikkelijke dingen laten zien die zich daar schuilhielden?
'Néé,' zei hij. 'Ik kan het niet. Ik kán het niet.'

'Je moet het me vertellen,' zei ze zacht. 'Stefan, het is het einde van het verhaal, toch? Dat is wat er achter al je muren ligt, dat is waarvoor je bang bent om het me te laten zien. Maar je moet het me laten zien. O, Stefan, je mag nu niet ophouden.'

De verschrikking probeerde hem in zijn greep te krijgen, hij was zich weer bewust van de gapende afgrond die hij die dag, lang geleden, zo duidelijk had gezien en gevoeld. De dag dat het allemaal was geëindigd... dat het allemaal was begonnen.

Hij voelde dat zijn hand werd gepakt, en toen hij keek, zag hij Elena's vingers die zich eromheen sloten, die hem warmte en kracht gaven. Haar ogen keken hem aan. 'Vertel het me.'

'Je wilt weten wat er daarna gebeurde, wat er van Katherine geworden is?' fluisterde hij. Ze knikte, haar ogen waren bijna verblind door tranen, maar nog steeds strak op hem gevestigd. 'Dan zal ik het je vertellen. Ze stierf de volgende dag. Mijn broer Damon en ik hebben haar vermoord.'

14

Elena voelde een huivering door zich heen gaan bij het horen van deze woorden.

'Dat meen je niet,' zei ze zwakjes. Ze herinnerde zich wat ze op het dak had gezien, de vegen bloed op Stefans lippen, en ze dwong zichzelf niet van hem terug te deinzen. 'Stefan, ik ken jou. Dat heb je niet gedaan, dat kan niet...'

Hij negeerde haar protesten en bleef alleen maar voor zich uit staren met ogen die gloeiden als het groene ijs op de bodem van een gletsjer. Hij keek dwars door haar heen, in een onbegrijpelijke verte. 'Toen ik die nacht in bed lag, hoopte ik tegen beter weten in dat ze zou komen. Ik merkte al iets van de veranderingen in mezelf. Ik zag beter in het donker, het leek alsof ik beter hoorde. Ik was sterker dan ik ooit was geweest; vol van een of andere primitieve energie. En ik had honger.

Het was een honger die ik niet kende. Tijdens de maaltijden ontdekte ik dat gewoon eten en drinken niets deden om mijn honger te stillen. Ik begreep dat niet. Maar toen zag ik de witte nek van een van de dienstmeisjes, en ik wist waarom.' Hij haalde diep adem. Zijn ogen waren donker en hadden een gekwelde uitdrukking. 'Die nacht weerstond ik de drang, hoewel ik daar al mijn wilskracht voor nodig had. Ik dacht aan Katherine en bad dat ze naar me toe zou komen. Ik bad!' Hij lachte kort. 'Alsof een wezen zoals ik kan bidden.'

Elena's vingers waren gevoelloos door zijn greep, maar ze probeerde hem een kneepje te geven, om hem gerust te stellen. 'Ga door, Stefan.'

Het kostte hem nu geen moeite meer om te spreken. Het leek bijna alsof hij haar aanwezigheid was vergeten, alsof hij het verhaal aan zichzelf vertelde.

'De volgende ochtend was de behoefte nog groter. Het was alsof mijn eigen aderen droog en gebarsten waren, en wanhopig snakten naar vocht. Ik wist dat ik het niet lang meer zou uithouden.

Ik ging naar Katherines vertrekken. Ik wilde haar vragen, smeken...' Zijn stem brak. Hij zweeg even en ging toen verder. 'Maar Damon was daar al. Hij stond bij haar kamer te wachten. Ik zag aan hem dat híj de drang niet had weerstaan. Ik zag het aan de glans van zijn huid, de veerkracht in zijn tred. Hij keek net zo voldaan als een kat die van de room heeft gesnoept.

Maar hij had Katherine niet gehad. "Je kunt kloppen wat je wilt," zei hij tegen me, "maar de vrouwelijke draak daar binnen laat je niet door. Ik heb het al geprobeerd. Zullen we haar overmeesteren? Wij samen?"

Ik gaf hem geen antwoord. De uitdrukking op zijn gezicht, die sluwe, zelfvoldane blik, boezemde me afkeer in. Ik bonsde op de deur om...' Hij haperde en liet weer een humorloos lachje horen. 'Ik wilde zeggen: om de doden tot leven te wekken. Maar de doden zijn eigenlijk niet zo moeilijk tot leven te wekken, hè?' Na een kort ogenblik ging hij verder.

'De dienstmeid, Gudren, deed de deur open. Ze had een gezicht als een plat wit bord en ogen als zwart glas. Ik vroeg haar of ik haar mevrouw kon spreken. Ik verwachtte dat ik te horen zou krijgen dat Katherine sliep, maar in plaats daarvan keek Gudren me alleen maar aan, en daarna keek ze over mijn schouder naar Damon.

"Hém wilde ik het niet vertellen," zei ze ten slotte, "maar u vertel ik het wel. Mevrouw Katherine is hier niet. Ze is vanmorgen vroeg uitgegaan, om in de tuin te wandelen. Ze zei dat ze behoefte had om na te denken."

Ik was verbaasd. "Vanmorgen vroeg?" vroeg ik.

"Ja," antwoordde ze. Ze keek Damon en mij zonder een spoor van sympathie aan. "Mijn mevrouw was vannacht erg ongelukkig," zei ze veelbetekenend. "Ze heeft de hele nacht gehuild."

Toen ze dat zei, werd ik bevangen door een vreemd gevoel. Het was niet alleen schaamte en verdriet omdat Katherine zo ongelukkig was. Het was angst. Ik vergat mijn honger en zwakte. Ik vergat zelfs mijn vijandige gevoelens voor Damon. Ik had een overweldigend gevoel

van haast. Ik draaide me om naar Damon en zei tegen hem dat we Katherine moesten zoeken, en tot mijn verbazing knikte hij alleen maar.
We begonnen de tuin te doorzoeken en riepen steeds Katherines naam. Ik weet nog precies hoe alles er die dag uitzag. De zon scheen op de hoge cipressen en pijnbomen in de tuin. Damon en ik haastten ons tussen de stammen door. We renden steeds harder, en bleven haar maar roepen...'

Elena voelde de trillingen in Stefans lichaam, die via zijn krampachtig samengeknepen vingers tot haar doordrongen. Hij haalde snel en oppervlakkig adem.

'We hadden bijna het achterste gedeelte van de tuin bereikt toen ik me een plek herinnerde waar Katherine erg graag kwam. Het was een klein stukje verder op het terrein, bij een laag muurtje naast een citroenboom. Ik rende ernaartoe, almaar haar naam roepend. Maar toen ik dichterbij kwam, hield ik op met roepen. Ik voelde... een angst... een verschrikkelijk voorgevoel. En ik wist dat ik... daar niet naartoe moest gaan...'

'Stefan!' zei Elena. Hij deed haar pijn. Zijn vingers boorden zich in de hare, drukten ze bijna plat. De trillingen die door zijn lichaam joegen werden steeds heviger, tot hij zat te schudden. 'Stefan, alsjeblieft!'

Maar hij liet op geen enkele manier blijken dat hij haar had gehoord. 'Het was net... een nachtmerrie... Alles ging zo langzaam. Ik kon me niet bewegen... maar toch moest ik verder. Ik moest blijven lopen. Met elke stap werd de angst heviger. Ik kon hem ruiken. Een geur zoals verbrand vet. Ik moet er niet heen gaan... Ik wil het niet zien...'

Zijn stem werd hoog en dringend, zijn adem kwam met horten en stoten. Zijn ogen waren opengesperd, als van een angstig kind. Elena pakte zijn knellende vingers met haar andere hand beet en omhulde ze helemaal. 'Stefan, alles is goed. Je bent niet daar. Je bent hier, bij mij.'

'Ik wil het niet zien... maar ik kan er niets aan doen. Er is iets wits. Iets wits onder de boom. Dwing me niet ernaar te kijken!'

'Stefan, Stefan, kijk me aan!'

Hij was te zeer van streek om haar te horen. Zijn woorden kwamen in krampachtige golven naar buiten, alsof hij er geen macht over had, alsof hij ze niet snel genoeg over zijn lippen kon krijgen. 'Ik kan er niet dichter naartoe gaan... maar ik doe het toch. Ik zie de boom, de muur. En dat wit. Achter de boom. Wit met goud eronder. En dan weet ik het, ik weet het, en ik loop ernaartoe omdat het haar jurk is. Katherines witte jurk. En ik loop om de boom heen en ik zie het op de grond en het is waar. Het is Katherines jurk,' – zijn stem ging omhoog en sloeg over van onbeschrijfelijke ontzetting – 'maar Katherine is er niet in.'

Elena werd helemaal koud, alsof haar lichaam in ijswater werd gedompeld. Ze kreeg kippenvel en probeerde tegen hem te praten, maar kon het niet. Hij ratelde verder, alsof hij de verschrikking op afstand kon houden als hij maar doorging met praten.

'Katherine is er niet, dus misschien is het allemaal een grap, maar haar jurk ligt op de grond en is gevuld met as. Net als de as in de haard, precies zo, maar deze as ruikt naar verbrand vlees. Het stinkt. De stank maakt me misselijk en duizelig. Naast de mouw van de jurk ligt een stuk perkament. En op een rotsblok, een stukje verderop, ligt een ring. Een ring met een blauwe steen, Katherines ring. Katherines ring...' Plotseling schreeuwde hij met een verschrikkelijke stem uit: 'Katherine, wat heb je gedáán?' Toen viel hij op zijn knieën en liet eindelijk Elena's vingers los om zijn gezicht in zijn handen te verbergen.

Elena hield hem vast terwijl hij hartverscheurend snikte. Ze hield hem bij zijn schouders en trok zijn hoofd op haar schoot. 'Katherine deed de ring af,' fluisterde ze. Het was geen vraag. 'Ze stelde zich bloot aan de zon.'

Zijn ruwe snikken gingen maar door terwijl zij hem tegen de wijde rok van haar blauwe jurk hield en over zijn bevende schouders streelde. Ze mompelde onzinwoordjes om hem te troosten en schoof haar eigen ontzetting opzij. Uiteindelijk kalmeerde hij en hij tilde zijn hoofd op. Hij sprak met schorre stem, maar hij leek teruggekeerd in het heden.

'Het perkament was een briefje, voor mij en Damon. Er stond in dat ze egoïstisch was geweest om ons allebei te willen. Er stond in... dat ze het niet kon verdragen om de oorzaak te zijn van strijd tussen ons. Ze hoopte dat als zij weg was, wij elkaar niet langer zouden haten. Ze deed het om ons bij elkaar te brengen.'

'O, Stefan,' fluisterde Elena. Brandende tranen van medelijden schoten in haar ogen. 'O, Stefan, ik vind het zo erg. Maar zie je na al die tijd niet in dat het verkeerd was wat Katherine deed? Het was zelfs egoïstisch, en het was háár keus. In zekere zin had het niets met jou te maken, of met Damon.'

Stefan schudde zijn hoofd, alsof hij de waarheid van de woorden probeerde af te schudden. 'Ze heeft... daar haar leven voor gegeven. Wij hebben haar vermoord.' Hij zat nu rechtop. Maar zijn pupillen waren nog steeds verwijd, zijn ogen waren net twee grote zwarte schijven, en hij zag eruit als een kleine, verwarde jongen.

'Damon kwam achter me aan. Hij pakte het briefje en las het. En toen... ik denk dat hij gek werd. We waren allebei gek. Ik had Katherines ring gepakt en hij probeerde hem van me af te pakken. Dat had hij niet moeten doen. We worstelden. We zeiden verschrikkelijke dingen tegen elkaar. We gaven elkaar de schuld van wat er was gebeurd. Ik weet niet meer hoe we in het huis zijn teruggekomen, maar plotseling had ik mijn zwaard. We vochten. Ik wilde dat arrogante gezicht voorgoed vernietigen, ik wilde hem vermoorden. Ik herinner me dat mijn vader schreeuwde vanuit het huis. We vochten harder, om het af te maken voor hij ons bereikte.

We waren aan elkaar gewaagd. Maar Damon was altijd al sterker, en die dag leek hij ook sneller, alsof hij meer was veranderd dan ik. Dus terwijl mijn vader nog vanuit het raam naar ons stond te schreeuwen, voelde ik de kling van Damons zwaard onder mijn arm door schieten. En in mijn hart glijden.'

Elena staarde hem ontzet aan, maar hij ging zonder onderbreking door. 'Ik voelde de pijn van het staal, ik voelde hoe het diep, diep mijn lichaam in drong. Helemaal door me heen, met een harde stoot. En toen stroomde de kracht uit me weg en ik viel. Ik lag daar op de geplaveide grond.'

Hij keek op naar Elena en besloot eenvoudig: 'En zo... ben ik gestorven.'

Elena zat als aan de grond genageld, alsof het ijs dat ze eerder die avond in haar borst had gevoeld, naar buiten was gestroomd en haar had vastgevroren.

'Damon kwam naar me toe en boog zich over me heen. In de verte hoorde ik de kreten van mijn vader en het gegil van de bedienden, maar het enige wat ik kon zien was Damons gezicht. Die zwarte ogen die waren als een maanloze nacht. Ik wilde hem pijn doen om wat hij me had aangedaan. Om alles wat hij mij en Katherine had aangedaan.' Stefan zweeg even en toen zei hij, bijna dromerig: 'En dus hief ik mijn zwaard op en vermoordde hem. Met mijn laatste krachten stak ik mijn broer door het hart.'

Het onweer was weggetrokken en door het gebroken raam hoorde Elena zachte nachtgeluiden: het getsjirp van krekels, de wind die door de bomen ruiste. In Stefans kamer was het erg stil.

'Ik wist niets meer tot ik wakker werd in mijn graftombe,' zei Stefan. Hij leunde wat bij haar vandaan en sloot zijn ogen. Zijn gezicht zag er moe en gekweld uit, maar die afschuwelijke, kinderlijke dromerigheid was verdwenen.

'Zowel Damon als ik had precies genoeg van Katherines bloed gekregen om niet echt dood te gaan. In plaats daarvan veranderden we. We werden wakker in onze graftombe, gekleed in onze beste kleren, naast elkaar, op marmeren platen. We waren te zwak om elkaar nog iets aan te doen; het bloed was maar net toereikend. En we waren in de war. Ik riep Damon, maar hij rende naar buiten, de nacht in.

Gelukkig waren we ieder begraven met de ring die Katherine ons had gegeven. En ik vond haar ring in mijn zak.' In een onbewust gebaar bracht Stefan zijn hand naar boven om de gouden band te strelen. 'Ik veronderstel dat ze dachten dat zij hem aan me had gegeven.

Ik probeerde naar huis te gaan. Dat was dom. De bedienden begonnen te gillen toen ze me zagen en renden weg om er een priester bij te halen. Ik vluchtte ook. Naar de enige plek waar ik veilig was: de duisternis.

En daar ben ik sindsdien gebleven. Daar hoor ik thuis, Elena. Ik heb Katherine vermoord met mijn trots en mijn jaloezie, en ik heb Damon vermoord met mijn haat. Maar ik heb nog iets ergers gedaan dan mijn broer vermoorden. Ik heb hem verdoemd.

Als hij op dat moment niet was gestorven met het bloed van Katherine zo sterk in zijn aderen, zou hij nog een kans hebben gehad. Na verloop van tijd zou het bloed zwakker zijn geworden en uiteindelijk helemaal zijn verdwenen. Dan zou hij weer een normaal mens zijn geworden. Door hem op dat moment te doden, heb ik hem veroordeeld tot een leven in de nacht. Ik heb hem zijn enige kans op redding ontnomen.'

Stefan lachte bitter. 'Weet je wat de naam Salvatore in het Italiaans betekent, Elena? Het betekent "redding", "redder". Ik ben zo genoemd, en naar de heilige Steven, de eerste christelijke martelaar. En ik heb mijn broer verdoemd tot de hel.'

'Nee,' zei Elena. En toen, met vastere stem: 'Nee, Stefan. Hij heeft zichzelf verdoemd. Hij heeft jóú vermoord. Maar wat is er daarna met hem gebeurd?'

'Een tijdlang is hij aangesloten geweest bij een van de Vrije Compagnieën, wrede huurlingen die roofden en plunderden. Hij trok met hen door het land om te vechten en dronk het bloed van zijn slachtoffers.

Ik leefde in die tijd buiten de stadsmuren en stierf half van de honger. Ik leefde van dieren, was zelf een dier. Lange tijd hoorde ik niets van Damon. Toen, op een dag, hoorde ik zijn stem in mijn geest.

Hij was sterker dan ik, omdat hij mensenbloed dronk. En hij moordde. Mensen hebben de sterkste levensessence, en hun bloed geeft macht. En als ze vermoord worden, is de levensessence die ze afgeven op de een of andere manier nog sterker. Het is alsof de ziel in die laatste momenten van doodsangst en strijd op zijn sterkst is. Omdat Damon mensen doodde, kon hij meer van de Machten gebruikmaken dan ik.'

'Wat voor... machten?' vroeg Elena. In haar hoofd begon zich een idee te vormen.

'Kracht, zoals je zei, en snelheid. Verscherping van de zintuigen, vooral 's nachts. Daar begint het mee. We kunnen ook... geesten voelen. We kunnen hun aanwezigheid voelen, en soms ook de aard van hun gedachten. We kunnen zwakkere geesten in verwarring brengen, om ze te overmeesteren of om ze te laten doen wat wij willen. Er zijn ook andere machten. Met genoeg mensenbloed kunnen we van gedaante veranderen, dieren worden. En hoe meer je moordt, hoe sterker alle Machten worden.

Damons stem in mijn geest was erg sterk. Hij zei dat hij nu de *condottieri* van zijn eigen compagnie was en dat hij terugkwam naar Florence. Hij zei dat hij me zou vermoorden als ik daar nog was als hij er aankwam. Ik geloofde hem en vertrok. Ik heb hem sindsdien nog één of twee keer gezien. De dreiging is altijd hetzelfde en hij wordt steeds machtiger. Damon heeft alles uit zijn aard gehaald wat erin zat en hij schijnt te genieten van zijn duistere kant.

Maar het is ook mijn aard. Dezelfde duisternis is ook in mij. Ik dacht dat ik het kon overwinnen, maar ik had het mis. Dat is de reden waarom ik hiernaartoe kwam, naar Fell's Church. Ik dacht dat als ik me in een kleine plaats vestigde, ver van de oude herinneringen, ik misschien aan de duisternis zou kunnen ontsnappen. Maar in plaats daarvan heb ik vanavond een mens vermoord.'

'Néé,' zei Elena krachtig. 'Ik geloof dat niet, Stefan.' Zijn verhaal had haar vervuld van afschuw en medelijden... en ook van angst. Dat gaf ze toe. Maar haar afschuw was verdwenen, en ze was van één ding overtuigd. Stefan was geen moordenaar. 'Wat is er vanavond gebeurd, Stefan? Heb je ruzie gehad met Tanner?'

'Ik... kan het me niet herinneren,' zei hij somber. 'Ik gebruikte Macht om hem zover te krijgen dat hij deed wat jij wilde. Toen ging ik weg. Maar later werd ik duizelig en zwak. Zoals al eerder was gebeurd.' Hij keek haar recht aan. 'De laatste keer was op het kerkhof, vlak bij de kerk, in de nacht dat Vickie Bennett werd aangevallen.'

'Maar dat heb jij niet gedaan. Dat kún je niet hebben gedaan... Stefan?'

'Ik weet het niet,' zei hij ruw. 'Wat is er voor andere verklaring? En ik heb bloed genomen van de oude man onder de brug, in die nacht dat jij en de andere meisjes wegvluchtten van het kerkhof. Ik had durven zweren dat ik niet genoeg had genomen om hem kwaad te doen, maar hij ging bijna dood. En ik was er toen Vickie en Tanner werden aangevallen.'

'Maar je herinnert je niet dat je hen hebt aangevallen,' zei Elena opgelucht. Het idee dat zich in haar gedachten had gevormd, was nu bijna een zekerheid.

'Wat maakt het uit? Wie kan het anders hebben gedaan, als ik het niet was?'

'Damon,' zei Elena.

Hij kromp ineen en ze zag hoe zijn schouders zich weer spanden. 'Het is een prettige gedachte. Ik hoopte eerst dat er misschien zo'n soort verklaring zou zijn. Dat het iemand anders was, iemand zoals mijn broer. Maar ik heb met mijn geest gezocht en ik heb niets gevonden, geen andere aanwezigheid. De eenvoudigste verklaring is dat ik de moordenaar ben.'

'Nee,' zei Elena. 'Je begrijpt het niet. Ik bedoel niet dat iemand zoals Damon misschien de dingen heeft gedaan die we hebben gezien. Ik bedoel dat Damon hier is, in Fell's Church. Ik heb hem gezien.'

Stefan staarde haar alleen maar aan.

'Hij moet het zijn,' zei Elena. Ze haalde diep adem. 'Ik heb hem nu twee, misschien drie keer gezien. Stefan, jij hebt mij net een lang verhaal verteld, en nu ga ik er jou een vertellen.'

Zo snel en eenvoudig als ze kon, vertelde ze hem wat er in de gymzaal en in Bonnies huis was gebeurd. Zijn lippen vertrokken tot een witte streep toen ze hem vertelde dat Damon had geprobeerd haar te kussen. Ze bloosde toen ze terugdacht aan haar eigen reactie, dat ze bijna aan hem had toegegeven. Maar ze vertelde Stefan alles.

Ook over de kraai en alle andere vreemde dingen die er waren gebeurd sinds ze uit Frankrijk was teruggekomen.

'En, Stefan, ik denk dat Damon vanavond in het Spookhuis was,' besloot ze. 'Vlak nadat jij duizelig was geworden in de voorkamer, liep er iemand langs me heen. Hij was verkleed als... als de Dood, in een zwart gewaad met een kap, en ik kon zijn gezicht niet zien. Maar er was iets bekends aan de manier waarop hij zich bewoog. Hij was het, Stefan. Damon was er.'

'Maar dat verklaart die andere keren nog niet. Vickie en de oude man. Ik héb bloed genomen van de oude man.' Stefans gezicht stond gespannen, alsof hij bijna niet durfde te hopen.

'Maar je zei zelf dat je niet genoeg had genomen om hem kwaad te doen. Stefan, wie weet wat er met die man is gebeurd nadat jij bent weggegaan? Zou het voor Damon niet verschrikkelijk eenvoudig zijn om hem dan aan te vallen? Vooral als hij je steeds al heeft bespied, misschien in een andere gedaante...'

'Zoals een kraai,' mompelde Stefan.

'Zoals een kraai. En wat Vickie betreft... Stefan, je zei dat je zwakkere geesten in verwarring kunt brengen, ze kunt overmeesteren. Kan het niet zijn dat Damon dat met jou heeft gedaan? Dat hij jouw geest heeft overmeesterd, zoals jij de geest van een mens kunt overmeesteren?'

'Ja, en dat hij zijn aanwezigheid voor mij heeft verborgen.' Er klonk steeds meer opwinding in Stefans stem door. 'Daarom heeft hij niet gereageerd op mijn oproepen. Hij wilde...'

'Hij wilde dat er zou gebeuren wat er nu is gebeurd. Hij wilde dat je aan jezelf ging twijfelen, dat je ging denken dat je een moordenaar bent. Maar het is níet wáár. O, Stefan, dat weet je nu, en je hoeft niet meer bang te zijn.' Ze stond op en voelde de blijdschap en opluchting door zich heen stromen. Uit deze afschuwelijke nacht was iets prachtigs voortgekomen.

'Daarom deed je zeker zo afstandelijk tegen me,' zei ze, en ze stak haar handen naar hem uit. 'Omdat je bang bent voor wat je zou kunnen doen. Maar daar hoef je nu niet meer bang voor te zijn.'

'O nee?' Hij ademde weer gejaagd en hij keek naar haar uitgestrekte handen alsof het slangen waren. 'Denk jij dat er geen reden is om bang te zijn? Damon heeft dan misschien die mensen aangevallen, maar hij heeft geen macht over mijn gedachten. En je weet niet hoe ik over jou heb gedacht.'

Elena hield haar stem vlak. 'Jij wilt mij geen pijn doen,' zei ze vol overtuiging.

'O nee? Er zijn momenten geweest dat ik naar je keek terwijl je tussen de mensen stond en ik het nauwelijks kon verdragen om je niet aan te raken. Dat ik zo in verleiding werd gebracht door je witte keel, je kleine witte keel met de vage, blauwe aderen onder de huid...' De manier waarop zijn ogen op haar nek gevestigd waren, herinnerde haar aan Damons ogen, en haar hart ging sneller kloppen. 'Momenten dat ik dacht dat ik je zou grijpen en midden in de school zou overweldigen.'

'Je hoeft me niet te overweldigen,' zei Elena. Ze voelde haar hartslag nu overal; in haar polsen, aan de binnenkant van haar ellebogen... en in haar keel. 'Ik heb mijn besluit genomen, Stefan,' zei ze zacht, en ze hield zijn blik vast. 'Ik wil het.'

Hij slikte moeilijk. 'Je weet niet waar je om vraagt.'

'Ik denk van wel. Jij hebt me verteld hoe het met Katherine was, Stefan. Ik wil dat het met ons ook zo is. Ik bedoel niet dat ik wil dat je me verandert. Maar we kunnen wel íéts met elkaar hebben zonder dat dat gebeurt, toch? Ik weet,' vervolgde ze, nog zachter, 'hoeveel je van Katherine hield. Maar zij is er nu niet meer, en ik wel. En ik hou van je, Stefan. Ik wil bij je zijn.'

'Je weet niet waar je het over hebt!' Hij stond stijf rechtop, met een woedend gezicht en ogen vol pijn. 'Als ik me eenmaal laat gaan, wat zal me er dan van weerhouden om je te veranderen, of je te doden? De passie is sterker dan je je kunt voorstellen. Begrijp je nog steeds niet wat ik ben, wat ik kan doen?'

Ze stond daar en keek hem rustig aan, met haar kin iets opgeheven. Het leek hem razend te maken.

'Is het nog niet duidelijk genoeg? Of moet ik je nog meer laten zien? Kun je je niet voorstellen wat ik je kan aandoen?' Hij liep met grote passen naar de koude open haard en greep een lang stuk hout, dikker dan Elena's polsen samen. In één beweging brak hij het als een lucifersstokje in tweeën. 'Jóúw tere botten,' zei hij.

Aan de andere kant van de kamer lag een kussen van het bed. Hij pakte het en scheurde het zijden sloop met een haal van zijn nagels in dunne repen. 'Jóúw zachte huid.' Toen liep hij met bovennatuurlijke snelheid op Elena af. Voor ze wist wat er gebeurde was hij bij haar en pakte haar bij haar schouders. Hij staarde een ogenblik in haar gezicht en trok toen met een sissend geluid, waardoor de haren in haar nek overeind gingen staan, zijn lippen op.

Het was dezelfde grimas die ze op het dak had gezien, die witte, ontblote tanden, de hoektanden vlijmscherp en uitgegroeid tot een ongelofelijke lengte. Dit waren de tanden van een roofdier, een jager.

'Jóúw witte nek,' zei hij met vervormde stem.

Elena bleef even stokstijf staan en staarde als betoverd in dat angstaanjagende gezicht. Toen nam iets diep in haar onbewuste het van haar over. In zijn armen, waarmee hij haar gevangen hield, bracht ze haar armen omhoog en nam ze zijn gezicht tussen haar beide handen. Zijn wangen voelden koel aan tegen haar handpalmen. Zo hield ze hem vast, zacht, heel zacht, als om hem terecht te wijzen voor zijn harde greep om haar blote schouders. En ze zag langzaam de verwarring op zijn gezicht verschijnen, toen het tot hem doordrong dat ze het niet deed om zich tegen hem te verzetten of hem weg te duwen.

Elena wachtte tot de verwarring zijn ogen bereikte en ze zag hoe er langzaam een ontredderde, bijna smekende blik in zijn ogen kwam. Ze wist dat haar eigen gezicht onbevreesd was, zacht maar krachtig, de lippen iets uit elkaar. Ze ademden nu allebei snel, in hetzelfde ritme. Elena voelde dat hij hevig begon te trillen, net zoals hij had gedaan toen hij de herinneringen aan Katherine niet meer kon verdragen. Toen, zacht en doelbewust, trok ze die tot een grimas vertrokken mond naar haar lippen.

Hij probeerde weerstand te bieden, maar haar zachtheid was sterker dan al zijn onmenselijke kracht. Ze sloot haar ogen en dacht alleen aan Stefan, niet aan de afschuwelijke dingen die ze die avond had gehoord, maar aan Stefan, die haar haar zo zacht had gestreeld alsof ze in zijn handen zou kunnen breken. Daar dacht ze aan, en ze kuste de roofdierachtige mond die haar nog maar enkele minuten geleden had bedreigd.

Ze voelde de verandering, de transformatie in zijn mond toen hij zich gewonnen gaf en haar zachte kussen even zacht beantwoordde. Ze voelde de trilling door zijn lichaam gaan toen ook de harde greep op haar schouders verzachtte en veranderde in een omhelzing. En ze wist dat ze had gewonnen.

'Jij zult mij nooit kwaaddoen,' fluisterde ze.

Het was alsof ze alle angst, wanhoop en eenzaamheid die ze in zich hadden wegkusten. De hartstocht ging als een zomerse bliksemschicht door Elena's lichaam heen net als de hartstocht bij Stefan. Maar wat overheerste was een tederheid, zo intens dat het haar bijna bang maakte. Haast en ruwheid waren niet nodig, dacht Elena, terwijl Stefan haar voorzichtig meevoerde en op het bed liet zitten.

Geleidelijk werden de kussen dringender en Elena voelde hoe de zomerse bliksem door haar hele lichaam flitste, haar oplaadde, haar hart deed bonzen en haar adem deed stokken. Ze werd vreemd zacht en duizelig. Ze sloot haar ogen en liet haar hoofd in overgave achterovervallen.

Het is tijd, Stefan, dacht ze. En heel zachtjes trok ze zijn mond weer naar beneden, deze keer naar haar keel. Ze voelde zijn lippen over haar huid strijken, ze voelde zijn adem, die koud en warm tegelijk was. Toen voelde ze de scherpe beet.

Maar de pijn vervaagde bijna meteen en er kwam een genot voor in de plaats dat haar deed beven. Ze werd vervuld van een heerlijk gevoel van gelukzaligheid, dat van haar naar Stefan overvloeide.

Ten slotte merkte ze dat ze naar zijn gezicht staarde, een gezicht dat eindelijk geen belemmeringen, geen muren meer voor haar opwierp. En de blik die ze daar zag, maakte haar zwak.

'Vertrouw je me?' fluisterde hij. En toen ze alleen maar knikte, hield hij haar blik gevangen en stak zijn hand uit naar iets naast het bed. Het was de dolk. Ze keek er zonder angst naar en richtte haar ogen weer op zijn gezicht.

Hij wendde zijn blik geen seconde van haar af terwijl hij de dolk uit de foedraal trok en een klein sneetje onder aan zijn keel maakte. Elena keek met grote ogen naar het bloed, dat zo rood was als hulstbessen, maar toen hij haar naar zich toe trok, probeerde ze zich niet te verzetten.

Na afloop hield hij haar lange tijd alleen maar vast, terwijl de krekels buiten hun muziek maakten. Ten slotte bewoog hij.

'Ik wilde dat je hier kon blijven,' fluisterde hij. 'Ik wilde dat je hier altijd kon blijven. Maar dat kan niet.'

'Ik weet het,' zei ze, even zacht. Hun ogen ontmoetten elkaar en ze begrepen elkaar zonder iets te zeggen. Ze hadden zo veel te bepraten, zo veel redenen om bij elkaar te zijn. 'Morgen,' zei ze. Toen, leunend tegen zijn schouder, fluisterde ze: 'Wat er ook gebeurt, Stefan, ik ben bij je. Zeg tegen me dat je dat gelooft.'

Zijn stem klonk gedempt in haar haar. 'O, Elena, ik geloof het. Wat er ook gebeurt, wij zijn bij elkaar.'

15

Zodra hij Elena bij haar huis had afgezet, reed Stefan naar het bos.

Hij nam Old Creek Road en reed onder het sombere wolkendek, waardoor geen stukje hemel te zien was, naar de plek waar hij op de eerste schooldag zijn auto had geparkeerd.

Hij liet de auto achter en probeerde de weg terug te vinden naar de open plek in het bos waar hij de kraai had gezien. Zijn jachtinstinct kwam hem goed van pas. Hij herinnerde zich hier de vorm van een bosje en daar die van een kromgegroeide wortel, en uiteindelijk stond hij op de open plek, omringd door oude eiken.

Hier. Onder deze deken van vaalbruine bladeren zouden misschien nog de resten van het konijn te vinden zijn.

Hij haalde diep adem om zichzelf tot rust te brengen en zijn Machten te verzamelen en zond een onderzoekende, dringende gedachte uit.

En voor de eerste keer sinds hij in Fell's Church was, voelde hij iets wat leek op een antwoord. Maar het was zwak en aarzelend, en hij kon niet bepalen waar het vandaan kwam.

Hij zuchtte, draaide zich om... en bleef als aan de grond genageld staan.

Voor hem stond Damon. Hij had zijn armen over elkaar geslagen en leunde op zijn gemak tegen de grootste eik. Hij zag eruit alsof hij er al uren stond.

'Zo,' zei Stefan somber. 'Dus het is waar. Dat is lang geleden, broer.'

'Niet zo lang als jij denkt, bróér.' Stefan herinnerde zich die stem, die fluwelige, ironische stem. 'Ik heb je de afgelopen jaren in de gaten gehouden,' zei Damon kalm. Hij veegde een stukje schors van de mouw van zijn leren jack, net zo nonchalant alsof hij zijn brokanten manchetten rechttrok. 'Maar ja, dat merk jij natuurlijk niet, hè? Ach nee, je Machten zijn nog even zwak als altijd.'

'Wees voorzichtig, Damon,' zei Stefan zacht en dreigend. 'Wees vanavond heel voorzichtig. Ik ben niet in een toegeeflijke stemming.'

'Is de heilige Stefan geïrriteerd? Stel je voor. Je bent zeker ontstemd vanwege mijn kleine uitstapjes in jouw territorium. Ik heb dat alleen gedaan omdat ik dicht bij je wilde zijn. Broers horen dicht bij elkaar te zijn.'

'Jij hebt vanavond gemóórd. En je wilde mij laten denken dat ik het had gedaan.'

'Weet je heel zeker dat dat niet zo is? Misschien hebben we het wel samen gedaan. Voorzichtig!' zei hij, toen Stefan een stap naar hem toe deed. 'Ik ben vanavond ook niet in een al te toegeeflijke stemming. Ik heb alleen een verschrompeld geschiedenisleraartje gehad. Jij een knappe meid.'

De woede in Stefan bouwde zich op en leek zich als een gloeiende zon op één punt in zijn lichaam te concentreren. 'Blijf bij Elena uit de buurt,' fluisterde hij zo dreigend dat Damon zowaar met zijn hoofd iets achteruitweek. 'Blijf uit haar buurt, Damon. Ik weet dat je haar hebt bespied, haar in de gaten hebt gehouden. Maar dat is afgelopen. Als je nog eens bij haar in de buurt komt, zul je er spijt van krijgen.'

'Je bent altijd al egoïstisch geweest. Je eigen schuld. Je wilt niets delen, hè?' Plotseling krulden Damons lippen zich tot een stralende glimlach. 'Maar gelukkig is de mooie Elena vrijgeviger. Heeft ze je niet verteld over onze kleine rendez-vous? Werkelijk, de eerste keer dat we elkaar ontmoetten, had ze zich bijna ter plekke aan mij gegeven.'

'Dat lieg je!'

'O nee, geliefde broer. Ik lieg nooit over belangrijke dingen. Of bedoel ik onbelangrijke dingen? Hoe dan ook, jouw schone jonkvrouw viel bijna in zwijm in mijn armen. Ik denk dat ze houdt van mannen in het zwart.' Terwijl Stefan hem aanstaarde en zijn ademhaling rustig probeerde te krijgen, voegde Damon er bijna zachtmoedig aan toe: 'Je vergist je in haar, weet je dat? Jij denkt dat ze lief en gedwee is, net als Katherine. Dat is niet zo. Ze is helemaal jouw type niet, mijn heilige broertje. Zij beschikt over een geestkracht en een vuur waarvan jij niet zou weten wat je ermee aan moest.'

'En jij zeker wel?'

Damon deed zijn armen van elkaar en glimlachte weer langzaam. 'O, zeker.'

Stefan wilde op hem afspringen, die mooie, arrogante glimlach van zijn gezicht slaan, Damons keel openscheuren. Hij zei, met een stem die hij met moeite in bedwang kon houden: 'In één ding heb je gelijk. Ze is sterk. Sterk genoeg om jou van zich af te vechten. En nu ze weet wie je werkelijk bent, zal ze dat ook doen. Ze heeft nu alleen nog maar walging voor je.'

Damon trok zijn wenkbrauwen op. 'Meen je dat nou? We zullen zien. Misschien komt ze tot de ontdekking dat echte duisternis haar beter aanstaat dan zwakke schemering. Ik kan tenminste toegeven hoe ik werkelijk ben. Maar over jou maak ik me zorgen, broertje. Je ziet er zwak en ondervoed uit. Ze is een kwelgeest, hè?'

Dood hem, zei iets in Stefans hoofd dringend. Dood hem, breek zijn nek, scheur zijn keel aan bloedige flarden. Maar hij wist dat Damon zich die avond erg goed had gevoed. Het duistere aura van zijn broer was gezwollen. Het klopte en gloeide bijna van de levensessence die het had opgenomen.

'Ja, ik heb veel gedronken,' zei Damon vergenoegd, alsof hij wist wat er in Stefans hoofd omging. Hij zuchtte en liet tevreden zijn tong over zijn lippen glijden bij de herinnering. 'Hij was klein, maar er zat verrassend veel sap in hem. Niet knap, zoals Elena, en hij rook ook beslist niet zo lekker als zij. Maar het is altijd heerlijk om vers bloed in je aderen te voelen zingen.' Damon haalde diep adem, stapte onder de boom vandaan en keek om zich heen. Stefan herinnerde zich deze sierlijke bewegingen, elk gebaar beheerst en afgemeten. De eeuwen hadden Damons natuurlijke elegantie alleen nog maar verfijnd.

'En dan heb ik zomaar zin om dit te doen,' zei Damon. Hij liep naar een jong boompje dat een paar meter bij hem vandaan stond. Het boompje was anderhalf keer zo hoog als hij en toen hij het vastpakte, sloten zijn vingers niet helemaal om de stam. Maar Stefan zag de snelle ademhaling en de soepele spierbeweging onder Damons dunne zwarte shirt, en het volgende moment hing de boom met bungelende wortels boven de grond. Stefan rook de doordringende, vochtige geur van losgewoelde aarde.

'Ik wilde het daar toch liever niet hebben,' zei Damon, en hij wierp het boompje zo ver weg als de wortels, die nog gedeeltelijk met elkaar verward waren, toelieten. Toen glimlachte hij innemend. 'En dan heb ik zomaar zin om dít te doen.'

Er was een vluchtige beweging en het volgende ogenblik was Damon verdwenen. Stefan keek om zich heen, maar hij zag hem nergens meer.

'Hier, broer.' De stem kwam van boven zijn hoofd, en toen Stefan opkeek, zag hij Damon in de breed uitwaaierende takken van de eik zitten. Er klonk geritsel in de vaalbruine bladeren en weg was hij weer.

'Kijk, broer, hier.' Stefan voelde een tikje op zijn schouder en draaide zich met een ruk om, maar achter hem was niets te zien. 'Nee, broer, hier.' Hij draaide zich weer om. 'Nee, hier.' Woedend draaide Stefan de andere kant op, om Damon te grijpen. Maar zijn vingers grepen in de lucht.

Hier, Stefan. Deze keer was de stem in zijn hoofd, en het schokte hem diep hoeveel Macht ervan uitging. Er was enorm veel kracht voor nodig om gedachten zo duidelijk te projecteren. Langzaam draaide hij zich nog eens om, en nu stond Damon weer waar hij eerder had gestaan, leunend tegen de grote eik.

Maar deze keer was de humor in zijn donkere ogen vervaagd. Ze waren zwart en onpeilbaar en Damons lippen waren vertrokken tot een rechte lijn.

Hoeveel meer bewijs heb je nodig, Stefan? Ik ben veel sterker dan jij, net zo veel als jij sterker bent dan die miezerige mensen. Ik ben ook sneller dan jij, en ik heb nog andere Machten, waar jij nauwelijks van hebt gehoord. De Oude Machten, Stefan. En ik ben niet bang om ze te gebruiken. Als jij me tegenwerkt, gebruik ik ze tegen jou.

'Ben je daarvoor hier gekomen? Om me te kwellen?'

Ik ben je genadig geweest, broer. Ik heb je vele keren kunnen doden, maar ik heb altijd je leven gespaard. Maar deze keer is het anders. Damon stapte weer onder de boom vandaan en sprak hardop verder. 'Ik waarschuw je, Stefan, werk me niet tegen. Het doet er niet toe waarom ik hier ben. Wat ik nu wil is Elena. En als je me ervan probeert te weerhouden om haar te krijgen, vermoord ik je.'

'Dat kun je proberen,' zei Stefan. De gloeiende bal van woede in zijn lichaam brandde feller dan ooit en gaf een gloed af als een melkweg van sterren. Op de een of andere manier wist hij dat hij hiermee Damons duisternis bedreigde.

'Denk je dat ik het niet kan? Je leert het ook nooit, hè, broertje?' Stefan zag nog net hoe Damon vermoeid zijn hoofd schudde. Daarna was er weer een schimmige beweging en werd door sterke handen vastgegrepen. Hij verzette zich onmiddellijk en probeerde zich uit alle macht los te werken. Maar het was alsof de handen van staal waren.

Hij haalde woest uit naar het kwetsbare gebied onder Damons kaak, maar het haalde niets uit. Zijn armen werden op zijn rug getrokken en hij kon geen kant meer op. Hij was net een hulpeloze vogel in de klauwen van een lenige, ervaren kat.

Hij hield zich even slap, zodat hij een dood gewicht vormde en zette toen plotseling al zijn spierkracht in om zich los te rukken. De wrede handen grepen hem alleen nog maar steviger vast, zodat zijn worsteling zinloos werd. Meelijwekkend.

Je bent altijd koppig geweest. Misschien zal dit je overtuigen. Stefan keek in het gezicht van zijn broer, dat bleek was als de matglazen ramen van het pension, en naar de zwarte, bodemloze ogen. Toen voelde hij hoe vingers zijn haar vastgrepen en zijn hoofd achterover rukten, zodat zijn keel werd blootgelegd.

Hij verdubbelde zijn inspanningen en vocht als een bezetene. *Bespaar je de moeite*, zei de stem in zijn hoofd, en hij voelde de scherpe, verscheurende pijn van de tanden. Hij voelde de vernedering en de hulpeloosheid van het slachtoffer van de jager, de gejaagde, de prooi. En toen de pijn van het bloed dat tegen zijn wil uit hem werd weggezogen.

Hij weigerde eraan toe te geven, en de pijn werd erger. Hij had het gevoel alsof zijn ziel uit hem werd losgerukt, net zoals met de jonge boom was gebeurd. De pijn doorboorde hem als speren van vuur en concentreerde zich op de gaatjes waar Damon zijn tanden in zijn vlees had gezet. De martelende pijn trok door naar zijn kaak en zijn wang en straalde uit naar zijn schouder en borst. Hij voelde een vlaag van duizeligheid en besefte dat hij het bewustzijn verloor.

Toen lieten de handen hem abrupt los en hij viel op de grond, op een bed van vochtige, halfverrotte eikenbladeren. Happend naar lucht ging hij moeizaam op zijn handen en voeten zitten.

'Zie je, broertje, ik ben sterker dan jij. Sterk genoeg om jou, je bloed en je leven te pakken als ik daar zin in heb. Laat Elena aan mij over, anders ben je er geweest.'

Stefan keek op. Damon stond daar met zijn hoofd iets achterover, zijn benen een stukje uit elkaar als een overwinnaar die zijn voet op de nek van de verliezer zet. Zijn nachtzwarte ogen gloeiden van triomf, en Stefans bloed kleefde aan zijn lippen.

Stefan werd vervuld van haat, een haat zoals hij nog niet eerder had gekend. Zijn eerdere haat voor Damon was slechts een waterdruppel vergeleken bij deze ziedende, schuimende oceaan. In de afgelopen lange eeuwen had hij vele malen betreurd wat hij zijn broer had aangedaan en hij had met hart en ziel gewenst dat hij er iets aan kon veranderen. Nu wilde hij het alleen maar weer doen.

'Elena is niet van jou,' gromde hij met opeengeklemde kaken. Hij kwam overeind en probeerde niet te laten merken hoeveel moeite hem dat kostte. 'En dat zal ze ook nooit worden.' Zich concentrerend op elke stap, de ene voet voor de andere zettend, begon hij weg te lopen. Zijn hele lichaam deed pijn en de schaamte die hij voelde was nog erger dan de fysieke pijn. Er kleefden stukjes natte bladeren en kluitjes aarde aan zijn kleren, maar hij veegde ze niet af. Hij worstelde om in beweging te blijven, om de zwakte te overwinnen die aan zijn ledematen trok.

Je leert het nooit, broer.

Stefan keek niet achterom en probeerde geen antwoord te geven. Hij zette zijn tanden op elkaar en zorgde dat zijn benen in beweging bleven. Weer een stap. En weer een. En nog een.

Als hij maar even kon gaan zitten, om uit te rusten...

Weer een stap, en nog een. De auto kon nu niet ver meer weg zijn.

Bladeren ritselden onder zijn voeten, en toen hoorde hij gekraak achter zich.

Hij probeerde zich vlug om te draaien, maar zijn reflexen waren bijna verdwenen. En de scherpe beweging was te veel voor hem. Duisternis vulde hem, vulde zijn lichaam en zijn geest, en hij viel. Hij viel maar door in het zwart van de absolute nacht. En toen wist hij gelukkig niets meer.

16

Elena haastte zich naar het Robert E. Lee College, met het gevoel dat ze er jaren was weggeweest. De afgelopen nacht leek iets uit haar vroege jeugd, iets waar ze zich nauwelijks meer iets van herinnerde. Maar ze wist dat ze deze dag geconfronteerd zou worden met de consequenties.

De avond ervoor moest ze tante Judith onder ogen komen. Haar tante was verschrikkelijk van streek geraakt toen buren haar over de moord hadden verteld, en nog meer toen niemand leek te weten waar Elena was. Toen Elena tegen twee uur 's nachts thuiskwam, was ze radeloos van bezorgdheid.

Elena had het niet kunnen uitleggen. Ze had alleen kunnen vertellen dat ze bij Stefan was geweest en dat ze wist dat hij was beschuldigd, maar ook dat hij onschuldig was. De rest, alles wat er verder was gebeurd, had ze voor zich moeten houden. Zelfs als tante Judith het had geloofd, zou ze het nooit hebben begrepen.

Die morgen had Elena uitgeslapen, en nu was ze te laat. Ze haastte zich naar school. Behalve zij was er niemand op straat. De lucht boven haar was grijs en er kwam wind opzetten. Ze wilde wanhopig graag Stefan zien. Ondanks het feit dat ze heel diep had geslapen, had ze de hele nacht nachtmerries over hem gehad.

Vooral één droom was erg realistisch. In deze droom zag ze Stefans bleke gezicht en zijn boze, beschuldigende ogen. Hij hield een boek naar haar omhoog en zei: 'Hoe heb je dat kunnen doen, Elena? Hoe heb je dat kunnen doen?' Toen gooide hij het boek voor haar voeten neer en liep weg. Ze riep hem achterna, smeekte hem om terug te komen, maar hij liep door, tot hij in het donker was verdwenen. Toen ze naar het boek bij haar voeten keek, zag ze dat het was gebonden in donkerblauw fluweel. Haar dagboek.

Een siddering van woede ging door haar heen toen ze weer moest denken aan haar dagboek dat was gestolen. Maar wat betekende de droom? Wat stond er in haar dagboek dat maakte dat Stefan zo naar haar keek?

Ze wist het niet. Ze wist alleen dat ze hem moest zien, zijn stem moest horen, zijn armen om haar heen moest voelen. Nu hij niet bij haar was, had ze het gevoel dat ze gescheiden was van haar eigen vlees en bloed.

Ze rende de trap van de school op en de bijna verlaten gangen in. Ze liep door naar de talenvleugel, omdat ze wist dat Stefan het eerste uur Latijn had. Als ze hem maar even kon zien, dan was het goed.

Maar hij was niet in de les. Door het kleine raampje in de deur zag ze zijn lege plek. Matt was er wel, en de uitdrukking op zijn gezicht maakte haar banger dan ooit. Hij keek steeds met een trieste, bezorgde blik naar Stefans stoel.

Elena wendde zich met een mechanisch gebaar af van de deur. Werktuiglijk liep ze de trap op naar het wiskundelokaal. Toen ze de deur opendeed, zag ze alle hoofden haar kant op draaien en ze schoof haastig op de stoel naast Meredith.

Mevrouw Halpern onderbrak de les even om naar haar te kijken en ging toen verder. Zodra de lerares met haar gezicht naar het bord stond, keek Elena Meredith aan.

Meredith pakte haar hand. 'Is alles goed met je?'

'Ik weet het niet,' zei Elena dom. Ze had het gevoel dat de lucht om haar heen haar verstikte, alsof er een verpletterend gewicht op haar drukte. Merediths vingers voelden droog en heet aan. 'Meredith, weet jij wat er met Stefan is gebeurd?'

'Bedoel je dat jij dat niet weet?' Merediths donkere ogen werden groot, en het gewicht drukte nog zwaarder op Elena. Het was alsof ze heel diep onder water was, zonder duikpak.

'Ze... ze hebben hem toch niet gearresteerd?' bracht ze met moeite uit.

'Elena, het is nog erger. Hij is verdwenen. De politie is vanmorgen vroeg naar het pension gegaan en hij was er niet. Ze zijn ook naar school gekomen, maar hij is niet komen opdagen. Ze zeggen dat ze zijn auto verlaten hebben aangetroffen bij Old Creek Road. Elena, ze denken dat hij is vertrokken, dat hij is gevlucht omdat hij schuldig is.'

'Dat is niet waar,' zei Elena met opeengeklemde kaken. Ze zag leerlingen naar haar omkijken, maar het kon haar niet schelen. 'Hij is onschuldig!'

'Ik weet dat jij dat denkt, Elena, maar waarom zou hij dan weggaan?'

'Dat zou hij ook nooit doen. Dat heeft hij niet gedaan.' Er brandde iets in Elena, een vuur van woede dat de verpletterende angst verdrong. Ze ademde onregelmatig. 'Hij zou nooit uit vrije wil weggaan.'

'Bedoel je dat iemand hem heeft gedwongen? Maar wie dan? Tyler zou nooit durven...'

'Iemand heeft hem gedwongen, of erger,' viel Elena haar in de rede. De hele klas staarde hen nu aan en mevrouw Halpern deed haar mond open. Plotseling stond Elena op en ze keek naar hen zonder hen te zien. 'God moge hem behoeden als hij Stefan iets heeft aangedaan,' zei ze. 'Gód moge hem behoeden.' Toen draaide ze zich met een ruk om en liep naar de deur.

'Elena, kom terug! Elena!' Ze hoorde de kreten van Meredith en mevrouw Halpern achter zich. Ze liep door, sneller en sneller. Ze zag alleen wat recht voor haar was, haar gedachten waren op één ding geconcentreerd.

Ze dachten dat ze achter Tyler Smallwood aan ging. Prima. Ze mochten hun tijd verspillen door op de verkeerde plek te zoeken. Zij wist wat haar te doen stond.

Ze liep de school uit en dook de koude herfstlucht in. Ze liep snel, haar benen verslonden de afstand tussen de school en Old Creek Road. Van daar sloeg ze af naar de Wickery Bridge en het kerkhof.

Een ijzige wind joeg haar haar naar achteren en prikte in haar gezicht. Eikenbladeren vlogen om haar heen en wervelden door de lucht. Maar de vuurzee in haar hart gloeide en brandde de kou weg. Ze wist nu wat het betekende om te koken van woede. Ze liep langs de rode beuken en de treurwilgen naar het midden van het oude kerkhof en keek met koortsige ogen om zich heen.

Boven haar joegen de wolken voort, als een loodgrijze rivier. De takken van de eiken en beuken zwiepten wild tegen elkaar. Een windvlaag blies handenvol bladeren in haar gezicht. Het was alsof het kerkhof haar probeerde weg te jagen, alsof het haar zijn macht wilde laten zien, en zich klaarmaakte om haar iets afschuwelijks aan te doen.

Elena negeerde dit allemaal. Ze draaide bliksemsnel rond en zocht met brandende blik tussen de grafzerken. Toen keerde ze zich om en ze schreeuwde recht tegen de woedende wind in. Eén woord slechts, maar een woord waarvan ze wist dat het hem naar haar toe zou brengen.

'Damon!'

De strijd

1

'Damon!'
 De ijzige wind joeg Elena's haar om haar gezicht en rukte aan haar dunne trui. Eikenbladeren wervelden om de rijen granieten grafzerken en de takken van de bomen zwiepten wild tegen elkaar. Elena's handen waren koud, haar lippen en wangen waren gevoelloos, maar ze stond met haar gezicht pal in de bulderende wind en schreeuwde zo hard ze kon.
 'Damon!'
 Dit weer was bedoeld als demonstratie van zijn Macht, om haar af te schrikken. Het werkte niet. De gedachte dat diezelfde Macht tegen Stefan was gebruikt, maakte een hete razernij in haar los die tegen de wind in brandde. Als Damon Stefan iets had aangedaan, als hij hem kwaad had gedaan...
 'Geef antwoord, verdomme!' schreeuwde ze naar de eikenbomen die om het kerkhof stonden.
 Een dood eikenblad dat eruitzag als een verschrompelde bruine hand vloog ritselend tegen haar voet, maar er kwam geen antwoord. Boven haar was de lucht zo grijs als lood, grijs als de grafzerken die haar omringden. Elena voelde de woede en frustratie in haar keel prikken en de moed zonk haar in de schoenen. Ze had zich vergist. Damon was hier toch niet. Ze was alleen met de gierende wind.
 Ze draaide zich om... en de adem stokte haar in de keel.
 Hij stond vlak achter haar, zo dichtbij dat haar kleren de zijne raakten toen ze zich omdraaide. Op deze afstand had ze de aanwezigheid van een ander mens moeten opmerken. Ze had zijn lichaamswarmte moeten voelen, of hem moeten horen. Maar Damon was natuurlijk geen mens.
 Ze deinsde een paar stappen achteruit voor ze zichzelf kon dwin-

gen te blijven staan. Elk instinct dat zich had stilgehouden toen ze tegen het geweld van de wind in stond te schreeuwen, smeekte haar nu te vluchten.

Ze balde haar vuisten. 'Waar is Stefan?'

Er verscheen een frons tussen Damons donkere wenkbrauwen. 'Welke Stefan?'

Elena stapte naar voren en gaf hem een klap in zijn gezicht.

Ze had niet van tevoren bedacht dat ze dit ging doen, en achteraf kon ze bijna niet geloven dat ze het had gedaan. Maar het was een goede harde klap, waar ze al haar kracht in legde, en Damons hoofd sloeg ervan opzij. Haar hand gloeide. Ze stond naar hem te kijken terwijl ze haar ademhaling rustig probeerde te krijgen.

Net als de eerste keer dat ze hem had gezien, was hij in het zwart gekleed. Zachte zwarte laarzen, een zwarte spijkerbroek, een zwarte trui en een leren jack. En hij leek op Stefan. Ze snapte niet dat ze dat de eerste keer niet had gezien. Hij had hetzelfde donkere haar, dezelfde bleke huid, hetzelfde verontrustend knappe uiterlijk. Maar zijn haar was steil in plaats van golvend, zijn ogen waren zwart als de nacht en zijn mond was wreed.

Hij draaide zijn hoofd langzaam terug om haar aan te kijken en ze zag bloed opstijgen naar de wang die ze had geslagen.

'Lieg niet tegen me,' zei ze, met trillende stem. 'Ik weet wie je bent. Ik weet wát je bent. Jij hebt gisteravond meneer Tanner vermoord. En nu is Stefan verdwenen.'

'Is dat zo?'

'Je weet dat dat zo is!'

Damon glimlachte, maar de glimlach verdween meteen weer.

'Ik waarschuw je; als je hem iets hebt aangedaan...'

'Wat dan?' vroeg hij. 'Wat ga je dan doen, Elena? Wat kún je doen, tegen mij?'

Elena zweeg. Plotseling drong het tot haar door dat de wind was weggevallen. De dag was doodstil geworden om hen heen, alsof ze roerloos in het middelpunt van een enorme cirkel van macht stonden. Het leek alsof alles, de loodgrijze lucht, de eiken en de rode beuken, de grond zelf, met hem in verbinding stond, alsof hij overal zijn

Macht aan onttrok. Hij stond met zijn hoofd iets achterover, zijn ogen onpeilbaar en vol vreemd licht.

'Ik weet het niet,' fluisterde ze. 'Maar ik vind wel iets, geloof me.' Plotseling lachte hij, en Elena's hart sprong op en begon heftig te kloppen. God, wat was hij mooi. 'Knap' was er een te zwak en kleurloos woord voor. Zoals gewoonlijk duurde de lach maar even, maar zelfs toen zijn lippen weer ernstig stonden, bleven er sporen van een lach zichtbaar in zijn ogen.

'Ik geloof je,' zei hij. Hij ontspande zich en keek het kerkhof rond. Toen wendde hij zich weer tot haar en stak zijn hand naar haar uit. 'Jij bent te goed voor mijn broer,' zei hij achteloos.

Elena dacht erover om de hand weg te slaan, maar ze wilde hem niet nog eens aanraken. 'Zeg me waar hij is.'

'Straks, misschien... maar voor een prijs.' Hij trok zijn hand terug, precies op het moment dat het tot Elena doordrong dat hij net zo'n ring droeg als Stefan: een zilveren ring met lapis lazuli. Onthoud dat, dacht ze venijnig. Het is belangrijk.

'Mijn broer,' ging hij verder, 'is een dwaas. Hij denkt dat jij, omdat je op Katherine lijkt, net zo zwak en volgzaam bent als zij. Maar hij heeft het mis. Ik kon je woede aan de andere kant van het dorp voelen. Ik voel hem nog steeds: een wit licht, als de zon in de woestijn. Je bent sterk, Elena, zelfs zoals je nu bent. Maar je zou nog zo veel sterker kunnen zijn...'

Ze staarde hem niet-begrijpend aan. Het stond haar niet aan dat hij van onderwerp was veranderd. 'Ik weet niet waar je het over hebt. Wat heeft dat met Stefan te maken?'

'Ik heb het over Macht, Elena.' Plotseling kwam hij dicht bij haar staan, met zijn ogen strak op de hare gevestigd, zijn stem zacht en dringend. 'Je hebt al het andere geprobeerd, en niets heeft je voldoening gegeven. Jij bent een meisje dat alles heeft, maar er is altijd iets geweest wat net buiten je bereik lag, iets wat je wanhopig hard nodig hebt, maar niet kunt krijgen. Dat bied ik je aan. Macht. Het eeuwige leven. En gevoelens die je nog nooit eerder hebt ervaren.'

Toen begreep ze het en een golf van misselijkheid steeg op naar haar keel. Ze slikte van ontzetting en afkeer. 'Nee.'

'Waarom niet?' fluisterde hij. 'Waarom zou je het niet doen, Elena? Wees eerlijk. Is er niet iets in je wat het wil?' Zijn donkere ogen waren vervuld van een hitte en een intensiteit die haar verlamden en maakten dat ze haar blik niet van hem kon losmaken. 'Ik kan dingen in je wekken die je hele leven hebben geslapen. Je bent sterk genoeg om in het donker te leven, om ervan te genieten. Je kunt een koningin van de duisternis worden. Waarom zou je die Macht niet pakken, Elena? Laat me je helpen om hem te pakken.'

'Néé,' zei ze, en ze wendde met moeite haar ogen van hem af. Ze wilde hem niet aankijken, ze wilde niet dat hij dit met haar deed. Ze stond niet toe dat hij haar liet vergeten... liet vergeten...

'Het is het ultieme geheim, Elena,' zei hij. Zijn stem liefkoosde haar, net als de vingers die haar keel aanraakten. 'Je zult gelukkiger zijn dan je ooit bent geweest.'

Er was iets verschrikkelijk belangrijks dat ze moest onthouden. Hij gebruikte Macht om het haar te laten vergeten, maar ze stond niet toe dat hij dat deed...

'En we zullen samen zijn, jij en ik.' De koele vingertoppen streelden de zijkant van haar nek, gleden onder de kraag van haar trui. 'Alleen wij tweeën, voor altijd.'

Ze voelde een plotselinge pijnscheut toen zijn vingers langs twee kleine wondjes in haar nek gleden, en haar geest werd weer helder.

Hij wilde haar... Stéfan laten vergeten.

Dat was wat hij uit haar geest wilde verdrijven. De herinnering aan Stefan, aan zijn groene ogen en zijn glimlach, waarin altijd iets droevigs school. Maar niets kon Stefan nu uit haar gedachten verdringen, niet na wat zij met elkaar hadden meegemaakt. Ze stapte bij Damon vandaan en sloeg zijn koele vingertoppen weg. Ze keek hem recht in de ogen.

'Ik heb al gevonden wat ik wil,' zei ze bot. 'En met wie ik voor altijd samen wil zijn.'

Zijn ogen werden helemaal zwart en de lucht tussen hen vulde zich met een kille woede. Zijn ogen deden Elena denken aan een cobra die op het punt staat toe te slaan.

'Wees niet zo stom als mijn broer,' zei hij. 'Anders zal ik jou misschien net zo moeten behandelen als hem.'

Nu was ze bang. Ze kon er niets aan doen. Een doordringende kou overviel haar en verkilde haar botten. De wind kwam weer opzetten, de takken zwiepten heen en weer. 'Zeg me waar hij is, Damon.'

'Op dit moment? Ik weet het niet. Kun je niet heel even ophouden met aan hem te denken?'

'Nee!' Ze huiverde en haar haar waaide weer om haar gezicht.

'Weet je zeker dat dit je definitieve antwoord is? Denk er goed over na of je dit spel met me wilt spelen, Elena. De consequenties zijn niet om te lachen.'

'Ik weet het zeker.' Ze moest hem tegenhouden, voor hij weer vat op haar kreeg. 'En je kunt me niet intimideren, Damon, of is dat je nog niet opgevallen? Vanaf het moment dat Stefan me vertelde wat je was en wat je had gedaan, raakte je alle macht die je misschien over me had kwijt. Ik háát jou. Ik walg van je. En je kunt me niets doen, niet meer.'

Zijn gezicht veranderde, de sensuele uitdrukking verkilde en zijn trekken verwrongen tot een wrede, verbitterde grimas. Hij lachte, maar deze lach ging maar door. 'Niets?' zei hij. 'Ik kan jou en degenen van wie je houdt álles doen. Je hebt er geen idee van, Elena, wat ik kan doen. Maar daar kom je nog wel achter.'

Hij stapte achteruit en de wind sneed als een mes door Elena heen. Plotseling kon ze niet meer scherp zien, het leek alsof de lucht voor haar ogen gevuld werd met witte lichtvlekken.

'De winter komt eraan, Elena,' zei hij, en zijn stem klonk koud en helder boven het geloei van de wind uit. 'Een wreed seizoen. Voor het zover is, weet jij wat ik kan en niet kan. Voor het winter is, heb jij je met mij verenigd. Jij wordt van mij.'

De wervelende witheid verblindde haar en ze kon de donkere massa van zijn gestalte niet meer onderscheiden. Nu begon zelfs zijn stem te vervagen. Ze sloeg haar armen om zich heen, met haar hoofd gebogen, en beefde over haar hele lichaam. Ze fluisterde: 'Stefan...'

'O, nog één ding,' klonk Damons stem weer. 'Je vroeg naar mijn broer. Doe geen moeite om hem te zoeken, Elena. Ik heb hem gisternacht vermoord.'

Ze keek met een ruk op, maar er was niets te zien, alleen de duizelingwekkende witheid, die brandde op haar neus en wangen en haar wimpers deed samenklonteren. Pas op dat moment, toen de kleine witte vlekjes op haar huid bleven liggen, drong het tot haar door wat het waren: sneeuwvlokken.

Het sneeuwde op de eerste dag van november. Boven haar hoofd was de zon verdwenen.

2

Een onnatuurlijk schemerlicht hing boven het verlaten kerkhof. Sneeuw vertroebelde Elena's blik en de wind verdoofde haar lichaam, alsof ze in een ijskoude rivier was gestapt. Toch besloot ze koppig niet in de richting van de nieuwe begraafplaats en de weg daarachter te lopen. Voor haar gevoel lag de Wickery Bridge recht voor haar uit. Die kant ging ze op.
De politie had Stefans verlaten auto bij Old Creek Road aangetroffen. Dat betekende dat hij hem ergens tussen de Drowning Creek en het bos had achtergelaten. Elena struikelde op het overwoekerde pad dat over het kerkhof liep, maar ze bleef doorlopen, met haar hoofd gebogen en haar armen om haar dunne trui geslagen. Ze kende dit kerkhof al haar hele leven en ze wist er blindelings de weg.
Toen ze de brug overstak, rilde ze zo erg dat het pijn deed. Het sneeuwde nu hard, maar de wind was nog erger. Die benam haar de adem en sneed door haar kleren alsof ze van papier waren gemaakt.
Stefan, dacht ze, en ze liep Old Creek Road op, in noordelijke richting. Ze geloofde niet wat Damon had gezegd. Als Stefan dood was, zou ze dat wéten. Hij leefde nog ergens, en ze moest hem vinden. Hij kon overal zijn in deze wervelende witheid. Hij kon wel gewond zijn en het koud hebben. Elena was zich er vaag van bewust dat ze niet meer rationeel dacht. Al haar gedachten draaiden om één ding: Stefan vinden.
Het werd steeds moeilijker om op de weg te blijven. Rechts van haar stonden eiken, links kolkte het water van de Drowning Creek. Ze wankelde even en vertraagde haar pas. Het leek minder hard te waaien, maar ze was erg moe. Ze moest even gaan zitten om uit te rusten. Even maar.
Toen ze naast de weg op de grond zakte, besefte ze plotseling hoe

dom ze was geweest om naar Stefan op zoek te gaan. Stefan zou naar haar toe komen. Ze hoefde hier alleen maar op hem te wachten. Waarschijnlijk was hij nu al naar haar onderweg.

Elena sloot haar ogen en leunde met haar hoofd op haar opgetrokken knieën. Ze had het nu veel warmer. Haar gedachten dwaalden af en ze zag Stefan naar haar glimlachen. Zijn armen om haar heen waren sterk en veilig. Ze leunde ontspannen tegen hem aan, blij om de angst en de spanning van zich te laten afglijden. Ze was thuis. Ze was waar ze hoorde. Stefan zou nooit toelaten dat iemand haar iets aandeed.

Maar toen hield Stefan haar plotseling niet meer vast, maar schudde haar door elkaar. Hij verstoorde haar heerlijke gevoel van rust en kalmte. Ze zag zijn bleke gezicht, dat haar dringend aankeek. Zijn groene ogen waren donker van pijn. Ze probeerde hem te zeggen dat hij stil moest zijn, maar hij luisterde niet. *Elena, sta op*, zei hij, en ze voelde de dwingende kracht van die groene ogen om te doen wat hij zei. *Elena, sta nou op...*

'Elena, sta op!' De stem was hoog, dun en bang. 'Kom op nou, Elena! Sta op! We kunnen je niet dragen!'

Knipperend met haar ogen probeerde Elena haar blik scherp te stellen. Ze zag een gezicht, een klein, hartvormig gezicht, met een lichte, bijna doorschijnende huid, en een bos zachte, rode krullen eromheen. Grote, bruine ogen, met wimpers waar sneeuwvlokken in waren blijven hangen, staarden haar bezorgd aan.

'Bonnie,' zei ze langzaam. 'Wat doe jij hier?'

'Zij heeft me geholpen om jou te zoeken,' zei een andere, lagere stem. Toen Elena zich iets omdraaide, zag ze een paar elegant gebogen wenkbrauwen en een olijfbruine huid. Merediths donkere ogen, die meestal zo ironisch stonden, keken haar nu ook bezorgd aan. 'Sta op, Elena, anders word je nog een echte ijskoningin.'

De sneeuw bedekte haar als een witte bontjas. Elena kwam stijf overeind, zwaar leunend op de andere twee meisjes. Ze brachten haar naar Merediths auto.

In de auto zou het warmer moeten zijn, maar Elena's zenuwen kwamen weer tot leven en lieten haar weten hoe koud ze eigenlijk was. Ze bibberde hevig. De winter is een wreed seizoen, dacht ze, terwijl naast haar Meredith de auto bestuurde.

'Wat is er aan de hand, Elena?' vroeg Bonnie vanaf de achterbank. 'Hoe kwam je erbij om zomaar van school weg te lopen? En hoe haalde je het in je hoofd om híérnaartoe te gaan?'

Elena aarzelde en schudde toen haar hoofd. Ze wilde niets liever dan Bonnie en Meredith alles vertellen. Het hele angstaanjagende verhaal van Stefan en Damon, wat er de avond ervoor werkelijk met meneer Tanner was gebeurd, en alles wat daarop was gevolgd. Maar ze kon het niet. Zelfs als ze haar zouden geloven, mocht ze het niet vertellen. Het was niet haar geheim.

'Iedereen is je aan het zoeken,' zei Meredith. 'De hele school is in rep en roer en je tante is bijna gek van bezorgdheid.'

'Sorry,' zei Elena dof. Ze probeerde uit alle macht het hevige beven in bedwang te krijgen. Meredith draaide Maple Street in en zette de auto voor haar huis stil.

Binnen zat tante Judith met verwarmde dekens op haar te wachten. 'Ik wist dat je half bevroren zou zijn als ze je vonden,' zei ze met vastberaden opgewektheid, terwijl ze Elena naar zich toe trok. 'Sneeuw op de dag na Halloween! Ik kan het bijna niet geloven. Waar hebben jullie haar gevonden, meisjes?'

'Op Old Creek Road, voorbij de brug,' zei Meredith.

Tante Judiths magere gezicht verbleekte. 'Dicht bij het kerkhof? Waar de aanvallen zijn geweest? Elena, hoe kon je dat nou doen?' Haar stem stierf weg toen ze Elena aankeek. 'We zullen het er nu maar even niet meer over hebben,' zei ze, in een poging haar opgewekte houding te herwinnen. 'Eerst zullen we die natte kleren eens uittrekken.'

'Als ik weer droog ben, moet ik terug,' zei Elena. Haar hersenen werkten weer, en één ding was duidelijk: ze had Stefan niet echt gezien. Het was een droom geweest. Stefan was nog steeds vermist.

'Jij moet helemaal niks,' zei Robert, tante Judiths verloofde. Elena had tot op dat moment nauwelijks gemerkt dat hij daar ergens aan de kant stond. Maar zijn toon liet geen ruimte voor discussie. 'De politie zoekt Stefan. Laat ze hun werk doen,' zei hij.

'De politie denkt dat hij meneer Tanner heeft vermoord. Maar dat is niet zo. Dat weten jullie toch wel?' Terwijl tante Judith haar doorweekte trui uittrok, keek Elena van de een naar de ander, maar elk gezicht vertoonde dezelfde uitdrukking. 'Jullie wéten toch dat hij het niet heeft gedaan?' herhaalde ze, bijna wanhopig.

Er viel een stilte. 'Elena,' zei Meredith ten slotte, 'niemand wil denken dat hij het heeft gedaan. Maar... nou ja, het maakt geen goede indruk dat hij is gevlucht.'

'Hij is niet gevlucht. Dat heeft hij niet gedaan! Hij is níét...'

'Elena, stil,' zei tante Judith. 'Wind je niet zo op. Ik denk dat je ziek aan het worden bent. Het was zo koud buiten, en je hebt gisteravond maar een paar uur geslapen...' Ze legde een hand op Elena's wang.

Plotseling werd het Elena te veel. Niemand geloofde haar, zelfs haar vriendinnen en haar familie niet. Op dat moment voelde ze zich omringd door vijanden.

'Ik ben niet ziek,' zei ze huilend en ze rukte zich los. 'En ik ben ook niet gek, als jullie dat soms denken. Stefan is niet gevlucht en hij heeft meneer Tanner niet vermoord, en het interesseert me niet als jullie me allemaal niet geloven...' Ze hield snikkend op. Tante Judith liep zenuwachtig om haar heen en duwde haar de trap op, en zij liet zich duwen. Maar toen tante Judith suggereerde dat ze wel moe zou zijn, weigerde ze om naar bed te gaan. In plaats daarvan ging ze, toen ze opgewarmd was, in de huiskamer op de bank bij de open haard zitten, met een berg dekens over zich heen. De hele middag ging de telefoon en ze hoorde tante Judith praten tegen vrienden, de buren, mensen van school. Ze verzekerde iedereen dat het goed ging met Elena. De... de tragedie van de avond ervoor had haar wat van streek gemaakt, dat was alles, en ze leek een beetje koortsig. Maar als ze lekker was uitgerust, zou ze vast snel weer de oude zijn.

Meredith en Bonnie zaten naast haar. 'Wil je praten?' vroeg Meredith zachtjes. Elena staarde in het vuur en schudde haar hoofd. Ze waren allemaal tegen haar. En tante Judith had het mis; het ging niet goed met haar. Het zou niet meer goed met haar gaan tot Stefan terecht was.

Matt kwam langs. Een dun laagje sneeuw bedekte zijn blonde haar en zijn donkerblauwe parka. Toen hij de kamer binnenkwam, keek Elena hoopvol naar hem op. Toen de rest van de school Stefan wilde lynchen, had Matt geholpen om hem te redden. Maar dit keer keek hij haar met een ernstige, spijtige blik aan en de bezorgdheid in zijn blauwe ogen was alleen voor haar bestemd.

De teleurstelling was ondraaglijk. 'Wat kom je hier doen?' vroeg Elena gebiedend. 'Kom je je belofte inlossen om "voor me te zorgen"?'

Even verscheen er een gekwetste uitdrukking in Matts ogen. Maar zijn stem bleef vlak. 'Dat is misschien een van de redenen. Maar ik zou altijd proberen om voor jou te zorgen, wat ik ook beloofd had. Ik heb me zorgen over je gemaakt. Luister, Elena...'

Ze was niet in de stemming om naar wie dan ook te luisteren. 'Nou, met mij gaat het uitstekend, dank je wel. Vraag het maar aan iedereen hier. Dus je hoeft je over mij geen zorgen meer te maken. Ik zie trouwens niet in waarom je je zou moeten houden aan een belofte aan een móórdenaar.'

Geschrokken keek Matt Meredith en Bonnie aan. Toen schudde hij hulpeloos zijn hoofd. 'Dat is niet eerlijk.'

Elena was ook niet in de stemming om eerlijk te zijn. 'Zoals ik al zei, je hoeft je over mij en mijn zaken geen zorgen meer te maken. Met mij gaat het prima, dank je wel.'

De boodschap was duidelijk. Matt draaide zich om naar de deur, precies op het moment dat tante Judith met sandwiches binnenkwam.

'Sorry, ik moet gaan,' mompelde hij. Hij liep snel naar de deur en vertrok zonder om te kijken.

Meredith, Bonnie, tante Judith en Robert probeerden een gesprek gaande te houden terwijl ze een vroege avondmaaltijd nuttigden bij het haardvuur. Elena kon niet eten en had geen zin om te praten. De enige die zich niet ellendig voelde was haar kleine zusje Margaret. Met het optimisme van een vierjarige kroop ze bij Elena op schoot en bood haar een paar van haar Halloweensnoepjes aan.

Elena omhelsde haar stevig en duwde haar gezicht even in haar witblonde haren. Als Stefan haar had kunnen bellen of een boodschap aan haar had kunnen doorgeven, had hij dat inmiddels wel gedaan.

Niets ter wereld had hem daarvan kunnen weerhouden, tenzij hij ernstig gewond was, of ergens zat waar hij niet weg kon, of...

Ze stond zichzelf niet toe na te denken over dat laatste 'of'. Stefan leefde nog. Hij moest nog leven. Damon was een leugenaar.

Maar Stefan was in moeilijkheden, en ze moest hem op de een of andere manier zien te vinden. Ze piekerde er de hele avond over en probeerde wanhopig een plan te verzinnen. Eén ding was duidelijk: ze stond er alleen voor. Ze kon niemand vertrouwen.

Het werd donker. Elena schoof wat heen en weer op de bank en forceerde een geeuw.

'Ik ben moe,' zei ze rustig. 'Misschien ben ik toch ziek. Ik denk dat ik maar naar bed ga.'

Meredith keek haar opmerkzaam aan en wendde zich toen tot tante Judith. 'Ik zat er net over na te denken, mevrouw Gilbert, dat het misschien goed zou zijn als Bonnie en ik hier vannacht zouden blijven slapen. Om Elena gezelschap te houden.'

'Wat een goed idee,' zei tante Judith verheugd. 'Als jullie ouders het niet erg vinden, vind ik het heel fijn als jullie hier blijven.'

'Het is een heel stuk rijden naar Herron. Ik denk dat ik ook maar blijf,' zei Robert. 'Ik kan wel op de bank slapen.' Tante Judith protesteerde dat er boven genoeg logeerkamers waren, maar Robert hield voet bij stuk. De bank voldeed prima voor hem, zei hij.

Elena keek naar de voordeur, die vanaf haar plek op de bank duidelijk zichtbaar was, en staarde ijzig voor zich uit. Ze hadden dit vast onderling afgesproken, of anders zaten ze nu in ieder geval allemaal in het complot. Ze zorgden ervoor dat ze het huis niet uit kon.

Toen ze een poosje later in haar roodzijden kimono de badkamer uit kwam, trof ze Meredith en Bonnie op de rand van haar bed aan.

'O, hallo, Rosencrantz en Guildenstern,' zei ze bitter.

Bonnie, die somber voor zich uit had zitten staren, keek nu geschrokken op. Ze wierp Meredith een twijfelachtige blik toe.

'Ze weet echt wel wie we zijn. Ze denkt dat we spionnen zijn voor haar tante,' legde Meredith uit. 'Elena, je snapt toch wel dat dat niet zo is? Kun je ons helemaal niet vertrouwen?'

'Ik weet het niet. Kan ik dat?'

'Jawel, want we zijn je vriendinnen.' Voor Elena iets kon doen, sprong Meredith van het bed en deed de deur dicht. Toen draaide ze zich om naar Elena. 'Zo, en nu moet je eens één keer in je leven naar me luisteren, kleine idioot. Het is waar dat we niet weten wat we van Stefan moeten denken. Maar dat is je eigen schuld, begrijp je dat dan niet? Sinds je met hem samen bent, heb je ons buitengesloten. Er zijn dingen gebeurd waar je ons niet over hebt verteld. In ieder geval niet het hele verhaal. Maar ondanks dat, ondanks alles, vertrouwen we je. We geven nog steeds om je. We staan nog steeds achter je, Elena, en we willen je helpen. Als je dat niet inziet, ben je écht een idioot.'

Langzaam keek Elena van Merediths donkere, gespannen gezicht naar het bleke gezichtje van Bonnie. Bonnie knikte.

'Het is waar,' zei ze. Ze knipperde met haar ogen, alsof ze haar tranen probeerde terug te dringen. 'Zelfs als je ons niet aardig vindt, vinden wij jóú wel aardig.'

De tranen schoten in Elena' ogen en de afwijzende uitdrukking verdween als sneeuw voor de zon van haar gezicht. Toen sprong Bonnie van het bed, en ze omhelsden elkaar, en Elena merkte dat de tranen over haar wangen biggelden, of ze wilde of niet.

'Het spijt me dat ik niet met jullie heb gepraat,' zei ze. 'Ik weet dat jullie het niet begrijpen, en ik kan niet eens uitleggen waarom ik jullie niet alles kan vertellen. Het is gewoon zo. Maar er is iets wat ik jullie wel kan vertellen.' Ze deed een stap achteruit, veegde haar wangen af en keek hen ernstig aan. 'Hoezeer de bewijzen ook in Stefans richting wijzen, hij heeft meneer Tanner níét vermoord. Ik weet dat, omdat ik weet wie het wél heeft gedaan. Het is dezelfde persoon die Vickie en de oude man onder de brug heeft aangevallen. En...' – ze dacht even na – 'en, o, Bonnie, ik denk dat hij Yangtze ook heeft vermoord.'

'Yangtze?' Bonnie zette grote ogen op. 'Maar waarom zou hij een hond willen vermoorden?'

'Dat weet ik niet, maar hij was daar die nacht, in jouw huis. En hij was... kwaad. Het spijt me, Bonnie.'

Bonnie schudde verdwaasd haar hoofd. Meredith zei: 'Waarom vertel je het niet aan de politie?'

Elena's lach was licht hysterisch. 'Dat kan niet. Het is niet iets waar ze wat mee kunnen. En dat is ook weer iets wat ik niet kan uitleggen. Je zei dat jullie me nog steeds vertrouwen; nou, dit is iets wat jullie van me moeten aannemen.'

Bonnie en Meredith keken naar elkaar aan en vervolgens naar de beddensprei, waarvan Elena met nerveuze vingers een draadje van het borduurwerk zat los te trekken. Ten slotte zei Meredith: 'Oké. Wat kunnen wij doen?'

'Dat weet ik niet. Niets, tenzij...' Elena zweeg en keek Bonnie aan. 'Tenzij,' zei ze, met een heel andere stem, 'tenzij jij me kunt helpen Stefan te vinden.'

Bonnies bruine ogen keken haar oprecht verbaasd aan. 'Ik? Maar wat kan ik dan doen?' Maar toen ze Meredith haar adem zag inhouden, zei ze: 'O. O.'

'Jij wist waar ik was op die dag dat ik naar het kerkhof was gegaan,' zei Elena. 'En je voorspelde zelfs dat Stefan naar school zou komen.'

'Ik dacht dat je niet geloofde in dat paranormale gedoe,' zei Bonnie zwakjes.

'Sindsdien heb ik een paar dingen geleerd. Hoe dan ook, ik ben bereid álles te geloven, als dat me helpt Stefan te vinden. Als er ook maar een kleine kans is dat het helpt.'

Bonnie zat in elkaar gedoken, alsof ze haar kleine gestalte zo klein mogelijk probeerde te maken. 'Elena, je begrijpt het niet,' zei ze ongelukkig. 'Ik ben niet getraind; het is niet iets wat ik in de hand heb. En... het is geen spelletje, niet meer. Hoe meer je die machten gebruikt, hoe meer zij jóú gebruiken. Uiteindelijk kan het erop uitdraaien dat ze je voortdurend gebruiken, of je wilt of niet. Het is gevaarlijk.'

Elena stond op, liep naar de kersenhouten toilettafel en keek erop neer zonder hem te zien. Ten slotte draaide ze zich om.

'Je hebt gelijk. Het is geen spelletje. En ik geloof je als je zegt dat het gevaarlijk kan zijn. Maar voor Stefan is het ook geen spelletje. Bonnie, ik denk dat hij daar ergens buiten is, verschrikkelijk gewond. En er is niemand om hem te helpen. Behalve zijn vijanden zoekt er zelfs niemand naar hem. Misschien ligt hij op dit moment wel op sterven. Hij... hij kan zelfs wel...' Haar keel kneep dicht. Ze boog haar hoofd over de toilettafel en dwong zichzelf diep adem te halen en stevig te blijven staan. Toen ze opkeek, zag ze Meredith naar Bonnie kijken.

Bonnie trok haar schouders naar achteren en maakte zich zo lang mogelijk. Ze stak haar kin omhoog en trok haar mond in een vastberaden plooi. In haar gewoonlijk zo zachte, bruine ogen brandde een somber licht toen ze Elena aankeek.

'We hebben een kaars nodig,' was het enige wat ze zei.

De lucifer maakte een raspend geluid en verspreidde vonken in de duisternis. Toen begon de kaarsvlam sterk en helder te branden. Hij gaf Bonnies bleke gezicht een goudgele gloed toen ze zich eroverheen boog.

'Ik heb jullie allebei nodig om me te concentreren,' zei ze. 'Kijk in de vlam en denk aan Stefan. Zie hem voor je. Wat er ook gebeurt, blijf in de vlam kijken. En wat je ook doet, zeg niets.'

Elena knikte en daarna was er in de kamer alleen het geluid van hun zachte ademhaling te horen. De vlam flakkerde en danste en wierp lichtpatronen op de drie meisjes, die in kleermakerszit om de kaars zaten. Bonnie zat met gesloten ogen en haalde diep en langzaam adem, als iemand die bijna in slaap valt.

Stefan, dacht Elena. Ze staarde in de vlam en probeerde al haar wilskracht in het denkbeeld te leggen. In gedachten gaf ze hem gestalte, met behulp van al haar zintuigen riep ze zich hem voor de geest. Het ruwe gevoel van zijn wollen trui tegen haar wang, de geur van zijn leren jack, de kracht van zijn armen om haar heen. O, Stefan...

Bonnies wimpers begonnen te trillen en haar ademhaling versnelde, als bij iemand die een akelige droom heeft. Elena hield haar ogen vastberaden op de vlam gericht, maar toen Bonnie de stilte verbrak, kroop er een koude rilling langs haar rug.

Eerst was het alleen een kreun, een geluid als van iemand die pijn heeft. Toen schudde Bonnie met haar hoofd, haar ademhaling kwam hortend en stotend, en langzaam vormden zich woorden.

'Alleen...' zei ze, en ze hield op. Elena drukte haar nagels in haar hand. 'Alleen... in het donker,' zei Bonnie. Haar stem klonk afstandelijk en gekweld.

Er viel weer een stilte, en toen begon Bonnie snel te praten.

'Het is donker en koud. En ik ben alleen. Er is iets achter me... puntig en hard. Stenen. Eerst deden ze pijn, maar nu niet meer. Ik ben verdoofd, van de kou. Zo koud...' Bonnie kronkelde, alsof ze probeerde weg te komen, en toen begon ze te lachen, een afschuwelijke lach, bijna als een snik. 'Dat is... grappig. Ik had nooit gedacht dat ik zo graag de zon zou willen zien. Maar het is hier altijd donker. En koud. Water tot aan mijn nek, koud als ijs. Dat is ook grappig. Overal water... en ik sterf van de dorst. Zo'n dorst... pijn.'

Elena kreeg een beklemd gevoel om haar hart. Bonnie was in Stefans gedachten. Wie weet wat ze daar zou ontdekken? Stefan, vertel ons waar je bent, dacht ze wanhopig. Kijk om je heen, vertel me wat je ziet.

'Dorst. Ik heb... leven nodig?' Bonnies stem klonk twijfelachtig, alsof ze niet wist hoe ze een bepaald denkbeeld onder woorden moest brengen. 'Ik ben zwak. Hij zei dat ik altijd de zwakste zou zijn. Hij is sterk... een moordenaar. Maar dat ben ik ook. Ik heb Katherine vermoord, misschien verdien ik het om te sterven. Waarom zou ik niet gewoon loslaten?...'

'Nee!' riep Elena, voor ze zich kon inhouden. Op dat moment vergat ze alles, behalve Stefans pijn. 'Stefan...'

'Elena!' riep Meredith op hetzelfde moment scherp. Maar Bonnies hoofd viel voorover, de woordenstroom was onderbroken. Ontzet besefte Elena wat ze had gedaan.

'Bonnie, gaat het? Kun je hem terugvinden? Het was niet mijn bedoeling om...'

Bonnies hoofd ging omhoog. Haar ogen waren nu open, maar ze keken niet naar de kaars of naar Elena. Ze staarden uitdrukkingsloos voor zich uit. Toen ze sprak, was haar stem verwrongen, maar het was een stem die Elena herkende. Ze had hem een keer eerder over Bonnies lippen horen komen, toen ze op het kerkhof waren.

'Elena,' zei de stem, 'ga niet naar de brug. Het is de Dood, Elena. Je dood wacht daar.' Toen zakte Bonnie voorover.

Elena greep haar bij haar schouders en schudde haar heen en weer. 'Bonnie!' gilde ze bijna. 'Bonnie!'

'Wat... o, doe niet. Laat los.' Bonnies stem was zwak en beverig, maar het was haar eigen stem. Nog steeds voorovergebogen bracht ze haar hand naar haar voorhoofd.

'Bonnie, gaat het?'

'Ik denk het wel... ja. Maar het was zo vreemd.' Haar stem kreeg een scherpere klank en ze keek knipperend met haar ogen op. 'Wat was dat, Elena, over een moordenaar?'

'Herinner je je dat nog?'

'Ik herinner me alles. Ik kan het niet beschrijven; het was afschuwelijk. Maar wat betékende dat?'

'Niets,' zei Elena. 'Hij hallucineert, dat is alles.'

Nu mengde Meredith zich in het gesprek. 'Hij? Dus je denkt echt dat ze contact had met Stefan?'

Elena knikte. Haar ogen voelden branderig aan toen ze haar blik afwendde. 'Ja. Ik denk dat het Stefan was. Dat moet wel. En ik denk dat ze ons zelfs heeft verteld waar hij is. Onder de Wickery Bridge, in het water.'

3

Bonnie staarde voor zich uit. 'Ik herinner me niets van de brug. Het leek niet op een brug.'

'Maar je zei het zelf, aan het eind. Ik dacht dat je je herinnerde...' Elena's stem stierf weg. 'Dat gedeelte herinner je je niet,' zei ze uitdrukkingsloos. Het was geen vraag.

'Ik herinner me dat ik alleen was, ergens op een koude plek, in het donker, en ik voelde me zwak... en ik had dorst. Of was het honger? Ik weet het niet, maar ik had... iets nodig. En ik wilde bijna dood. En toen maakte je me wakker.'

Elena en Meredith wisselden een blik. 'En daarna,' zei Elena tegen Bonnie, 'zei je nog iets, met een vreemde stem. Je zei dat we niet naar de brug moesten gaan.'

'Ze zei dat jíj niet naar de brug moest gaan,' verbeterde Meredith haar. 'Met name jij, Elena. Ze zei dat de Dood daar op je wachtte.'

'Het kan me niet schelen wat er op me wacht,' zei Elena. 'Als Stefan daar is, ga ik ernaartoe.'

'Dan gaan we allemaal,' zei Meredith.

Elena aarzelde. 'Dat kan ik niet van jullie vragen,' zei ze langzaam. 'Er dreigt misschien gevaar... een soort gevaar dat je niet kent. Misschien kan ik beter alleen gaan.'

'Ben je gek?' vroeg Bonnie, en ze stak haar kin naar voren. 'Wij zijn dól op gevaar. Ik wil jong en mooi in mijn graf liggen, weet je nog wel?'

'Doe het niet,' zei Elena snel. 'Je hebt zelf gezegd dat het geen spelletje is.'

'En voor Stefan ook niet,' bracht Meredith hun in herinnering. 'We helpen hem niet door hier te blijven staan.'

Elena gooide haar kimono al van zich af en liep naar de kast. 'We

moeten ons goed inpakken. Leen alles van me wat je wilt om warm te blijven,' zei ze.
Zodra ze min of meer op het weer gekleed waren, keerde Elena zich naar de deur. Toen hield ze stil.
'Robert,' zei ze. 'We kunnen onmogelijk langs hem heen lopen om bij de voordeur te komen. Zelfs niet als hij slaapt.'
Alle drie tegelijk draaiden ze zich om en keken naar het raam.
'O, fantastisch,' zei Bonnie. Toen ze vanuit het raam in de kweeboom klommen, besefte Elena opeens dat het niet meer sneeuwde. Maar de bijtende kou op haar wangen deed haar denken aan Damons woorden. De winter is een wreed seizoen, dacht ze, en ze huiverde.
Alle lichten in het huis, ook die in de huiskamer, waren uit. Robert was blijkbaar al gaan slapen. Toch hield Elena haar adem in toen ze onder de donkere ramen door slopen. Merediths auto stond een eindje verderop in de straat. Op het laatste moment besloot Elena een stuk touw mee te nemen en ze opende geruisloos de deur naar de garage. Er stond een sterke stroming in de Drowning Creek, en het zou gevaarlijk zijn om erdoorheen te waden.
De rit naar de andere kant van het dorp verliep in een gespannen sfeer. Toen ze langs de rand van het bos reden, herinnerde Elena zich hoe de bladeren in haar gezicht waren gewaaid op het kerkhof. Vooral eikenbladeren.
'Bonnie, hebben eiken een speciale betekenis? Heeft je grootmoeder daar ooit iets over gezegd?'
'Nou, voor de druïden waren eiken heilig. Alle bomen waren heilig, maar eiken het meest. Ze dachten dat de geest van de bomen hun macht gaf.'
Elena verwerkte dat in stilte. Toen ze bij de brug kwamen en uit de auto stapten, wierp ze een onbehaaglijke blik op de eiken aan de rechterkant van de weg. Maar het was een heldere en vreemd rustige nacht, en er ging geen zuchtje wind door de droge, bruine bladeren die nog aan de takken zaten.
'Let op of je ergens een kraai ziet,' zei ze tegen Bonnie en Meredith.
'Een kraai?' vroeg Meredith scherp. 'Zo een als we bij Bonnies huis

hebben gezien op de avond dat Yangtze doodging?'

'Op de avond dat Yangtze werd vermoord, ja.' Elena liep met bonzend hart in de richting van het donkere water van de Drowning Creek. Ondanks zijn naam was de Drowning Creek geen kreek, maar een snelstromende rivier met natuurlijke kleioevers. Over de rivier was de Wickery Bridge gebouwd, een houten constructie van bijna een eeuw oud. Ooit was hij sterk genoeg geweest om paard-en-wagens te dragen; nu was het alleen nog een voetgangersbrug, die door niemand werd gebruikt omdat hij zo afgelegen lag. Het was een kale, eenzame, onherbergzame plek, dacht Elena. Hier en daar lag nog wat sneeuw op de grond.

Ondanks haar eerdere moedige woorden bleef Bonnie een beetje achter. 'Herinneren jullie je de laatste keer nog dat we hier waren?' vroeg ze.

Maar al te goed, dacht Elena. De laatste keer dat ze de brug over gingen, werden ze achtervolgd door... iets... van het kerkhof. Of door iemand, dacht ze.

'We gaan er nog niet overheen,' zei ze. 'Eerst moeten we aan deze kant kijken.'

'Waar die oude man is aangetroffen, met opengereten keel,' mompelde Meredith, maar ze liep toch mee.

De koplampen van de auto verlichtten slechts een klein gedeelte van de oever onder de brug. Toen Elena uit de smalle lichtbundel stapte, kreeg ze een akelig voorgevoel. De Dood wachtte hier op haar, had de stem gezegd. Was de Dood daar beneden?

Haar voeten gleden uit op de vochtige, met schuim bedekte stenen. Het enige wat ze hoorde was het ruisen van het snelstromende water en de holle echo van de brug boven haar hoofd. Hoewel ze haar ogen inspande, zag ze in het donker alleen de ruwe rivieroever en de houten schragen van de brug.

'Stefan?' fluisterde ze, en ze was bijna blij dat ze werd overstemd door het lawaai van het water. Ze voelde zich net iemand in een leeg huis die 'wie is daar?' roept, maar bang is voor wie er misschien antwoord zal geven.

'Dit klopt niet,' zei Bonnie achter haar.

'Wat bedoel je?'

Bonnie stond om zich heen te kijken en schudde zachtjes haar hoofd. Haar lichaam was gespannen van concentratie. 'Het voelt gewoon niet goed. Ik... nou ja, om één ding te noemen: ik hoorde daarnet de rivier niet. Ik hoorde helemaal niets, alleen doodse stilte.'

Elena's moed zakte haar in de schoenen. Iets in haar wist dat Bonnie gelijk had, dat Stefan zich niet op deze woeste, eenzame plek bevond. Maar iets anders in haar was te bang om te luisteren.

'We moeten het zeker weten,' zei ze, het beklemmende gevoel in haar borst negerend, en ze liep verder het donker in. Ze moest op de tast haar weg vinden, want ze kon niets zien. Maar ten slotte moest ze toegeven dat niets erop wees dat er onlangs nog iemand op deze plek was geweest. Geen spoor van een donker hoofd in het water. Ze veegde haar koude, modderige handen af aan haar spijkerbroek.

'We kunnen nog aan de overkant van de brug kijken,' zei Meredith, en Elena knikte mechanisch. Maar ze hoefde Bonnies gezicht niet te zien om te weten wat ze daar zouden vinden. Dit was de verkeerde plek.

'Laten we maar weggaan,' zei ze, en ze klom door de begroeiing naar de lichtbundel boven aan de brug. Toen ze die bereikt had, bleef ze als aan de grond genageld staan.

Bonnie hapte naar adem. 'O god...'

'Terug,' fluisterde Meredith. 'Onder de brug.'

Boven hen tekende een donkere silhouet zich af tegen het licht van de koplampen. Elena, die met wild kloppend hart toekeek, zag alleen dat het een man was. Zijn gezicht was verhuld door het donker, maar ze kreeg een verschrikkelijk gevoel.

De gedaante liep in hun richting.

Elena dook uit het zicht, drukte zich zo dicht mogelijk tegen de grond en kroop terug naar de modderige rivieroever onder de brug. Ze voelde Bonnie achter haar hevig beven en Meredith priemde haar vingers diep in haar arm.

Van waar ze lagen konden ze niets zien, maar plotseling klonken er zware voetstappen op de brug. Ze durfden nauwelijks adem te halen en klampten zich met omhooggeheven gezicht aan elkaar vast. De voetstappen dreunden over de houten planken. Ze liepen bij hen vandaan.

Laat hem alsjeblieft doorlopen, dacht Elena. O, alsjeblieft...

Ze zette haar tanden in haar lip. Toen begon Bonnie zachtjes te jammeren en greep met haar ijskoude hand Elena's hand vast. De voetstappen kwamen terug.

Ik moet ernaartoe, dacht Elena. Hij wil mij, niet hen. Hij zei zoiets. Ik moet tevoorschijn komen en de confrontatie aangaan, misschien laat hij Bonnie en Meredith dan gaan. Maar de brandende woede die haar die ochtend op de been had gehouden, was nu tot as vergaan. Met al haar wilskracht was ze niet in staat Bonnies hand los te laten en zich uit haar schuilplaats los te rukken.

De voetstappen waren nu pal boven hen. Toen viel er een stilte, gevolgd door een schuifelend geluid op de oever.

'Néé, dacht Elena. Haar lichaam verstijfde van angst. Hij kwam naar beneden. Bonnie kreunde en verborg haar gezicht tegen Elena's schouder. Elena voelde hoe al haar spieren zich spanden toen ze voeten en benen uit de duisternis zag opduiken. Néé...

'Wat dóén jullie hier?'

Elena's geest weigerde in eerste instantie deze informatie te verwerken. Ze was nog steeds in paniek en ze begon bijna te gillen toen Matt een paar stappen verder de oever afdaalde en onder de brug tuurde.

'Elena? Wat dóé je hier?' vroeg hij weer.

Bonnies hoofd schoot omhoog. Meredith liet opgelucht haar adem ontsnappen. Elena zelf had het gevoel dat alle kracht uit haar wegvloeide.

'Mátt,' zei ze. Meer wist ze niet uit te brengen.

Bonnie was welbespraakter. 'Wat doe jíj hier?' vroeg ze met schrille stem. 'Probeer je ons een hartaanval te bezorgen? Wat heb jij hier zo laat op de avond te zoeken?'

Matt stak zijn hand in zijn zak en rammelde met wat kleingeld. Terwijl zij onder de brug vandaan kropen, staarde hij over de rivier. 'Ik ben jullie gevolgd.'

'Wát heb je gedaan?' vroeg Elena.

Met tegenzin draaide hij zich naar haar toe. 'Ik ben jullie gevolgd,' herhaalde hij. Zijn schouders waren gespannen. 'Ik verwachtte dat jullie wel een manier zouden vinden om aan de aandacht van je tante te ontsnappen en het huis uit te gaan. Dus ben ik aan de overkant van de straat in mijn auto gaan zitten om het huis in de gaten te houden. En toen jullie inderdaad met z'n drieën uit het raam naar beneden klommen, ben ik achter jullie aan gereden.'

Elena wist niet wat ze moest zeggen. Ze was kwaad. Hij had het waarschijnlijk alleen maar gedaan om zijn belofte aan Stefan na te komen. Maar het idee dat Matt daar ijskoud en zonder eten in zijn aftandse oude Ford had gezeten, gaf haar een vreemde schok, waar ze niet te veel over wilde nadenken.

Hij keek weer uit over de rivier. Ze ging dichter bij hem staan en sprak zachtjes. 'Het spijt me, Matt,' zei ze. 'Van mijn gedrag bij ons thuis en... en van...' Ze haperde even en gaf het toen op. Van alles, dacht ze hopeloos.

'Nou, het spijt mij dat ik jullie aan het schrikken heb gemaakt.' Hij draaide zich abrupt naar haar toe, alsof daarmee de zaak was afgedaan. 'Kun je me nu misschien vertellen waar jullie mee bezig zijn?'

'Bonnie dacht dat Stefan hier misschien zou zijn.'

'Dat dacht Bonnie helemaal niet,' zei Bonnie. 'Bonnie zei meteen al dat dit de verkeerde plek was. We moeten een rustige, afgesloten plek hebben, zonder lawaai. Ik voelde me... ingesloten,' legde ze Matt uit.

Matt keek haar behoedzaam aan, alsof ze zou kunnen bijten. 'O ja, natuurlijk,' zei hij.

'Er waren stenen om me heen, maar niet zoals de stenen hier bij de rivier.'

'Eh... nee, natuurlijk niet.' Hij keek zijdelings naar Meredith, die medelijden met hem kreeg.

'Bonnie heeft een visioen gehad,' zei ze.

Matt deed een stap achteruit en Elena zag zijn profiel in de koplampen. Ze kon aan zijn gezicht zien dat hij niet wist of hij moest weglopen of hen met z'n allen moest afvoeren naar het dichtstbijzijnde gekkenhuis.

'Het is geen grapje,' zei ze. 'Bonnie is paranormaal begaafd, Matt.

Ik weet dat ik altijd heb gezegd dat ik niet in dat soort dingen geloofde, maar ik heb me vergist. Vanavond... wist ze op de een of andere manier met Stefan in contact te komen, en ze heeft een glimp opgevangen van waar hij was.'

Matt haalde diep adem. 'Ik begrijp het. Oké...'

'Doe niet zo neerbuigend! Ik ben niet stom, Matt, en ik zeg je dat het waar is. Ze was daar, bij Stefan. Ze wist dingen die alleen hij kon weten. En ze zag de plek waar hij opgesloten zit.'

'Opgesloten,' zei Bonnie. 'Dat is het. Het was beslist geen open plek, zoals een rivier. Maar er was wel water, water tot aan mijn nek. Zíjn nek. En rondom stenen muren, bedekt met een dikke laag mos. Het water was ijskoud en stil, en het rook vies.'

'Maar wat zág je?' vroeg Elena.

'Niets. Het was net of ik blind was. Op de een of andere manier wist ik dat als er ook maar een heel klein straaltje licht zou zijn, ik het zou kunnen zien, maar ik zag niets. Het was zo donker als een graftombe.'

'Als een graftombe...' Koude rillingen gingen door Elena heen. Ze dacht aan de vervallen kerk op de heuvel bij het kerkhof. Er was daar een graftombe, een graftombe waarvan zij dacht dat hij een keer was opengegaan.

'Maar een graftombe zou niet zo nat zijn,' zei Meredith.

'Nee... maar ik heb geen idee wat het dan zou kunnen zijn,' zei Bonnie. 'Stefan was niet helemaal helder in zijn hoofd; hij was erg zwak en had pijn. En hij had zo'n dorst...'

Elena opende haar mond om Bonnie de mond te snoeren, maar precies op dat moment mengde Matt zich in het gesprek.

'Ik zal jullie vertellen waar het mij aan doet denken,' zei hij.

De drie meisjes keken naar hem zoals hij daar stond, een beetje los van hun groepje, alsof hij hen had staan afluisteren. Ze waren hem bijna vergeten.

'Waaraan dan?' vroeg Elena.

'Aan een put,' zei hij. 'Het klinkt mij in de oren als een put.'

Elena knipperde met haar ogen. Een scheut van opwinding ging door haar heen. 'Bonnie?'

'Het zou kunnen,' zei Bonnie langzaam. 'De omvang en de muren en zo zouden kloppen. Maar een put is open; ik had de sterren moeten kunnen zien.'

'Niet als hij afgedekt is,' zei Matt. 'Veel oude boerderijen in deze omgeving hebben putten die niet meer in gebruik zijn, en sommige boeren dekken ze af om te zorgen dat er geen kleine kinderen in vallen. Mijn grootouders hebben dat ook gedaan.'

Elena kon haar opwinding niet langer bedwingen. 'Dat zou kunnen. Dat móét het zijn. Weet je nog wel, Bonnie, je zei dat het daar áltijd donker was.'

'Ja, en ik had inderdaad een soort ondergronds gevoel.' Bonnie was ook opgewonden, maar Meredith onderbrak haar met een nuchtere vraag.

'Hoeveel putten denk je dat er in Fell's Church zijn, Matt?'

'Waarschijnlijk tientallen,' zei hij. 'Maar afgedekt? Niet zo veel. En als je ervan uitgaat dat iemand Stefan in deze put heeft gedumpt, kan het niet ergens zijn waar mensen dat zouden zien. Waarschijnlijk op een verlaten plek...'

'Zijn auto is langs deze weg aangetroffen,' zei Elena.

'De oude boerderij van Francher,' zei Matt.

Ze keken elkaar aan. Al zolang iedereen zich kon herinneren was de boerderij van Francher vervallen en verlaten. Hij stond midden in het bos, en het struikgewas had er al sinds bijna een eeuw de macht overgenomen.

'Laten we gaan,' zei Matt eenvoudig.

Elena legde haar hand op zijn arm. 'Geloof je...'

Hij wendde zijn blik af. 'Ik weet niet wat ik moet geloven,' zei hij ten slotte. 'Maar ik ga mee.'

Ze verdeelden zich over twee auto's. Bonnie reed in de voorste auto met Matt mee en Meredith volgde met Elena. Matt reed over een ongebruikt karrenspoor het bos in, tot waar het doodliep.

'Vanaf hier lopen we,' zei hij.

Elena was blij dat ze eraan had gedacht touw mee te nemen. Als Stefan werkelijk in de put van Francher zat, zouden ze het nodig hebben. En zo niet...

Ze wilde er verder niet over nadenken.

Het bos was moeilijk begaanbaar, vooral in het donker. De bodem was dichtbegroeid en overal hingen dode takken, die zich aan hen vasthaakten. Motten fladderden om hen heen en streken met hun onzichtbare vleugels langs Elena's wang.

Ten slotte kwamen ze bij een open plek. De fundering van het oude huis was nog zichtbaar. De bouwstenen werden nu door onkruid en doornstruiken op hun plek gehouden. De schoorsteen was nog grotendeels intact. Op de plekken waar ooit beton had gezeten, zaten nu gaten, als een afbrokkelend monument.

'De put moet ergens achter het huis zijn,' zei Matt.

Meredith vond hem en riep de anderen erbij. Ze gingen eromheen staan en keken naar het platte, vierkante stenen blok dat bijna evenwijdig liep aan de grond.

Matt ging op zijn hurken zitten en onderzocht het zand en het onkruid eromheen. 'Hij is pas nog verplaatst,' zei hij.

Op dat moment begon Elena's hart hard te bonzen. Ze voelde het doortrillen in haar keel en vingertoppen. 'Laten we hem eraf halen,' zei ze, bijna fluisterend.

De sluitsteen was zo zwaar dat Matt hem niet eens kon verschuiven. Ten slotte duwden ze allemaal mee, zich schrap zettend tegen de grond, tot het blok knarsend een fractie van een centimeter verschoof. Zodra er een klein kiertje tussen de steen en de putrand zat, gebruikte Matt een dode tak om de spleet verder open te wrikken. Daarna duwden ze allemaal weer.

Toen de opening groot genoeg was voor haar hoofd en schouders, boog Elena zich voorover en keek naar beneden. Ze was bijna bang om te hopen.

'Stefan?'

De seconden daarna, waarin ze boven het zwarte gat hing, de duisternis in staarde en alleen het geluid hoorde van steentjes die door haar beweging naar beneden rolden, waren een marteling. Toen, ze kon het bijna niet geloven, klonk er een ander geluid.

'Wie...? Elena?'

'O, Stefan!' Ze was dol van opluchting. 'Ja! Ik ben hier, wij zijn hier, en we halen je eruit. Gaat het met je? Ben je gewond?' Matt hield haar van achteren vast, anders was ze zelf naar beneden getuimeld. 'Stefan, wacht even, we hebben een touw. Zeg me dat het goed met je gaat.'

Er klonk een zwak, bijna onherkenbaar geluid, maar Elena wist wat het was. Een lach. Stefans stem was ijl maar verstaanbaar. 'Ik heb me wel eens beter gevoeld,' zei hij. 'Maar ik... leef nog. Wie is daar bij je?'

'Ik ben het. Matt,' zei Matt. Hij liet Elena los en boog zelf over het gat. Elena, die bijna uitzinnig was van blijdschap, merkte dat hij er nogal verbouwereerd uitzag. 'En Meredith is er. En Bonnie, die binnenkort een paar lepels voor ons gaat laten doorbuigen. Ik gooi een touw voor je naar beneden... dat wil zeggen, als Bonnie je niet vanzelf kan laten opstijgen.' Nog steeds op zijn knieën draaide hij zich om om haar aan te kijken.

Ze gaf hem een tik op zijn hoofd. 'Doe niet zo gek! Haal hem naar boven!'

'Ja zeker, mevrouw,' zei Matt, een beetje duizelig. 'Hier, Stefan. Dit moet je om je heen binden.'

'Ja,' zei Stefan. Hij begon niet over zijn vingers die verdoofd waren van de kou, en vroeg niet of ze zijn gewicht wel omhoog konden krijgen. Er was geen andere manier.

De volgende vijftien minuten waren afschuwelijk voor Elena. Ze moesten alle vier meehelpen om Stefan omhoog te trekken, hoewel Bonnies voornaamste bijdrage was om elke keer dat ze even de tijd namen om op adem te komen, te zeggen: 'Ga door, ga dóór.' Maar ten slotte grepen Stefans handen de rand van het donkere gat, en Matt boog voorover om hem onder zijn schouders te pakken.

Toen sloeg Elena haar armen om zijn borst en hield hem tegen zich aan. Aan zijn onnatuurlijke stilte en de slapheid van zijn lichaam merkte ze hoe slecht hij er aan toe was. Hij had zijn laatste krachten gebruikt om zichzelf uit de put te werken; zijn handen waren bebloed en zaten vol sneden. Maar waar Elena zich vooral ongerust over maakte was dat die handen haar wanhopige omhelzing niet beantwoordden.

Toen ze hem even iets losliet om hem aan te kunnen kijken, zag ze dat hij lijkbleek zag en donkere schaduwen onder zijn ogen had. Zijn huid was zo koud dat ze er bang van werd.

Ze keek de anderen ongerust aan.

Matt fronste bezorgd zijn wenkbrauwen. 'We moeten hem snel naar het ziekenhuis brengen. Hij heeft een dokter nodig.'

'Nee!' De stem klonk zwak en schor en was afkomstig van de slappe gedaante in haar armen. Ze voelde hoe Stefan zijn krachten verzamelde en langzaam zijn hoofd optilde. Hij keek haar met zijn groene ogen strak en doordringend aan.

'Geen... dokters.' Zijn ogen brandden in de hare. 'Beloof het... Elena.'

Elena's ogen prikten en haar blik werd wazig. 'Ik beloof het,' fluisterde ze. Toen voelde ze dat wat het ook maar was wat hem overeind had gehouden, een stroom van zuivere wilskracht en vastberadenheid, uit hem wegvloeide. Bewusteloos zakte hij weg in haar armen.

4

'Maar hij móét naar een dokter. Hij ziet eruit alsof hij doodgaat!' zei Bonnie.

'Dat kan niet. Ik kan het nu niet uitleggen. Laten we hem gewoon naar huis brengen, goed? Hij is nat en ijskoud. Straks kunnen we er verder over praten.'

Het was een hele klus om Stefan door het bos te vervoeren, en een tijdlang hadden ze daar al hun aandacht bij nodig. Stefan bleef bewusteloos en toen ze hem eindelijk op de achterbank van Matts auto hadden gelegd, waren ze allemaal uitgeput. Ze zaten onder de blauwe plekken en waren nat van zijn doorweekte kleren. Onderweg naar het pension liet Elena zijn hoofd op haar schoot rusten. Meredith en Bonnie reden achter hen aan.

'Ik zie lichten branden,' zei Matt, terwijl hij zijn auto voor het grote, roestbruine gebouw stilzette. 'Ze is zeker wakker. Maar de deur is waarschijnlijk op slot.'

Elena legde voorzichtig Stefans hoofd neer en glipte de auto uit. Ze zag een van de ramen oplichten toen er een gordijn opzij werd geschoven. Toen zag ze een hoofd en schouders voor het raam verschijnen en naar beneden kijken.

'Mevrouw Flowers!' riep ze, zwaaiend. 'Ik ben het, Elena Gilbert. We hebben Stefan gevonden en we moeten naar binnen!'

De gestalte voor het raam verroerde zich niet en liet ook verder niet blijken dat haar woorden waren overgekomen. Toch kon Elena aan de lichaamshouding van de persoon zien dat deze nog steeds naar beneden keek.

'Mevrouw Flowers, we hebben Stefan hier,' riep ze weer, wijzend naar het verlichte binnenwerk van de auto. 'Alstublieft!'

'Elena! De deur is al van het slot!' Bonnies stem waaide van de voordeur haar kant uit en leidde Elena's aandacht af van de gestalte voor het raam. Toen ze weer omhoogkeek, zag ze de gordijnen op hun plaats vallen, en direct daarna ging het licht in de kamer uit.

Het was vreemd, maar ze had geen tijd om er verder over na te denken. Samen met Meredith hielp ze Matt om Stefan uit de auto te tillen en de stoep op te dragen.

Binnen was het huis donker en stil. Elena liep voor de anderen uit de trap op naar de overloop op de eerste verdieping. Van daar gingen ze een slaapkamer in en Elena liet Bonnie een deur openen die eruitzag als een kastdeur. Daarachter verscheen er weer een trap, die er erg smal en donker uitzag.

'Wie doet er nou... zijn voordeur niet op slot... na wat er de laatste tijd is gebeurd?' bromde Matt, terwijl ze hun levenloze vracht omhoogsleepten. 'Ze lijkt wel gek.'

'Ze ís gek,' zei Bonnie van boven, terwijl ze de deur boven aan de trap openduwde. 'De laatste keer dat we hier waren, had ze het over de vreemdste...' Haar stem stokte en ze hapte ontzet naar adem.

'Wat is er?' vroeg Elena. Maar toen ze samen met de anderen de deuropening van Stefans kamer bereikte, zag ze het zelf.

Ze was vergeten in wat voor staat ze de kamer de vorige keer had aangetroffen. Koffers vol kleren lagen ondersteboven of op hun kant op de grond, alsof ze door een reuzenhand van de ene muur naar de andere waren gesmeten. Hun inhoud lag verspreid over de vloer, samen met voorwerpen van de toilettafel en de tafels. Meubelstukken waren omvergegooid en er was een raam gebroken, waardoor een koude wind naar binnen blies. In een hoek brandde slechts één lamp, die groteske schaduwen wierp op het plafond.

'Wat is híér gebeurd?' vroeg Matt.

Elena gaf pas antwoord toen ze Stefan languit op het bed hadden gelegd. 'Ik weet het niet precies,' zei ze, en dat was waar. 'Maar gisteravond was het al zo. Matt, wil je me helpen? We moeten hem droog zien te krijgen.'

'Ik ga even een extra lamp zoeken,' zei Meredith, maar Elena zei snel: 'Nee, we zien zo genoeg. Waarom probeer je niet het vuur aan te krijgen?'

Uit een van de openstaande koffers hing een donkere badstof kamerjas. Elena pakte hem en Matt begon Stefans natte, plakkerige kleren uit te trekken. Elena probeerde zijn trui uit te trekken, maar één blik op zijn nek was genoeg om haar te doen verstarren.

'Matt, kun je... kun je me die handdoek even aangeven?'

Zodra hij zich had omgedraaid, trok ze de trui over Stefans hoofd en sloeg snel de kamerjas om hem heen. Toen Matt terugkwam en haar de handdoek aangaf, bond ze die als een sjaal om Stefans nek. Haar hart bonsde wild en haar hersenen maalden.

Geen wonder dat hij zo zwak en futloos was. O god. Ze moest hem onderzoeken, zien hoe erg het was. Maar hoe kon ze dat doen, met Matt en de anderen erbij?

'Ik ga een dokter halen,' zei Matt met vaste stem en zijn ogen op Stefans gezicht gevestigd. 'Hij heeft hulp nodig, Elena.'

Elena raakte in paniek. 'Matt, nee... alsjeblieft. Hij... hij is bang voor dokters. Ik weet niet wat er gebeurt als je er een hiernaartoe brengt.' Ook dit was de waarheid, zij het niet de hele waarheid. Ze had een idee waarmee ze Stefan zou kunnen helpen, maar ze kon het niet doen waar de anderen bij waren. Ze boog zich over hem heen, wreef zijn handen tussen de hare en probeerde na te denken.

Wat kon ze doen? Stefans geheim bewaren, ten koste van zijn leven? Of hem verraden, om hem te redden? Zóú het hem redden als ze het aan Matt, Bonnie en Meredith vertelde? Ze keek naar haar vrienden en probeerde zich hun reactie voor te stellen als ze de waarheid over Stefan Salvatore te horen zouden krijgen.

Het ging niet. Ze kon het niet riskeren. De schok en afschuw van de ontdekking hadden Elena zelf bijna gek gemaakt. Als zij, die van Stefan hield, al bijna gillend bij hem was weggerend, wat zouden deze drie dan doen? En dan was er nog de moord op meneer Tanner. Als ze wisten wat Stefan was, zouden ze dan ooit nog kunnen geloven dat hij onschuldig was? Of zouden ze hem diep in hun hart altijd blijven verdenken?

Elena sloot haar ogen. Het was gewoon te gevaarlijk. Meredith, Bonnie en Matt waren haar vrienden, maar dit was iets wat ze niet aan hen kwijt kon. In de hele wereld was er niemand aan wie ze dit geheim kon toevertrouwen. Ze zou het helemaal alleen moeten dragen.

Ze kwam overeind en keek Matt aan. 'Hij is bang voor dokters, maar een verpleegster is oké.' Ze draaide zich om naar Bonnie en Meredith, die op hun knieën bij de open haard zaten. 'Bonnie, zou je zus kunnen komen?'

'Mary?' Bonnie keek op haar horloge. 'Ze heeft deze week late dienst, maar ze is nu waarschijnlijk wel thuis. Alleen...'

'Dat is dan de oplossing. Matt, ga jij met Bonnie mee en vraag aan Mary of ze hiernaartoe wil komen om naar Stefan te kijken. Als zij denkt dat hij een dokter nodig heeft, leg ik me daarbij neer.'

Matt aarzelde, maar liet ten slotte met een scherp geluid zijn adem ontsnappen. 'Oké dan. Ik ben het nog steeds niet met je eens, maar... kom, laten we gaan, Bonnie. We gaan een paar verkeersregels overtreden.'

Toen ze naar de deur liepen, bleef Meredith bij de open haard staan. Ze keek Elena met haar donkere ogen rustig aan.

Elena dwong zichzelf haar blik te beantwoorden. 'Meredith... ik denk dat jullie allemaal moeten gaan.'

'Denk je dat?' Die donkere ogen bleven haar strak aankijken, alsof ze haar gedachten probeerden te lezen. Maar Meredith stelde geen vragen meer. Na een ogenblik stilte knikte ze en liep zwijgend achter Matt en Bonnie aan.

Toen Elena de deur onder aan de trap hoorde dichtgaan, pakte ze haastig een lamp die naast het bed op de grond lag en ze stopte de stekker in het stopcontact. Nu kon ze Stefans verwondingen tenminste goed bekijken.

Zijn kleur leek nog erger dan eerst. Hij was bijna even wit als de lakens onder hem. Ook zijn lippen waren wit en Elena moest plotseling denken aan Thomas Fell, de stichter van Fell's Church. Of liever gezegd aan het beeld van Thomas Fell, dat naast dat van zijn vrouw op het stenen deksel van hun graftombe lag. Stefan had de kleur van dat marmer.

De sneden en wonden in zijn handen waren blauwpaars verkleurd, maar ze bloedden niet meer. Voorzichtig draaide ze zijn hoofd opzij om naar zijn nek te kijken.

En daar was het. Ze raakte automatisch de zijkant van haar eigen nek aan, alsof ze de gelijkenis wilde controleren. Maar bij Stefan zag ze geen kleine gaatjes. Hij had diepe, rauwe vleeswonden in zijn nek. Hij zag eruit alsof een beest hem te pakken had gekregen en had geprobeerd zijn keel open te scheuren.

Withete woede raasde weer door Elena heen. En naast woede ook haat. Ze besefte dat ze Damon ondanks haar afkeer en woede nog niet eerder had gehaat. Niet echt. Maar nu... nu haatte ze hem. Ze verafschuwde hem met een intensiteit die ze nog nooit in haar leven voor iemand had gevoeld. Ze wilde hem pijn doen, hem laten boeten. Als ze op dat moment een houten spies had gehad, had ze die zonder pardon door Damons hart gejaagd.

Maar op dit moment moest ze aan Stefan denken. Hij was zo angstaanjagend stil. Dat was het moeilijkst te verdragen: het gebrek aan wilskracht en verzet in zijn lichaam, de leegte. Dat was het. Het was alsof hij dit lichaam had verlaten en haar met een lege huls had achtergelaten.

'Stefan!' Het hielp niet als ze hem heen en weer schudde. Met één hand op zijn koude borst probeerde ze zijn hartslag te ontdekken. Als die er al was, was hij zo zwak dat ze hem niet kon voelen.

Blijf rustig, Elena, zei ze tegen zichzelf, en ze drong het deel van haar hersenen dat in paniek wilde raken naar de achtergrond. Het deel dat zei: 'En als hij nou eens dood is? Als hij nou eens echt dood is, en je niets kunt doen om hem te redden?'

Ze keek de kamer rond en zag de gebroken ruit. Glasscherven lagen onder het raam op de grond. Ze liep ernaartoe en raapte er een op. Het viel haar op hoe het glinsterde in het licht van het vuur. Een mooi ding, met een rand zo scherp als een scheermes, dacht ze. Toen zette ze haar tanden op elkaar en sneed opzettelijk met de scherf in haar vinger.

Ze hapte naar adem van pijn. Na enkele ogenblikken begon er bloed uit de snee op te wellen. Het droop langs haar vinger als kaarsvet langs een kaars. Snel knielde ze naast Stefan op de grond en bracht haar vinger bij zijn lippen.

Met haar andere hand greep ze zijn willoze hand. Ze voelde de hardheid van zijn zilveren ring. Roerloos als een standbeeld zat ze op haar knieën op de grond en wachtte.

Ze miste bijna het allereerste begin van een reactie. Haar ogen waren strak op zijn gezicht gevestigd, en ze zag het lichte rijzen van zijn borstkas alleen vanuit haar ooghoek. Maar toen trilden de lippen onder haar vinger. Ze gingen iets uit elkaar en hij slikte reflexmatig.

'Goed zo,' fluisterde Elena. 'Kom op, Stefan.'

Zijn wimpers trilden en tot haar vreugde beantwoordden zijn vingers de druk van haar vingers. Hij slikte weer.

'Ja.' Ze wachtte tot hij met zijn ogen knipperde, ze langzaam opendeed en weer liet dichtvallen. Toen frutselde ze met haar ene hand aan de col van haar trui en schoof de stof opzij.

Zijn oogleden waren zwaar en zijn groene ogen stonden suf, maar zijn blik was koppiger dan ooit. 'Nee,' fluisterde hij schor.

'Het moet, Stefan. De anderen komen straks terug met een verpleegster. Daar moest ik mee instemmen. En als je niet genoeg bent hersteld om haar ervan te overtuigen dat je niet naar het ziekenhuis hoeft...' Ze maakte de zin niet af. Ze wist zelf niet wat een dokter of een laborant zou vinden als ze Stefan zouden onderzoeken. Maar ze wist dat hij het wel wist en dat hij daar bang voor was.

Maar Stefan keek alleen maar koppiger en wendde zijn blik van haar af. 'Het kan niet,' fluisterde hij. 'Het is te gevaarlijk. Heb gisteravond... al te veel... genomen.'

Was dat pas gisteravond geweest? Het leek al een jaar geleden. 'Ga ik er dood aan?' vroeg ze. 'Stefan, geef antwoord! Ga ik er dood aan?'

'Nee...' Zijn stem klonk stug. 'Maar...'

'Dan moeten we het doen. Spreek me niet tegen!' Elena stond over hem heen gebogen, met zijn hand in de hare, en voelde zijn overweldigende behoefte. Het verbaasde haar dat hij zich nog probeerde te verzetten. Hij was als een uitgehongerde man die voor een feestbanket staat, zijn ogen niet van de dampende gerechten kan afwenden, maar weigert te eten.

'Nee,' zei Stefan weer, en Elena voelde de frustratie door zich heen gaan. Hij was de enige persoon die ze ooit had ontmoet die net zo koppig was als zij.

'Ja. En als je niet meewerkt, snij ik iets anders open. Mijn pols bijvoorbeeld.' Ze had haar vinger in het laken gedrukt om het bloeden te stelpen; nu hield ze hem voor zijn gezicht.

Zijn pupillen verwijdden zich, zijn lippen gingen uit elkaar. 'Toch al... te veel,' mompelde hij, maar zijn blik bleef op haar vinger rusten, op de helderrode bloeddruppel op de vingertop. 'En ik heb... geen zelfbeheersing...'

'Het geeft niet,' fluisterde ze. Ze liet de vinger weer langs zijn lippen glijden en voelde hoe ze uit elkaar gingen om het bloed op te nemen. Toen leunde ze over hem heen en sloot haar ogen.

Zijn mond was koel en droog toen hij haar keel raakte. Zijn hand sloot zich om de achterkant van haar nek, terwijl zijn lippen de twee kleine gaatjes in haar hals zochten. Elena dwong zichzelf om zich niet terug te trekken bij het voelen van de korte, stekende pijn. Toen glimlachte ze.

Eerder had ze zijn martelende behoefte gevoeld, zijn dwingende honger. Nu, door de band die ze met elkaar hadden, voelde ze alleen maar een overweldigende vreugde en voldoening. Een diepe voldoening terwijl de honger langzaam werd gestild.

Uiteindelijk nam de intensiteit van de behoefte af. Hij was echter bij lange na niet verdwenen en ze begreep het niet toen Stefan haar probeerde weg te duwen.

'Dat is genoeg,' zei hij met raspende stem, en hij duwde haar schouders omhoog. Elena opende haar ogen, gestoord in haar dromerige genot. Zijn ogen waren zo groen als alruinbladeren, en in zijn gezicht zag ze de meedogenloze honger van het roofdier.

'Het is niet genoeg. Je bent nog zwak...'

'Het is genoeg voor jóú.' Hij duwde haar weer van zich af, en ze zag wanhoop in zijn groene ogen. 'Elena, als ik nog meer neem, zul je veranderen. En als je niet weggaat, als je nu niet metéén weggaat...'

Elena trok zich terug naar het voeteneinde van het bed. Ze keek toe terwijl hij rechtop ging zitten en de donkere kamerjas rechttrok. In het lamplicht zag ze dat zijn huid weer wat kleur had, een lichte blos die zijn bleekheid verdrong. Zijn haar droogde op in een wilde zee van donkere golven.

'Ik heb je gemist,' zei ze zacht. Plotseling voelde ze een hevige opluchting, een emotie die bijna even pijnlijk was als haar eerdere angst en spanning. Stefan leefde nog; hij praatte tegen haar. Het zou toch nog allemaal goed komen.

'Elena...' Hun ogen ontmoetten elkaar en ze werd vastgehouden door een groen vuur. Onbewust schoof ze dichter naar hem toe, maar ze hield op toen hij hardop begon te lachen.

'Ik heb je nog nooit zo gezien,' zei hij. Ze wendde haar blik af om te zien hoe ze eruitzag. Haar schoenen en spijkerbroek zaten onder een dikke laag rode modder, die ook op de rest van haar kleren zat. Haar jack was gescheurd en er kwam donsvulling uit. Ze twijfelde er niet aan dat haar gezicht onder het vuil zat, en ze wíst dat haar haar in de war zat. Elena Gilbert, het onberispelijke modeplaatje van het Robert E. Lee College, zag er niet uit.

'Ik vind het leuk,' zei Stefan, en deze keer lachte ze met hem mee.

Ze zaten nog steeds te lachen toen de deur openging. Elena verstijfde direct, trok haar col recht en keek snel rond of er geen sporen waren die hen zouden kunnen verraden. Stefan ging wat meer rechtop zitten en likte over zijn lippen.

'Hij is beter!' jubelde Bonnie toen ze de kamer binnenkwam en Stefan zag zitten. Matt en Meredith kwamen meteen achter haar aan en hun gezicht lichtte op van verrassing en blijdschap. De vierde persoon die binnenkwam was maar iets ouder dan Bonnie, maar door de kordate autoriteit die ze uitstraalde, leek ze ouder dan ze was. Mary McCullough liep regelrecht naar haar patiënt en pakte zijn pols.

'Dus jij bent degene die bang is voor dokters,' zei ze.

Stefan keek even verward, maar toen herstelde hij zich. 'Het is een beetje een kinderachtige angst,' zei hij, wat verlegen. Hij keek opzij naar Elena, die nerveus glimlachte en bijna onmerkbaar knikte. 'Hoe dan ook, zoals je ziet heb ik nu geen dokter nodig.'

'Het lijkt me beter als ik dat beoordeel, goed? Je hartslag is in orde. Eigenlijk is hij verrassend laag, zelfs voor een atleet. Ik denk niet dat je onderkoeld bent, maar je voelt nog wel koud aan. Ik zal je temperatuur even opnemen.'

'Nee, ik denk niet dat dat nodig is.' Stefans stem was laag en sussend. Elena had hem die stem vaker horen gebruiken, en ze wist wat hij probeerde te doen. Maar Mary trok zich er niets van aan.

'Doe je mond maar open.'

'Wacht, laat mij het maar doen,' zei Elena snel. Ze stak haar hand uit om de thermometer van Mary over te nemen, maar op de een of andere manier liet ze het kleine glazen buisje uit haar hand glippen. Het viel op de hardhouten vloer en brak in stukken. 'O, het spijt me!'

'Het geeft niet,' zei Stefan. 'Ik voel me nu veel beter, en ik word al steeds warmer.'

Mary wierp een blik op de rommel op de vloer. Daarna keek ze de kamer rond en nam de puinhoop in zich op. 'Oké,' zei ze op gebiedende toon, en ze draaide met haar handen in de zij rond. 'Wat is hier gebeurd?'

Stefan verblikte of verbloosde niet. 'Niets bijzonders. Mevrouw Flowers is alleen een verschrikkelijk slechte huisvrouw,' zei hij met een stalen gezicht.

Elena schoot bijna in de lach, en ze zag dat Mary ook moeite had om ernstig te blijven. Het oudere meisje trok een gezicht en sloeg haar armen over elkaar. 'Ik neem aan dat het geen zin heeft om te hopen op een eerlijk antwoord,' zei ze. 'En het is duidelijk dat je niet gevaarlijk ziek bent. Ik kan je niet dwingen om naar het ziekenhuis te gaan. Maar ik raad je sterk aan om je morgen even te laten nakijken.'

'Dank je wel,' zei Stefan, waarmee hij, merkte Elena op, niets beloofde.

'Elena, je ziet eruit alsof jíj wel een dokter zou kunnen gebruiken,' zei Bonnie. 'Je ziet zo wit als een doek.'

'Ik ben alleen maar moe,' zei Elena. 'Het is een lange dag geweest.'

'Ik adviseer je om naar huis te gaan, in je bed te kruipen en er voorlopig niet meer uit te komen,' zei Mary. 'Je hebt toch geen bloedarmoede?'

Elena weerstond de neiging om haar hand naar haar wang te brengen. Zag ze zo bleek? 'Nee, ik ben alleen moe,' herhaalde ze. 'Als Stefan zich goed voelt, kunnen we nu gaan.'

Hij knikte geruststellend. De boodschap in zijn ogen was alleen voor haar bestemd. 'Geef ons even een ogenblikje, oké?' zei hij tegen

Mary en de anderen. Ze deden een paar stappen in de richting van het trapgat.

'Tot volgende keer. Pas goed op jezelf,' zei Elena luid, terwijl ze hem omhelsde. Ze fluisterde: 'Waarom heb je je Machten niet op Mary toegepast?'

'Dat heb ik gedaan,' zei hij somber. 'Ik heb het in ieder geval geprobeerd, maar ik ben blijkbaar nog te zwak. Maak je geen zorgen; het gaat wel over.'

'Natuurlijk,' zei Elena, maar haar maag kneep samen. 'Weet je zeker dat het goed is om alleen hier te blijven? Misschien...'

'Ik red me wel. Jij bent degene die beter niet alleen kan zijn.' Stefans stem was zacht maar dringend. 'Elena, ik heb geen gelegenheid gehad om je te waarschuwen. Je had gelijk. Damon is in Fell's Church.'

'Dat weet ik. Híj heeft dit met je gedaan, of niet?' Elena vertelde niet dat ze Damon had opgezocht.

'Dat... kan ik me niet herinneren. Maar hij is gevaarlijk. Laat Bonnie en Meredith vannacht bij je blijven, Elena. Ik wil niet dat je alleen bent. En zorg dat niemand een onbekende in je huis uitnodigt.'

'We gaan meteen naar bed,' beloofde Elena met een glimlach. 'We nodigen niemand uit.'

'Zorg ervoor dat dat niet gebeurt.' Zijn stem klonk ernstig en ze knikte langzaam.

'Ik begrijp het, Stefan. We zullen voorzichtig zijn.'

'Goed.' Ze kusten elkaar. Hun lippen streken vluchtig langs elkaar heen, maar hun handen bleven elkaar zo lang mogelijk vasthouden. 'Bedank de anderen van me,' zei hij.

'Dat zal ik doen.'

Voor de deur van het pension kwamen ze weer samen. Matt bood aan om Mary naar huis te brengen, zodat Bonnie en Meredith met Elena mee konden. Mary stond nog steeds wantrouwend tegenover de gebeurtenissen van de afgelopen avond en Elena kon haar dat niet kwalijk nemen. Ze kon ook niet nadenken. Ze was te moe.

'Hij zei dat ik jullie allemaal moest bedanken,' bedacht ze plotseling, toen Matt al was vertrokken.

'Graag... gedaan,' zei Bonnie met een enorme geeuw, terwijl Meredith het portier voor haar opendeed.

Meredith zei niets. Ze was erg stil geweest sinds ze Elena in haar eentje bij Stefan had achtergelaten.

Plotseling begon Bonnie te lachen. 'Eén ding zijn we helemaal vergeten,' zei ze. 'De voorspelling.'

'Welke voorspelling?' vroeg Elena.

'De voorspelling die ik volgens jullie had gedaan, over de brug. Nou, we zijn naar de brug gegaan en de Dood stond daar niet te wachten. Misschien hebben jullie het verkeerd verstaan.'

'Nee,' zei Meredith. 'We hebben het heel goed verstaan.'

'Nou, misschien is het dan een andere brug. Of... mmm...' Bonnie dook weg in haar jas, sloot haar ogen en deed geen moeite om haar zin af te maken.

Maar Elena deed dat in gedachten voor haar. Of een andere keer.

Een uil kraste toen Meredith de auto startte.

5

Zaterdag 2 november

Lief dagboek,
Vanmorgen toen ik wakker werd, voelde ik me zo vreemd. Ik weet niet hoe ik het moet beschrijven. Aan de ene kant was ik zo zwak dat mijn spieren niet wilden werken toen ik probeerde op te staan. Maar aan de andere kant voelde ik me... prettig. Heel behaaglijk en ontspannen. Alsof ik dreef op een bed van goud licht. Het kon me niets schelen of ik me ooit nog zou bewegen.

Toen dacht ik aan Stefan en ik probeerde op te staan, maar tante Judith stopte me weer in bed. Ze zei dat Bonnie en Meredith uren geleden waren vertrokken en dat ik zo vast had geslapen dat ze me niet wakker konden krijgen. Ze zei dat ik rust nodig had.

Dus hier ben ik dan. Tante Judith heeft de tv hiernaartoe gebracht, maar ik heb geen zin om te kijken. Ik ga liever liggen schrijven, of alleen maar liggen.

Ik verwacht dat Stefan wel langs zal komen. Hij zei dat hij dat zou doen. Of misschien ook niet. Ik kan het me niet herinneren. Als hij komt, moet ik

Zondag 3 november, 22.30 uur

Ik heb net gelezen wat ik gisteren heb geschreven en ik ben geschokt. Wat mankeerde me? Ik ben zomaar midden in een zin gestopt, en ik weet niet eens meer wat ik wilde zeggen. En ik heb niets geschreven over het nieuwe dagboek. Blijkbaar was ik helemaal van de wereld.

Hoe dan ook, dit is het officiële *begin van mijn nieuwe dagboek. Ik heb het gekocht bij de drogist. Het is niet zo mooi als het vorige, maar het moet maar goed genoeg zijn. Ik heb de hoop opgegeven dat ik mijn oude dagboek ooit nog terugzie. Het is duidelijk dat degene die het heeft gestolen, het niet terugbrengt. Maar als ik eraan denk dat iemand erin zit te lezen, over mijn gedachten en mijn gevoelens voor Stefan, zou ik diegene kunnen vermóórden. En tegelijkertijd ga ik zelf dood van vernedering.*

Ik schaam me niet voor mijn gevoelens voor Stefan. Maar ze zijn privé. Er staan dingen in over hoe het is als we elkaar zoenen, als hij me vasthoudt, die ik niemand anders wil laten lezen.

Natuurlijk staat er niets in over zijn geheim. Dat wist ik toen nog niet. Pas toen ik dat wist, ben ik hem echt gaan begrijpen en hebben we eindelijk echt iets met elkaar gekregen. Nu maken we deel uit van elkaar. Ik heb het gevoel dat ik mijn hele leven op hem heb gewacht.

Misschien vind je het maar niks dat ik van hem hou, omdat hij is wat hij is. Hij kan gewelddadig zijn, en ik weet dat er dingen in zijn verleden zijn waarvoor hij zich schaamt. Maar tegen mij zou hij nooit geweld gebruiken, en het verleden is voorbij. Hij voelt zich zo schuldig en hij heeft zo veel pijn vanbinnen. Ik wil hem helpen genezen.

Ik weet niet wat er nu gaat gebeuren. Ik ben alleen maar blij dat hij veilig is. Vandaag ben ik naar het pension gegaan en kwam erachter dat de politie er gisteren was geweest. Stefan was nog steeds zwak en kon zijn Machten niet gebruiken om van ze af te komen, maar ze hebben hem nergens van beschuldigd. Ze stelden alleen vragen. Stefan zegt dat ze vriendelijk deden, en dat maakt me wantrouwig. Alle vragen komen op hetzelfde neer: waar was je de nacht dat de oude man onder de brug werd aangevallen, en de nacht dat Vickie Bennett in de vervallen kerk werd aangevallen, en de avond dat meneer Tanner op school werd vermoord?

Ze hebben geen enkel bewijs tegen hem. Oké, de misdaden zijn direct nadat hij in Fell's Church kwam wonen begonnen, maar wat zou dat? Dat bewijst niets. Goed, hij heeft die avond ruzie gehad met meneer Tanner. Maar dat zegt ook niets. Iedereen had ruzie met meneer Tanner. En hij is verdwenen nadat het lijk was ontdekt. Nu is hij terug en het is duidelijk dat hij zelf is aangevallen door

dezelfde persoon die de andere misdaden heeft gepleegd. Mary heeft de politie verteld hoe hij er aan toe was. En als ze er ooit naar vragen, kunnen Matt, Bonnie, Meredith en ik allemaal getuigen hoe we hem hebben aangetroffen. Ze kunnen totaal niets hardmaken.
Stefan en ik hebben het daarover gehad, en over andere dingen. Het was zo fijn om weer bij hem te zijn, al zag hij er erg moe en bleek uit. Hij herinnert zich nog steeds niet hoe het donderdagavond laat is afgelopen, maar het meeste is precies zo gegaan als ik vermoedde. Nadat Stefan mij donderdagavond naar huis had gebracht, is hij Damon gaan zoeken. Ze kregen ruzie. Stefan is halfdood in een put beland. Je hoeft geen genie te zijn om te bedenken wat er in de tussentijd is gebeurd.
Ik heb hem nog steeds niet verteld dat ik vrijdagmorgen naar het kerkhof ben gegaan om Damon te zoeken. Ik denk dat ik dat maar beter morgen kan doen. Ik weet dat hij kwaad zal zijn, vooral als hij hoort wat Damon tegen me heeft gezegd.
Nou, dat is het dan. Ik ben moe. Ik zal dit dagboek om duidelijke redenen goed opbergen.

Elena stopte en herlas de laatste regel. Toen voegde ze eraan toe:
PS: Ik vraag me af wie onze nieuwe geschiedenisleraar wordt.
Ze stopte het dagboek weg onder haar matras en deed het licht uit.

Elena liep in een eigenaardig vacuüm door de gang. Op school werd ze meestal van alle kanten begroet. Waar zij liep, was het gewoonlijk 'hoi, Elena' voor en 'hoi, Elena' na. Maar dit keer wendden mensen als ze dichterbij kwam ontwijkend hun blik af, of ze waren plotseling ergens druk mee bezig, waardoor ze met hun rug naar haar toe moesten blijven staan. Dat ging al de hele dag zo.

In de deuropening van het geschiedenislokaal bleef ze even staan. Sommige leerlingen zaten al op hun plaats en bij het bord stond een onbekende man.

Hij zag er zelf bijna uit als een leerling. Hij had rossig, halflang haar en was atletisch gebouwd. Op het bord had hij 'Alaric K. Saltzman' geschreven. Toen hij zich omdraaide, zag Elena dat hij ook een jongensachtige glimlach had.

Hij bleef glimlachen terwijl Elena ging zitten en andere leerlingen het lokaal binnenstroomden. Stefan was er ook bij. Hij keek Elena aan terwijl hij naast haar ging zitten, maar ze zeiden niets tegen elkaar. Niemand sprak. De klas was doodstil.

Bonnie ging aan Elena's andere kant zitten. Matt zat maar een paar tafels verderop, maar hij keek recht voor zich uit.

De laatste twee die binnenkwamen waren Caroline Forbes en Tyler Smallwood. Ze liepen samen de klas in en de uitdrukking op Carolines gezicht stond Elena niet aan. Ze kende die katachtige glimlach en die samengeknepen groene ogen maar al te goed. Tylers knappe, vlezige gezicht straalde van voldoening. De verkleuringen onder zijn ogen, veroorzaakt door Stefans vuisten, waren bijna verdwenen.

'Oké, laten we om te beginnen de tafels maar eens in een kring zetten.'

Elena's aandacht verplaatste zich met een ruk naar de vreemdeling voor de klas. Hij glimlachte nog steeds.

'Kom, doe dat maar even. Dan kunnen we elkaar allemaal aankijken als we praten,' zei hij.

De leerlingen gehoorzaamden zwijgend. De vreemdeling ging niet aan het bureau van meneer Tanner zitten. In plaats daarvan trok hij een stoel naar de kring en ging er schrijlings op zitten.

'Goed,' zei hij. 'Ik denk dat jullie allemaal benieuwd zijn wie ik ben. Mijn naam staat op het bord: Alaric K. Saltzman. Maar ik wil graag dat jullie me Alaric noemen. Ik zal jullie wat meer over mezelf vertellen, maar eerst wil ik jullie de gelegenheid geven om te praten.

Vandaag is voor de meesten van jullie waarschijnlijk een moeilijke dag. Iemand om wie jullie gaven is er niet meer, en dat doet pijn. Ik wil jullie de gelegenheid geven om over die gevoelens met mij en jullie klasgenoten te praten. Ik wil dat jullie in contact proberen te komen met de pijn. Dan kunnen we onze eigen relatie op basis van vertrouwen gaan opbouwen. Wie wil er beginnen?'

Ze staarden hem aan. Niemand verroerde zich.

'Goed, eens kijken... jij.' Nog steeds glimlachend knikte hij bemoedigend naar een knap, blond meisje. 'Vertel ons eens hoe je heet en hoe je je voelt bij wat er is gebeurd.'

Zenuwachtig ging het meisje staan. 'Ik ben Sue Carson en eh...' Ze haalde diep adem en ging toen koppig verder. 'En ik ben bang. Want wie die gek ook is, hij is nog steeds op vrije voeten. En de volgende keer kan ik het zijn.' Ze ging zitten.

'Dank je wel, Sue. Ik weet zeker dat veel van je klasgenoten net zo bezorgd zijn. Heb ik goed begrepen dat sommigen van jullie erbij waren toen deze tragische gebeurtenis plaatsvond?'

Tafels kraakten en leerlingen verschoven onrustig op hun stoel. Maar Tyler Smallwood stond op. Hij vertrok zijn lippen tot een glimlach en zijn sterke witte tanden werden zichtbaar.

'De méésten van ons waren erbij,' zei hij, en zijn ogen schoten in de richting van Stefan. Elena zag dat anderen zijn blik volgden. 'Ik kwam binnen toen Bonnie net het lichaam had ontdekt. En wat ik voel is bezorgdheid voor de gemeenschap. Er loopt een gevaarlijke moordenaar rond en tot nog toe heeft niemand iets gedaan om hem tegen te houden. En...' Hij sprak niet verder. Elena wist het niet zeker, maar ze had het vermoeden dat Caroline hem een teken had gegeven dat hij zijn mond moest houden. Tyler ging weer zitten en Caroline wierp haar glanzende kastanjebruine haar naar achteren en sloeg haar lange benen over elkaar.

'Oké, dank je wel. Dus de meesten van jullie waren erbij. Dat maakt het extra moeilijk. Kunnen we iets horen van degene die het lijk heeft ontdekt? Is Bonnie hier?' Hij keek de klas rond.

Bonnie stak langzaam haar hand op en ging staan. 'Ik dénk dat ik het lijk heb gevonden,' zei ze. 'Ik bedoel, ik was de eerste die merkte dat hij echt dood was, en niet deed alsof.'

Alaric Saltzman keek een beetje geschrokken. 'Niet deed alsof? Deed hij vaak alsof hij dood was?' Er werd onderdrukt gegiecheld en hij liet weer even zijn jongensachtige glimlach zien. Elena draaide zich om naar Stefan, die zijn wenkbrauwen fronste.

'Nee... nee,' zei Bonnie. 'Ziet u, hij was een offer. In het Spookhuis. Dus hij zat sowieso al onder het bloed, maar dan nepbloed. En dat was gedeeltelijk mijn schuld, want hij wilde dat niet, en ik zei tegen hem dat het moest. Hij moest een Bloederig Lijk voorstellen. Maar hij zei steeds dat het smerig was, en pas toen Stefan kwam en ruzie met hem maakte...' Ze onderbrak zichzelf. 'Ik bedoel, we praatten met hem, en uiteindelijk zei hij dat hij het zou doen, en toen begon het Spookhuis. Kort daarna merkte ik dat hij niet rechtop ging zitten om de kinderen aan het schrikken te maken, zoals de bedoeling was, en ik ging naar hem toe om te vragen was er aan de hand was. Maar hij gaf geen antwoord. Hij... hij staarde alleen maar naar het plafond. En toen raakte ik hem aan en hij... het was verschrikkelijk. Zijn hoofd viel zomaar voorover.' Bonnie aarzelde en zweeg. Ze slikte moeilijk.

Elena stond op, evenals Stefan, Matt en nog een paar mensen. Elena stak Bonnie haar hand toe.

'Bonnie, het is goed. Bonnie, niet doen, het is goed.'

'En ik kreeg allemaal bloed aan mijn handen. Overal was bloed, zo veel bloed...' Ze snikte hysterisch.

'Oké, we stoppen even,' zei Alaric Saltzman. 'Het spijt me, het was niet mijn bedoeling om je zo van streek te maken. Maar ik denk dat je deze gevoelens in de toekomst zult moeten gaan verwerken. Het is duidelijk dat dit een behoorlijk schokkende ervaring is geweest.'

Hij stond op en ijsbeerde de kring rond. Zijn handen gingen nerveus open en dicht. Bonnie zat nog steeds zachtjes te snikken.

'Ik weet iets,' zei hij, en de jongensachtige glimlach keerde helemaal terug. 'Ik wil onze leraar-leerlingrelatie een goede start geven, in een heel andere sfeer. Wat vinden jullie ervan om vanavond naar mijn huis te komen? Dan kunnen we informeel met elkaar praten. Misschien kunnen we elkaar gewoon een beetje leren kennen, of misschien kunnen we praten over wat er is gebeurd. Jullie mogen zelfs een vriend meenemen als je wilt. Wat dachten jullie ervan?'

Dertig seconden lang staarde iedereen maar een beetje voor zich uit. Toen vroeg iemand: 'Bij u thuis?'

'Ja... o, ik vergeet iets. Stom van me. Ik logeer in het huis van de familie Ramsey, op Magnolia Avenue.' Hij schreef het adres op het bord. 'De Ramseys zijn vrienden van me en ze hebben hun huis aan me uitgeleend terwijl ze op vakantie zijn. Ik kom uit Charlottesville, en jullie directeur belde me vrijdag op om te vragen of ik hier de les kon overnemen. Ik heb de kans met beide handen aangegrepen. Het is mijn eerste echte onderwijsbaan.'

'O, dat verklaart alles,' zei Elena zachtjes.

'Is dat zo?' vroeg Stefan.

'Maar goed, wat vinden jullie ervan? Is het een idee?' Alaric Saltzman keek de kring rond.

Niemand had het lef om te weigeren. Overal klonk 'ja' en 'natuurlijk'.

'Mooi, dat is dan geregeld. Ik zorg voor een hapje en een drankje, en dan kunnen we elkaar allemaal leren kennen. O, trouwens...'

Hij opende een notitieboek waarin de cijfers werden bijgehouden en keek het vluchtig door. 'In deze les bepaalt deelname de helft van je eindcijfer.' Hij keek op en glimlachte. 'Jullie mogen gaan.'

'Die durft,' mopperde iemand, terwijl Elena de deur uit liep. Bonnie liep achter haar aan, maar Alaric Saltzman riep haar terug.

'Willen de leerlingen die hun ervaringen aan ons hebben verteld nog even blijven?'

Stefan moest ook weg. 'Ik ga even kijken of de training doorgaat,' zei hij. 'Waarschijnlijk is het afgelast, maar ik kan het maar beter even controleren.'

Elena maakte zich zorgen. 'Als het niet is afgelast, denk je dan dat je het al aankunt?'

'Ik red me wel,' zei hij ontwijkend. Maar ze zag dat zijn gezicht er nog steeds betrokken uitzag, en hij bewoog zich alsof hij pijn had. 'Ik zie je straks bij je kluisje,' zei hij.

Ze knikte. Toen ze bij haar kluisje aankwam, zag ze daar Caroline met twee andere meisjes staan praten. Drie paar ogen volgden Elena's bewegingen terwijl ze haar boeken weglegde, maar toen ze opkeek, keken twee daarvan plotseling een andere kant uit. Alleen Caroline bleef haar met haar hoofd een beetje scheef aanstaren, en ze fluisterde iets tegen de andere twee.

Elena had er genoeg van. Ze smeet haar kluisdeurtje dicht en liep recht op het groepje af. 'Hallo, Becky, hallo, Sheila,' zei ze, en daarna, heel nadrukkelijk: 'Hallo, Caroline.'

Becky en Sheila mompelden 'hallo' terug en zeiden iets over dat ze weg moesten. Elena keek niet eens naar ze terwijl ze wegglipten. Zij hield haar ogen op Caroline gevestigd.

'Wat is er aan de hand?' vroeg ze gebiedend.

'Aan de hand?' Het was duidelijk dat Caroline hiervan genoot. Ze probeerde het zo lang mogelijk te rekken. 'Aan de hand waarmee?'

'Met jou, Caroline. Met iedereen. Doe maar niet net alsof je van niets weet, want ik weet dat je iets in je schild voert. Mensen ontlopen me al de hele dag alsof ik een enge ziekte heb, en jij ziet eruit alsof je net de loterij hebt gewonnen. Wat heb je gedaan?'

Carolines onschuldige, onderzoekende blik verdween en er kwam een katachtig glimlachje voor in de plaats. 'Toen het schooljaar begon heb ik tegen je gezegd dat er dit jaar dingen zouden veranderen, Elena,' zei ze. 'Ik heb je gewaarschuwd dat je tijd op de troon wel eens gauw voorbij zou kunnen zijn. Maar daar kan ík niets aan doen. Wat er gebeurt is gewoon een kwestie van natuurlijke selectie. De wet van de jungle.'

'En wat gebeurt er dan precies?'

'Nou, laten we het erop houden dat je omgang met een moordenaar je sociale leven geen goed doet.'

Elena's borst kneep samen, alsof Caroline haar een klap had gegeven. Even was het verlangen om Caroline terug te slaan bijna onweerstaanbaar. Toen, terwijl het bloed in haar oren bonsde, zei ze met opeengeklemde kaken: 'Dat is niet waar. Stefan heeft niets gedaan. De politie heeft hem ondervraagd, en hij wordt niet meer verdacht.'

Caroline haalde haar schouders op en schonk Elena een meewarig glimlachje. 'Elena, ik ken je al sinds de kleuterschool,' zei ze, 'dus uit waardering voor die goeie ouwe tijd zal ik je een advies geven: laat Stefan vallen. Als je dat nu meteen doet, kun je misschien nog net voorkomen dat je door iedereen wordt uitgekotst.'

Verstard van woede keek Elena toe hoe Caroline zich omdraaide en wegliep. Haar kastanjebruine haar bewoog als vloeistof onder de lampen. Toen vond Elena haar stem terug.

'Caroline.' Het andere meisje draaide zich om. 'Ga jij vanavond naar dat feestje in het huis van de Ramseys?'

'Ik denk het wel. Hoezo?'

'Omdat ik daar ook naartoe ga. Met Stefan. Tot ziens in de jungle.'
Nu was het Elena die zich omdraaide.

De waardigheid van haar aftocht werd enigszins tenietgedaan toen ze een slanke silhouet aan het eind van de gang zag staan. Even aarzelde ze, maar toen ze dichterbij kwam, herkende ze Stefan.

Ze wist dat de glimlach die ze hem schonk geforceerd was, en toen ze naast elkaar de school uit liepen, keek hij nog even om naar de kluisjes.

'Dus de training was afgelast?' vroeg ze.

Hij knikte. 'Waar ging dat allemaal over?' vroeg hij rustig.

'Ach, niets. Ik vroeg aan Caroline of ze vanavond naar het feestje ging.' Elena keek omhoog naar de grijze, sombere lucht.

'En daar praatten jullie over?'

Ze herinnerde zich wat hij haar in zijn kamer had verteld. Hij kon beter zien dan een mens, en ook beter horen. Goed genoeg om te horen wat iemand zo'n dertien meter verderop in een gang zei?

'Ja,' zei ze uitdagend, nog steeds met haar ogen op de wolken gericht.

'En daarom werd je zo kwaad?'

'Ja,' zei ze weer, op dezelfde toon.

Ze voelde zijn blik op haar rusten. 'Elena, dat is niet waar.'

'Nou, als je mijn gedachten kunt lezen, hoef je me ook niets te vragen, hè?'

Ze keken elkaar aan. Stefan was gespannen. Zijn mond was vertrokken tot een grimmige streep. 'Je weet dat ik dat niet zou doen. Maar ik dacht dat jij zo gebrand was op eerlijkheid in relaties.'

'Goed dan. Caroline was weer eens hatelijk, zoals gewoonlijk, en ze maakte een rotopmerking over de moord. Wat zou dat? Waarom maak je je daar druk over?'

'Omdat,' zei Stefan bot, zonder omhaal, 'ze misschien gelijk heeft. Niet wat de moord betreft, maar wat jou aangaat. Wat jou en mij aangaat. Ik had moeten beseffen dat dit zou gebeuren. Zij is niet de enige, toch? Ik heb de hele dag vijandigheid en angst gevoeld, maar ik was te moe om me erin te verdiepen. Ze denken dat ik de moordenaar ben en ze reageren dat op jou af.'

'Wat zij denken doet er niet toe! Ze hebben ongelijk, en daar zullen ze uiteindelijk achter komen. En daarna wordt alles weer zoals het was.'

Een triest lachje trok aan Stefans mondhoek. 'Dat geloof je echt, hè?' Hij wendde zijn blik af en zijn gezicht verhardde zich. 'En als ze het nou eens niet geloven? Als het alleen maar erger wordt?'

'Wat bedoel je?'

'Misschien is het beter...' Stefan haalde diep adem en vervolgde voorzichtig: 'Misschien is het beter als we elkaar een poosje niet meer zien. Als ze denken dat wij niet meer bij elkaar zijn, laten ze je wel met rust.'

Ze staarde hem aan. 'En jij denkt dat je dat zou kunnen? Mij ik weet niet hoe lang niet meer zien, niet meer met me praten?'

'Als dat nodig is, ja. We kunnen doen alsof we het hebben uitgemaakt.' Zijn kaak was gespannen.

Elena staarde nog even voor zich uit. Toen draaide ze om hem heen en ging dicht bij hem staan, zo dichtbij dat ze elkaar bijna raakten. Hij moest zijn hoofd buigen om haar aan te kijken. Zijn ogen waren slechts enkele centimeters van de hare verwijderd.

'Er is,' zei ze, 'maar één reden waarom ik de rest van de school zou vertellen dat we uit elkaar zijn. En dat is als jij me zegt dat je niet van me houdt en me niet meer wilt zien. Zeg dat tegen me, Stefan, nu meteen. Zeg tegen me dat je niet meer bij me wilt zijn.'

Zijn adem stokte. Hij staarde op haar neer, met die groene ogen, gestreept als die van een kat, met verschillende tinten smaragd, malachiet en hulstgroen.

'Zeg het,' zei ze tegen hem. 'Vertel me hoe je zonder mij verder wilt gaan, Stefan. Vertel me...'

Haar zin werd afgebroken toen zijn mond op de hare neerdaalde.

6

Stefan zat in de huiskamer van de familie Gilbert en beaamde beleefd alles wat tante Judith zei. De oudere vrouw was niet op haar gemak in zijn aanwezigheid, je hoefde geen helderziende te zijn om dat te weten. Maar ze deed haar best, en dus deed Stefan dat ook. Hij wilde graag dat Elena gelukkig was.

Elena. Zelfs als hij niet naar haar keek, was hij zich meer van haar bewust dan van wat dan ook in de kamer. Haar levendige aanwezigheid klopte op zijn huid als zonlicht op gesloten oogleden. Toen hij zichzelf toestond om naar haar te kijken, was dat een zoete schok voor al zijn zintuigen.

Hij hield zo veel van haar. Hij zag haar nooit meer als Katherine; hij was bijna vergeten hoeveel ze op het gestorven meisje leek. En er waren ook zo veel verschillen. Elena had hetzelfde goudblonde haar, dezelfde roomwitte huid en dezelfde fijne trekken als Katherine, maar daarmee hield de gelijkenis op. Haar ogen, die nu in het licht van de open haard violet leken, maar normaal gesproken donkerblauw waren als lapis lazuli, waren niet verlegen of kinderlijk, zoals de ogen van Katherine. Integendeel, ze waren de ramen tot haar ziel, die erachter brandde als een onstuimig vuur. Elena was Elena, en haar beeld had de plek van Katherines zachtaardige geest in zijn hart ingenomen.

Maar juist haar kracht maakte hun liefde gevaarlijk. Hij had haar de afgelopen week geen weerstand kunnen bieden toen ze hem haar bloed had aangeboden. Natuurlijk, zonder was hij misschien gestorven, maar voor Elena's eigen veiligheid was het veel te vroeg geweest. Voor de honderdste keer dwaalden zijn ogen over Elena's gezicht, op zoek naar tekenen van verandering. Was haar roomwitte huid iets bleker? Was haar gezichtsuitdrukking wat afstandelijker?

Voortaan moesten ze voorzichtig zijn. Híj moest voorzichtiger zijn. Zorgen dat hij vaak at, zijn honger stillen met dieren, zodat hij niet in de verleiding kwam. De behoefte mocht nooit te sterk worden. Nu hij eraan dacht, merkte hij dat hij honger had. De droge, brandende pijn verspreidde zich over zijn bovenkaak en fluisterde door zijn aderen en haarvaten. Hij hoorde in het bos te zijn, met zijn zintuigen gespitst op het geringste gekraak van droge takjes, zijn spieren klaar voor de jacht, in plaats van bij het vuur te zitten kijken naar het netwerk van lichtblauwe aderen in Elena's nek.

Die slanke nek draaide zijn kant op toen Elena hem aankeek.

'Heb je zin om vanavond naar dat feestje te gaan? We kunnen de auto van tante Judith nemen,' zei ze.

'Maar eerst moeten jullie blijven eten,' zei tante Judith snel.

'We kunnen onderweg wel iets halen.' Elena bedoelde dat ze voor háár iets konden halen, dacht Stefan. Hijzelf kon normaal voedsel kauwen en doorslikken als het moest, maar hij had er niets aan en hij vond het al heel lang niet meer lekker. Nee, hij was... wat kieskeuriger geworden, dacht hij. En als ze naar dat feestje gingen, betekende dat dat hij nog uren zou moeten wachten voor hij kon eten. Maar hij knikte instemmend naar Elena.

'Als jij dat graag wilt,' zei hij.

Ze had er inderdaad haar zinnen op gezet om te gaan. Hij had dat al vanaf het begin gezien. 'Goed, dan ga ik me even omkleden.'

Hij liep met haar mee tot onder aan de trap. 'Trek iets aan met een hoge kraag. Een trui,' zei hij zo zacht dat verder niemand hem kon horen.

Ze keek snel door de deuropening naar de lege kamer. 'Het gaat best. Ze zijn al bijna genezen. Zie je wel?' Ze trok haar kanten kraagje naar beneden en draaide haar hoofd opzij.

Stefan staarde als betoverd naar de twee ronde littekentjes in de fijne huid. Ze hadden een heel lichte, doorschijnende rode kleur, als van sterk verdunde wijn. Hij klemde zijn kaken op elkaar en dwong zichzelf zijn ogen af te wenden. Als hij hier veel langer naar keek, werd hij gek.

'Dat bedoelde ik niet,' zei hij bruusk.

De glanzende sluier van haar haar viel weer over de littekentjes heen en onttrok ze aan het zicht. 'O.'

'Kom binnen!'
Toen ze de kamer binnenliepen, stokten de gesprekken. Elena keek naar de hoofden die naar hen werden toe gedraaid, en naar de nieuwsgierige, heimelijke, behoedzame blikken. Niet het soort blikken dat ze gewend was als ze ergens binnenkwam.

Een andere leerling had de deur voor hen opengedaan; Alaric Saltzman was nergens te bekennen. Maar Caroline was er wel. Ze zat op een barkruk, die zo was neergezet dat haar benen op hun voordeligst uitkwamen. Ze wierp Elena een spottende blik toe en maakte een opmerking tegen een jongen rechts van haar. Hij lachte.

Elena voelde haar glimlach geforceerd worden, en een blos kroop naar haar gezicht. Toen hoorde ze een vertrouwde stem.

'Elena, Stefan! Hier.'
Dankbaar zag ze Bonnie samen met Meredith en Ed Goff op een klein bankje in een hoek zitten. Stefan en zij gingen samen op een grote poef tegenover hen zitten en ze hoorde hoe de gesprekken in de kamer geleidelijk werden hervat.

Alsof ze dat stilzwijgend hadden afgesproken, zei niemand iets over Elena en Stefans pijnlijke ontvangst. Elena was vastbesloten net te doen alsof alles heel gewoon was.

En Bonnie en Meredith steunden haar daarin. 'Je ziet er fantastisch uit,' zei Bonnie hartelijk. 'Ik ben gek op die rode trui.'

'Ze ziet er inderdaad leuk uit. Vind je ook niet, Ed?' vroeg Meredith. Ed stemde een beetje verschrikt met haar in.

'Dus jouw klas is ook uitgenodigd,' zei Elena tegen Meredith. 'Ik dacht dat alleen de mensen van het zevende uur zouden komen.'

'Ik weet niet of "uitgenodigd" het juiste woord is,' antwoordde Meredith droog. 'Als je bedenkt dat deelname de helft van je cijfer uitmaakt.'

'Denk je dat hij dat meende? Dat zal toch niet,' zei Ed.
Elena haalde haar schouders op. 'Ik kreeg wel de indruk. Waar is Ray?' vroeg ze aan Bonnie.

'Ray? O, Ray. Ik weet het niet, hij zal wel ergens rondlopen. Er zijn hier veel mensen.'

Dat was zo. De huiskamer van de Ramseys zat stampvol, en voor zover Elena het kon zien, had de menigte zich al verspreid naar de eetkamer, de salon aan de voorkant van het huis en waarschijnlijk ook naar de keuken. Ellebogen streken langs Elena's haar terwijl mensen achter haar langs liepen.

'Wat wilde Saltzman van je na de les?' vroeg Stefan.

'Alaric,' verbeterde Bonnie hem nuffig. 'Hij wil dat we hem Alaric noemen. O, hij was gewoon aardig. Hij vond het naar dat ik door zijn toedoen die afschuwelijke ervaring opnieuw had moeten beleven. Hij wist niet precies hoe meneer Tanner was overleden en hij wist niet dat ik zo gevoelig was. Natuurlijk is hij zelf ook ongelofelijk gevoelig, dus hij weet hoe het is. Hij is een Waterman.'

'En zijn ascendant staat in het teken van de Versiertruc,' fluisterde Meredith. 'Bonnie, die onzin geloof je toch zeker niet? Hij is een leraar. Hij hoort dat soort flauwekul niet op leerlingen uit te proberen.'

'Hij probeerde helemaal niets uit! Hij zei precies hetzelfde tegen Tyler en Sue Carson. Hij zei dat het een goed idee was om steun bij elkaar te zoeken, of om de gebeurtenissen van die avond op te schrijven om onze gevoelens te verwerken. Hij zei dat tieners erg gevoelig zijn voor indrukken en dat hij niet wilde dat de ramp blijvende invloed zou hebben op ons leven.'

'O, jee,' zei Ed, en Stefan, die bijna in de lach schoot, deed alsof hij moest hoesten. Maar hij was niet echt geamuseerd en de vraag die hij aan Bonnie had gesteld, kwam niet voort uit nieuwsgierigheid. Elena wist dat; ze voelde het aan hem. Stefan had bij Alaric Saltzman hetzelfde gevoel als de meeste mensen in deze kamer bij Stefan hadden. Hij vertrouwde hem niet en was voor hem op zijn hoede.

'Het is inderdaad gek dat hij net deed alsof het idee voor dit feestje in de klas spontaan bij hem opkwam,' zei ze, onbewust reagerend op Stefans onuitgesproken woorden. 'Blijkbaar was het al helemaal gepland.'

'Nog gekker is het idee dat de school een leraar zou aannemen zonder hem te informeren over hoe de vorige leraar is overleden,' zei Stefan. 'Iedereen had het erover, en het heeft ook vast in de kranten gestaan.'

'Maar niet alle details,' zei Bonnie vastberaden. 'Er zijn nog steeds dingen die de politie niet naar buiten heeft gebracht, omdat ze denken dat die hen kunnen helpen om de moordenaar te pakken. Bijvoorbeeld...' – ze dempte haar stem – 'weet je wat Mary zei? Dokter Feinberg heeft de man gesproken die de autopsie heeft verricht, de lijkschouwer. En die zei dat er helemaal geen bloed meer in het lijk zat. Geen druppel.'

Elena voelde een ijzige wind door zich heen gaan, alsof ze weer op het kerkhof stond. Ze kon geen woord uitbrengen. Maar Ed vroeg: 'Waar was dat dan gebleven?'

'Nou, op de grond, lijkt me,' zei Bonnie rustig. 'En op het altaar en zo. Dat is de politie nu aan het onderzoeken. Maar het is ongewoon dat er in een lijk helemaal geen bloed achterblijft; meestal blijft er nog wel wat zitten, en dat zakt dan naar onderen. Lijkvlekken noemen ze dat. Het zijn net grote, blauwe plekken. Wat is er?'

'Met die ongelofelijke gevoeligheid van je heb je me bijna zover dat ik moet overgeven,' zei Meredith, met verstikte stem. 'Kunnen we het alsjeblieft over iets anders hebben?'

'Jíj hebt niet al dat bloed over je heen gehad,' begon Bonnie, maar Stefan viel haar in de rede.

'Hebben de onderzoekers iets kunnen vaststellen uit wat ze te weten zijn gekomen? Zijn ze al wat dichter bij het opsporen van de moordenaar?'

'Dat weet ik niet,' zei Bonnie, en toen klaarde haar gezicht op. 'O ja, Elena, jij zei dat je wist...'

'Hou je kop, Bonnie,' zei Elena wanhopig. Als er één plek op de wereld was waar ze dit niet konden bespreken, was dat deze drukke kamer vol mensen die een hekel hadden aan Stefan. Bonnie sperde haar ogen open, maar toen knikte ze en ging er niet verder op in.

Maar Elena kon zich niet ontspannen. Stefan had meneer Tanner niet vermoord, maar toch kon hetzelfde bewijs dat naar Damon leidde, net zo gemakkelijk tegen hem worden gebruikt. Damon zat daar ergens buiten, in de schaduw, te wachten op zijn volgende slachtoffer. Misschien wachtte hij op Stefan... of op haar.

'Ik heb het warm,' zei ze abrupt. 'Ik ga even kijken wat voor drankjes "Alaric" heeft geregeld.'

Stefan wilde ook opstaan, maar Elena beduidde hem te blijven zitten. Hij had geen behoefte aan chips en frisdrank. En zij wilde een paar minuten alleen zijn, bewegen in plaats van zitten, en tot rust komen.

Het gezelschap van Meredith en Bonnie had haar een vals gevoel van veiligheid gegeven. Nu ze alleen was, werd ze opnieuw geconfronteerd met mensen die haar opzettelijk onbeschoft behandelden. Iedereen met wie ze toevallig oogcontact kreeg, bleef ze aankijken. Ik ben toch al berucht, dacht ze. Dan kan ik net zo goed brutaal zijn.

Ze had honger. In de eetkamer van de Ramseys had iemand een assortiment hapjes neergezet dat er verbazend goed uitzag. Elena pakte een papieren bordje en legde er een paar stukjes wortel op, zonder zich iets aan te trekken van de mensen die om de geloogde eiken tafel stonden. Ze was niet van plan iets tegen hen te zeggen, tenzij zij haar eerst aanspraken. Ze richtte al haar aandacht op de hapjes, leunde langs mensen heen om stukjes kaas en crackers te pakken, reikte voor hen langs om een paar druiven van een tros te plukken en keek nadrukkelijk de hele tafel over om te controleren of ze niets had gemist.

Zonder dat ze hoefde op te kijken, wist ze dat het haar was gelukt om de aandacht naar zich toe te trekken. Ze klemde voorzichtig een soepstengel tussen haar tanden, alsof het een potlood was, en wendde zich af van de tafel.

'Mag ik ook een hapje?'

Haar ogen sprongen van schrik wijd open en haar adem stokte haar in de keel. Haar hersenen verstarden en weigerden te verwerken wat er gebeurde. Ze was hulpeloos, kwetsbaar, en wist niet wat ze moest doen. Maar hoewel haar rationele denkvermogen was verdwenen, bleven haar zintuigen alles genadeloos registreren: donkere ogen die haar blikveld volledig in beslag namen, een vleugje van een of ander reukwater in haar neus, twee lange vingers die haar kin optilden. Damon boog zich voorover en beet heel nauwkeurig de andere kant van de soepstengel af.

Op dat moment waren hun lippen slechts enkele centimeters van elkaar verwijderd. Hij leunde weer naar voren, maar nu waren Elena's hersenen voldoende van de schrik bekomen. Ze deinsde achteruit, pakte het laatste stukje soepstengel en gooide het weg. Hij greep het vliegensvlug uit de lucht, een weergaloze demonstratie van zijn reflexen.

Zijn ogen waren nog steeds op de hare gericht. Eindelijk lukte het Elena om adem te halen. Ze opende haar mond, zonder te weten wat ze zou gaan doen. Gillen, waarschijnlijk. Om al deze mensen te waarschuwen dat ze naar buiten moesten rennen. Haar hart bonsde als een razende, haar blik werd wazig.

'Rustig, rustig.' Hij nam het bordje uit haar hand en pakte haar op de een of andere manier bij de pols. Hij hield haar zachtjes vast, zoals Mary bij Stefan had gedaan toen ze zijn pols opnam. Terwijl zij hem met open mond bleef aanstaren, streelde hij met zijn duim over haar pols, alsof hij haar wilde troosten. 'Rustig maar. Het is in orde.'

Wat doe je hier? dacht ze. Het tafereel om haar heen leek vreemd helder en onnatuurlijk. Het was net zo'n nachtmerrie waarin alles heel gewoon is, net alsof je wakker bent, tot er plotseling iets ongelofelijks gebeurt. Hij ging hen allemaal vermoorden.

'Elena? Is alles goed met je?' Sue Carson sprak haar aan en pakte haar bij de schouders.

'Ik denk dat ze zich even verslikte,' zei Damon, en hij liet haar pols los. 'Maar het gaat nu wel weer. Kun je ons misschien aan elkaar voorstellen?'

Hij ging hen allemaal vermoorden...

'Elena, dit is Damon, eh...' Ze hief verontschuldigend haar hand op en Damon vulde haar aan.

'Smith.' Hij hief een papieren bekertje naar Elena op. '*La vita.*'

'Wat doe jij hier?' fluisterde ze.

'Hij is student,' antwoordde Sue in zijn plaats, toen duidelijk werd dat Damon het niet ging vertellen. 'Aan... de universiteit van Virginia, toch? William & Mary?'

'Onder andere,' zei Damon. Hij keek nog steeds naar Elena. Sue had hij geen enkele keer aangekeken. 'Ik reis graag.'

De wereld om Elena heen was met een ruk teruggekeerd in de werkelijkheid, maar het was een ijzingwekkende wereld. Rondom hen stonden mensen die hun gesprek geboeid volgden en haar beletten om vrijuit te spreken. Maar ze boden haar ook veiligheid. Om wat voor reden dan ook speelde Damon een spelletje en deed alsof hij bij hen hoorde. En zolang deze schijnvertoning duurde, zou hij haar met al die mensen erbij niets aandoen... hoopte ze.

Een spelletje. Maar hij bepaalde de regels. Hij stond hier in de eetkamer van de Ramseys een spelletje met haar te spelen.

'Hij is hier maar een paar dagen,' vervolgde Sue behulpzaam. 'Vrienden bezoeken, dacht ik? Of kennissen?'

'Ja,' zei Damon.

'Wat een geluk dat je zomaar weg kunt gaan wanneer je wilt,' zei Elena. Ze wist niet wat haar bezielde, dat ze hem zo probeerde te ontmaskeren.

'Geluk heeft er weinig mee te maken,' zei Damon. 'Hou je van dansen?'

'Wat is je hoofdvak?'

Hij glimlachte naar haar. 'Amerikaanse folklore. Wist je bijvoorbeeld dat een moedervlek in je nek betekent dat je rijk wordt? Heb je er iets op tegen als ik even kijk?'

'Ik heb er iets op tegen.' De stem kwam achter Elena vandaan. Hij klonk helder, kil en rustig. Elena had Stefan één keer eerder op die toon horen praten: de keer dat hij Tyler had betrapt toen die haar lastigviel op het kerkhof. Damons vingers verstarden terwijl ze nog op haar keel rustten. Bevrijd uit zijn betovering deed ze een stap achteruit.

'Doet jouw mening er iets toe dan?' vroeg hij aan Stefan.

De twee keken elkaar aan onder het ietwat flikkerende gele licht van de koperen kroonluchter.

Elena was zich bewust van verschillende lagen in haar eigen gedachten. Iedereen staat te staren; dit is vast spannender dan een film... Ik wist niet dat Stefan langer was... Daar staan Bonnie en Meredith...

ze vragen zich vast af wat er aan de hand is... Stefan is kwaad, maar hij is nog zwak en heeft nog steeds pijn. Als hij Damon nu aanvalt, verliest hij...

En dat met al die mensen erbij. Haar gedachten kwamen krakend tot stilstand toen het plotseling tot haar doordrong. Dáárom was Damon hier, om Stefan te dwingen hem aan te vallen, schijnbaar zonder aanleiding. Wat er daarna ook zou gebeuren, hij zou altijd winnen. Als Stefan hem verdreef, zou dat des te meer bewijs zijn voor Stefans 'gewelddadige inslag'. Meer bewijs voor degenen die Stefan schuldig achtten. En als Stefan het gevecht verloor...

Dan zou het hem zijn leven kosten, dacht Elena. O, Stefan, hij is nu zo veel sterker; doe het alsjeblieft niet. Speel hem niet in de kaart. Hij wíl je vermoorden; hij wacht gewoon op een gelegenheid.

Ze dwong haar benen in beweging te komen, hoewel ze stijf en onbeholpen aanvoelden, als de benen van een marionet. 'Stefan,' zei ze, en ze nam zijn koude hand in de hare. 'Kom, we gaan naar huis.'

Ze voelde de spanning in zijn lichaam, alsof er een elektrische lading onder zijn huid door liep. Op dit moment richtte hij al zijn aandacht op Damon, en het licht in zijn ogen was net vuur dat werd weerspiegeld in het lemmet van een dolk. Ze herkende hem niet in deze stemming. Hij joeg haar angst aan.

'Stéfan!' riep ze. Ze riep hem alsof hij verdwaald was in de mist en ze hem niet kon vinden. 'Stefan, alsjeblíéft!'

Langzaam, heel langzaam, voelde ze dat hij begon te reageren. Ze hoorde hem ademen en merkte hoe zijn lichaam iets van zijn uiterste waakzaamheid verloor en op een lager energieniveau overschakelde. De dodelijke concentratie was verbroken en hij keek haar aan, zag haar.

'Goed,' zei hij zacht, en hij keek haar in de ogen. 'We gaan.'

Ze hield hem vast terwijl ze zich omdraaiden: met haar ene hand klampte ze zijn hand vast, de andere stak ze door zijn arm. Met pure wilskracht lukte het haar om niet over haar schouder te kijken toen ze wegliepen, maar de huid op haar rug tintelde en ze had kippenvel, alsof ze ieder moment een messteek kon verwachten.

In plaats daarvan hoorde ze Damons lage, ironische stem: 'Heb je wel eens gehoord dat een kus van een roodharig meisje een koortslip kan genezen?' En daarna Bonnies uitgelaten, gevleide lach.

Onderweg naar buiten kwamen ze eindelijk hun gastheer tegen.

'Gaan jullie nu al weg?' vroeg Alaric. 'Maar ik heb nog niet eens de gelegenheid gehad om met jullie te praten.'

Hij keek gretig en verwijtend tegelijk, als een hond die heel goed weet dat hij niet uit gaat, maar toch kwispelt. Elena voelde bezorgdheid voor hem en alle anderen in het huis opwellen in haar maag. Stefan en zij leverden hen aan Damon over.

Ze moest maar hopen dat haar eerdere inschatting juist was en dat hij de schijnvertoning wilde voortzetten. Op dit moment had ze haar handen vol aan Stefan. Ze moest hem weg zien te krijgen voor hij van gedachten veranderde.

'Ik voel me niet zo lekker,' zei ze, en ze pakte haar handtasje op, dat nog bij de poef stond. 'Het spijt me.' Ze pakte Stefans arm nog steviger vast. Er was erg weinig voor nodig om hem te laten omdraaien en terug te laten lopen naar de eetkamer.

'Het spijt míj,' zei Alaric. 'Tot ziens.'

Pas toen ze al op de drempel stonden, zag ze het kleine, lichtpaarse stukje papier uit het zijvak van haar tasje steken. Ze trok het eruit en vouwde het afwezig, bijna als in een reflex open.

Er stond iets op geschreven in een groot, alledaags, onbekend handschrift. Slechts drie regels. Ze las het en voelde de wereld om haar heen tollen. Dit was te veel; ze kon er niets meer bij hebben.

'Wat is dat?' vroeg Stefan.

'Niets.' Ze stak het stukje papier terug in het zijvak en duwde het met haar vingers naar beneden. 'Het is niets, Stefan. Laten we gaan.'

Toen ze naar buiten stapten, stortte de regen als scherpe naalden op hen neer.

7

'De volgende keer,' zei Stefan zacht, 'ga ik niet weg.'
Elena wist dat hij het meende en het beangstigde haar. Maar op dit moment waren haar emoties tot rust gekomen en ze had geen zin om met hem in discussie te gaan.

'Hij was daar,' zei ze. 'In een gewoon huis vol gewone mensen, net alsof hij het volste recht had om daar te zijn. Ik had nooit gedacht dat hij dat zou durven.'

'Waarom niet?' vroeg Stefan kortaf en bitter. 'Ik was daar ook in een gewoon huis vol gewone mensen, alsof ik het volste recht had om daar te zijn.'

'Zo bedoelde ik het niet. Ik wil alleen zeggen dat ik hem maar één keer eerder in het openbaar heb gezien, in het Spookhuis, met een kostuum aan en een masker op, in het donker. Daarvoor was het altijd op een verlaten plek, bijvoorbeeld in de gymzaal, toen ik daar alleen was, en op het kerkhof...'

Meteen toen ze dat laatste had gezegd, wist ze dat ze een vergissing had gemaakt. Ze had Stefan nog steeds niet verteld dat ze Damon drie dagen eerder was gaan zoeken. Stefan verstijfde aan het stuur van zijn auto.

'Op het kerkhof?'

'Ja... Ik bedoel die dag dat Bonnie, Meredith en ik daar zijn weggejaagd. Ik neem aan dat Damon toen achter ons aan zat. Behalve wij was daar niemand.'

Waarom loog ze tegen hem? Omdat, antwoordde een stemmetje in haar hoofd grimmig, hij anders misschien door het lint zou gaan. Als Stefan wist wat Damon tegen haar had gezegd, wat hij haar in het vooruitzicht had gesteld, was dat voor hem misschien precies genoeg om zijn zelfbeheersing te verliezen.

Ik kan het hem nooit vertellen, besefte ze plotseling met een misselijkmakende schok. Niet wat er die keer is gebeurd en niet wat Damon in de toekomst nog gaat doen. Als hij met Damon vecht, gaat hij dood.

Dan komt hij het nooit te weten, beloofde ze zichzelf. Wat ik ook moet doen, ik zal ervoor zorgen dat ze nooit om mij met elkaar gaan vechten. Wat er ook gebeurt.

Even bekroop haar een verkillende angst. Vijfhonderd jaar geleden had Katherine ook geprobeerd een vechtpartij te voorkomen, en dat had niets dan dodelijke strijd opgeleverd. Maar zij zou diezelfde vergissing niet maken, zei Elena fel tegen zichzelf. Katherines methoden waren dom en kinderachtig geweest. Wie anders dan een dom meisje zou zichzelf van het leven beroven in de hoop dat de twee rivalen die om haar hand streden daarna vrienden zouden worden? Het was de grootste vergissing geweest van de hele treurige geschiedenis, en door die vergissing was de rivaliteit tussen Stefan en Damon omgeslagen in een onverzoenlijke haat. Sterker nog, Stefan had sindsdien altijd met een schuldgevoel geleefd. Hij gaf zichzelf de schuld van Katherines domheid en zwakte.

Wanhopig zoekend naar een ander gespreksonderwerp vroeg ze: 'Denk je dat iemand hem heeft binnengevraagd?'

'Blijkbaar wel, want hij wás er.'

'Dan is het dus waar wat ze zeggen over... mensen zoals jij. Je moet binnen worden gevraagd. Maar Damon is zonder uitnodiging de gymzaal in gegaan.'

'Dat komt doordat de gymzaal geen plek is waar levenden wonen. Dat is het criterium. Het doet er niet toe of het een huis is, of een tent, of een appartement boven een winkel. Als levende mensen daar eten en slapen, moeten we worden uitgenodigd.'

'Maar ik heb je niet in míjn huis uitgenodigd.'

'Jawel, dat heb je wel gedaan. Die eerste nacht dat ik je naar huis bracht, duwde je de deur open en knikte naar me. De uitnodiging hoeft niet te worden uitgesproken. Als de bedoeling duidelijk is, is dat genoeg. En degene die je uitnodigt hoeft niet per se zelf in het huis te wonen. Iedere mens volstaat.'

Elena dacht na. 'En een woonboot?'

'Hetzelfde. Hoewel stromend water op zich een belemmering kan zijn. Voor sommigen van ons is het bijna onmogelijk om stromend water over te steken.'

Plotseling zag Elena weer voor zich hoe Meredith, Bonnie en zij naar de Wickery Bridge waren gerend. Op de een of andere manier had ze geweten dat als ze de overkant van de rivier konden bereiken, ze veilig zouden zijn voor wat er ook maar achter hen aan zat.

'Dus dát is de reden,' fluisterde ze. Het verklaarde nog steeds niet hoe ze het had geweten. Het was alsof een of andere bron buiten haarzelf de kennis in haar hoofd had gestopt. Toen drong er nog iets anders tot haar door.

'Jij hebt me meegenomen over de brug. Jij kunt stromend water oversteken.'

'Dat komt doordat ik zwak ben.' Hij zei het met vlakke stem, zonder emotie. 'Het is ironisch, maar hoe sterker je Machten zijn, hoe meer bepaalde beperkingen vat op je krijgen. Hoe meer je bij het donker hoort, hoe meer de regels van het donker je aan banden leggen.'

'Wat zijn er nog meer voor regels?' vroeg Elena. Er kwam een plan in haar op. Of in ieder geval de hoop op een plan.

Stefan keek haar aan. 'Ja,' zei hij, 'ik denk dat het tijd is dat je dat weet. Hoe meer je over Damon weet, hoe meer kans je hebt om je te verdedigen.'

Om zich te verdedigen? Misschien wist Stefan meer dan ze dacht. Maar toen hij een zijstraat in reed en de auto stilzette, vroeg ze alleen maar: 'Oké, moet ik knoflook inslaan?'

Hij lachte. 'Alleen als je wilt dat iedereen met een boog om je heen loopt. Maar er zijn wel bepaalde planten die je kunnen helpen. Verbena bijvoorbeeld. Dat is een kruid dat bescherming biedt tegen hekserij. Het kan zorgen dat je geest helder blijft, zelfs als iemand Machten tegen je gebruikt. Mensen droegen het vroeger om hun nek. Bonnie zou het fantastisch vinden; voor de druïden was verbena een heilig kruid.'

'Verbena,' zei Elena. Ze proefde het onbekende woord op haar tong. 'En wat nog meer?'

'Fel licht, of direct zonlicht, kan erg pijnlijk zijn. Je hebt vast wel gemerkt dat het weer is veranderd.'

'Ja, inderdaad,' zei Elena, na een ogenblik stilte. 'Bedoel je dat Damon dat doet?'

'Dat moet wel. Het vereist enorm veel macht om de elementen te beheersen, maar het maakt het voor hem gemakkelijk om bij daglicht te reizen. Zolang hij zorgt dat het bewolkt blijft, hoeft hij niet eens zijn ogen af te schermen.'

'En jij ook niet,' zei Elena. 'Hoe zit het met... nou ja, kruizen en zo?'

'Die hebben geen enkel effect,' zei Stefan. 'Tenzij degene die er een vasthoudt gelóóft dat hij zichzelf daarmee beschermt. Dan kan het zijn wil om weerstand te bieden enorm versterken.'

'Eh... zilveren kogels?'

Stefan lachte weer kort. 'Dat is meer iets voor weerwolven. Ik heb gehoord dat die sowieso een hekel hebben aan zilver, in welke vorm dan ook. De beproefde methode om mijn soort uit te schakelen is nog steeds een houten staak door het hart. Maar er zijn nog meer manieren die min of meer effectief zijn: verbranden, onthoofden, spijkers door de slapen slaan. Of, het allerbeste...'

'Stefan!' De eenzame, bittere glimlach op zijn gezicht vervulde haar met wanhoop. 'Veranderen in een dier, hoe zit het daarmee? Laatst zei je dat je dat kon doen, als je genoeg Macht had. Als Damon zich in elk dier kan veranderen dat hij wil, hoe moeten we hem dan ooit herkennen?'

'Niet in elk dier dat hij wil. Hij is beperkt tot één dier, hooguit twee. Zelfs met zijn Machten denk ik niet dat hij er meer aankan.'

'Dus we blijven opletten of we een kraai zien.'

'Precies. Je kunt ook aan het gedrag van gewone dieren merken of hij in de buurt is. Die reageren meestal niet zo goed op ons; ze voelen dat we jagers zijn.'

'Yangtze bleef maar blaffen naar die kraai. Het was alsof hij wist dat er iets mee aan de hand was,' herinnerde Elena zich. Toen werd ze getroffen door een nieuwe gedachte en ze vervolgde op een andere toon: 'Hoe zit het met spiegels? Ik kan me niet herinneren dat ik je ooit in een spiegel heb gezien.'

Het duurde even voor hij antwoord gaf. Toen zei hij: 'Volgens de legende reflecteert een spiegel de ziel van degene die erin kijkt. Daarom zijn primitieve mensen bang voor spiegels: ze denken dat hun ziel gevangen raakt in de spiegel en gestolen wordt. Mijn soort zou geen spiegelbeeld hebben omdat we geen ziel hebben.' Langzaam pakte hij de achteruitkijkspiegel en draaide hem bij, zodat Elena erin kon kijken. In het verzilverde glas zag ze zijn ogen; verloren, gekweld en oneindig droevig.

Elena kon niets anders doen dan hem tegen zich aan houden, en dat deed ze. 'Ik hou van jou,' fluisterde ze. Het was de enige troost die ze hem kon bieden. Meer hadden ze niet.

Hij klemde zijn armen om haar heen en begroef zijn gezicht in haar haar. 'Jij bent de spiegel,' fluisterde hij terug.

Het was goed om te voelen hoe de spanning uit zijn lichaam wegstroomde en warmte en troost ervoor in de plaats kwamen. Ook zij werd getroost door een vredig gevoel dat haar lichaam binnenstroomde en haar omhulde. Het was zo fijn dat ze hem pas vroeg wat hij bedoelde toen ze bij haar voordeur stonden om afscheid te nemen.

'Ik ben de spiegel?' vroeg ze, naar hem opkijkend.

'Jij hebt mijn ziel gestolen,' zei hij. 'Doe de deur achter je op slot en maak hem vannacht niet meer open.' Toen was hij verdwenen.

'Elena, godzijdank,' zei tante Judith. Toen Elena haar aanstaarde, vervolgde ze: 'Bonnie belde bij het feestje vandaan. Ze zei dat je onverwacht was weggegaan. Toen je niet thuiskwam, maakte ik me ongerust.'

'Stefan en ik hebben een eindje gereden.' Elena was niet blij met de uitdrukking op haar tantes gezicht en vroeg: 'Is dat een probleem?'

'Nee, nee. Het is alleen...' Tante Judith leek niet te weten hoe ze haar zin moest afmaken. 'Elena, misschien is het een goed idee als je... wat minder met Stefan omgaat.'

Elena bleef roerloos staan. 'U ook al?'

'Het is niet dat ik de roddels geloof,' stelde tante Judith haar gerust. 'Maar het is voor jezelf misschien beter als je een beetje afstand van hem bewaart, om...'

'Om hem te dumpen? Om hem in de steek te laten omdat mensen geruchten over hem verspreiden? Om uit de buurt te zijn als er met pek wordt gegooid, omdat er anders misschien wat aan mij blijft kleven?' Woede was een welkome uitlaatklep en de woorden verdrongen zich in Elena's keel om allemaal tegelijk naar buiten te komen. 'Nee, dat vind ik géén goed idee, tante Judith. En als het over Robert ging, zou u het ook geen goed idee vinden. Of misschien ook wel!'

'Elena, ik sta niet toe dat je op zo'n toon tegen me praat...'

'Ik ben toch al uitgesproken!' schreeuwde Elena en ze rende met niets ziende ogen naar de trap. Ze wist haar tranen in te houden tot ze in haar eigen kamer was en de deur op slot had gedraaid. Toen wierp ze zich op het bed en snikte ze het uit.

Een poosje later raapte ze al haar moed bij elkaar om Bonnie te bellen. Die was verschrikkelijk opgewonden en spraakzaam. Of er iets vreemds was gebeurd nadat Stefan en zij waren vertrokken? Waar hád Elena het over? Het enige vreemde was dat zij waren weggegaan! Nee, die nieuwe gast, die Damon, had niets over Stefan gezegd. Hij was gewoon een poosje blijven hangen en was daarna verdwenen. Nee, Bonnie had niet gezien of hij iemand bij zich had toen hij wegging. Waarom? Was Elena jaloers? Ja, dat was een grapje. Maar hij was wel ongelofelijk knap, hè? Bijna nog knapper dan Stefan, als je tenminste hield van donker haar en donkere ogen. Maar ja, als je viel op lichter haar en groenbruine ogen...

Elena trok onmiddellijk de conclusie dat Alaric Saltzman groenbruine ogen had.

Ten slotte lukte het haar het gesprek af te sluiten, en pas toen herinnerde ze zich het briefje dat ze in haar tasje had gevonden. Ze had Bonnie moeten vragen of er iemand bij haar tasje in de buurt was geweest toen zij in de eetkamer was. Maar Bonnie en Meredith waren in die tijd natuurlijk ook zelf een poosje in de eetkamer geweest. Misschien had iemand het toen gedaan.

Alleen al bij het zien van het lichtpaarse papier kreeg ze een tinsmaak achter in haar mond. Ze kon het nauwelijks verdragen om ernaar te kijken. Maar nu ze alleen was, móést ze het openvouwen en opnieuw lezen, voortdurend hopend dat de woorden deze keer op de een of andere manier anders zouden zijn, dat ze zich eerder had vergist.

Maar ze waren niet anders. De scherpe, regelmatige blokletters staken af tegen de lichte achtergrond en leken wel drie meter hoog.

Ik wil hem aanraken. Meer dan de andere jongens die ik heb gekend. En ik weet dat hij het ook wil, maar hij houdt zich in.

Haar woorden. Uit haar dagboek. Het dagboek dat was gestolen.

De volgende dag belden Meredith en Bonnie bij haar aan.

'Stefan heeft me gisteravond gebeld,' zei Meredith. 'Hij zei dat hij niet wilde dat je in je eentje naar school ging. Hij gaat vandaag niet naar school, dus hij vroeg of Bonnie en ik je wilden ophalen.'

'Of we je wilden escorteren,' zei Bonnie, die duidelijk in een goede bui was. 'Of we je chaperonnes wilden zijn. Ik vind het verschrikkelijk lief van hem dat hij je zo beschermt.'

'Waarschijnlijk is hij ook een Waterman,' zei Meredith. 'Kom op, Elena, voor ik haar de nek omdraai. Ze gaat maar door over Alaric.'

Elena liep zwijgend met de anderen mee. Ze vroeg zich af wat Stefan aan het doen was dat hij niet naar school kon gaan. Ze voelde zich kwetsbaar en bloot, alsof haar huid binnenstebuiten zat. Het was zo'n dag dat ze om niets in tranen kon uitbarsten.

Op het mededelingenbord bij de schooladministratie hing een lichtpaars briefje.

Ze had het kunnen weten. Ergens hád ze het ook geweten. De dief stelde zich er niet tevreden mee haar te laten weten dat hij haar persoonlijke woorden had gelezen. Hij liet haar zien dat hij ze openbaar kon maken.

Ze rukte het briefje van het bord en verfrommelde het, maar eerst las ze nog snel wat er stond. Al na één blik stonden de woorden in haar geheugen gegrift.

Ik heb het gevoel dat iemand hem in het verleden verschrikkelijk heeft gekwetst en dat hij daar nooit overheen is gekomen. Maar ik denk ook dat hij ergens bang voor is, een geheim waarvan hij vreest dat ik erachter zal komen.

'Elena, wat is dat? Wat is er aan de hand? Elena, kom terug!'
Bonnie en Meredith liepen achter haar aan naar het dichtstbijzijnde meisjestoilet, waar ze boven de vuilnisbak het briefje in microscopisch kleine stukjes stond te scheuren. Ze hijgde alsof ze net een hardloopwedstrijd had gewonnen. Ze keken elkaar aan en draaiden zich om om de wc-hokjes te controleren.

'Oké,' zei Meredith luid. 'Deze wc is voor de bovenbouw. Wegwezen. Jij daar!' Ze timmerde op de enige dichte deur. 'Eruit!'

Er klonk wat geritsel en even later kwam er een verbijsterde onderbouwer voor de dag. 'Maar ik...'

'Eruit. Wegwezen,' commandeerde Bonnie. 'En jij,' zei ze tegen een meisje dat haar handen stond te wassen, 'gaat bij de deur staan en zorgt dat er niemand binnenkomt.'

'Maar waarom? Waar zijn jullie...'

'Opschieten, meid. Als er iemand door die deur naar binnen komt, houden we jou verantwoordelijk.'

Toen de deur weer dicht was, kwamen ze bij Elena staan.

'Oké, dit is een overval,' zei Meredith. 'Kom op, Elena, geef hier.'

Elena scheurde het laatste piepkleine stukje papier doormidden, niet wetend of ze moest lachen of huilen. Het liefst wilde ze alles vertellen, maar dat kon niet. Ze besloot alleen te vertellen over het dagboek.

Ze waren net zo kwaad en verontwaardigd als zij.

'Het moet iemand op het feestje zijn geweest,' zei Meredith ten slotte, nadat ze allebei hun mening hadden gegeven over het karakter en de moraal van de dief en over de plek waar die na zijn dood waarschijnlijk naartoe zou gaan. 'Maar iedereen die daar was kan het hebben gedaan. Ik kan me niet herinneren dat er één bepaald iemand bij je tasje in de buurt is geweest, maar de hele kamer stond vol mensen. Het kan zijn gebeurd zonder dat ik het merkte.'

'Maar waarom zou iemand zoiets willen doen?' bracht Bonnie naar voren. 'Tenzij... Elena, de nacht dat we Stefan vonden, zinspeelde je wel ergens op. Je zei dat je dacht te weten wie de moordenaar was.'

'Ik dénk niet dat ik dat weet, ik wéét het. Maar als je wilt weten of dit ermee te maken heeft, ben ik daar niet zeker van. Het zou kunnen. Het kan dezelfde persoon zijn geweest.'

Bonnie was ontzet. 'Maar dat betekent dat de moordenaar een leerling is van onze school!' Toen Elena haar hoofd schudde, ging ze verder. 'De enige niet-leerlingen op het feestje waren die nieuwe gast en Alaric.' Haar gezichtsuitdrukking veranderde. 'Alaric heeft meneer Tanner niet vermoord! Hij was toen nog niet eens in Fell's Church.'
'Dat weet ik. Alaric heeft het niet gedaan.' Ze was te ver gegaan om nu nog te stoppen. Bonnie en Meredith wisten al te veel. 'Damon heeft het gedaan.'
'Die vent was de móórdenaar? Hij heeft me gezóénd!'
'Bonnie, rustig.' Zoals altijd als andere mensen hysterisch werden, reageerde Elena heel beheerst. 'Ja, hij is de moordenaar, en we moeten alle drie voor hem op onze hoede zijn. Daarom vertel ik het jullie. Vraag hem nooit, nooit, nooit binnen in je huis.'
Elena zweeg en keek haar vriendinnen zwijgend aan. Die staarden haar aan en even had ze het misselijkmakende gevoel dat ze haar niet geloofden. Dat ze haar gezonde verstand in twijfel trokken.
Maar het enige wat Meredith haar met een vlakke, afstandelijke stem vroeg, was: 'Weet je dat zeker?'
'Ja. Ik weet het zeker. Hij is de moordenaar en degene die Stefan in de put heeft gestopt, en de volgende keer heeft hij het misschien op een van ons voorzien. En ik weet niet of er een manier is om hem tegen te houden.'
'Nou,' zei Meredith, met opgetrokken wenkbrauwen. 'Geen wonder dat Stefan en jij zo'n haast hadden om weg te komen bij het feestje.'

Toen Elena de kantine binnenkwam, wierp Caroline haar een vals lachje toe. Elena merkte het al bijna niet meer.
Maar één ding zag ze meteen. Vickie Bennett was er.
Vickie was niet meer op school geweest sinds de avond dat Matt, Bonnie en Meredith haar hadden aangetroffen terwijl ze over de weg zwalkte en raaskalde over mist en ogen en iets afschuwelijks op het kerkhof. De artsen die haar hadden onderzocht, zeiden dat er lichamelijk niet veel met haar aan de hand was, maar ze was toch niet op het Robert E. Lee College teruggekomen. Er werd gefluisterd dat ze

onder behandeling was van psychologen en dat er medicijnen op haar werden uitgeprobeerd.

Toch zag ze er niet uit alsof ze gek was, dacht Elena. Ze was bleek en stil en het leek alsof haar kleren te groot voor haar waren geworden. Toen Elena langs haar heen liep, keek ze op met de ogen van een geschrokken hert.

Het was vreemd om aan een halflege tafel te zitten, met alleen Bonnie en Meredith als gezelschap. Meestal verdrongen mensen elkaar om bij hen aan tafel te zitten.

'We waren vanmorgen nog niet uitgesproken,' zei Meredith. 'Haal iets te eten, dan kunnen we bedenken wat we gaan doen aan die briefjes.'

'Ik heb geen honger,' zei Elena vlak. 'En wat kúnnen we doen? Als het Damon is, kunnen we hem onmogelijk tegenhouden. Geloof mij maar, dit is geen zaak voor de politie. Daarom heb ik hun ook nog niet verteld dat hij de moordenaar is. Er is geen bewijs, en bovendien, ze zouden nooit... Bonnie, je luistert niet.'

'Sorry,' zei Bonnie, die langs Elena's linkeroor staarde. 'Maar er gebeurt daar iets vreemds.'

Elena draaide zich om. Vickie Bennett stond voor in de kantine, maar ze zag er niet meer kwijnend en stil uit. Ze keek met een geheimzinnige, taxerende blik om zich heen en glimlachte.

'Nou, ze ziet er niet normaal uit, maar ik zou ook niet willen zeggen dat ze er echt vreemd uitziet,' zei Meredith. Toen voegde ze eraan toe: 'Wacht even.'

Vickie knoopte haar vest los. Maar het vreemde zat hem in de manier waarop ze het deed: met doelbewuste, krachtige bewegingen van haar vingers maakte ze een voor een de knoopjes los, en al die tijd keek ze met dat geheimzinnige lachje om zich heen. Toen het laatste knoopje los was, nam ze de punten van het vest bevallig tussen haar duim en wijsvinger en liet eerst de ene en toen de andere mouw langs haar armen naar beneden glijden. Toen gooide ze het vest op de grond.

'"Vreemd" is inderdaad het juiste woord,' bevestigde Meredith.

Leerlingen die met volle dienbladen voor Vickie langs liepen, wierpen haar een nieuwsgierige blik toe en keken nog even achterom als ze voorbij waren. Maar ze bleven pas staan toen Vickie haar schoenen begon uit te trekken.

Elegant zette ze de hiel van haar ene pump tegen de teen van de andere en schoof de schoen van haar voet. Toen schopte ze de tweede uit.

'Ze mag niet doorgaan,' mompelde Bonnie, toen Vickies vingers naar de parelknoopjes van haar witzijden blouse gingen.

Hoofden draaiden haar kant op. Men stootte elkaar aan en wees naar haar. Om Vickie heen had zich een klein groepje verzameld, dat ver genoeg van haar af stond om het uitzicht van de anderen niet te belemmeren.

De witzijden blouse gleed ruisend van haar lichaam en fladderde als een gewonde geest op de grond. Vickie droeg er een witkanten onderjurk onder.

In de kantine was niets anders te horen dan een sissend gefluister. Niemand at. De groep om Vickie heen werd steeds groter.

Vickie glimlachte zedig en begon de knopen bij haar middel los te maken. Haar geruite rok viel op de grond. Ze stapte eruit en schoof hem met haar voet opzij.

Iemand achter in de kantine ging staan en begon te schreeuwen: 'Doorgaan! Doorgaan! Doorgaan!' Andere stemmen voegden zich erbij.

'Gaat niemand haar tegenhouden?' vroeg Bonnie woedend.

Elena stond op. De laatste keer dat ze bij Vickie in de buurt was gekomen, had die gegild en naar haar geslagen. Maar nu wierp ze haar een samenzweerderig lachje toe. Haar lippen bewogen, maar door het geschreeuw kon Elena niet verstaan wat ze zei.

'Kom, Vickie, we gaan,' zei ze.

Vickies lichtbruine haar zwiepte heen en weer en ze begon de bandjes van haar onderjurk naar beneden te trekken.

Elena raapte het vest van de grond en legde het om de tengere schouders van het meisje. Zodra ze dit deed en Vickie aanraakte, gingen de halfgesloten ogen weer wijd open, als de ogen van een geschrokken hert. Vickie staarde wild om zich heen, alsof ze zojuist was ontwaakt uit een droom. Ze keek naar zichzelf en er verscheen een ongelovige uitdrukking op haar gezicht. Ze trok het vest strakker om zich heen en schuifelde huiverend achteruit.

Het was weer stil in de kantine.

'Het is goed,' zei Elena sussend. 'Kom maar mee.'

Bij het horen van haar stem, schrok Vickie op, alsof ze schrikdraad had aangeraakt. Ze staarde Elena aan en begon wild om zich heen te slaan.

'Jij bent een van hen! Ik heb je gezien! Je bent slecht!'

Ze draaide zich om en vluchtte op blote voeten de kantine uit, Elena verbijsterd achterlatend.

8

'Weet je wat er zo vreemd was aan wat Vickie op school deed? Los van dat het gewoon raar was wat ze deed, bedoel ik,' zei Bonnie. Ze likte wat chocoladeglazuur van haar vingers.

'Wat?' vroeg Elena mat.

'Nou, zoals ze er aan het eind bij stond, in haar onderjurk. Ze zag er net zo uit als toen we haar op de weg aantroffen, alleen zat ze destijds ook nog onder de krabben.'

'Krabben van een kat, dachten we,' zei Meredith en ze stak de laatste hap van haar taartje in haar mond. Blijkbaar was ze in een van haar stille, bedachtzame stemmingen. Ze keek Elena opmerkzaam aan. 'Maar dat lijkt me niet erg waarschijnlijk.'

Elena keek onverstoorbaar terug. 'Misschien is ze in een bramenstruik gevallen,' zei ze. 'Zo, zijn jullie klaar met eten? Dan zal ik jullie dat eerste briefje laten zien.'

Ze zetten de bordjes in de gootsteen en liepen de trap op naar Elena's kamer. Elena moest blozen toen de andere meisjes het briefje lazen. Bonnie en Meredith waren haar beste vriendinnen, nu misschien nog de enige vriendinnen die ze had. Ze had hun eerder stukjes uit haar dagboek voorgelezen. Maar dit was anders. Het was het meest vernederende gevoel dat ze ooit had gehad. 'Nou?' zei ze tegen Meredith.

'De persoon die dit heeft geschreven is één meter tachtig lang, trekt met zijn been en draagt een valse snor,' verklaarde Meredith plechtig. 'Sorry,' zei ze snel, toen ze Elena's gezicht zag. 'Niet grappig. Eigenlijk hebben we weinig aanknopingspunten, hè? Het handschrift lijkt me van een man, maar het papier lijkt me meer iets voor een vrouw.'

'Het hele gedoe heeft iets vrouwelijks,' merkte Bonnie op, die zachtjes op Elena's bed op en neer wipte. 'Ja, echt waar,' zei ze verdedigend. 'Het is echt iets voor een vrouw om stukjes uit een dagboek over te schrijven. Mannen geven niet om dagboeken.'

'Je wilt gewoon niet dat het Damon is,' zei Meredith. 'Ik zou denken dat je je er meer zorgen over zou maken dat hij een psychopathische moordenaar is dan dat hij dagboeken steelt.'

'Ik weet het niet; moordenaars hebben iets romantisch. Stel je voor dat je doodgaat met zijn handen om je nek. Hij knijpt je keel dicht en het laatste wat je ziet is zijn gezicht.' Bonnie legde haar eigen handen om haar nek, hapte naar lucht, ademde theatraal uit en ging uitgestrekt op het bed liggen. 'Mij mag hij hebben,' zei ze, met haar ogen nog steeds dicht.

Het lag op Elena's lippen om te zeggen: 'Begrijp je het dan niet, dit is serieus', maar in plaats daarvan hield ze scherp haar adem in. 'O god,' zei ze en ze rende naar het raam. Het was een vochtige, verstikkende dag en het raam stond open. Op de skeletachtige takken van de kweeboom zat een kraai.

Elena deed het schuifraam zo hard naar beneden dat het glas rinkelde. De kraai staarde haar door de trillende ruiten aan met ogen als zwart vulkaanglas. Regenboogkleuren glansden in zijn gladde, zwarte veren.

'Waarom zéí je dat?' vroeg ze aan Bonnie.

'Hé, er is niemand buiten, hoor,' zei Meredith zacht. 'Tenzij je de vogels meetelt.'

Elena wendde zich van hen af. De kraai was weg.

'Het spijt me,' zei Bonnie even later met een klein stemmetje. 'Het is alleen dat het soms niet echt lijkt, zelfs dat meneer Tanner dood is lijkt niet echt. En Damon zag er wel... nou ja, opwindend uit. Maar ook gevaarlijk. Ik geloof best dat hij gevaarlijk is.'

'En bovendien zou hij je keel niet dichtknijpen, hij zou hem opensnijden,' zei Meredith. 'Dat heeft hij tenminste bij meneer Tanner gedaan. Maar de keel van die oude man onder de brug was opengereten, alsof een beest het had gedaan.' Meredith keek Elena vragend aan. 'Damon heeft toch geen dier, of wel?'

'Nee. Ik weet het niet.' Plotseling was Elena erg moe. Ze maakte zich zorgen over Bonnie, over de gevolgen van die dwaze woorden.

'Ik kan jou en degenen van wie je houdt álles doen,' had hij gezegd. Wat zou Damon nu kunnen doen? Ze begreep hem niet. Elke keer dat ze elkaar ontmoetten, was hij anders. In de gymzaal had hij haar bespot en uitgelachen. Maar de keer daarna, toen hij een gedicht voor haar had voorgedragen en had geprobeerd haar over te halen om met hem mee te gaan, had ze durven zweren dat hij serieus was. Vorige week op het kerkhof, toen de ijzige wind om hem heen joeg, was hij dreigend en wreed geweest. En onder zijn spottende woorden van de avond ervoor had ze dezelfde wreedheid gevoeld. Ze kon niet voorspellen wat hij nu ging doen.

Maar wat er ook gebeurde, ze moest Bonnie en Meredith tegen hem beschermen. Vooral omdat ze hen niet echt kon waarschuwen.

En wat voerde Stefan uit? Ze had hem nu meer dan ooit nodig. Waar wás hij?

Het begon die ochtend.

'Even voor de duidelijkheid,' zei Matt. Hij stond tegen zijn beschadigde oude Ford geleund toen Stefan voor schooltijd naar hem toe kwam. 'Je wilt mijn auto lenen.'

'Ja,' zei Stefan.

'En de reden is dat je bloemen wilt halen. Je wilt bloemen halen voor Elena.'

'Ja.'

'En die bloemen, die heel speciale bloemen die je moet halen, groeien hier niet in de buurt.'

'Misschien wel. Maar zo ver naar het noorden is hun bloeiseizoen voorbij. En door de vorst zouden ze toch dood zijn gegaan.'

'Dus je wilt naar het zuiden reizen – hoe ver weet je niet – om die bloemen te zoeken die je per se aan Elena moet geven.'

'Of in ieder geval de planten,' zei Stefan. 'Maar ik heb liever de bloemen.'

'En omdat de politie nog steeds je auto heeft, wil je de mijne lenen, voor hoe lang het ook maar duurt om naar het zuiden te rijden en die bloemen te vinden die je per se aan Elena wilt geven.'

'Ik denk dat ik minder opval als ik met de auto ga,' legde Stefan uit. 'Ik wil niet dat de politie achter me aan komt.'
'Hmm-m. En daarom wil je mijn auto lenen.'
'Ja. Krijg ik hem van je?'
'Ga ik mijn auto uitlenen aan de vent die mijn vriendin heeft afgepikt en die nu een plezierreisje naar het zuiden wil maken om een speciale soort bloemen voor haar te halen die ze per se moet hebben? Ben je gek of zo?' Matt, die over de daken van de houten huizen aan de overkant had staan staren, draaide zich eindelijk om en keek Stefan aan. Zijn blauwe ogen, die gewoonlijk zo open en vrolijk stonden, keken Stefan van onder een paar gefronste wenkbrauwen ongelovig aan.
Stefan wendde zijn blik af. Hij had beter moeten weten. Na alles wat Matt al voor hem had gedaan, was het belachelijk om nog meer van hem te verwachten. Vooral in deze tijd, dat de mensen huiverden bij het horen van zijn stap en zijn ogen ontweken als hij dichterbij kwam. Het was inderdaad gek om te verwachten dat Matt, die alle reden had om hem te haten, hem zonder enige verklaring, enkel op goed vertrouwen, zo'n dienst zou bewijzen.
'Nee, ik ben niet gek,' zei hij zacht en hij draaide zich om om weg te gaan.
'Ik ook niet,' zei Matt. 'Ik zou wel gek zijn om mijn auto zomaar aan jou mee te geven. Mooi niet. Ik ga met je mee.'
Toen Stefan zich naar hem omdraaide, stond Matt met nadenkend getuite onderlip naar de auto te kijken.
'Stel je voor,' zei hij, terwijl hij over het gebladderde autodak wreef, 'je mocht eens een krasje in de lak maken.'

Elena legde de hoorn op de haak. Er wás iemand in het pension, want iemand nam steeds op als ze belde, maar daarna hoorde ze alleen stilte en werd met een klik de verbinding verbroken. Ze vermoedde dat het mevrouw Flowers was, maar daarmee wist ze nog niet waar Stefan uithing. Instinctief wilde ze naar hem toe gaan. Maar het was donker buiten, en Stefan had haar uitdrukkelijk gewaarschuwd om niet in het donker naar buiten te gaan, vooral niet in de buurt van het kerkhof of het bos. Het pension stond vlak bij beide.

'Geen gehoor?' vroeg Meredith, toen Elena terugkwam en op het bed ging zitten.

'Ze hangt steeds op,' zei Elena, en ze mompelde iets onverstaanbaars.

'Luister,' zei Bonnie, en ze ging overeind zitten. 'Als Stefan belt, belt hij hierheen. Er is geen enkele reden waarom je vannacht bij mij zou moeten slapen.'

Die reden was er wél, hoewel Elena het zelfs voor zichzelf niet goed kon verklaren. Tenslotte had Damon Bonnie gekust tijdens het feestje bij Alaric Saltzman thuis. Het was Elena's schuld dat Bonnie überhaupt in gevaar was. Op de een of andere manier had ze het gevoel dat ze bij Bonnie in de buurt moest blijven, dat ze haar misschien zou kunnen beschermen.

'Mijn vader en moeder en Mary zijn allemaal thuis,' hield Bonnie aan. 'En sinds meneer Tanner is vermoord, doen we alle deuren en ramen op slot. Pa heeft van het weekend zelfs extra sloten gezet. Ik zie niet in wat jíj zou kunnen doen.'

Dat wist Elena zelf ook niet. Maar ze ging toch mee.

Bij tante Judith liet ze een briefje voor Stefan achter, waarin ze schreef waar ze was. Het liep nog steeds stroef tussen haar en haar tante. En dat zou zo blijven, dacht Elena, tot tante Judith haar mening over Stefan zou herzien.

Bij Bonnie thuis kreeg ze een kamer die vroeger van een van Bonnies zussen was geweest, die nu studeerde. Het eerste wat ze deed was het raam controleren. Het zat op slot en er was buiten geen boom of regenpijp waar iemand in zou kunnen klimmen. Zo onopvallend mogelijk controleerde ze ook Bonnies kamer en alle andere kamers waar ze in kon komen. Bonnie had gelijk; ze waren allemaal van binnenuit goed afgesloten. Er kon niets van buitenaf in het huis komen.

Die nacht lag ze in haar bed lange tijd naar het plafond te staren. Ze kon niet slapen. Ze moest steeds denken aan Vickie, zoals die in de kantine dromerig een striptease uitvoerde. Wat mankeerde haar? Ze moest niet vergeten dat een volgende keer aan Stefan te vragen.

Gedachten aan Stefan waren fijn, ondanks de verschrikkelijke dingen die er de afgelopen tijd waren gebeurd. Elena glimlachte in het donker en liet haar gedachten afdwalen. Op een dag zou al deze ellende voorbij zijn, en dan zouden Stefan en zij samen een leven opbouwen. Hij had daar natuurlijk nog niets over gezegd, maar Elena zelf was ervan overtuigd. Zij zou met Stefan trouwen, of anders met niemand. En Stefan zou met niemand anders trouwen dan met haar...

De overgang van denken naar dromen ging zo vloeiend en geleidelijk dat ze het bijna niet merkte. Maar op de een of andere manier wist ze toch dat ze droomde. Het was alsof een deel van haar aan de kant stond en naar de droom keek als naar een toneelstuk.

Ze was in een lange gang, met spiegels aan de ene en ramen aan de andere kant. Ze wachtte ergens op. Plotseling zag ze iets bewegen, en Stefan stond buiten voor het raam. Zijn gezicht was bleek en zijn ogen stonden boos en gekwetst. Ze liep naar het raam, maar door het glas kon ze niet horen wat hij zei. In één hand hield hij een boek met een blauwfluwelen kaft. Hij wees er steeds naar en vroeg haar iets. Toen liet hij het boek vallen en wendde zich af.

'Stefan, ga niet weg! Laat me niet alleen!' schreeuwde ze. Haar vingers werden wit van het drukken tegen het glas. Toen zag ze een handgreep aan de zijkant van het raam. Ze duwde het raam open en riep hem na. Maar hij verdween, en buiten zag ze alleen nog een wervelende, witte mist.

Ontroostbaar keerde ze zich af van het raam en liep de gang door. Haar eigen spiegelbeeld glinsterde in de spiegels die ze voorbijliep. Toen trok iets in een van de reflecties haar aandacht. De ogen die ze zag waren haar ogen, maar ze hadden een nieuwe blik, een sluwe blik, als van een roofdier. Vickies ogen hadden er net zo uitgezien toen ze zich uitkleedde. En er was iets verontrustends en hongerigs aan haar glimlach.

Terwijl ze stil stond te kijken, begon het spiegelbeeld plotseling rond te wervelen, alsof het danste. Elena werd overspoeld door ontzetting. Ze rende door de gang, maar nu hadden alle spiegelbeelden een eigen leven. Ze dansten, wenkten en lachten haar uit. Net toen ze dacht dat haar hart en longen uit elkaar zouden barsten van angst, kwam ze bij het eind van de gang en gooide een deur open.

Ze stond in een grote, prachtige zaal. Het hoge plafond was met fijn houtsnijwerk versierd en met goud ingelegd; de deuropeningen waren afgezet met wit marmer. Klassieke beelden stonden in nissen langs de muren. Elena had nog nooit zo'n prachtige zaal gezien, maar ze wist waar ze was. Ze was in Italië, in de tijd van de renaissance, toen Stefan had geleefd.

Ze keek naar zichzelf en zag dat ze net zo'n jurk droeg als ze voor Halloween had laten maken, de ijsblauwe baljurk uit de renaissance. Maar deze jurk was diep robijnrood, en om haar middel droeg ze een dunne ketting, die was ingelegd met schitterende, rode stenen. Dezelfde stenen zaten in haar haar. Wanneer ze bewoog, glansde de zijde als vlammen in het licht van honderden flambouwen.

Aan de andere kant van de zaal zwaaiden twee enorme deuren naar binnen open. In het midden verscheen een gestalte. Hij liep naar haar toe en ze zag dat het een jongeman was, gekleed in renaissancestijl, met een met bont afgezet wambuis en een kuitbroek.

Stefan! Ze liep gretig naar hem toe en voelde het gewicht van haar jurk vanaf haar middel om zich heen zwieren. Maar toen ze dichterbij kwam, bleef ze staan en haalde scherp adem. Het was Damon.

Hij bleef naar haar toe lopen, nonchalant en vol zelfvertrouwen. Hij glimlachte uitdagend. Toen hij bij haar was, legde hij een hand op zijn hart en maakte een buiging. Toen stak hij de hand naar haar uit, alsof hij haar tartte hem vast te pakken.

'Hou je van dansen?' vroeg hij. Maar zijn lippen bewogen niet. De stem was in haar geest.

Haar angst ebde weg en ze lachte. Wat mankeerde haar dat ze ooit bang voor hem was geweest? Ze begrepen elkaar heel goed. Maar in plaats van zijn hand te pakken, draaide ze zich om, en de zijde van de jurk draaide met haar mee. Ze liep met lichte tred naar een van de beelden langs de muur, zonder te kijken of hij mee liep. Ze wist dat hij dat zou doen. Ze deed alsof ze volkomen in beslag werd genomen door het beeld, en precies op het moment dat hij haar bereikte, liep ze weer door, op haar lip bijtend om haar lachen in te houden. Ze voelde zich fantastisch, zo vol leven, zo mooi. Gevaarlijk? Natuurlijk, dit spel was gevaarlijk. Maar ze was altijd dol geweest op gevaar.

Toen hij haar weer naderde, keek ze hem plagend aan en ze draaide zich om. Hij stak zijn hand uit, maar kreeg slechts de met juwelen versierde ketting om haar middel te pakken. Hij liet snel los en toen ze achteromkeek, zag ze dat hij zich had gesneden aan de puntige zetting van een van de edelstenen.

De bloeddruppel op zijn vinger had precies dezelfde kleur als haar jurk. Zijn ogen keken haar zijdelings aan en zijn lippen vertrokken zich tot een spottende glimlach terwijl hij de gewonde vinger omhoogstak. Dat durf je toch niet, zeiden die ogen.

O, durf ik dat niet? antwoordde Elena met haar eigen ogen. Brutaal pakte ze zijn hand en hield hem even plagend vast. Toen bracht ze de vinger naar haar lippen.

Na enkele ogenblikken liet ze hem los en ze keek naar hem op. 'Ik hou inderdaad van dansen,' zei ze, en ze merkte dat ze, net als hij, met haar geest kon praten. Het was een opwindende ervaring. Ze liep naar het midden van de zaal en wachtte.

Hij kwam achter haar aan, sierlijk als een dier dat zijn prooi besluipt. Zijn vingers waren warm en hard toen ze de hare vastpakten.

Er was muziek, hoewel die af en toe vervaagde en ver weg klonk. Damon legde zijn andere hand op haar middel. Ze voelde de warmte, de druk van zijn vingers. Ze pakte haar rokken bij elkaar en ze begonnen te dansen.

Het was heerlijk, alsof ze vlogen, en haar lichaam wist precies welke bewegingen het moest maken. Ze dansten samen rond en rond in die lege zaal, perfect in de maat.

Hij keek lachend op haar neer, en zijn donkere ogen glinsterden van plezier. Ze voelde zich zo mooi, zo evenwichtig en alert en op alles voorbereid. Ze kon zich niet herinneren dat ze ooit zo veel plezier had gehad.

Maar geleidelijk vervaagde zijn glimlach en hun dans werd steeds langzamer. Ten slotte stond ze roerloos in zijn armen. Zijn donkere ogen stonden niet meer geamuseerd, maar fel en verhit. Ze keek kalm, zonder angst, naar hem op. En toen had ze voor het eerst het gevoel dat ze inderdaad droomde; ze was duizelig en erg loom en zwak.

De zaal om haar heen vervaagde. Ze zag alleen zijn ogen, die maakten dat ze zich steeds slaperiger begon te voelen. Haar ogen vielen half dicht, en ze liet haar hoofd achterovervallen. Ze zuchtte.

Ze vóélde zijn blik, op haar lippen, haar keel. Ze glimlachte in zichzelf en liet haar ogen helemaal dichtvallen.

Hij ondersteunde haar, om te voorkomen dat ze viel. Ze voelde zijn lippen op de huid van haar keel, gloeiend heet, alsof hij koorts had. Toen voelde ze de steek, alsof er twee naalden in haar keel werden gestoken. Maar dat was snel voorbij en ze gaf zich over aan het genot van het bloed dat uit haar werd gezogen.

Ze herkende dat gevoel, het gevoel te drijven op een bed van goudkleurig licht. Een heerlijke loomheid trok door al haar ledematen. Ze was slaperig, alsof het te veel moeite was om te bewegen. Ze had trouwens toch geen zin om zich te bewegen; ze voelde zich veel te prettig.

Haar vingers rustten op zijn haar en trokken zijn hoofd naar haar toe. Lui liet ze haar vingers door de zachte, donkere lokken dwalen. Zijn haar was als zijde, warm en levend onder haar vingers. Toen ze haar ogen op een kiertje opende, zag ze dat het regenboog weerspiegelde in het kaarslicht. Rood en blauw en paars, net als... net als de veren...

En toen spatte alles uit elkaar. Plotseling voelde ze een pijn in haar keel, alsof haar ziel uit haar werd weggescheurd. Ze duwde Damon van zich af, krabde hem, probeerde zich los te wringen. Ze hoorde gegil. Damon vocht met haar, maar het was Damon niet, het was een kraai. Enorme vleugels sloegen tegen haar aan, zwiepten door de lucht.

Haar ogen waren open. Ze was wakker en gilde. De balzaal was weg en ze bevond zich in een donkere slaapkamer. Maar de nachtmerrie was haar gevolgd. Terwijl ze haar hand uitstak naar het lichtknopje, belaagde hij haar opnieuw. Vleugels sloegen in haar gezicht, een scherpe snavel dook op haar neer.

Elena sloeg hem weg en bracht haar hand snel omhoog om haar ogen te beschermen. Ze gilde nog steeds. Ze kon er niet aan ontsnappen; die afschuwelijke vleugels bleven maar uitzinnig klapwieken, met een geluid alsof er duizend kaartspellen tegelijk werden geschud.

De deur vloog open en ze hoorde geschreeuw. Het warme, zware lichaam van de kraai raakte haar en haar gegil werd nog hoger. Toen trok iemand haar van het bed, en even later stond ze veilig achter de rug van Bonnies vader. Hij had een bezem en sloeg ermee naar de vogel.

Bonnie stond in de deuropening. Elena rende in haar armen. Bonnies vader stond te schreeuwen en daarna hoorden ze een raam dichtslaan.

'Hij is eruit,' zei meneer McCullough hijgend.

Mary en mevrouw McCullough stonden voor de kamer op de gang, met een badjas om zich heen geslagen. 'Je bent gewond,' zei mevrouw McCullough stomverbaasd tegen Elena. 'Dat rotbeest heeft je gepikt.'

'Het gaat wel,' zei Elena, terwijl ze een bloedvlekje wegveegde. Ze was zo geschrokken dat ze bijna door haar knieën zakte.

'Hoe is hij bínnengekomen?' vroeg Bonnie.

Meneer McCullough stond het raam te inspecteren. 'Je had het niet open moeten zetten,' zei hij. 'Waarom heb je de sloten eraf gehaald?'

'Dat heb ik niet gedaan,' riep Elena.

'Toen ik je hoorde gillen en naar binnen kwam, stond het raam open,' zei Bonnies vader. 'Ik zou niet weten wie het anders zou hebben opengezet.'

Elena slikte haar protesten in. Aarzelend, op haar hoede, liep ze naar het raam. Hij had gelijk; de sloten waren losgeschroefd. En dat kon alleen van binnenuit zijn gedaan.

'Misschien was je aan het slaapwandelen,' zei Bonnie. Ze voerde Elena weg bij het raam terwijl haar vader de sloten er weer op schroefde. 'Kom, dan gaan we je even opfrissen.'

Slaapwandelen. Plotseling spoelde de droom weer over haar heen. De gang met spiegels, de balzaal, en Damon. Dansen met Damon. Ze rukte zich los uit Bonnies greep.

'Ik doe het zelf wel,' zei ze. Ze hoorde haar stem beven op het randje van hysterie. 'Nee, echt... dat wil ik.' Ze ontsnapte de badkamer in, ging met haar rug tegen de dichte deur staan en probeerde op adem te komen.

Het laatste wat ze wilde was in een spiegel kijken. Maar ten slotte liep ze langzaam naar de spiegel boven de wastafel en keek bevend naar de rand van haar spiegelbeeld, die centimeter voor centimeter opschoof, tot het zilverachtige oppervlak haar helemaal omlijstte.

Haar spiegelbeeld staarde terug, doodsbleek, met ogen die er gekwetst en bang uitzagen. Ze had diepe schaduwen onder haar ogen en er zaten vegen bloed op haar gezicht.

Langzaam draaide ze haar hoofd wat opzij en ze tilde haar haar op. Ze schreeuwde het bijna uit toen ze zag wat eronder zat.

Twee kleine wondjes, vers en open in de huid van haar nek.

9

'Ik weet dat ik er spijt van ga krijgen dat ik het heb gevraagd,' zei Matt, terwijl hij zijn roodomrande ogen van de I-95 afwendde en Stefan aankeek, die op de passagiersstoel naast hem zat. 'Maar kun je me vertellen waarom we dit uitermate bijzondere, niet-plaatselijk-verkrijgbare, subtropische onkruid voor Elena willen hebben?'

Stefan keek naar de achterbank, waar ze de oogst van hun speurtocht door hagen en graslanden hadden neergelegd. De planten, met de vertakte groene stengels en de smalle, getande bladeren, leken inderdaad nog het meest op onkruid. De uitgedroogde bloemresten aan de top van de uitlopers waren bijna onzichtbaar, en niemand kon beweren dat de uitlopers zelf er erg decoratief uitzagen.

'Stel dat ik zou zeggen dat je ze kunt gebruiken om er een honderd procent natuurlijk oogwater van te maken?' stelde Stefan na enig nadenken voor. 'Of kruidenthee?'

'Hoezo? Wilde je zoiets zeggen dan?'

'Niet echt.'

'Mooi zo. Want als je dat zou doen, zou ik je waarschijnlijk tegen de grond slaan.'

Zonder Matt aan te kijken, glimlachte Stefan. Er kwam iets nieuws in hem tot leven, iets wat hij al bijna vijf eeuwen niet meer had gevoeld, behalve bij Elena. Acceptatie. Warmte en vriendschap, samen met een ander wezen, iemand die niet de waarheid over hem kende, maar hem toch vertrouwde. Die bereid was in hem te geloven. Hij wist niet zeker of hij het verdiende, maar hij kon niet ontkennen wat het voor hem betekende. Het gaf hem bijna het gevoel... weer mens te zijn.

Elena staarde naar haar spiegelbeeld. Het was geen droom geweest. Niet helemaal. De wondjes in haar nek waren er het bewijs van. En nu ze ze had gezien, merkte ze dat ze een beetje duizelig was, en loom.

Het was haar eigen schuld. Ze had zo veel moeite gedaan om Bonnie en Meredith ervan te doordringen dat ze geen vreemden in hun huis moesten uitnodigen. En al die tijd was ze vergeten dat zij zelf Damon in Bonnies huis had uitgenodigd, die nacht dat ze in Bonnies eetkamer het Zwijgende Avondmaal hadden gehouden en zij in de duisternis had geroepen: 'Kom binnen.'

Die uitnodiging zou altijd blijven gelden. Hij kon op ieder moment dat hij daar zin in had terugkomen, zelfs nu. Vooral nu, nu ze zwak was en onder hypnose gemakkelijk kon worden overgehaald om weer een raam van het slot te halen.

Elena struikelde de badkamer uit en liep langs Bonnie heen de logeerkamer in. Ze pakte haar tas en begon er spullen in te proppen.

'Elena, je kunt niet naar huis gaan!'

'Ik kan hier niet blijven,' zei Elena. Ze zocht om zich heen naar haar schoenen, zag ze bij het bed staan en wilde ernaartoe lopen. Toen bleef ze met een gesmoord geluid staan. Op het tere, gekreukelde beddengoed lag een zwarte veer. Hij was groot, weerzinwekkend groot en echt en stevig, met een dikke, wasachtige schacht. Hij zag er bijna obsceen uit, zoals hij daar op de witbatisten lakens lag.

Elena werd overspoeld door een golf van misselijkheid en ze wendde zich af. Ze kon geen adem halen.

'Oké, oké,' zei Bonnie. 'Als je er zo over denkt, zal ik pa vragen of hij je naar huis brengt.'

'Jij moet ook meekomen.' Het was Elena zojuist duidelijk geworden dat Bonnie in dit huis net zomin veilig was als zij. Jij en degenen van wie je houdt, herinnerde ze zich, en ze draaide zich om om Bonnies arm vast te grijpen. 'Je móét, Bonnie. Ik heb je nodig.'

Uiteindelijk kreeg ze haar zin. De McCulloughs dachten dat ze hysterisch was, dat ze overdreef, dat ze misschien een zenuwinzinking had. Maar ten slotte gaven ze toe. Meneer McCullough bracht Bonnie en Elena naar het huis van de familie Gilbert, waar ze als dieven in de nacht de deur van het slot haalden en naar binnen slopen zonder iemand wakker te maken.

Zelfs hier kon Elena niet in slaap komen. Terwijl Bonnie naast haar zachtjes lag te ademen, staarde zij naar haar slaapkamerraam. Buiten schoven de takken van de kweeboom piepend langs het glas, maar verder bleef het tot het ochtendgloren doodstil.

Toen hoorde ze de auto. Ze zou het piepende geluid van Matts auto overal herkennen. Gealarmeerd liep ze op haar tenen naar het raam en keek naar buiten, waar de ochtendstilte van een nieuwe grijze dag was begonnen. Toen rende ze de trap af en deed de voordeur open.

'Stefan!' Ze was nog nooit in haar leven zo blij geweest om iemand te zien. Ze vloog op hem af voor hij de tijd had om zijn portier dicht te doen. Hij werd achteruitgeworpen door haar gewicht en ze voelde zijn verrassing. Meestal was ze niet zo demonstratief waar anderen bij waren.

'Hé,' zei hij en hij beantwoordde voorzichtig haar omhelzing. 'Ik ben ook blij om jou te zien, maar pas op dat je de bloemen niet plet.'

'Bloemen?' Ze trok zich terug om te zien wat hij bij zich had en keek hem aan. Toen keek ze naar Matt, die om de auto heen kwam lopen. Stefan zag er bleek en moe uit, Matts ogen waren rood en zijn gezicht was opgezet van vermoeidheid.

'Kom maar gauw binnen,' zei ze uiteindelijk, verbijsterd. 'Jullie zien er niet uit.'

'Het is verbena,' zei Stefan, enige tijd later. Elena en hij zaten aan de keukentafel. Door de deuropening konden ze Matt zien, die uitgestrekt op de bank in de huiskamer zachtjes lag te snurken. Nadat hij drie bakken cornflakes had leeggegeten was hij daar neergevallen. Tante Judith, Bonnie en Margaret lagen boven nog te slapen, maar Stefan dempte toch zijn stem. 'Weet je nog wat ik je daarover heb verteld?'

'Je zei dat het zorgt dat je geest helder blijft, zelfs als iemand Macht gebruikt om je te beïnvloeden.' Elena was trots dat haar stem zo vast klonk.

'Precies. Dat is een van de dingen die Damon misschien gaat proberen. Hij kan zelfs van een afstand de kracht van zijn geest gebruiken. Als je wakker bent, maar ook als je slaapt.'

Er kwamen tranen in Elena's ogen. Ze wendde haar blik af om ze te verbergen en staarde naar de lange, dunne stengels met de uitgedroogde overblijfselen van kleine, lichtpaarse bloemetjes aan de uiteinden. 'Ook als ik slaap?' vroeg ze, bang dat haar stem deze keer niet zo vast klonk.

'Ja. Hij zou je kunnen beïnvloeden om het huis uit te gaan, of om hem binnen te laten. Maar de verbena voorkomt dat.' Stefan klonk moe, maar voldaan.

O, Stefan, je moest eens weten, dacht Elena. Het geschenk was één nacht te laat gekomen. Ondanks haar inspanningen viel er een traan op de lange groene bladeren.

'Elena!' zei hij geschrokken. 'Wat is er? Zeg het me.'

Hij probeerde haar aan te kijken, maar ze boog haar hoofd en duwde haar gezicht tegen zijn schouder. Hij legde zijn armen om haar heen, zonder haar te dwingen op te kijken. 'Zeg het me,' herhaalde hij zacht.

Dit was het moment. Als ze het hem ooit wilde vertellen, moest ze het nu doen. Haar keel voelde heet en gezwollen aan en ze wilde alle woorden die ze had opgekropt eruit gooien.

Maar ze kon het niet. Wat er ook gebeurt, ik laat niet toe dat hij om mij gaat vechten, dacht ze.

'Het is alleen... ik was zo ongerust,' wist ze uit te brengen. 'Ik wist niet waar je was, en wanneer je terug zou komen.'

'Ik had het je moeten zeggen. Maar is dat alles? Zit je verder niets dwars?'

'Dat is alles.' Nu moest ze Bonnie laten zweren niets over de kraai te zeggen. Waarom moest de ene leugen toch altijd tot een volgende leiden? 'Wat moeten we doen met de verbena?' vroeg ze, achteroverleunend.

'Dat laat ik je vanavond zien. Als we de olie uit de zaden hebben geperst, kun je die in je huid wrijven of aan het badwater toevoegen. En van de gedroogde bladeren kun je een reukzakje maken en dat bij je dragen, of 's nachts onder je kussen leggen.'

'Ik kan het maar beter ook aan Bonnie en Meredith geven. Die hebben ook bescherming nodig.'

Hij knikte. Hij brak een takje af en legde het in haar hand. 'Voorlopig moet je dit maar meenemen naar school. Ik ga naar het pension om de olie te winnen.' Hij zweeg even en zei toen: 'Elena...'

'Ja?'

'Als jij daarbij gebaat zou zijn, zou ik weggaan. Dan zou ik je niet aan Damon blootstellen. Maar ik denk niet dat hij mij zou volgen als ik weg zou gaan. Niet meer. Ik denk dat hij zou blijven... om jou.'

'Dénk er niet eens over om weg te gaan,' zei ze fel en ze keek naar hem op. 'Stefan, dat is het enige wat ik niet zou kunnen verdragen. Beloof me dat je dat niet zult doen. Beloof het me.'

'Ik zal je niet met hem alleen laten,' zei Stefan, wat niet precies hetzelfde was. Maar het had geen zin om verder aan te dringen.

In plaats daarvan hielp ze hem Matt wakker te maken en bracht hen naar de deur. Daarna liep ze met een takje gedroogde verbena in haar hand naar boven om zich klaar te maken voor school.

Bonnie zat tijdens het ontbijt voortdurend te gapen en ze werd pas echt wakker toen ze met een harde wind in hun gezicht naar school liepen. Het zou een koude dag worden.

'Ik had vannacht een heel rare droom,' zei Bonnie.

Elena's hart sloeg een slag over. Ze had al een takje verbena in Bonnies rugzak gestopt, helemaal onderin, waar Bonnie het niet zou zien. Maar als Damon de afgelopen nacht bij Bonnie was geweest...

'Waarover?' vroeg ze en ze bereidde zich voor op het ergste.

'Over jou. Ik zag je onder een boom staan en het waaide. Om de een of andere reden was ik bang voor je en ik wilde niet dichterbij komen. Je zag er... anders uit. Heel bleek, maar bijna alsof je gloeide. En toen vloog er een kraai uit de boom, en jij stak je hand uit en pakte hem zo uit de lucht. Je was ongelofelijk snel. En toen keek je me aan, met zo'n vreemde uitdrukking op je gezicht. Je glimlachte, maar zo dat ik het liefst wilde wegrennen. En toen draaide je de kraai zijn nek om, en was hij dood.'

Elena had met groeiende ontzetting geluisterd. Nu zei ze: 'Dat is een afschúwelijke droom.'

'Ja, vind je ook niet?' zei Bonnie kalm. 'Ik vraag me af wat het betekent. In legenden zijn kraaien voorboden van slecht nieuws. Ze kunnen de dood aankondigen.'

'Waarschijnlijk betekent het dat je wist hoe erg ik van streek was door die kraai in mijn kamer.'

'Ja,' zei Bonnie. 'Op één ding na. Ik had die droom al vóór je ons allemaal wakker gilde.'

Die dag hing er tijdens de lunchpauze weer een stuk lichtpaars papier op het mededelingenbord. Maar nu stond er eenvoudig op: KIJK BIJ DE PERSOONLIJKE BERICHTEN.

'Welke persoonlijke berichten?' vroeg Bonnie.

Meredith, die net met een nummer van de *Wildcat Weekly*, de schoolkrant, kwam aanlopen, gaf het antwoord. 'Hebben jullie dit gelezen?' vroeg ze.

Het stond bij de persoonlijke berichten, volkomen anoniem, zonder aanhef of afzender. *Ik kan de gedachte niet verdragen dat ik hem kwijt zou raken. Maar hij is zo vreselijk ongelukkig ergens over, en als hij me niet vertelt wat het is, als hij me daar niet genoeg voor vertrouwt, zie ik geen hoop voor ons.*

Terwijl Elena dit las, voelde ze een stroom van nieuwe energie door haar vermoeidheid heen breken. O god, ze haatte degene die dit deed. Ze stelde zich voor dat ze hem zou doodschieten, neersteken, op de grond zou zien vallen. En toen stelde ze zich nog iets anders voor. Ze zag levendig voor zich hoe ze de dief bij zijn haar zou grijpen en haar tanden in zijn onbeschermde keel zou zetten. Het was een vreemd, verwarrend beeld, maar even leek het bijna echt.

Plotseling werd ze zich ervan bewust dat Bonnie en Meredith naar haar keken.

'Wat?' vroeg ze, niet helemaal op haar gemak.

'Ik dacht wel dat je niet luisterde,' zei Bonnie zuchtend. 'Ik zei net dat het me niets lijkt voor Da... voor de moordenaar om zoiets te doen. Ik kan me niet voorstellen dat een moordenaar zo kleingeestig zou zijn.'

'Ik geef het niet graag toe, maar ze heeft gelijk,' zei Meredith. 'Dit ruikt naar een achterbaks type. Iemand die een persoonlijke wrok tegen je koestert en die je echt wil laten lijden.'

Er had zich speeksel in Elena's mond verzameld en ze slikte. 'Het moet ook iemand zijn die bekend is met de school. Degene die het heeft gedaan moet in de journalistiekles een formulier voor een persoonlijk bericht hebben ingevuld,' zei ze.

'En het moet iemand zijn die wist dat je een dagboek bijhield, als het tenminste moedwillig is gestolen. Misschien was het iemand die bij je in de les zat op die dag dat je het had meegenomen naar school. Weet je nog? Toen meneer Tanner je bijna betrapte,' voegde Bonnie eraan toe.

'Mevrouw Halpern hééft me betrapt; ze heeft er zelfs een stukje uit voorgelezen, iets over Stefan. Dat was kort nadat Stefan en ik iets met elkaar hadden gekregen. Wacht eens even, Bonnie. Die avond bij jou thuis, dat het dagboek werd gestolen, hoe lang zijn jullie toen uit de kamer weggeweest?'

'Maar een paar minuten. Yangtze was opgehouden met blaffen, en ik ging naar de deur om hem binnen te laten en...' Bonnie perste haar lippen op elkaar en haalde haar schouders op.

'Dus de dief moet je huis hebben gekend,' zei Meredith snel, 'anders had hij of zij geen kans gezien om binnen te komen, het dagboek te pakken en weg te gaan zonder dat wij daar iets van merkten. Goed, we zoeken dus iemand die stiekem en wreed is, vermoedelijk iemand die bij jou in de klas zit, Elena, en die heel waarschijnlijk de weg weet in Bonnies huis. Iemand die een persoonlijke wrok tegen je koestert en die er alles voor over heeft om je te pakken... O, mijn god.'

Ze staarden elkaar aan.

'Het moet wel,' fluisterde Bonnie. 'Het kan niet anders.'

'Wat zijn we stom geweest; we hadden het meteen moeten zien,' zei Meredith.

Elena besefte plotseling dat alle woede die ze eerder had gevoeld, niets was vergeleken bij de woede waartoe ze in staat was. Een kaarsvlam vergeleken bij de zon.

'Caroline,' zei ze, en ze klemde haar kaken zo hard op elkaar dat het pijn deed.

Caroline. Elena had het gevoel dat ze het groenogige meisje ter plekke zou kunnen vermoorden. En als Bonnie en Meredith haar niet hadden tegengehouden, was ze misschien naar buiten gerend om het te doen.

'Na school,' zei Meredith vastberaden. 'Dan kunnen we haar ergens apart nemen. Wacht dat nog even af, Elena.'

Maar toen ze naar de kantine liepen, zag Elena een kastanjebruin hoofd in de gang verdwijnen waar muziek en andere creatieve vakken werden gegeven. Ze herinnerde zich wat Stefan eerder dit jaar had gezegd, dat Caroline hem in de lunchpauze had meegenomen naar het fotografielokaal. Vanwege de privacy, had Caroline gezegd.

'Gaan jullie maar vast. Ik ben iets vergeten,' zei ze, toen Bonnie en Meredith eten op hun dienblad hadden gezet. Ze hield zich doof voor hun commentaar en liep snel terug naar de creatieve vleugel.

Alle lokalen waren donker, maar de deur van het fotografielokaal zat niet op slot. Iets maakte dat Elena de deurknop voorzichtig omdraaide en zachtjes naar binnen liep, in plaats van het lokaal in te stormen en direct de confrontatie aan te gaan, zoals ze van plan was geweest. Was Caroline hier binnen? En zo ja, wat deed ze dan in haar eentje in het donker?

Eerst leek het lokaal verlaten. Toen hoorde ze gemurmel van stemmen in een kleine nis achterin, en ze zag dat de deur van de donkere kamer op een kier stond.

Zachtjes sloop ze dichterbij, tot ze vlak bij de deur was en het gemurmel overging in woorden.

'Maar hoe weten we zeker dat ze haar uitkiezen?' Dat was Caroline.

'Mijn vader zit in het schoolbestuur. Ze kiezen haar echt wel uit.' En dát was Tyler Smallwood. Zijn vader was advocaat en zat in elk bestuur dat je maar kon bedenken.

'Trouwens, wie moeten ze anders nemen?' ging hij verder. 'De Geest van Fell's Church moet knap zijn én hersens hebben.'

'En ik heb zeker geen hersens?'

'Heb ik dat gezegd? Kijk, als jij op Founders' Day in een witte jurk wilt rondparaderen, prima. Maar als je wilt zien dat Stefan Salvatore het dorp uit moet vluchten op grond van bewijs uit het dagboek van zijn eigen vriendin...'

'Maar waarom moeten we zo lang wachten?'

Tyler klonk ongeduldig. 'Omdat op deze manier meteen het feest erdoor wordt bedorven. Het Fells-feest. Waarom moeten zij de eer krijgen voor het stichten van het dorp? De Smallwoods waren hier het eerst.'

'Ach, wat maakt het uit wie het dorp heeft gesticht? Ik wil alleen maar dat Elena voor de ogen van de hele school wordt vernederd.'

'En Salvatore.' Elena kreeg kippenvel bij het horen van de pure haat en kwaadaardigheid in Tylers stem. 'Hij mag van geluk spreken als hij niet wordt opgehangen. Weet je zeker dat je het bewijs hebt?'

'Hoe vaak moet ik je dat nou nog vertellen? Eerst staat er dat ze op 2 september op het kerkhof het lint is kwijtgeraakt. Dan staat er dat Stefan het die dag heeft opgeraapt en bewaard. De Wickery Bridge ligt pal naast het kerkhof. Dat betekent dat Stefan op 2 september, in de nacht dat de oude man is aangevallen, dicht bij de brug is geweest. Iedereen weet al dat hij in de buurt was bij de aanvallen op Vickie en Tanner. Wat wil je nog meer?'

'In een rechtszaal zou het nooit standhouden. Misschien moet ik zorgen voor aanvullend bewijs. Ik zou de oude mevrouw Flowers bijvoorbeeld kunnen vragen hoe laat hij die nacht is thuisgekomen.'

'O, wat maakt het úít? De meeste mensen denken toch al dat hij schuldig is. In het dagboek wordt gesproken over een groot geheim dat hij voor iedereen verbergt. De mensen snappen best waar het over gaat.'

'Bewaar je het op een veilige plek?'

'Nee, Tyler, ik heb het op de salontafel liggen. Hoe stom denk je dat ik ben?'

'Stom genoeg om Elena briefjes te sturen die haar op een spoor kunnen zetten.' Er klonk krantengeritsel. 'Kijk nou, dit is toch ongelofelijk. Het moet ophouden, nú. Stel je voor dat ze erachter komt wie het doet?'

'Wat zou ze er dan tegen moeten doen? De politie bellen?'

'Toch wil ik dat je ermee ophoudt. Wacht gewoon tot Founders'

Day, dan kun je de IJskoningin zien wegsmelten.'

'En Stefan vaarwel zeggen. Tyler... niemand gaat hem toch echt kwaaddoen, hè?'

'Wat maakt het úít?' Tyler bauwde spottend haar eerdere woorden na. 'Laat dat maar aan mij en mijn vrienden over, Caroline. Jij doet gewoon jouw deel, oké?'

Carolines stem daalde tot een hees gefluister. 'Overtuig me.' Na een korte stilte begon Tyler te grinniken.

Er klonk wat gestommel en geritsel, en een zucht. Elena draaide zich om en sloop net zo geruisloos de klas uit als ze was binnengekomen.

Ze liep de gang uit en leunde tegen de kluisjes om na te denken.

Het was bijna te veel om in één keer te verwerken. Caroline, die ooit haar beste vriendin was geweest, had haar verraden en wilde haar voor de ogen van de hele school vernederen. Tyler, die altijd meer een irritante eikel dan een echt gevaar had geleken, maakte plannen om te zorgen dat Stefan uit het dorp werd verdreven, of werd vermoord. En het ergste was dat ze Elena's eigen dagboek gebruikten om dat voor elkaar te krijgen.

Nu begreep ze het begin van haar droom van de afgelopen nacht. De dag voor ze ontdekte dat Stefan weg was, had ze net zo'n soort droom gehad. In beide dromen had Stefan haar met boze, beschuldigende ogen aangekeken, waarna hij een boek voor haar voeten had gegooid en was weggelopen.

Niet zomaar een boek. Haar dagboek. Waar bewijs in stond dat voor Stefan dodelijk zou kunnen zijn. Drie keer waren er in Fell's Church mensen aangevallen, en alle drie die keren was Stefan in de buurt geweest. Wat voor indruk zou dat maken op de mensen in het dorp, op de politie?

En ze kon onmogelijk de waarheid vertellen. Stel je voor dat ze zou zeggen: 'Stefan is niet schuldig. Het is zijn broer Damon. Die haat hem en weet precies hoe Stefan zelfs de gedachte om iemand pijn te doen of te vermoorden verafschuwt. Hij is Stefan overal gevolgd en heeft mensen aangevallen om Stefan gek te maken, om hem het idee te geven dat híj het misschien heeft gedaan. Damon is hier ergens in het dorp, kijk maar op het kerkhof, of in het bos. Maar o, voor ik het vergeet, je hoeft niet te zoeken naar een knappe vent, want hij kan op dit moment best een kraai zijn. Tussen twee haakjes, hij is een vampier.'

Ze kon het zelf nauwelijks geloven. Het klonk belachelijk.

Een pijnscheutje aan de zijkant van haar nek herinnerde haar eraan hoe serieus het belachelijke verhaal in werkelijkheid was. Ze voelde zich vreemd vandaag, bijna alsof ze ziek was. Het kwam niet alleen door spanning en slaapgebrek. Ze was een beetje duizelig, en soms leek het alsof de grond als een spons onder haar voeten wegzakte en weer terugveerde. Het leek op griepverschijnselen, maar ze was ervan overtuigd dat ze niet te wijten waren aan een vírus in haar bloed.

Ook weer Damons schuld. Alles was Damons schuld, behalve het dagboek. Dat had ze alleen aan zichzelf te wijten. Had ze maar niet geschreven over Stefan. Had ze het dagboek maar niet meegenomen naar school. Had ze het maar niet bij Bonnie in de huiskamer laten liggen. Had ze maar, had ze maar.

Het belangrijkste was nu om het terug te krijgen.

10

De bel ging. Elena had geen tijd om terug te lopen naar de kantine om Bonnie en Meredith op de hoogte te brengen. Ze liep langs de afgewende hoofden en de vijandige blikken, die de laatste tijd maar al te vertrouwd waren geworden, naar haar volgende les.

Het was moeilijk om tijdens de geschiedenisles niet naar Caroline te staren, haar niet te laten merken dat ze het wist. Alaric wilde weten waarom Matt en Stefan nu al twee dagen achter elkaar afwezig waren, en Elena haalde haar schouders op. Ze voelde zich bedreigd en bekeken. Ze vertrouwde deze man niet, met zijn jongensachtige glimlach, zijn groenbruine ogen en zijn gretige belangstelling voor de dood van meneer Tanner. En Bonnie, die Alaric hartstochtelijk aanstaarde, hielp beslist niet mee.

Na de les ving ze een fragment op van een gesprek tussen Sue Carson en een ander meisje. '... hij heeft vrij genomen van de universiteit, ik ben vergeten waar precies...'

Elena had er genoeg van om stommetje te spelen. Ze draaide zich met een ruk om en mengde zich ongevraagd in het gesprek.

'Als ik jou was,' zei ze tegen Sue, 'zou ik bij Damon uit de buurt blijven. Ik meen het.'

Er klonk geschrokken, gegeneerd gelach. Sue was een van de weinigen die Elena niet links hadden laten liggen, maar nu keek ze alsof ze wenste dat ze dat wel had gedaan.

'Bedoel je,' zei het andere meisje aarzelend, 'omdat hij ook van jou is? Of...'

Elena lachte ruw. 'Ik bedoel omdat hij gevaarlijk is,' zei ze. 'En dat is geen grapje.'

Ze keken haar alleen maar aan. Elena bespaarde hen de moeite om een antwoord te bedenken of op een tactvolle manier weg te komen door zich abrupt om te draaien en weg te lopen. Ze haalde Bonnie op bij een stel groupies die na de les op Alaric stonden te wachten en liep naar Merediths kluisje.

'Waar gaan we naartoe? Ik dacht dat we met Caroline gingen praten.'

'Niet meer,' zei Elena. 'Wacht tot we thuis zijn. Dan zal ik je vertellen waarom niet.'

'Ik kan het niet geloven,' zei Bonnie een uur later. 'Ik bedoel, ik geloof het wel, maar ik kan het gewoon niet gelóven. Zelfs niet van Caroline.'

'Het is Tyler,' zei Elena. 'Hij is degene met de grote plannen. Mannen waren niet geïnteresseerd in dagboeken, hè? Nou, wel dus.'

'Eigenlijk moeten we hem dankbaar zijn,' zei Meredith. 'Dankzij hem hebben we tenminste tot Founders' Day de tijd om er iets aan te doen. Waarom zei je dat het op Founders' Day moest zijn, Elena?'

'Omdat Tyler iets tegen de Fells heeft.'

'Maar die zijn allemaal dood,' zei Bonnie.

'Nou, dat schijnt voor Tyler niets uit te maken. Ik herinner me dat hij het er op het kerkhof ook al over had, die keer dat we bij hun graftombe stonden te kijken. Hij denkt dat ze zijn voorouders hebben beroofd van hun rechtmatige positie als stichters van het dorp of zo.'

'Elena,' zei Meredith ernstig, 'staat er nog iets anders in het dagboek dat Stefan schade zou kunnen berokkenen? Behalve dat met die oude man, bedoel ik.'

'Is het nog niet genoeg dan?' Met Merediths donkere ogen strak op zich gevestigd, voelde Elena een trilling van onbehagen tussen haar ribben. Waar doelde Meredith op?

'Genoeg reden voor Stefan om uit het dorp weg te vluchten, zoals ze al zeiden,' beaamde Bonnie.

'Genoeg reden voor ons om te zorgen dat we het dagboek van Caroline terugkrijgen,' zei Elena. 'De enige vraag is: hoe?'

'Caroline zei dat ze het op een veilige plek had verstopt. Dat betekent waarschijnlijk bij haar thuis.' Meredith beet nadenkend op haar lip. 'Ze heeft toch alleen een broer in de tweede, hè? En haar moeder werkt niet, maar doet vaak boodschappen in Roanoke. Hebben ze nog steeds een dienstmeisje?'

'Hoezo?' vroeg Bonnie. 'Wat maakt dat uit?'

'Nou, we willen niet dat er iemand binnen komt lopen als wij daar inbreken.'

'Als wij wát doen?' piepte Bonnie. 'Dat méén je niet!'

'Wat moeten we dan doen? Gewoon Founders' Day afwachten en haar in bijzijn van het hele dorp Elena's dagboek laten voorlezen? Zíj heeft het uit jóúw huis gestolen. We hoeven het alleen maar terug te stelen,' zei Meredith kalm.

'We worden vast betrapt. En dan worden we van school gestuurd, als we niet de gevangenis in gaan.' Bonnie keek Elena smekend aan. 'Zeg jij het eens tegen haar, Elena.'

'Nou...' Als ze eerlijk was werd Elena ook misselijk bij het vooruitzicht. Niet zozeer vanwege het feit dat ze misschien van school zouden worden gestuurd, of in de gevangenis zouden belanden, maar omdat ze op heterdaad betrapt konden worden. Ze zag het hooghartige gezicht van mevrouw Forbes voor zich, vol gerechtvaardigde verontwaardiging. En het gezicht van Caroline, hatelijk lachend terwijl haar moeder met haar beschuldigende vinger naar Elena wees.

Bovendien leek het zo'n... zo'n inbreuk om een huis binnen te gaan terwijl de mensen niet thuis waren, om hun bezittingen te doorzoeken. Ze zou het afschuwelijk vinden als iemand dat bij haar zou doen.

Maar natuurlijk hád iemand dat gedaan. Caroline was Bonnies huis binnengedrongen en had nu Elena's meest persoonlijke eigendom in handen.

'We doen het,' zei Elena rustig. 'Maar we moeten wel voorzichtig zijn.'

'Kunnen we er niet nog even over praten?' vroeg Bonnie zwakjes. Ze keek van Merediths vastberaden gezicht naar dat van Elena.

'Er valt niets te praten. Je gaat mee,' zei Meredith tegen haar. 'Je hebt het beloofd,' voegde ze eraan toe, toen Bonnie diep ademhaalde om opnieuw te protesteren, en ze stak haar wijsvinger omhoog.

'De bloedeed was alleen bedoeld om Elena te helpen Stefan te krijgen!' riep Bonnie uit.

'Denk nog eens goed na,' zei Meredith. 'Je hebt gezworen dat je alles zou doen wat Elena van je zou vragen als het om Stefan ging. Er is niets gezegd over een tijdslimiet of over "alleen maar tot ze hem heeft".'

Bonnies mond viel open. Ze keek naar Elena, die ondanks alles bijna in de lach schoot. 'Het is waar,' zei Elena ernstig. 'En je hebt het zelf gezegd: zweren met bloed betekent dat je je aan je eed moet houden, wat er ook gebeurt.'

Bonnie deed haar mond dicht en stak haar kin naar voren. 'Juist,' zei ze grimmig. 'Dus nu zit ik eraan vast. Nu moet ik de rest van mijn leven alles doen wat Elena van me vraagt als het om Stefan gaat. Heel fijn.'

'Dit is het laatste wat ik je ooit zal vragen,' zei Elena. 'Dat beloof ik. Ik zweer...'

'Niet doen!' zei Meredith, plotseling ernstig. 'Niet doen, Elena. Straks krijg je er spijt van.'

'Doe jij nu ook al aan voorspellingen?' vroeg Elena, en ze vervolgde: 'Goed, hoe krijgen we voor ongeveer een uur Carolines huissleutel te pakken?'

Zaterdag 9 november

Lief dagboek,
Het spijt me dat het zo lang heeft geduurd. Ik heb het de laatste tijd te druk gehad, of ik heb te veel in de put gezeten, of allebei, om je te schrijven.

Bovendien ben ik na alles wat er is gebeurd bijna bang om überhaupt nog een dagboek bij te houden. Maar ik heb echt iemand nodig om mijn hart bij uit te storten, want er is werkelijk geen mens op de hele wereld voor wie ik niets achterhoud.

Bonnie en Meredith mogen de waarheid over Stefan niet weten. Stefan mag de waarheid over Damon niet weten. Tante Judith mag niets weten. Bonnie en Meredith weten van Caroline en het dagboek, Stefan niet. Stefan weet van de verbena die ik nu elke dag gebruik, Bonnie en Meredith niet. Hoewel ik hun allebei reukzakjes met het spul erin heb gegeven. Het goede nieuws is dat het lijkt te werken; ik heb sinds die nacht tenminste niet meer geslaapwandeld. Maar ik zou liegen als ik zei dat ik niet meer over Damon heb gedroomd. Hij komt in al mijn nachtmerries voor.

Mijn leven zit op het moment vol leugens, en ik heb iémand nodig bij wie ik helemaal eerlijk kan zijn. Ik zal dit dagboek onder de losse plank onder in de kast verstoppen, zodat niemand het vindt, zelfs niet als ik dood neerval en ze mijn kamer leegruimen. Misschien dat op een dag een van Margarets kleinkinderen er gaat spelen, de plank loswrikt en het voor de dag haalt, maar tot die tijd: niemand. Dit dagboek is mijn laatste geheim.

Ik weet niet waarom ik denk over dood en doodgaan. Dat is Bonnies hersenspinsel. Die denkt dat het reuze romantisch is. Ik weet hoe het echt is; er was niets romantisch aan toen papa en mama doodgingen. Het ellendigste gevoel dat er bestaat, meer niet. Ik wil lekker lang leven, met Stefan trouwen en gelukkig zijn. En er is geen enkele reden waarom dat niet zou kunnen als al deze problemen eenmaal achter de rug zijn.

Maar er zijn momenten dat ik bang word en daar niet in geloof. En er zijn kleine dingetjes die er niet toe zouden moeten doen, maar die me dwarszitten. Bijvoorbeeld waarom Stefan nog steeds Katherines ring bij zich draagt, hoewel ik weet dat hij van me houdt. En waarom hij nog nooit heeft gezegd dat hij van me houdt, hoewel ik weet dat dat zo is.

Het doet er niet toe. Het komt allemaal wel goed. Dat moet wel. En dan blijven we bij elkaar en dan worden we gelukkig. Er is geen enkele reden waarom dat niet zou kunnen. Er is geen enkele reden waarom dat niet zou kunnen. Er is geen enkele reden

Elena hield op met schrijven en probeerde haar blik scherp te stellen op de letters op het papier. Maar ze werden steeds vager, en ze sloeg het boek dicht voor er een verraderlijke traan op de inkt kon vallen. Toen liep ze naar de kast, wrikte met een nagelvijl de losse plank omhoog en stopte het dagboek eronder.

Ze had de vijl in haar zak toen ze een week later met Bonnie en Meredith bij Carolines achterdeur stond.

'Schiet op,' siste Bonnie benauwd. Ze keek de tuin rond alsof ze ieder moment verwachtte dat iets hen zou bespringen. 'Toe nou, Meredith!'

'Zo,' zei Meredith, toen de sleutel eindelijk in het stroeve sleutelgat schoof en de deurknop meegaf toen ze eraan draaide. 'We zijn binnen.'

'Weet je zeker dat zíj niet binnen zijn? Elena, stel je voor dat ze eerder thuiskomen? Waarom konden we dit niet gewoon overdag doen?'

'Bonnie, ga je nou eindelijk naar bínnen? We hebben dit allemaal al uitgebreid besproken. Overdag is het dienstmeisje altijd thuis. En ze komen vanavond niet eerder thuis, tenzij er iemand ziek wordt bij Chez Louis. Zo, en kom nou mee!' zei Elena.

'Niemand durft ziek te worden tijdens het verjaardagsdinertje van meneer Forbes,' zei Meredith geruststellend tegen Bonnie, toen het kleinere meisje naar binnen stapte. 'We zijn veilig.'

'Als ze genoeg geld hebben om naar dure restaurants te gaan, mogen ze ook wel een paar lichten aan laten,' zei Bonnie, die niet gerustgesteld wilde worden.

Heimelijk was Elena het daarmee eens. Het was vreemd en verontrustend om in het donker door iemands huis te lopen en haar hart bonsde angstig toen ze de trap op liepen. Haar hand, waarin ze het kleine zaklampje geklemd hield dat hun de weg wees, was vochtig en glad van het zweet. Maar ondanks deze lichamelijke symptomen van paniek werkte haar geest nog steeds koel, bijna afstandelijk.

'Het ligt vast in haar slaapkamer,' zei ze.

Carolines slaapkamerraam zat aan de straatkant, wat betekende dat ze extra voorzichtig moesten zijn met licht. Elena liet met een gevoel van wanhoop het piepkleine lichtbundeltje van de zaklamp door de kamer gaan. Het was één ding om plannen te maken om iemands kamer te doorzoeken en je voor te stellen dat je efficiënt en systematisch de laden afwerkt. Maar het was iets heel anders om daar echt te staan, omringd door ogenschijnlijk duizenden plekken om iets te verstoppen, en nauwelijks iets te durven aanraken, uit angst dat Caroline zou merken dat er iets van zijn plaats was gehaald.

De andere twee meisjes bleven ook bewegingloos staan.

'Misschien kunnen we beter naar huis gaan,' zei Bonnie zacht, en Meredith sprak haar niet tegen.

'We moeten het proberen. Laten we het in ieder geval proberen,' zei Elena. Ze hoorde zelf hoe schril haar stem klonk. Ze trok een la van de ladekast open en scheen met de zaklamp op elegante stapeltjes kanten ondergoed. Nadat ze er even tussen had gesnuffeld, was ze ervan overtuigd dat ze daar geen boek zou vinden. Ze legde de stapeltjes recht en schoof de la weer dicht. Toen liet ze langzaam haar adem ontsnappen.

'Het is niet zo moeilijk,' zei ze. 'We moeten de kamer gewoon in stukken verdelen en dan alles systematisch doorzoeken, elke la, elk meubelstuk, elk voorwerp dat groot genoeg is om een dagboek in te verstoppen.'

Zelf nam ze de kast voor haar rekening en het eerste wat ze deed was met haar nagelvijl controleren of de planken op de bodem loszaten. Maar Carolines planken leken allemaal stevig vast te zitten en de muren van de kast klonken solide. Toen ze door Carolines kleren rommelde, kwam ze verschillende dingen tegen die ze haar het afgelopen jaar had geleend. Ze kwam in de verleiding om ze terug te pakken, maar dat kon natuurlijk niet. Een speurtocht tussen Carolines tasjes en schoenen leverde niets op, en zelfs toen ze er een stoel bij pakte om de bovenste plank van de kast grondig te doorzoeken vond ze niets.

Meredith zat op de grond met een stapel knuffels, die samen met andere overblijfselen uit Carolines kindertijd in een kast waren beland. Ze liet haar lange, gevoelige vingers over elke knuffel heen glijden, op zoek naar inkepingen in het materiaal. Toen ze bij een pluizige poedel aankwam, stopte ze even.

'Deze heb ik aan haar gegeven,' fluisterde ze. 'Volgens mij voor haar tiende verjaardag. Ik dacht dat ze hem had weggegooid.'

Elena kon haar ogen niet zien. Merediths zaklamp was op de poedel gericht. Maar Elena wist hoe ze zich voelde.

'Ik heb geprobeerd om het goed te maken,' zei ze zacht. 'Echt, Meredith, in het Spookhuis. Maar ze zei eigenlijk dat ze het me nooit zou vergeven dat ik Stefan van haar had afgepikt. Ik wilde dat het anders was, maar ze kan het gewoon niet accepteren.'

'Dus nu is het oorlog.'

'Dus nu is het oorlog,' zei Elena vlak en beslist. Ze keek toe terwijl Meredith de poedel opzij legde en de volgende knuffel oppakte. Daarna ging ze verder met haar eigen zoektocht.

Met de toilettafel had ze al even weinig geluk als met de kast. Ze voelde zich met de seconde minder op haar gemak en wist zeker dat er ieder ogenblik een auto de oprit van de familie Forbes op kon rijden.

'Het heeft geen zin,' zei Meredith ten slotte, terwijl ze onder Carolines matras voelde. 'Blijkbaar heeft ze het... wacht eens even. Hier zit iets. Ik voel een rand.'

Elena en Bonnie staarden haar vanuit tegenovergestelde hoeken van de kamer aan en bleven stokstijf staan.

'Ik heb het. Elena, het is een dagboek!'

Een golf van opluchting spoelde over Elena heen. Ze voelde zich net een gekreukeld stuk papier dat wordt rechtgetrokken en gladgestreken. Ze kon weer bewegen. Het was fantastisch om te ademen. Ze had het geweten, ze had altijd al geweten dat er nooit écht iets ergs met Stefan zou gebeuren. Zo wreed kon het leven niet zijn, niet voor Elena Gilbert. Ze waren nu allemaal veilig.

Maar Merediths stem klonk verward. 'Het is een dagboek. Maar het is groen, niet blauw. Het is het verkeerde.'

'Wát?' Elena rukte het boekje naar zich toe, scheen er met haar zaklamp op en probeerde het smaragdgroen van de omslag in blauw te veranderen. Het ging niet. Dit dagboek zag er bijna net zo uit als het hare, maar het was het niet.

'Het is Carolines dagboek,' zei ze verdwaasd. Ze kon het nog steeds niet geloven.

Bonnie en Meredith kwamen dicht naast haar staan. Ze keken alle drie naar het dichte boek, en toen naar elkaar.

'Misschien staan er aanwijzingen in,' zei Elena langzaam.

'Het is niet meer dan eerlijk,' zei Meredith. Maar het was Bonnie die het dagboek daadwerkelijk pakte en opensloeg.

Elena tuurde over haar schouder naar Carolines spitse, achteroverhellende handschrift, dat er zo heel anders uitzag dan de blokletters op de lichtpaarse briefjes. Eerst kon ze het niet goed zien, maar toen sprong er een naam uit de tekst naar voren. *Elena.*

'Wacht, wat staat daar?'

Bonnie, die vanuit haar positie als enige meer dan een paar woorden kon onderscheiden, stond even met prevelende lippen te lezen. Toen snoof ze verachtelijk.

'Moet je dit horen,' zei ze en ze las voor: '"Elena is het meest egoistische mens dat ik ooit heb gekend. Iedereen denkt dat ze zo zelfverzekerd is, maar in werkelijkheid is ze alleen maar ijskoud. Je wordt er ziek van zoals mensen bij haar lopen te slijmen, zonder te beseffen dat ze om niets of niemand iets geeft, behalve om zichzelf."'

'Nou ja, dat moet zij nodig zeggen!' Maar Elena voelde haar gezicht warm worden. Het was bijna hetzelfde als wat Matt tegen haar had gezegd toen ze achter Stefan aan zat.

'Lees verder, wat staat er nog meer?' Meredith stootte Bonnie aan, die op beledigde toon verderging.

'"Bonnie is tegenwoordig bijna net zo erg. Ze loopt voortdurend interessant te doen. Het nieuwste is dat ze doet alsof ze paranormaal begaafd is, om zo de aandacht te trekken. Als ze echt paranormaal begaafd zou zijn, zou ze weten dat Elena haar alleen maar gebruikt."'

Er viel een drukkende stilte. Toen vroeg Elena: 'Was dat alles?'

'Nee, er staat ook iets over Meredith. "Meredith doet er niets tegen. Eigenlijk doet Meredith helemaal niets. Ze kijkt alleen maar. Het is net of ze uit zichzelf niets kan doen; ze reageert alleen maar op dingen. Ik heb trouwens mijn ouders over haar familie horen praten, geen wonder dat ze het daar nooit over heeft." Waar slaat dat nou op?'

Meredith had zich niet verroerd en Elena kon in het vage schijnsel alleen haar hals en kin onderscheiden. Maar ze zei rustig, met vaste stem. 'Het doet er niet toe. Lees verder, Bonnie. Kijk of er iets in staat over Elena's dagboek.'

'Probeer eens rond 18 oktober. Toen is het gestolen,' zei Elena. Ze schoof haar vragen opzij. Daar zou ze nog wel op terugkomen.

Er stond niets bij 18 oktober of het weekend daarna. Eigenlijk was er de weken daarna nog maar een paar keer iets in het dagboek geschreven, maar geen enkele keer werd Elena's dagboek genoemd.

'Nou, dat is het dan,' zei Meredith en ze leunde achterover. 'Dit boek is nutteloos. Tenzij we hááр ermee willen chanteren. Je weet wel: als jij mijn dagboek niet laat zien, laat ik dat van jou niet zien.'

Het was een verleidelijk idee, maar Bonnie zag de zwakke plek. 'Er staat hier niets nadeligs in over Caroline; het zijn alleen maar klachten over andere mensen. Voornamelijk over ons. Ik wed dat Caroline het dolgraag aan de hele school zou laten voorlezen. Ze zou genieten.'

'Wat gaan we er dan mee doen?'

'Terugleggen,' zei Elena vermoeid. Ze scheen met haar zaklamp de kamer rond, die in haar ogen talloze subtiele verschillen vertoonde met toen ze binnenkwamen. 'We moeten gewoon blijven doen alsof we niet weten dat zij mijn dagboek heeft en hopen op een nieuwe kans.'

'Goed,' zei Bonnie, maar ze bleef door het boekje heen bladeren en snoof af en toe verontwaardigd. 'Moet je dit nou horen!' riep ze uit.

'We hebben geen tijd,' zei Elena. Ze wilde er nog iets aan toevoegen, maar op dat moment zei Meredith iets wat onmiddellijk alle aandacht opeiste.

'Een auto.'

Binnen een seconde hadden ze zich ervan verzekerd dat een auto de oprit van de familie Forbes op reed. Bonnie sperde haar ogen en haar mond open en zakte als verlamd op haar knieën naast het bed.

'Kom! Kom mee,' zei Elena en ze rukte het dagboek uit haar handen. 'Licht uit. We gaan door de achterdeur naar buiten.'

Ze gingen al. Meredith duwde Bonnie voor zich uit. Elena liet zich op haar knieën vallen, tilde de beddensprei op en trok Carolines matras omhoog. Met haar andere hand schoof ze het dagboek onder de matras. Van onderen prikten de veren van de boxspring door de dunne bovenlaag in haar arm, maar nog erger was het gewicht van de kingsize matras dat op haar arm drukte. Ze gaf het boek een extra zetje met haar vingertoppen, haalde haar arm terug en trok de sprei recht.

Bij het weggaan wierp ze nog snel een blik op de kamer; er was geen tijd meer om alles terug te zetten. Ze sloop snel en geruisloos naar de trap, en op dat moment hoorde ze dat er een sleutel in de voordeur werd gestoken.

Wat volgde was een gruwelijk kat-en-muisspel. Elena wist dat ze haar niet bewust achtervolgden, maar de familie Forbes leek vast van plan haar in hun huis de pas af te snijden. Ze hoorde stemmen in de gang, lichten gingen aan en er kwamen voetstappen de trap op. Elena keerde op haar schreden terug en vluchtte de laatste deur op de overloop in. Maar de voetstappen leken haar te volgen: Elena hoorde ze op de overloop en even later bleven ze vlak voor haar deur staan. Elena draaide zich om om de naastgelegen badkamer in te vluchten, maar op dat moment zag ze onder de gesloten deur de lichten aanspringen. Die weg was afgesloten.

Ze zat in de val. Carolines ouders konden ieder moment binnenkomen. Ze zag de openslaande deuren die uitkwamen op een balkon en nam onmiddellijk een besluit.

Buiten was het koel. Ze hijgde en haar adem was vaag zichtbaar in de avondlucht. De kamer naast haar straalde een heldergeel licht uit en ze kroop nog wat verder naar links, buiten bereik van het licht. Toen klonk afschuwelijk scherp het geluid dat ze had gevreesd: de klik van een deurkruk, en daarna de gordijnen die naar binnen waaiden bij het openen van de openslaande deuren.

Wanhopig keek ze om zich heen. Het was te hoog om naar beneden te springen en er was niets waaraan ze zich kon vasthouden om naar beneden te klimmen. Alleen het dak bleef nog over, maar er was niets waarlangs ze naar boven kon klauteren. Toch zette een of ander instinct haar ertoe aan het te proberen. Ze stond op het balkon en probeerde uit alle macht houvast te vinden boven haar hoofd, maar terwijl ze dat deed, verscheen er een schaduw op de dunne gordijnstof. Een hand schoof de gordijnen uit elkaar en er stapte iemand naar voren. Op dat moment voelde Elena dat iets haar hand vastgreep, haar bij haar pols vastpakte en omhoogtrok. Automatisch zette ze zich af en krabbelde het dak op. Ze probeerde haar hortende ademhaling in de hand te krijgen en keek dankbaar op om te zien wie haar had gered... en verstijfde.

11

'De naam is inderdaad Salvatore. Redder dus,' zei hij. Zijn witte tanden lichtten even op in het donker.

Elena keek naar beneden. Het overhangende gedeelte van het dak verduisterde het balkon, maar ze hoorde schuifelende geluiden onder haar. Het klonk echter niet alsof ze werd achtervolgd en uit niets bleek dat iemand de woorden van haar metgezel had gehoord. Even later hoorde ze de openslaande deuren dichtgaan.

'Ik dacht dat het Smith was,' zei ze, terwijl ze nog steeds in het donker naar beneden tuurde.

Damon lachte. Het was een aanstekelijke lach, zonder de bitterheid die in Stefans lach doorklonk. Het deed haar denken aan de glanzende regenboog op de veren van de kraai.

Maar ze liet zich niet misleiden. Hoe charmant hij ook leek, Damon was onvoorstelbaar gevaarlijk. Dat sierlijke, ontspannen lichaam was tien keer zo sterk als dat van een mens. Die lome, donkere ogen konden 's nachts perfect zien. De hand met de lange vingers die haar op het dak had getrokken, kon ongelofelijk snel bewegen. En, het meest verontrustende van alles: hij had de geest van een moordenaar. Een roofdier.

Ze voelde het direct onder de oppervlakte. Hij was anders dan een mens. Hij had al zo'n groot deel van zijn leven gejaagd en gemoord dat hij was vergeten dat het anders zou kunnen. En hij genoot ervan. Hij verzette zich niet tegen zijn aard, zoals Stefan, maar hij glorieerde erin. Hij had geen moraal en geen geweten, en zij was hier midden in de nacht bij hem en kon nergens naartoe.

Ze leunde achterover op één hiel, klaar om te handelen als dat nodig was. Na wat hij in haar droom met haar had gedaan, moest ze nu wel kwaad op hem zijn. Dat was ze ook, maar het had geen zin om haar woede te uiten. Hij wist dat ze kwaad was, en hij zou haar alleen maar uitlachen als ze het liet blijken.

Ze keek hem rustig, aandachtig aan en wachtte af wat hij verder ging doen.

Maar hij deed niets. Die handen die naar voren konden schieten als slangen die hun prooi bespringen, rustten roerloos op zijn knieën. De uitdrukking op zijn gezicht deed haar denken aan hoe hij eens eerder naar haar had gekeken. De eerste keer dat ze elkaar hadden ontmoet, had ze hetzelfde behoedzame, onwillige respect in zijn ogen gezien, maar toen was daar ook verrassing bij geweest. Nu was die er niet.

'Ga je niet tegen me schreeuwen? Of flauwvallen?' vroeg hij, alsof hij haar een paar standaardmogelijkheden aanbood.

Elena stond nog steeds naar hem te kijken. Hij was veel sterker en sneller dan zij, maar als het nodig was dacht ze toch de rand van het dak te kunnen bereiken voor hij bij haar was. Als ze het balkon miste, zou ze tien meter naar beneden vallen, maar ze zou het er misschien toch op wagen. Het hing helemaal van Damon af.

'Ik val niet flauw,' zei ze kort. 'En waarom zou ik tegen je schreeuwen? We speelden een spel. Ik was die avond dom en dus verloor ik. Je hebt me op het kerkhof gewaarschuwd voor de gevolgen.'

Zijn lippen weken van elkaar terwijl hij snel inademde en hij wendde zijn blik af. 'Misschien moet ik jou mijn Koningin van de Schaduw maken,' zei hij en hij vervolgde, bijna alsof hij tegen zichzelf sprak: 'Ik heb veel gezellinnen gehad, meisjes van jouw leeftijd en vrouwen die de schoonheden waren van Europa. Maar jíj bent degene die ik aan mijn zijde wil. Regeren, pakken wat we willen, wanneer we dat willen. Gevreesd en aanbeden door de zwakkere zielen. Zou dat zo slecht zijn?'

'Ik bén een van de zwakkere zielen,' zei Elena. 'En jij en ik zijn vijanden, Damon. We kunnen nooit iets anders zijn.'

'Weet je dat zeker?' Hij keek haar aan, en ze voelde hoe de kracht van zijn geest de hare raakte, als een streling van die lange vingers. Maar ze werd niet duizelig of zwak, en ze had niet het gevoel te zullen bezwijken. Zoals vaker de laatste tijd had ze die middag een poos liggen weken in een warm bad, besprenkeld met gedroogde verbena.'

Damons ogen lichtten op. Hij begreep wat er aan de hand was, maar hij nam de nederlaag goedmoedig op. 'Wat doe je hier?' vroeg hij terloops.

Het was vreemd, maar ze had geen behoefte om tegen hem te liegen. 'Caroline heeft iets gestolen wat van mij is. Een dagboek. Ik kwam het terughalen.'

Een nieuwe blik lichtte op in zijn donkere ogen. 'Ongetwijfeld om op de een of andere manier mijn waardeloze broer te beschermen,' zei hij geërgerd.

'Stefan heeft hier niets mee te maken!'

'O, is dat zo?' Ze was bang dat hij meer begreep dan haar bedoeling was. 'Vreemd, als er problemen zijn, schijnt hij daar altijd iets mee te maken te hebben. Hij creëert problemen. Kijk, als hij nou eens uit beeld was...'

Elena sprak met vaste stem. 'Als je Stefan weer kwaad doet, zul je daar spijt van krijgen. Ik zal een manier vinden om daarvoor te zorgen, Damon. Ik meen het.'

'Juist. Nou, dan moet ik jóú zien te bewerken, nietwaar?'

Elena zei niets. Ze had zichzelf in een hoek gemanoeuvreerd, door dit dodelijke spelletje opnieuw met hem mee te spelen. Ze wendde haar blik af.

'Uiteindelijk krijg ik je toch, weet je,' zei hij zacht. Het was de toon die hij op het feestje had aangeslagen, toen hij had gezegd: 'Rustig, rustig.' Er was nu geen spot of kwaadaardigheid in zijn stem; hij constateerde gewoon een feit. 'Voor het weer sneeuwt ben je van mij. Als het niet goedschiks kan, dan kwaadschiks, zoals jullie mensen zeggen. Leuke uitdrukking, trouwens.'

Elena probeerde de kilte die ze voelde te verbergen, maar ze wist dat hij het toch zag.

'Goed,' zei hij. 'Je bent toch een beetje verstandig. Je bent bang voor me, en terecht. Ik ben het gevaarlijkste wat je ooit in je leven zult tegenkomen. Maar nu wil ik je een zakelijk voorstel doen.'

'Een zákelijk voorstel?'

'Precies. Je bent hier om een dagboek te halen. Maar je hebt het niet.' Hij knikte naar haar lege handen. 'Het is je niet gelukt, nietwaar?' Toen Elena geen antwoord gaf, sprak hij verder. 'En omdat je mijn broer er niet bij wilt betrekken, kan hij je niet helpen. Maar ik kan dat wel. En ik zal het ook doen.'

'Jij gaat mij helpen?'

'Natuurlijk. Voor een prijs.'

Elena staarde hem aan. Het bloed schoot naar haar wangen. Toen het haar lukte te spreken, kwamen de woorden er fluisterend uit.

'Wat voor... prijs?'

Zijn glimlach glansde in de duisternis. 'Een paar minuten van je tijd, Elena. Een paar druppels van je bloed. Een uur of zo samen met jou, alleen.'

'Jij...' Elena kon het juiste woord niet vinden. Elk scheldwoord dat ze kende was te mild.

'Uiteindelijk krijg ik het toch wel,' zei hij, op een redelijke toon. 'Als je eerlijk bent, zul je dat moeten toegeven. Vorige keer was niet de laatste keer. Waarom zou je dat niet accepteren?' Zijn stem kreeg een warme, intieme klank. 'Weet je nog...'

'Ik snij nog liever mijn keel door,' zei ze.

'Een intrigerende gedachte. Maar ik kan het zo veel aangenamer doen.'

Hij lachte haar uit. Na alles wat er die dag was gebeurd, was dit op de een of andere manier te veel. 'Je bent walgelijk, weet je dat?' zei ze. 'Ik word misselijk van je.' Ze beefde en ze kon geen adem krijgen. 'Ik sterf nog liever dan dat ik jou je zin geef. Ik doe nog liever...'

Ze wist niet precies wat haar ertoe dreef het te doen. Als ze bij Damon was, nam een soort instinct het van haar over. En op dat moment had ze echt het gevoel dat ze liever alles zou riskeren dan hem deze keer te laten winnen. Met de ene helft van haar geest merkte ze op dat hij ontspannen achteroverleunde, genietend van de wending die zijn spel had genomen. De andere helft van haar geest berekende hoe ver het dak over het balkon hing.

'Ik doe nog liever dít,' zei ze, en ze wierp zich opzij.

Ze had gelijk; hij was verrast en kon niet snel genoeg reageren om haar tegen te houden. Ze voelde de lege ruimte onder haar voeten en een duizeligmakende angst toen ze besefte dat het balkon verder naar achteren lag dan ze had gedacht. Ze ging het missen.

Maar ze had buiten Damon gerekend. Zijn hand schoot uit, niet snel genoeg om te verhinderen dat ze van het dak sprong, maar snel genoeg om te voorkomen dat ze verder naar beneden viel. Het was alsof haar gewicht voor hem niets betekende. In een reflex greep Elena de dakrand vast en probeerde haar knie omhoog te werken.

Zijn stem klonk woedend. 'Jij kleine dwááś! Als je zo graag met de Dood wilt kennismaken, kan ik je zelf wel aan hem voorstellen.'

'Laat me los,' zei Elena, met opeengeklemde kaken. Er kon ieder moment iemand het balkon op komen, dat wist ze zeker. 'Laat me lós.'

'Hier en nu?' Ze keek in die ondoorgrondelijke donkere ogen en besefte dat hij het meende. Als ze ja zei, zou hij haar laten vallen.

'Het zou een snelle manier zijn om van alles af te zijn, hè?' zei ze. Haar hart bonsde in haar keel, maar ze weigerde hem haar angst te laten merken.

'Maar zo zonde.' Met één beweging trok hij haar in veiligheid. Tegen hem aan. Hij klemde zijn armen om haar heen, drukte haar tegen zijn harde, slanke lichaam, en plotseling zag Elena niets meer. Ze was omhuld. Toen voelde ze hoe hij als een enorme kat zijn spieren samenbalde en ze zweefden samen door de ruimte.

Ze viel. Ze kon niet anders dan zich aan hem vastklampen. Hij was het enige vaste punt in de langsstormende wereld om haar heen. Toen landde hij, verend, als een kat.

Stefan had eens iets soortgelijks gedaan. Maar hij had haar daarna niet zo hard vastgehouden dat het pijn deed, met zijn lippen bijna tegen de hare.

'Denk na over mijn voorstel,' zei hij.

Ze kon zich niet bewegen of haar blik afwenden. En deze keer wist ze dat hij geen Macht gebruikte. Het was niets anders dan de woeste aantrekkingskracht tussen hen beiden. Het had geen zin het te ontkennen; haar lichaam reageerde op het zijne. Ze voelde zijn adem op haar lippen.

'Ik heb jou nergens voor nodig,' zei ze tegen hem.

Ze dacht dat hij haar op dat moment zou kussen, maar dat deed hij niet. Boven hen klonk het geluid van deuren die opengingen en een boze stem op het balkon. 'Hé! Wat is dat daar? Is daar iemand?'

'Deze keer heb ik je een dienst bewezen,' zei Damon, heel zacht, terwijl hij haar nog steeds tegen zich aan hield. 'Volgende keer kom ik mijn prijs innen.'

Ze had haar hoofd niet kunnen afwenden. Als hij haar op dat moment had gekust, had ze hem zijn gang laten gaan. Maar plotseling smolt de hardheid van zijn armen om haar heen weg en zijn gezicht leek te vervagen. Het was alsof de duisternis hem weer opnam. Toen klapwiekten er zwarte vleugels in de lucht en een enorme kraai scheerde weg.

'Vervloekte vogels!' klonk de stem van meneer Forbes boven haar. 'Ze zijn zeker aan het nestelen op het dak.'

Huiverend, met haar armen om zich heen geslagen, verstopte Elena zich beneden in de duisternis, tot hij weer naar binnen ging.

Ze vond Meredith en Bonnie ineengedoken bij het hek.

'Waar bleef je zo lang?' fluisterde Bonnie. 'We dachten dat ze je hadden gepakt!'

'Dat was ook bijna gebeurd. Ik moest blijven zitten tot het veilig was.' Elena was er zo aan gewend om over Damon te liegen dat ze er bijna niet meer bewust moeite voor hoefde te doen. 'Laten we naar huis gaan,' fluisterde ze. 'We kunnen verder niets doen.'

Toen ze bij Elena voor de deur uit elkaar gingen, zei Meredith: 'Over twee weken is het al Founders' Day.'

'Ik weet het.' Even zweefde Damons voorstel haar voor de geest. Maar ze schudde snel haar hoofd om de gedachte te verdrijven. 'Ik bedenk wel iets,' zei ze.

Toen ze de volgende dag naar school ging, had ze nog niets bedacht. Het enige bemoedigende was dat Caroline niets bijzonders leek te hebben opgemerkt aan haar kamer, maar dat was dan ook het enige wat Elena kon bedenken om moed uit te putten. Die ochtend werd er een schoolbijeenkomst gehouden, waarbij werd meegedeeld dat het bestuur Elena had uitgekozen om 'De Geest van Fell's Church' uit te beelden. Tijdens de hele toespraak van de directeur had Caroline triomfantelijk en boosaardig zitten glimlachen.

Elena negeerde het zo veel mogelijk. Ze probeerde geen aandacht te besteden aan de minachtende, hatelijke blikken die haar al voor het einde van de toespraak werden toegeworpen, maar het was niet gemakkelijk. Het was nooit gemakkelijk, en er waren dagen dat ze zin had om iemand te slaan of gewoon te gaan gillen, maar tot nog toe had ze het volgehouden.

Die middag stond Elena bij het geschiedenislokaal te wachten tot de leerlingen van de vorige les naar buiten kwamen, toen ze Tyler Smallwood zag staan. Ze nam hem eens goed op. Sinds hij terug was op school had hij haar nog geen enkele keer rechtstreeks aangesproken. Tijdens de toespraak van de directeur had hij net zo vals zitten glimlachen als Caroline. Plotseling zag hij Elena in haar eentje staan en hij stootte Dick Carter met zijn elleboog aan.

'Wat hebben we daar?' vroeg hij. 'Een muurbloempje?'

Stefan, waar ben je? dacht Elena. Maar ze wist het antwoord al. Ergens aan de andere kant van de school, bij astronomie.

Dick opende zijn mond om iets te zeggen, maar toen veranderde zijn gezichtsuitdrukking. Hij keek langs Elena heen naar iets achter haar, in de gang. Elena draaide zich om en zag Vickie aankomen.

Vickie en Dick hadden voor het schoolbal iets met elkaar gehad. Elena vermoedde dat dat nog steeds zo was. Maar Dick keek onzeker, alsof hij niet wist wat hij moest verwachten van het meisje dat naar hem toe liep.

Er was iets vreemds aan Vickies gezicht en aan haar manier van lopen. Ze bewoog alsof haar voeten de grond niet raakten. Haar ogen waren opengesperd en hadden een dromerige uitdrukking.

'Hoi,' zei Dick aarzelend en hij deed een stap in haar richting. Vickie liep zonder op of om te kijken langs hem heen, op Tyler af. Elena keek met een toenemend gevoel van onbehagen naar wat er daarna gebeurde. Het had grappig kunnen zijn, maar dat was het niet.

In eerste instantie keek Tyler een beetje verrast. Toen legde Vickie een hand op zijn borst. Tyler glimlachte, maar het zag er wat geforceerd uit. Vickie liet haar hand onder zijn jack glijden. Tylers glimlach werd onzeker. Vickie legde haar andere hand op zijn borst. Tyler keek naar Dick.

'Hé, Vickie, doe even normaal,' zei Dick haastig, maar hij kwam niet dichterbij.

Vickie liet haar handen naar boven glijden en schoof Tylers jack over zijn schouders naar beneden. Hij probeerde het weer op zijn plek te schudden, zonder zijn boeken los te laten of een al te nerveuze indruk te maken. Het lukte hem niet. Vickies vingers kropen onder zijn shirt.

'Hou daarmee op. Hou haar tegen, wil je?' zei Tyler tegen Dick. Hij stond nu met zijn rug tegen de muur.

'Hé, Vickie, laat hem los. Niet doen.' Maar Dick bleef op veilige afstand. Tyler wierp hem een woedende blik toe en probeerde Vickie opzij te duwen.

Plotseling klonk er een geluid. Eerst leek de frequentie bijna te laag voor het menselijk gehoor, maar het werd steeds luider. Het was een griezelig, dreigend gegrom, dat Elena koude rillingen over haar rug bezorgde. Tylers ogen puilden uit van ongeloof en algauw begreep Elena waarom. Het geluid kwam bij Vickie vandaan.

Toen gebeurde er van alles tegelijk. Tyler lag op de grond, met Vickie boven op hem. Ze beet hem naar zijn keel, maar miste hem op een haar na. Elena, die alle ruzies was vergeten, probeerde Dick te helpen om Vickie van Tyler af te trekken. Tyler brulde. De deur van het geschiedenislokaal stond open en Alaric stond te schreeuwen.

'Doe haar geen pijn! Wees voorzichtig! Het is epilepsie, we moeten haar ergens neerleggen!'

Vickies kaken sloegen weer met een klap op elkaar toen hij haar in het gewoel een behulpzame hand toestak. Het tengere meisje was sterker dan zij allemaal bij elkaar en ze konden haar bijna niet meer houden. Elena was enorm opgelucht toen ze een vertrouwde stem naast zich hoorde.

'Vickie, rustig maar. Het is goed. Ontspan je maar.'

Toen Stefan Vickies arm vasthield en haar kalmerend toesprak, durfde Elena haar eigen greep te laten verslappen. Eerst leek het alsof

Stefans aanpak werkte. Vickies klauwende vingers ontspanden zich en ze konden haar van Tyler af tillen. Terwijl Stefan kalmerend tegen haar bleef praten, verslapte haar lichaam en gingen haar ogen dicht.

'Zo is het goed. Je bent moe. Ga maar lekker slapen.'

Maar toen werkte het plotseling niet meer en de Macht die Stefan over haar had uitgeoefend werd verbroken. Vickies ogen vlogen open en ze leken in niets op de verschrikte hertenogen die Elena in de kantine had gezien. Ze smeulden van een hete razernij. Ze grauwde naar Stefan en begon met hernieuwde kracht te vechten.

Er waren vijf of zes mensen nodig om haar in bedwang te houden terwijl iemand de politie belde. Elena bleef waar ze was. Ze praatte tegen Vickie en schreeuwde soms tegen haar, maar niets hielp.

Toen deed ze een stap achteruit en ze zag voor het eerst de dikke haag van toeschouwers. Bonnie stond op de eerste rij met open mond toe te kijken. Caroline was er ook bij.

'Wat is er gebéúrd?' vroeg Bonnie, toen de agenten Vickie afvoerden.

Elena veegde licht hijgend een haarlok uit haar ogen. 'Ze werd gek en probeerde Tyler uit te kleden.'

Bonnie tuitte haar lippen. 'Nou, ze moet wel gek zijn om dat te willen, vind je ook niet?' Ze wierp een spottende grijns over haar schouder naar Caroline.

Elena's knieën knikten en haar handen beefden. Ze voelde een arm om haar schouder en leunde dankbaar tegen Stefan aan. Toen keek ze naar hem op.

'Epilepsie?' vroeg ze spottend.

Hij staarde Vickie door de gang na. Alaric Saltzman, die nog steeds instructies liep te schreeuwen, ging blijkbaar met haar mee. Het groepje ging de hoek om.

'Ik denk dat de les niet doorgaat,' zei Stefan. 'Kom, we gaan.'

Ze liepen zwijgend naar het pension, allebei verdiept in hun eigen gedachten. Elena fronste haar wenkbrauwen. Ze keek Stefan verscheidene keren aan, maar ze sprak pas toen ze in zijn kamer waren.

'Stefan, wat is dit allemaal? Wat gebeurt er met Vickie?'

'Dat vraag ik me ook af. Ik kan maar één ding bedenken en dat is dat ze nog steeds wordt aangevallen.'

'Je bedoelt dat Damon nog steeds... o, mijn god! O, Stefan, ik had haar wat van de verbena moeten geven. Ik had moeten beseffen...'

'Het had geen verschil gemaakt. Echt niet.'

Ze had zich omgedraaid naar de deur, alsof ze onmiddellijk achter Vickie aan wilde gaan, maar hij trok haar zachtjes terug. 'Sommige mensen zijn gemakkelijker te beïnvloeden dan andere, Elena. Vickie heeft nooit een erg sterke wil gehad. Die is nu van hem.'

Langzaam ging Elena zitten. 'Dus dan kan niemand iets doen? Maar, Stefan, zal ze dan net zo worden als... als Damon en jij?'

'Dat hangt ervan af.' Zijn toon was somber. 'Het gaat er niet om hoeveel bloed ze kwijtraakt. Ze moet zijn bloed in haar aderen hebben om de verandering compleet te maken. Anders wordt ze net als meneer Tanner. Leeggezogen, op. Dood.'

Elena haalde diep adem. Er was nog iets anders dat ze hem wilde vragen, iets wat ze al eerder had willen weten. 'Stefan, toen je net met Vickie praatte, dacht ik dat het werkte. Je gebruikte je Machten bij haar, hè?'

'Ja.'

'Maar toen werd ze helemaal gek. Wat ik bedoel is... Stefan, het gaat toch echt weer goed met je, hè? Je Machten zijn toch terug?'

Hij gaf geen antwoord. Maar dat was voor haar antwoord genoeg.

'Stefan, waarom heb je het me niet verteld? Wat is er mis?' Ze liep naar hem toe en ging op haar knieën bij hem zitten, zodat hij haar wel moest aankijken.

'Ik heb gewoon wat tijd nodig om erbovenop te komen, meer niet. Maak je maar geen zorgen.'

'Ik maak me wél zorgen. Kunnen we niets doen?'

'Nee,' zei hij. Maar hij sloeg zijn ogen neer.

Het begrip sloeg als een golf over Elena heen. 'O,' fluisterde ze, en ze leunde even achterover. Toen boog ze weer naar voren en ze probeerde zijn handen te pakken. 'Stefan, luister naar me...'

'Elena, néé. Begrijp je het dan niet? Het is gevaarlijk, gevaarlijk voor ons allebei, maar vooral voor jou. Je kunt er dood aan gaan, of nog erger.'

'Alleen als je je zelfbeheersing verliest,' zei ze. 'En dat doe je niet. Kus me.'

'Néé,' zei Stefan weer. Toen voegde hij er ruw aan toe: 'Vanavond als het donker is ga ik op jacht.'

'Is dat hetzelfde?' vroeg ze. Ze wist dat dat niet zo was. Alleen mensenbloed gaf echte Macht. 'O, Stefan, alsjeblieft. Zie je niet dat ik het wil? Wil jíj het dan niet?'

'Dat is niet eerlijk,' zei hij, met een gekwelde blik. 'Dat weet je, Elena. Je weet hoeveel ik...' Hij wendde zich weer van haar af, met zijn handen tot vuisten gebald.

'Maar waarom dan niet? Stefan ik wil...' Ze kon haar zin niet afmaken. Ze kon hem niet uitleggen wat ze wilde. Ze wilde met hem verbonden zijn, dicht bij hem zijn. Ze wilde weer weten hoe het was met hem. Ze wilde de herinnering uitwissen aan de droom waarin ze met Damon had gedanst, zijn armen om haar heen had gevoeld. 'Ik wil weer met je samen zijn,' fluisterde ze.

Stefan stond nog steeds van haar afgewend en hij schudde zijn hoofd.

'Goed dan,' fluisterde Elena, maar er ging een golf van verdriet en angst door haar heen toen de nederlaag tot in haar botten doordrong. Het grootste deel van haar angst gold Stefan, die kwetsbaar was zonder zijn Machten, zo kwetsbaar dat de gewone burgers van Fell's Church hem misschien iets konden aandoen. Maar een ander deel van haar angst gold haarzelf.

12

Elena stond in de winkel. Net toen ze een blik uit het rek wilde pakken, hoorde ze een stem.
'Nu al cranberrysaus?'
Elena keek op. 'Hoi, Matt. Ja, tante Judith vindt het fijn om de zondag voor Thanksgiving alvast te oefenen, weet je nog wel? Als ze dat doet, is de kans minder groot dat ze er op de dag zelf een puinhoop van maakt.'
'Bijvoorbeeld dat ze er vijftien minuten voor het eten achter komt dat ze geen cranberrysaus in huis heeft?'
'Vijf minuten voor het eten,' zei Elena met een blik op haar horloge en Matt lachte. Het was een prettig geluid, dat Elena al te lang niet meer had gehoord. Ze liep door naar de kassa, maar toen ze had betaald aarzelde ze en keek achterom. Matt stond bij de tijdschriften te kijken en ging daar schijnbaar helemaal in op, maar er was iets aan de welving van zijn schouders dat maakte dat ze naar hem terugliep.
Ze duwde met haar vinger tegen zijn tijdschrift. 'Wat eet jíj vanavond?' vroeg ze. Toen hij onzeker de winkel in keek, voegde ze eraan toe: 'Bonnie zit buiten in de auto op me te wachten. Zij eet bij mij. Verder is er alleen familie. En Robert, natuurlijk. Die zal er nu wel zijn.' Ze bedoelde dat Stefan niet kwam. Ze wist nog steeds niet hoe de zaken tussen Matt en Stefan er nu voor stonden. Ze spraken in ieder geval wel met elkaar.
'Ik zorg vanavond voor mezelf. Ma voelt zich niet zo lekker,' zei hij. Maar toen vervolgde hij, alsof hij van onderwerp wilde veranderen: 'Waar is Meredith?'
'Weg; bij een of ander familielid op bezoek, geloof ik.' Elena hield het vaag omdat Meredith er zelf ook vaag over was geweest. Ze sprak

zelden over haar familie. 'Dus wat denk je ervan? Durf je het aan met de kookkunst van tante Judith?'

'Ter ere van vroeger?'

'Ter ere van onze vroegere vriéndschap,' zei Elena na een korte aarzeling en ze glimlachte naar hem.

Hij knipperde met zijn ogen en wendde zijn blik af. 'Hoe kan ik zo'n aanbod afslaan?' zei hij met een vreemde, gesmoorde stem. Maar toen hij het tijdschrift had weggelegd en met haar de winkel uit liep, glimlachte hij ook.

Bonnie begroette hem vrolijk en toen ze thuiskwamen, was tante Judith duidelijk blij om hem te zien.

'Het eten is bijna klaar,' zei ze en ze pakte de tas met boodschappen van Elena aan. 'Robert is ook net een paar minuten binnen. Lopen jullie maar meteen door naar de eetkamer. O, en pak er een stoel bij, Elena. Met Matt erbij zijn we met z'n zevenen.'

'Zes, tante Judith,' zei Elena geamuseerd. 'Robert en u, Margaret en ik, Matt en Bonnie.'

'Ja, schat, maar Robert heeft ook een gast meegenomen. Ze zitten al aan tafel.'

Elena registreerde de woorden terwijl ze de eetkamer binnenliep, maar het duurde even voor haar geest erop reageerde. Toch wist ze het. Terwijl ze die deur doorliep, wist ze wat haar te wachten stond.

Daar stond Robert met een joviaal gezicht te schutteren met een fles witte wijn. En daar aan de tafel, ver bij de hoge kaarsen en het herfstbloemstuk in het midden vandaan, zat Damon.

Het drong pas tot Elena door dat ze was blijven staan toen Bonnie van achteren tegen haar opbotste. Toen dwong ze haar benen om verder te lopen. Haar geest was minder gehoorzaam; die was nog lamgeslagen.

'Ah, Elena,' zei Robert en hij stak een hand naar haar uit. 'Dit is Elena, het meisje over wie ik je vertelde,' zei hij tegen Damon. 'Elena, dit is Damon... eh...'

'Smith,' zei Damon.

'O ja. Hij is van mijn universiteit, William & Mary, en ik liep hem net bij de drogisterij tegen het lijf. Hij zocht een plek om te eten en ik heb hem hier uitgenodigd voor een huiselijke maaltijd. Damon, dit zijn Matt en Bonnie, vrienden van Elena.'

'Hallo,' zei Matt. Bonnie staarde hem alleen maar aan. Toen keek ze met enorme ogen naar Elena.

Elena probeerde zichzelf weer in de hand te krijgen. Ze wist niet of ze moest gaan gillen, de kamer uit moest lopen, of het glas dat Robert stond in te schenken in Damons gezicht moest smijten. Op dit moment was ze te kwaad om bang te zijn.

Matt liep weg om een stoel uit de woonkamer te halen. Elena verbaasde zich over de nonchalante manier waarop hij Damons aanwezigheid accepteerde, maar toen besefte ze dat hij niet op Alarics feestje was geweest. Hij wist niet wat zich daar tussen Stefan en de 'bezoeker van de universiteit' had afgespeeld.

Bonnie daarentegen zag eruit alsof ze ieder moment in paniek kon raken. Ze staarde Elena smekend aan. Damon was opgestaan en schoof een stoel voor haar naar achteren.

Voor Elena kon bedenken hoe ze zou reageren, hoorde ze Margarets hoge stemmetje in de deuropening. 'Matt, wil je mijn poesje zien? Tante Judith zegt dat ik haar mag houden. Ik ga haar Sneeuwbal noemen.'

Elena draaide zich om, plotseling getroffen door een idee.

'Wat een schatje,' zei Matt vriendelijk en hij boog zich over het witte bontballetje in Margarets armen. Hij keek geschrokken op toen Elena zonder omhaal het poesje onder zijn neus vandaan griste.

'Kijk, Margaret, laat je poesje maar eens aan Roberts vriend zien,' zei ze en ze gooide het pluizige bolletje zo ongeveer in Damons gezicht.

Onmiddellijk brak de hel los. Sneeuwbals haren schoten overeind en ze zwol op tot twee keer haar normale grootte. Ze maakte een geluid als een waterdruppel op een gloeiende kookplaat en veranderde van het ene moment op het andere in een grauwende, sissende wervelwind. Ze krabde Elena, sloeg haar nagels uit naar Damon, vloog tegen de muren op en schoot ten slotte de kamer uit.

Even had Elena de voldoening om Damons nachtzwarte ogen iets verder open te zien gaan dan gewoonlijk. Toen zakten zijn oogleden weer naar beneden en verhulden zijn blik. Elena draaide zich om om de reactie van de anderen te zien.

Margaret deed net haar mond open om het op een schreeuwen te zetten. Robert probeerde dit voor te zijn en werkte haar de kamer uit om de kat te gaan zoeken. Bonnie stond met een wanhopig gezicht tegen de muur gedrukt. Matt en tante Judith, die vanuit de keuken naar binnen gluurde, keken alleen maar ontzet.

'Dieren liggen je blijkbaar niet erg,' zei ze tegen Damon en ze nam haar plaats aan de tafel in. Ze knikte naar Bonnie, die zich met tegenzin losmaakte van de muur en snel zelf aan tafel schoof, voor Damon haar stoel kon aanraken. Bonnies bruine ogen volgden hem terwijl hij op zijn beurt ging zitten.

Na een paar minuten kwam Robert met een betraande Margaret de kamer binnen. Hij keek Elena fronsend aan. Matt schoof zwijgend zijn stoel aan, maar zijn wenkbrauwen zaten zo ongeveer in zijn haar.

Toen tante Judith ging zitten en de maaltijd begon, keek Elena de tafel rond. Alles leek bedekt met een glanzend waas en ze had een onwezenlijk gevoel, maar het tafereeltje zelf zag er bijna ongelofelijk gezond uit, als een scène uit een reclamespotje. Gewoon een gemiddeld gezin dat kalkoen zit te eten, dacht ze. Een wat nerveuze, ongetrouwde tante die bang is dat de bonen te gaar en de broodjes aangebrand zijn, een joviale bijna-oom, een goudblond tienernichtje en haar vlasblonde kleine zusje. Een vriend met blauwe ogen van het type aardige buurjongen, een elfachtige vriendin, en een waanzinnig knappe vampier die de gekonfijte yams doorgeeft. Een typisch Amerikaans huishouden.

De eerste helft van de maaltijd probeerde Bonnie met haar ogen 'wat moet ik doen' naar Elena te seinen. Maar toen Elena alleen maar 'niets' terugseinde, besloot ze kennelijk om zich bij haar lot neer te leggen en begon ze te eten.

Elena had geen idee wat ze moest doen. Het was een belediging, een vernedering om zo in het nauw te worden gedreven, en dat wist Damon. Maar hij pakte tante Judith en Robert helemaal in met complimentjes over de maaltijd en luchtige praatjes over William & Mary. Zelfs Margaret glimlachte nu naar hem en het zou niet lang duren voor Bonnie voor zijn charmes bezweek.

'Fell's Church viert volgende week Founders' Day,' vertelde tante Judith aan Damon, met zachtroze blosjes op haar magere wangen. 'Het zou zo leuk zijn als je daarvoor zou kunnen terugkomen.'

'Dat zou ik graag doen,' zei Damon vriendelijk.

Tante Judith keek verheugd. 'En dit jaar speelt Elena er een grote rol in. Ze is uitgekozen om de Geest van Fell's Church uit te beelden.'

'U zult wel trots op haar zijn,' zei Damon.

'O, dat zijn we ook,' zei tante Judith. 'Dus je komt?'

Elena, die woest een broodje zat te smeren, onderbrak het gesprek. 'Ik heb nieuws gehoord over Vickie,' zei ze. 'Jullie weten wel, dat meisje dat was aangevallen.' Ze wierp Damon een scherpe blik toe.

Er viel een korte stilte. Toen zei Damon: 'Ik vrees dat ik haar niet ken.'

'O, ik weet zeker van wel. Ongeveer net zo lang als ik, bruine ogen, lichtbruin haar... hoe dan ook, het gaat slechter met haar.'

'Och jeetje,' zei tante Judith.

'Ja, het schijnt dat de dokters het niet begrijpen. Ze gaat almaar verder achteruit, alsof de aanval nog steeds voortduurt.' Onder het spreken keek Elena Damon strak aan, maar hij keek alleen beleefd belangstellend terug. 'Neem nog wat vulling,' besloot ze, en ze schoof ruw een schaal zijn kant op.

'Nee, dank je wel. Maar ik neem nog wel wat hiervan.' Hij hield een lepel geleiachtige cranberrysaus bij een van de kaarsen, zodat het licht erdoorheen scheen. 'Het is zo'n verleidelijke kleur.'

Bonnie keek net als de andere mensen aan tafel op naar de kaars toen hij dit deed. Maar Elena merkte dat ze haar blik niet meer afwendde. Ze bleef in de dansende vlam staren en langzaam verdween alle uitdrukking uit haar gezicht.

O néé, dacht Elena, en een bang voorgevoel kroop tintelend door haar ledematen. Ze had die blik eerder gezien. Ze probeerde Bonnies aandacht te trekken, maar die scheen niets anders te zien dan de kaars.

'... en dan voeren de kinderen van de basisscholen een toneelstukje op, waarin ze de geschiedenis van het dorp uitbeelden,' zei tante Judith tegen Damon. 'Maar de slotceremonie wordt door oudere leerlingen gedaan. Elena, hoeveel bovenbouwleerlingen doen er dit jaar mee aan de voordrachten?'

'Slechts drie.' Elena moest zich omdraaien om haar tante antwoord te geven, en net toen ze in tante Judiths glimlachende gezicht keek, hoorde ze de stem.

'Dood.'

Tante Judith hapte naar adem. Robert bleef stokstijf zitten met zijn vork halverwege zijn mond. Elena wenste hartstochtelijk en volkomen hopeloos dat Meredith er was.

'Dood,' zei de stem weer. 'De Dood is in dit huis.'

Elena keek de tafel rond en zag dat niemand haar kon helpen. Ze zaten allemaal naar Bonnie te staren, roerloos als mensen op een foto.

Bonnie zelf staarde nog steeds in de kaarsvlam. Haar gezicht was uitdrukkingsloos en haar ogen waren opengesperd, net als de vorige keer dat de stem via haar had gesproken. Nu richtten die niets ziende ogen zich op Elena. 'Jouw dood,' zei de stem. 'Jouw dood wacht op je, Elena. Het is...'

Bonnie leek zich te verslikken. Toen viel ze voorover en belandde bijna met haar hoofd in haar bord.

Even bleef iedereen doodstil zitten, maar toen kwamen ze allemaal in beweging. Robert sprong op en trok Bonnie aan haar schouders overeind. Bonnies huid had een blauwachtig witte kleur en haar ogen waren dicht. Tante Judith dribbelde zenuwachtig om haar heen en depte haar gezicht met een vochtig servet. Damon keek met nadenkende, half toegeknepen ogen toe.

'Het gaat alweer,' zei Robert, duidelijk opgelucht. 'Volgens mij is ze alleen maar flauwgevallen. Het zal wel een of andere hysterische aanval zijn geweest.' Maar Elena durfde pas weer adem te halen toen Bonnie verdwaasd opkeek en vroeg waarom iedereen haar zo zat aan te staren.

De maaltijd was meteen afgelopen. Robert stond erop dat Bonnie onmiddellijk naar huis zou worden gebracht en in de bedrijvigheid die daarop volgde, vond Elena de gelegenheid om Damon iets toe te fluisteren.

'Ga weg!'
Hij trok zijn wenkbrauwen op. 'Wat?'
'Ik zei: ga weg! Schiet op! Anders vertel ik ze dat jij de moordenaar bent.'
Hij keek verwijtend. 'Vind je niet dat een gast wat meer consideratie verdient?' zei hij, maar toen hij de uitdrukking op haar gezicht zag, haalde hij zijn schouders op en glimlachte.
'Dank u wel voor de maaltijd,' zei hij tegen tante Judith, die voorbij kwam lopen om een deken in de auto te leggen. 'Ik hoop dat ik een keer een wederdienst kan bewijzen.' Tegen Elena voegde hij eraan toe: 'Jou zie ik nog wel.'
Nou, dát was duidelijk genoeg, dacht Elena, toen Robert met de sombere Matt en de slaperige Bonnie wegreed. Tante Judith zat aan de telefoon met mevrouw McCullough te praten.
'Ik weet ook niet wat er aan de hand is met die meisjes,' zei ze. 'Eerst Vickie, nu Bonnie... en Elena is de laatste tijd ook niet helemaal zichzelf.'
Terwijl tante Judith praatte en Margaret de vermiste Sneeuwbal zocht, ijsbeerde Elena door de kamer.
Ze zou Stefan moeten bellen. Er zat niets anders op. Ze maakte zich geen zorgen over Bonnie; de andere keren dat dit was gebeurd, had het ogenschijnlijk geen blijvende schade aangericht. En Damon zou deze avond wel iets beters te doen hebben dan Elena's vrienden lastigvallen.
Hij was gekomen om de prijs te innen voor de 'dienst' die hij haar had bewezen. Ze wist absoluut zeker dat dat de betekenis was van zijn laatste woorden. En dat hield in dat ze Stefan alles zou moeten vertellen, want ze had hem deze avond nodig, hij moest haar beschermen.
Maar wat kon Stefan doen? Ondanks al haar smeekbeden en argumenten van de afgelopen week had hij geweigerd haar bloed te nemen. Hij had volgehouden dat zijn Machten ook zonder haar bloed terug zouden komen, maar Elena wist dat hij op dit moment nog kwetsbaar was. Als Stefan hier was, zou hij Damon dan kunnen tegenhouden? Zou hij dat kunnen doen zonder zelf te worden gedood?
Bonnies huis bood geen bescherming. En Meredith was weg. Er

was niemand die haar kon helpen, niemand die ze kon vertrouwen. Maar de gedachte dat ze hier deze avond in haar eentje zou moeten wachten, in de wetenschap dat Damon zou komen, was onverdraaglijk.

Ze hoorde tante Judith de hoorn neerleggen. Automatisch liep ze naar de keuken, met Stefans nummer in haar gedachten. Toen bleef ze staan en ze draaide zich langzaam om naar de woonkamer die ze zojuist had verlaten.

Ze keek naar de kamerhoge ramen en naar de prachtig bewerkte open haard. Deze kamer hoorde bij het oorspronkelijke huis, dat in de Burgeroorlog bijna helemaal was afgebrand. Haar eigen slaapkamer lag hier recht boven.

Plotseling ging haar een licht op. Ze keek naar het stucwerk langs het plafond en naar de plek waar de woonkamer overging in de modernere eetkamer. Toen rende ze naar de trap. Haar hart bonsde in haar keel.

'Tante Judith?' Haar tante bleef halverwege de trap staan. 'Tante Judith, ik moet u iets vragen. Is Damon in de woonkamer geweest?'

'Wat?' Tante Judith knipperde verstrooid met haar ogen.

'Heeft Robert Damon meegenomen naar de woonkamer? Denk na, tante Judith! Ik moet het weten.'

'Nou, nee, ik geloof het niet. Nee, dat heeft hij niet gedaan. Ze kwamen binnen en gingen meteen de eetkamer in. Elena, wat is er in hemelsnaam...' Dat laatste zei ze toen Elena impulsief haar armen om haar heen sloeg en haar een knuffel gaf.

'Sorry, tante Judith. Ik ben gewoon gelukkig,' zei Elena. Glimlachend draaide ze zich om en wilde naar beneden lopen.

'Nou, ik ben blij dat er íemand gelukkig is, na wat er tijdens het eten gebeurd is. Hoewel die aardige jongen, Damon, het wel naar zijn zin leek te hebben. Weet je, Elena, ik kreeg de indruk dat hij je ondanks je vreemde gedrag erg leuk vond.'

Elena draaide zich om. 'Nou, en?'

'Nou, ik dacht alleen maar dat je hem misschien een kans zou moeten geven, dat is alles. Ik vond hem erg vriendelijk. Echt het soort jongeman dat ik hier graag zie.'

Elena keek haar met grote ogen aan. Toen slikte ze, om te voorkomen dat ze in een hysterische lachbui zou uitbarsten. Haar tante stelde voor dat ze iets met Damon zou beginnen, in plaats van met Stefan... omdat Damon veiliger was. Echt een aardige jongeman, zoals iedere tante graag ziet. 'Tante Judith,' begon ze, haperend, maar toen besefte ze dat het geen zin had. Ze schudde zwijgend haar hoofd, wierp haar handen verslagen in de lucht en keek haar tante na terwijl die de trap op liep.

Meestal sliep Elena met haar deur dicht. Maar dit keer liet ze hem openstaan en lag in haar bed naar de donkere overloop te staren. Af en toe keek ze naar de verlichte cijfers van de wekker op het nachtkastje naast haar.

Er was geen gevaar dat ze in slaap zou vallen. Terwijl de minuten voorbijkropen, begon ze bijna te wensen dat ze kón slapen. De tijd ging ijzingwekkend langzaam. Elf uur... half twaalf... twaalf uur. Een uur. Half twee. Twee uur.

Om tien over twee hoorde ze iets.

Ze luisterde vanuit haar bed naar de vage zweem van geluid beneden. Ze had geweten dat hij een manier zou vinden om binnen te komen als hij dat wilde. Als Damon zo vastbesloten was, kon geen slot hem buiten de deur houden.

Muziek uit de droom die ze die nacht bij Bonnie thuis had gehad, tinkelde door haar geest, een handvol klagende, zilverachtige noten. Het maakte vreemde gevoelens in haar los. Als in een trance of een soort droomtoestand stond ze op en ging op de drempel staan.

De overloop was donker, maar haar ogen hadden voldoende tijd gehad om zich aan de duisternis aan te passen. Ze zag zijn donkere silhouet de trap op komen. Toen hij de bovenste tree had bereikt, zag ze de snelle, dodelijke glinstering van zijn glimlach.

Ze wachtte, zonder te glimlachen, tot hij voor haar stond, met slechts een meter hardhouten vloer tussen hen in. Het was volkomen stil in huis. Aan de andere kant van de overloop sliep Margaret en aan het eind van de gang was tante Judith in dromen verzonken, zich niet bewust van wat zich buiten haar deur afspeelde.

Damon zei niets, maar hij keek naar haar. Zijn ogen gleden over de lange, witte nachtpon met de hoge, kanten kraag. Elena had hem uitgekozen omdat het de eenvoudigste nachtpon was die ze had, maar Damon vond hem duidelijk aantrekkelijk. Ze dwong zichzelf rustig te blijven staan, maar haar mond was droog en haar hart bonsde luid. Dit was het moment. Over enkele seconden zou ze het weten.

Zonder een uitnodigend woord of gebaar stapte ze naar achteren, weg uit de deuropening. Ze zag de snelle flikkering in zijn bodemloze ogen en keek toe hoe hij gretig op haar af liep. En bleef staan.

Hij stond vlak voor haar kamer, duidelijk van zijn stuk gebracht. Hij probeerde weer verder te lopen, maar het lukte niet. Iets leek hem tegen te houden. Op zijn gezicht maakte verbazing eerst plaats voor verwarring en toen voor woede.

Hij keek op. Zijn ogen gleden over de latei boven de deur en onderzochten het plafond aan weerskanten van de deur. Toen, op het moment dat het besef volledig tot hem doordrong, ontblootte hij zijn tanden, als een dier.

Elena, die veilig aan haar kant van de deur stond, lachte zacht. Het had gewerkt.

'Mijn kamer en de woonkamer beneden zijn het enige wat er is overgebleven van het oude huis,' zei ze tegen hem. 'En dat was natuurlijk een andere woning. Een woning waarin je níet bent uitgenodigd, en waarin je ook nooit uitgenodigd zult worden.'

Zijn borst ging zwoegend op en neer van woede, zijn neusgaten waren opengesperd, zijn ogen stonden woest. Hij straalde golven inktzwarte razernij uit. Hij zag eruit alsof hij de muren wilde neerhalen met zijn handen, die zich krampachtig balden en strekten van woede.

Elena was duizelig van triomf en opluchting. 'Je kunt nu maar beter gaan,' zei ze. 'Je hebt hier niets te zoeken.'

Nog een minuut lang keek hij haar met die dreigende ogen vernietigend aan, toen draaide hij zich om. Maar hij liep niet naar de trap. In plaats daarvan stak hij de overloop over en legde zijn hand op de deur van Margarets kamer.

Voor Elena wist wat ze deed, stapte ze naar voren. In de deuropening bleef ze staan en ze greep zich hijgend aan de deurpost vast.

Hij keek met een ruk om en wierp haar een trage, wrede glimlach toe. Zonder zijn blik van haar af te wenden draaide hij de deurknop een klein stukje om. Zijn ogen, zo zwart als vloeibaar ebbenhout, keken haar strak aan.

'Jij mag het zeggen,' zei hij.

Elena bleef roerloos staan, met een gevoel alsof de winter haar lichaam was binnengedrongen. Margaret was nog maar zo klein. Hij kon het niet menen; niemand kon zo gemeen zijn om een kind van vier kwaad te doen.

Maar er was op Damons gezicht geen spoor van zachtheid of mededogen te bekennen. Hij was een jager, een moordenaar, en de zwakken waren zijn prooi. Ze herinnerde zich de afschuwelijke dierlijke grimas die zijn knappe trekken had vervormd en ze wist dat ze Margaret nooit aan hem kon overleveren.

Alles leek zich vertraagd af te spelen. Ze zag Damons hand op de deurknop; ze zag die meedogenloze ogen. Ze stapte de drempel over en verliet de enige veilige plek die ze kende.

De Dood was in huis, had Bonnie gezegd. En nu was Elena uit eigen vrije wil de Dood tegemoet gelopen. Ze boog haar hoofd om de hulpeloze tranen te verbergen die in haar ogen opwelden. Het was voorbij. Damon had gewonnen.

Ze keek niet op om te zien hoe hij naar haar toe liep. Maar ze voelde de lucht om haar heen bewegen en huiverde. Toen werd ze omhuld door een zachte, eindeloze zwartheid, die zich als de vleugels van een enorme vogel om haar heen sloeg.

13

Elena bewoog even en deed met moeite haar ogen open. Langs de randen van de gordijnen viel licht naar binnen. Ze vond het moeilijk om te bewegen, dus bleef ze op bed liggen en probeerde te reconstrueren wat er de afgelopen nacht was gebeurd.
 Damon. Damon was hier gekomen en had Margaret bedreigd. En dus was Elena naar hem toe gegaan. Hij had gewonnen.
 Maar waarom had hij het niet afgemaakt? Elena tilde loom haar hand op om de zijkant van haar nek aan te raken. Ze wist al wat ze daar zou vinden. Ja, daar waren ze: twee kleine gaatjes die pijnlijk aanvoelden als ze erop drukte.
 Toch leefde ze nog. Bijna had hij zijn belofte waargemaakt, maar toen was hij gestopt. Waarom?
 Haar herinneringen aan de afgelopen uren waren verward en vaag. Alleen fragmenten waren helder. Damons ogen die op haar neerkeken, haar hele wereld vulden. De scherpe, stekende pijn bij haar keel. En daarna, Damon die zijn shirt opende, en Damons bloed dat opwelde uit een kleine snee in zijn nek.
 Toen had hij haar gedwongen zijn bloed te drinken. Als 'dwingen' het juiste woord was. Ze kon zich niet herinneren dat ze zich had verzet of afkeer had gevoeld. Op dat moment had ze het gewild.
 Maar ze was niet dood, zelfs niet ernstig verzwakt. Hij had haar niet in een vampier veranderd. En dat was wat ze niet begreep.
 Hij heeft geen moraal en geen geweten, hield ze zich voor. Dus het was beslist geen barmhartigheid die hem had tegengehouden. Waarschijnlijk wil hij het spel gewoon nog wat rekken, wil hij je eerst nog wat meer laten lijden voor hij je vermoordt. Of misschien wil hij dat je wordt zoals Vickie, met één voet in de schaduwwereld en één in het licht. Om zo langzaam gek te worden.

Eén ding was zeker: ze zou zich niet laten wijsmaken dat hij uit genegenheid zo had gehandeld. Damon was niet tot genegenheid in staat. Hij gaf alleen om zichzelf en om niemand anders.

Ze schoof de dekens van zich af en stapte uit bed. Ze hoorde tante Judith op de overloop. Het was maandagochtend en ze moest zich klaarmaken om naar school te gaan.

Woensdag 27 november

Lief dagboek,
Het heeft geen zin om te doen alsof ik niet bang ben, want dat ben ik wel. Morgen is het Thanksgiving, en Founders' Day is twee dagen daarna. En ik heb nog steeds geen manier gevonden om Caroline en Tyler tegen te houden.

Ik weet niet wat ik moet doen. Als ik mijn dagboek niet terugkrijg, gaat Caroline het voorlezen waar iedereen bij is. Ze heeft daar de perfecte gelegenheid voor: ze is een van de drie bovenbouwers die zijn uitgekozen om tijdens de afsluitingsceremonie gedichten voor te dragen. Voor de duidelijkheid: gekozen door het schoolbestuur waarvan Tylers vader lid is. Ik vraag me af wat die zal denken als dit allemaal voorbij is.

Maar wat maakt het uit? Tenzij ik een plan kan bedenken, is voor mij binnenkort toch alles reddeloos verloren. Stefan zal dan weg zijn, uit het dorp verdreven door de brave burgers van Fell's Church. Of dood, als hij zijn Machten niet gedeeltelijk terugkrijgt. En als hij doodgaat, ga ik ook dood. Zo simpel is het.

Ik moet dus een manier bedenken om het dagboek terug te krijgen. Het kan niet anders.

Maar ik weet niet hoe.

Ik weet het, je wacht tot ik het zeg. Er is een manier om mijn dagboek terug te krijgen op Damons manier. Ik hoef alleen maar akkoord te gaan met zijn prijs.

Maar je weet niet hoeveel angst me dat inboezemt. Niet alleen omdat ik bang ben voor Damon, maar ook omdat ik bang ben voor wat er zal gebeuren als hij en ik weer bij elkaar komen. Ik ben bang

voor wat er met mij zal gebeuren... en met Stefan en mij.
Ik kan hier niet meer over praten. Het is te verontrustend. Ik voel me zo verward en verloren en alleen. Er is niemand die ik in vertrouwen kan nemen of met wie ik kan praten. Niemand die het kan begrijpen.
Wat moet ik doen?

Donderdag 28 november, 23.30 uur

Lief dagboek,
Vandaag lijkt alles duidelijker, misschien omdat ik een besluit heb genomen. Het is een beslissing die me doodsbang maakt, maar het is beter dan het enige alternatief dat ik kan bedenken.
Ik ga Stefan alles vertellen.
Het is het enige wat ik nu nog kan doen. Zaterdag is het Founders' Day en ik heb geen plan kunnen bedenken. Maar misschien weet Stefan een oplossing, als hij beseft hoe wanhopig de situatie is. Morgen ga ik naar het pension en dan ga ik hem alles vertellen wat hij eigenlijk allang had moeten weten.
Alles. Ook over Damon.
Ik weet niet wat hij zal zeggen. Ik zie steeds voor me hoe hij naar me keek in mijn dromen. Zo bitter en vol woede. Helemaal niet alsof hij van me hield. Als hij morgen zo naar me kijkt...
O, ik ben bang. Mijn maag draait om. Ik heb met Thanksgiving nauwelijks mijn eten aangeraakt, en ik heb geen rust. Ik heb het gevoel dat ik in duizend stukjes uiteen zou kunnen spatten. Vannacht slapen? Ha.
Laat Stefan het alsjeblieft begrijpen. Laat hij het me alsjeblieft vergeven.
Het grappige is dat ik voor hem een beter mens wilde worden. Ik wilde zijn liefde waard zijn. Stefan heeft al die opvattingen over eer, en over wat goed en slecht is. Als hij erachter komt dat ik tegen hem heb gelogen, wat zal hij dan van me vinden? Zal hij geloven dat ik hem alleen maar wilde beschermen? Zal hij me ooit nog vertrouwen?

Morgen zal ik het weten. O god, ik wilde dat het al voorbij was. Ik weet niet hoe ik de tijd tot het zover is door moet komen.

Elena glipte het huis uit zonder tante Judith te vertellen waar ze naartoe ging. Ze had genoeg van alle leugens, maar ze had geen zin in de toestanden die onvermijdelijk zouden volgen als ze zei dat ze naar Stefan ging. Sinds Damon bij hen had gegeten, raakte tante Judith niet over hem uitgepraat. In elk gesprek maakte ze subtiele en minder subtiele toespelingen. En Robert was bijna net zo erg. Elena kreeg soms de indruk dat hij tante Judith opjutte.

Ze leunde vermoeid tegen de deurbel van het pension. Waar was mevrouw Flowers tegenwoordig? Toen de deur eindelijk openging, stond Stefan voor haar.

Hij was gekleed om naar buiten te gaan, met de kraag van zijn jack hoog opgeslagen. 'Ik dacht dat we misschien een eindje konden gaan lopen,' zei hij.

'Nee.' Elena was vastberaden. Ze kon geen echte glimlach opbrengen, dus deed ze ook geen poging. Ze zei: 'Laten we naar boven gaan, Stefan, goed? We moeten ergens over praten.'

Even keek hij haar verbaasd aan. Blijkbaar was er iets aan haar gezicht te zien, want hij keek haar zwijgend aan en langzaam betrok zijn gezicht. Hij haalde diep adem en knikte. Zonder een woord te zeggen draaide hij zich om en liep voor haar uit naar zijn kamer.

De koffers, ladekasten en boekenkisten waren natuurlijk allang weer opgeruimd. Maar Elena had het gevoel dat ze dat nu pas voor het eerst opmerkte. Om de een of andere reden moest ze denken aan de eerste keer dat ze hier was geweest, op de avond dat Stefan haar uit Tylers weerzinwekkende omhelzing had gered. Haar ogen gleden over de voorwerpen op de ladekast: de gouden florijnen uit de vijftiende eeuw, de dolk met het ivoren handvat, het ijzeren koffertje met het hangslot. De eerste avond had ze het geprobeerd te openen, maar hij had het deksel dichtgeslagen.

Ze draaide zich om. Stefan stond bij het raam, scherp afgetekend tegen de grijze, sombere lucht. Het was de hele week kil en mistig geweest en deze dag was geen uitzondering. Stefans gezichtsuitdrukking weerspiegelde het weer buiten.

'Goed,' zei hij rustig, 'waar moeten we over praten?'
Dit was het laatste moment dat ze nog terug kon, maar Elena nam haar beslissing. Ze stak haar hand uit naar het kleine ijzeren koffertje en maakte het open.
In de koffer lag een glanzend, abrikooskleurig lint. Haar haarlint. Het herinnerde haar aan de zomer, aan zomerdagen die nu onmogelijk ver weg leken. Ze pakte het op en hield het naar Stefan omhoog.
'Hierover,' zei ze.
Hij had een stap naar voren gedaan toen ze de koffer aanraakte, maar nu keek hij verward en verbaasd. 'Dáárover?'
'Ja. Want ik wist dat het daar lag, Stefan. Ik heb het een hele tijd geleden gevonden, toen je even de kamer uit was. Ik weet niet waarom ik moest weten wat erin zat, maar ik kon het niet helpen. Dus toen vond ik het lint. En toen...' Ze zweeg even en zette zich schrap. 'Toen schreef ik erover in mijn dagboek.'
Stefan keek steeds meer verward, alsof dit helemaal niet was wat hij had verwacht. Elena zocht naar de juiste woorden.
'Ik schreef erover omdat ik dacht dat het bewees dat je al die tijd al om me had gegeven, genoeg om dat lint op te rapen en te bewaren. Ik had nooit gedacht dat het als bewijs zou kunnen dienen voor iets anders.'
Toen, plotseling, praatte ze snel verder. Ze vertelde hem dat ze haar dagboek had meegenomen naar Bonnies huis en dat het was gestolen. Ze vertelde hem over de briefjes en dat ze erachter was gekomen dat Caroline ze had geschreven. Toen wendde ze zich af en terwijl ze het zomerkleurige lint keer op keer door haar zenuwachtige vingers liet glijden, vertelde ze hem over het plan van Caroline en Tyler.
Aan het eind begaf haar stem het bijna. 'Ik ben sinds die tijd zo bang geweest,' fluisterde ze, met haar ogen nog steeds op het lint gevestigd. 'Bang dat je boos op me zou zijn. Bang voor wat ze gaan doen. Gewoon bang. Ik heb geprobeerd om het dagboek terug te krijgen, Stefan, ik ben zelfs naar Carolines huis gegaan. Maar ze heeft het te goed verstopt. En ik heb nagedacht en nagedacht, maar ik weet geen enkele manier om te voorkomen dat ze het gaat voorlezen.' Eindelijk keek ze naar hem op. 'Het spijt me.'

'En terecht!' zei hij. Ze schrok van zijn felheid en voelde het bloed uit haar gezicht wegtrekken. Maar Stefan ging verder. 'Het is terecht dat je er spijt van hebt dat je zoiets voor me verborgen hebt gehouden, terwijl ik je had kunnen helpen. Elena, waarom heb je het me niet verteld?'

'Omdat het allemaal mijn schuld is. En ik had een droom...' Ze probeerde te beschrijven hoe hij had gekeken in haar dromen, de bitterheid, de beschuldigende blik in zijn ogen. 'Ik denk dat ik dood zou gaan als je echt zo naar me zou kijken,' besloot ze ellendig.

Maar op dit moment keek Stefan haar aan met een mengeling van opluchting en verbazing. 'Dus dat was het,' zei hij, bijna fluisterend. 'Dat heeft je dwarsgezeten.'

Elena opende haar mond, maar hij sprak verder. 'Ik wist dat er iets mis was. Ik wist dat je iets voor me achterhield. Maar ik dacht...' Hij schudde zijn hoofd en trok een scheef lachje. 'Het is nu niet meer belangrijk. Ik wilde me niet met je privézaken bemoeien. Ik wilde er niet naar vragen. En al die tijd probeerde je míj te beschermen.'

Elena's tong zat tegen haar gehemelte geplakt en ook de woorden leken vast te zitten. Er is nog meer, dacht ze, maar ze kon het niet zeggen. Niet nu Stefan haar zo aankeek, niet nu zijn hele gezicht zo oplichtte van blijdschap.

'Toen je zei dat we vandaag moesten praten, dacht ik dat je van gedachten was veranderd over mij,' zei hij eenvoudig, zonder zelfmedelijden. 'En ik had je dat niet kwalijk genomen. Maar in plaats daarvan...' Hij schudde weer zijn hoofd. 'Elena,' zei hij, en toen lag ze in zijn armen.

Het voelde zo fijn om daar te zijn, zo helemaal goed. Ze had niet eerder beseft hoe scheef het zat tussen hen, tot op dit moment, nu alles weer goed was. Dít was wat ze zich herinnerde, wat ze had gevoeld op die eerste, heerlijke avond dat Stefan haar in zijn armen had genomen. Alle zachtheid en tederheid in de wereld stroomden tussen hen heen en weer. Hier hoorde ze thuis. Hier zou ze altijd thuishoren.

Al het andere was vergeten.

Net als in het begin had Elena het gevoel dat ze bijna Stefans gedachten kon lezen. Ze waren met elkaar verbonden, deel van elkaar. Hun harten sloegen op hetzelfde ritme.

Er was maar één ding nodig om het compleet te maken. Elena wist dat. Ze schudde haar haar naar achteren en streek het weg bij de zijkant van haar nek. Deze keer protesteerde Stefan niet en hij hield haar niet tegen. In plaats van afwijzing straalde hij acceptatie uit... en een diepe behoefte.

Gevoelens van liefde, verrukking en erkenning overspoelden haar en met een ongelofelijke vreugde besefte ze dat het zíjn gevoelens waren. Heel even zag ze zichzelf door zijn ogen en ze voelde hoeveel hij om haar gaf. Het was misschien beangstigend geweest als zij niet dezelfde diepe gevoelens had gehad om aan hem terug te geven.

Ze voelde geen pijn toen zijn tanden haar nek binnendrongen. En het drong niet eens tot haar door dat ze hem zonder erbij na te denken de onbeschadigde kant van haar nek had aangeboden, hoewel de wondjes die Damon had achtergelaten alweer waren genezen.

Ze klampte zich aan hem vast toen hij zijn hoofd wilde optillen. Maar hij was onvermurwbaar en ten slotte moest ze hem laten gaan. Zonder haar los te laten pakte hij de dolk met het ivoren handvat van de kast en liet met één snelle beweging zijn eigen bloed vloeien.

Toen Elena's knieën zwak werden, zette hij haar op het bed. Daarna hielden ze elkaar alleen maar vast, zonder besef van tijd of wat dan ook. Elena had het gevoel dat alleen Stefan en zij bestonden.

'Ik hou van jou,' zei hij zacht.

Eerst liet Elena, in haar aangename beneveling, de woorden alleen maar over zich heen komen. Maar toen besefte ze met een rilling van blijdschap wat hij had gezegd.

Hij hield van haar. Ze had het altijd al geweten, maar hij had het nog nooit gezegd.

'Ik hou ook van jou, Stefan,' fluisterde ze terug. Ze was verbaasd toen hij wegschoof en zich iets terugtrok, maar toen zag ze wat hij deed. Hij stak zijn hand onder zijn trui en haalde de ketting tevoorschijn die hij al zolang ze hem kende om zijn nek had gedragen. Aan de ketting hing een prachtig bewerkte gouden ring, ingezet met lapis lazuli.

Katherines ring. Elena keek toe hoe hij de ketting afdeed, het slot opende en de fijne gouden ring eraf liet glijden.

'Toen Katherine doodging,' zei hij, 'dacht ik dat ik nooit meer van iemand anders zou kunnen houden. Hoewel ik wist dat zij dat graag zou hebben gewild, was ik ervan overtuigd dat dat nooit zou gebeuren. Maar ik heb me vergist.' Hij aarzelde even en ging toen verder.

'Ik heb de ring bewaard als een symbool van haar. Zodat ik haar in mijn hart kon bewaren. Maar nu wil ik dat hij een symbool wordt van iets anders.' Opnieuw aarzelde hij, en hij leek bijna bang om haar aan te kijken. 'Gezien de situatie heb ik eigenlijk niet het recht om je dit te vragen. Maar, Elena...' Hij worstelde nog even met zijn woorden, maar toen gaf hij het op en keek haar zwijgend aan.

Elena kon geen woord uitbrengen. Ze kon niet eens ademhalen. Maar Stefan legde haar zwijgen verkeerd uit. De hoop in zijn ogen doofde en hij wendde zich af.

'Je hebt gelijk,' zei hij. 'Het is onmogelijk. Er zijn te veel moeilijkheden... door mij. Door wat ik ben. Iemand als jij moet niet vastzitten aan iemand als ik. Ik had het niet eens moeten voorstellen...'

'Stefan!' zei Elena. 'Stefan, wacht nou even...'

'... dus vergeet maar wat ik heb gezegd...'

'Stéfan!' zei ze. 'Stefan, kijk me aan.'

Langzaam gehoorzaamde hij en draaide zich om. Hij keek in haar ogen en de bittere zelfveroordeling maakte plaats voor een blik die haar opnieuw de adem benam. Toen pakte hij, nog steeds heel langzaam, de hand die ze naar hem uitstak. Terwijl ze beiden toekeken, schoof hij voorzichtig de ring aan haar vinger.

Hij paste alsof hij voor haar gemaakt was. Het goud glansde warm in het licht en de lapis lazuli had een diepe, levendig blauwe kleur, als een helder meer omringd door pasgevallen sneeuw.

'We zullen het een poosje geheim moeten houden,' zei ze. Ze hoorde zelf de trilling in haar stem. 'Tante Judith wordt woedend als ze hoort dat ik me vóór mijn eindexamen heb verloofd. Maar de komende zomer word ik achttien en dan kan ze ons niet meer tegenhouden.'

'Elena, weet je zeker dat je dit wilt? Het zal niet gemakkelijk zijn om met mij te leven. Hoe ik ook mijn best doe, ik zal altijd anders zijn dan jij. Als je ooit van gedachten wilt veranderen...'

'Zolang jij van me houdt, zal ik nooit van gedachten veranderen.'

Hij nam haar weer in zijn armen en ze werd omhuld door een gevoel van rust en tevredenheid. Maar er was nog steeds één angst die aan de rand van haar bewustzijn knaagde.

'Stefan, even over morgen... Als Caroline en Tyler hun plan uitvoeren, maakt het niet uit of ik van gedachten verander of niet.'

'Dan moeten we gewoon zorgen dat ze hun plan niet kunnen uitvoeren. Als Bonnie en Meredith me helpen, denk ik dat ik wel een manier weet om het dagboek van Caroline terug te krijgen. Maar zelfs als me dat niet lukt, ben ik niet van plan te vluchten. Ik laat je niet in de steek, Elena. Ik blijf hier om te vechten.'

'Maar ze zullen je kwaad doen, Stefan. Dat kan ik niet verdragen.'

'En ik kan jou niet in de steek laten. Dus dat is dan geregeld. Laat de rest maar aan mij over; ik vind wel een manier. En zo niet... dan blijf ik toch bij je, wat er ook gebeurt. We blijven bij elkaar.'

'We blijven bij elkaar,' herhaalde Elena en ze liet haar hoofd tegen zijn schouder leunen, blij om even niet te hoeven denken en er alleen maar te zíjn.

Vrijdag 29 november

Het is al laat, maar ik kan niet slapen. Het lijkt wel of ik minder slaap nodig heb dan vroeger.

Nou, morgen is dus de grote dag.

Vanavond hebben we Bonnie en Meredith gesproken. Stefans plan is heel eenvoudig. Het komt hierop neer: waar Caroline het dagboek ook heeft verstopt, morgen moet ze het meenemen. Maar onze voordrachten zijn pas aan het eind van het programma, en ze moet eerst aan de praalstoet en alles deelnemen. In die tijd zal ze het dagboek ergens moeten opbergen. Dus als we haar vanaf het moment dat ze haar huis uit komt tot ze het podium op gaat in de gaten houden, komen we er vanzelf achter waar ze het laat. En aangezien ze niet eens weet dat we haar doorhebben, zal ze niet op haar hoede zijn.

En dan pakken we het.

We weten zeker dat het plan werkt, omdat iedereen die aan het programma meedoet, verkleed gaat. Mevrouw Grimesby, de bibliothecaresse, helpt ons voor de praalstoet in onze negentiende-eeuwse kleren, en we mogen niets dragen of bij ons hebben wat geen deel uitmaakt van het kostuum. Geen tasjes, geen rugzakken. Geen dagboeken! Caroline zal het dus ergens moeten achterlaten.

We gaan om de beurt op haar letten. Bonnie wacht bij haar huis en kijkt wat ze bij zich heeft als ze weggaat. Ik houd haar in de gaten als ze bij mevrouw Grimesby wordt aangekleed. Tijdens de praalstoet breken Stefan en Meredith in in het huis – of in de auto van de familie Forbes, als het daar ligt – en pakken het dagboek.

Ik zou niet weten hoe dit zou kunnen mislukken. En ik kan je niet vertellen hoeveel beter ik me voel. Het is zo fijn om dit probleem aan Stefan kwijt te kunnen. Ik heb mijn lesje geleerd; ik houd nooit meer dingen voor hem achter.

Morgen draag ik mijn ring. Als mevrouw Grimesby ernaar vraagt, zeg ik gewoon dat hij stamt van vóór de negentiende eeuw, uit de Italiaanse renaissance. Ik ben benieuwd hoe ze zal kijken als ik dat zeg.

Ik kan nu maar beter wat gaan slapen. Ik hoop dat ik niet droom.

14

Bonnie stond voor het hoge victoriaanse huis te wachten en huiverde. De lucht voelde vanochtend ijskoud aan, en hoewel het al bijna acht uur was, was de zon nog niet echt op. De lucht was één dichte massa van grijze en witte wolken, waaronder een spookachtig schemerlicht ontstond.

Ze stond net met haar voeten te stampen en in haar handen te wrijven toen de deur van de familie Forbes openging. Bonnie verstopte zich wat dieper in de bosjes en keek toe hoe de familie naar hun auto liep. Meneer Forbes had alleen zijn camera bij zich. Mevrouw Forbes droeg een handtas en een vouwstoel. Daniel Forbes, Carolines jongere broer, had nog een stoel bij zich. En Caroline...

Bonnie boog zich voorover en liet tevreden sissend haar adem ontsnappen. Caroline droeg een spijkerbroek met een dikke trui en had een of ander wit tasje bij zich met een trekkoord. Niet groot, maar groot genoeg om er een klein dagboek in te bewaren.

Warm van voldoening bleef Bonnie achter de bosjes wachten tot de auto wegreed. Toen liep ze naar de hoek van Thrush Street en Hawthorne Drive.

'Daar staat ze, tante Judith. Op de hoek.'

De auto kwam tot stilstand en Bonnie kroop bij Elena op de achterbank.

'Ze heeft een wit tasje met een trekkoord,' mompelde ze in Elena's oor terwijl tante Judith weer optrok.

Elena werd overspoeld door een tintelend gevoel van opwinding en ze kneep in Bonnies hand. 'Goed,' fluisterde ze terug. 'Nu opletten of ze het bij mevrouw Grimesby mee naar binnen neemt. Zo niet, dan zeg jij tegen Meredith dat het in de auto ligt.'

Bonnie knikte instemmend en kneep Elena in haar hand.

Ze kwamen net op tijd bij mevrouw Grimesby aan om Caroline met een wit tasje aan haar arm naar binnen te zien gaan. Bonnie en Elena keken elkaar aan. Nu moest Elena erachter zien te komen waar Caroline het tasje zou achterlaten.

'Ik stap hier ook uit, mevrouw Gilbert,' zei Bonnie, toen Elena uit de auto sprong. Zij zou met Meredith buiten wachten, tot Elena hun kwam vertellen waar het tasje was. Het belangrijkste was dat Caroline niets ongewoons opmerkte.

Mevrouw Grimesby, die de deur voor Elena opendeed, was de bibliothecaresse van Fell's Church. Haar huis zag er zelf net uit als een bibliotheek: overal stonden boekenkasten en lagen boeken op de grond. Ze had ook kunstvoorwerpen uit de geschiedenis van Fell's Church, waaronder kledingstukken die bewaard waren gebleven uit de begintijd van het dorp.

Op dit moment klonken overal in het huis jonge stemmen en de slaapkamers stonden vol leerlingen in min of meer ontklede toestand. Mevrouw Grimesby ging altijd over de kostuums voor de praalstoet. Elena wilde vragen of ze bij Caroline in de kamer mocht, maar dat was niet nodig. Mevrouw Grimesby duwde haar daar zelf al naar binnen.

Caroline, die zich tot op haar modieuze ondergoed had uitgekleed, wierp Elena een ongetwijfeld onverschillig bedoelde blik toe, maar onder de oppervlakte voelde Elena het venijnige leedvermaak. Zelf hield ze haar ogen gericht op het stapeltje kleding dat mevrouw Grimesby van het bed pakte.

'Alsjeblieft, Elena. Een van onze best bewaarde stukken, en helemaal origineel, zelfs de linten. We geloven dat deze jurk van Honoria Fell is geweest.'

'Hij is prachtig,' zei Elena. Mevrouw Grimesby schudde de vouwen uit de dunne, witte stof. 'Waar is hij van gemaakt?'

'Van Moravische mousseline en zijdegaas. Omdat het vandaag erg koud is, kun je dit fluwelen jasje eroverheen dragen.' De bibliothecaresse wees naar een zachtroze kledingstuk dat over een stoelleuning hing.

Elena wierp onder het omkleden een steelse blik op Caroline. Ja, daar stond het tasje, bij Carolines voeten. Ze overwoog het weg te grissen, maar mevrouw Grimesby was nog in de kamer.

De mousseline jurk was erg eenvoudig. Het soepele materiaal werd met een lichtroze lint hoog onder de borst bijeengehouden. De licht poffende mouwen kwamen tot de ellebogen en werden met linten in dezelfde kleur dichtgetrokken. Aan het begin van de negentiende eeuw viel de mode zo ruim dat een meisje uit de twintigste eeuw er ook nog in paste, als ze tenminste slank was. Elena glimlachte toen mevrouw Grimesby haar naar een spiegel trok.

'Is hij echt van Honoria Fell geweest?' vroeg ze. Ze moest denken aan het marmeren beeld van de dame, op haar graftombe in de vervallen kerk.

'Dat wordt in ieder geval gezegd,' zei mevrouw Grimesby. 'Ze heeft het over zo'n jurk in haar dagboek, dus we zijn er redelijk zeker van.'

'Hield ze een dagboek bij?' vroeg Elena verrast.

'O ja. Het ligt in een vitrine in de woonkamer; ik zal het je straks laten zien. Nu even over het jasje... o, wat is dat?'

Toen Elena het jasje oppakte, dwarrelde er iets lichtpaars op de grond.

Ze voelde haar gezicht verstarren. Voor mevrouw Grimesby zich kon bukken, pakte ze het briefje op en keek wat erop stond.

Eén zin. Ze herinnerde zich dat ze hem op 4 september, de eerste schooldag, in haar dagboek had geschreven. Alleen had zij hem daarna doorgestreept. Deze woorden waren niet doorgestreept, ze stonden er groot en duidelijk.

Er gaat vandaag iets afschuwelijks gebeuren.

Elena kon zich er nauwelijks van weerhouden om op Caroline af te stappen en het briefje onder haar neus te duwen. Maar dat zou alles bederven. Ze dwong zichzelf om kalm te blijven, verfrommelde het kleine stukje papier en gooide het in de prullenbak.

'Het is gewoon rommel,' zei ze en ze draaide zich met stijve schouders om naar mevrouw Grimesby. Caroline zei niets, maar Elena voelde haar triomfantelijke groene ogen in haar rug.

Wacht maar, dacht ze. Wacht maar tot ik dat dagboek terug heb. Ik ga het verbranden, en daarna krijg je met mij te maken.

Tegen mevrouw Grimesby zei ze: 'Ik ben klaar.'

'Ik ook,' zei Caroline met een zedig stemmetje. Elena nam het andere meisje met een koele, onverschillige blik op. Carolines lichtgroene jurk met lange groene en witte linten was lang niet zo mooi als die van haar.

'Prima. Nou, meisjes, gaan jullie dan maar naar buiten om op je rijtuig te wachten. O, Caroline, vergeet je reticule niet.'

'Nee, die vergeet ik zeker niet,' zei Caroline met een glimlach, en ze pakte het tasje met het trekkoord dat bij haar voeten lag.

Het was een geluk dat ze vanuit deze positie Elena's gezicht niet kon zien, want dat had zijn koele onverschilligheid in één klap verloren. Elena keek verbijsterd toe terwijl Caroline het tasje om haar middel knoopte.

Elena's verbazing ontging mevrouw Grimesby niet. 'Dat is een reticule, de voorganger van onze moderne handtas,' legde de oudere vrouw vriendelijk uit. 'Dames bewaarden daar vroeger hun handschoenen en waaier in. Caroline is het van de week komen halen om er wat losgeraakte kraaltjes op vast te zetten... erg attent van haar.'

'Zeker,' wist Elena met verstikte stem uit te brengen. Ze moest hier weg, anders ging er iets afschuwelijks gebeuren. Ze zou gaan gillen... of Caroline tegen de grond slaan... of ontploffen. 'Ik moet even wat frisse lucht hebben,' zei ze en ze liep met grote stappen de kamer en het huis uit.

Bonnie en Meredith zaten in Merediths auto te wachten. Elena's hart bonsde vreemd terwijl ze naar hen toe liep en door het open raampje naar binnen leunde.

'Ze is ons te slim af geweest,' zei ze rustig. 'Dat tasje hoort bij haar kostuum en ze houdt het de hele dag bij zich.'

Bonnie en Meredith staarden eerst haar en toen elkaar aan.

'Maar... wat gaan we dan doen?' vroeg Bonnie.

'Dat weet ik niet.' Met een misselijkmakend gevoel van ontzetting drong het besef eindelijk tot Elena door. 'Ik weet het niet!'

'We kunnen haar toch evengoed in de gaten houden. Misschien doet ze het tasje af als ze gaat eten of zo...' Maar Merediths stem klonk hol. Ze wisten allemaal hoe het zat, dacht Elena. Het was hopeloos. Ze hadden verloren.

Bonnie keek in de achteruitkijkspiegel en draaide zich om op haar stoel. 'Daar is je rijtuig.'

Elena keek. Twee witte paarden trokken een prachtig gerenoveerd licht rijtuigje door de straat. De spaken van de wielen waren met crêpepapier omwikkeld, de zitplaatsen waren versierd met varens en op een grote banier langs de zijkant stond: *DE GEEST VAN FELL'S CHURCH*.

Elena had nog maar tijd voor één wanhopige boodschap. 'Houd haar in de gaten,' zei ze. 'Als ze ook maar een moment alleen is...' Toen moest ze gaan.

Maar die hele lange, afschuwelijke ochtend was Caroline geen ogenblik alleen. Overal werd ze omringd door een menigte toeschouwers.

Voor Elena was de praalstoet een marteling. Ze zat in het rijtuig naast de burgemeester en zijn vrouw en deed haar best om te glimlachen en zo normaal mogelijk te kijken. Maar de misselijkmakende dreiging lag als een verpletterend gewicht op haar borst.

Ergens vóór haar, tussen de muziekkapellen en de majorettekorpsen en de open cabrioletten, was Caroline. Elena was vergeten na te gaan op welke praalwagen ze meereed. Misschien op de eerste schoolwagen, waar veel jongere, gekostumeerde leerlingen op zaten.

Het deed er niet toe. Waar Caroline ook was, het halve dorp kon haar zien.

Na de stoet werd er geluncht in de kantine van de school. Elena zat aan een tafel met burgemeester Dawley en zijn vrouw en kon geen kant op. Caroline zat aan een tafel dicht bij haar; Elena kon van achteren haar glanzende, kastanjebruine haar zien. En naast haar zat Tyler Smallwood, die zich af en toe bezitterig over haar heen boog.

Elena zat op een prima plek om het kleine drama te zien dat zich bijna halverwege de lunch afspeelde. Haar hart klopte in haar keel toen ze Stefan met een nonchalant gezicht naar Carolines tafel zag lopen.

Hij sprak haar aan. Elena keek toe en vergat zelfs te spelen met het onaangeroerde eten op haar bord. Maar wat ze toen zag deed haar het hart in haar schoenen zinken. Caroline schudde heftig met haar hoofd, gaf hem kort antwoord en ging verder met eten. Tyler kwam stommelend overeind en zijn gezicht liep rood aan terwijl hij een woedend gebaar maakte. Hij ging pas weer zitten toen Stefan zich omdraaide.

Stefan zocht in het voorbijgaan Elena's blik en even keken ze elkaar zonder een woord te zeggen aan.

Stefan kon dus niets doen. Zelfs als zijn Machten waren teruggekeerd, zou Tyler hem bij Caroline vandaan houden. Het gewicht op Elena's borst drukte zo zwaar dat ze nauwelijks adem kon halen.

Hierna zat ze in een waas van ellende en wanhoop aan tafel, tot iemand haar aanstootte en zei dat het tijd was om achter het toneel te gaan.

Ze luisterde bijna onverschillig naar burgemeester Dawleys welkomstspeech. Hij sprak over de 'moeilijke tijd' die Fell's Church onlangs had doorgemaakt en over de gemeenschapsgeest die hen de afgelopen maanden overeind had gehouden. Toen werden er prijzen uitgereikt voor goede school- en sportprestaties en voor maatschappelijke verdiensten. Matt kreeg een onderscheiding voor Atleet van het Jaar en Elena zag dat hij haar nieuwsgierig aankeek.

Toen kwam het toneelstukje. De basisschoolkinderen giechelden en struikelden en vergaten hun tekst bij het uitbeelden van de scènes, van de stichting van Fell's Church tot de Burgeroorlog. Elena keek ernaar zonder iets in zich op te nemen. Sinds de afgelopen nacht was ze een beetje duizelig en beverig en nu had ze het gevoel dat ze griep kreeg. Haar hoofd, dat meestal vol zat met plannen en berekeningen, was leeg. Ze kon niet meer nadenken. Het kon haar bijna niet meer schelen.

Het toneelstuk was afgelopen. Camera's flitsten en er volgde een stormachtig applaus. Toen de laatste kleine soldaat het toneel had verlaten, vroeg burgemeester Dawley om stilte.

'En nu,' zei hij, 'vraag ik uw aandacht voor de leerlingen die de slotceremonie gaan uitvoeren. Graag een applaus voor de Geest van

Onafhankelijkheid, de Geest van Trouw en de Geest van Fell's Church!'

Het applaus was oorverdovend. Elena stond naast John Clifford, de superintelligente bovenbouwer die was uitgekozen om de Geest van Onafhankelijkheid uit te beelden. Aan Johns andere zijde stond Caroline. Op een afstandelijke, bijna onverschillige manier merkte Elena op dat Caroline er prachtig uitzag: met opgeheven hoofd, schitterende ogen en blosjes op haar wangen.

John begon. Hij schoof eerst zijn bril recht, zette de microfoon goed en las toen voor uit het dikke, bruine boek op de lessenaar. Officieel hadden de bovenbouwers de vrijheid om hun eigen teksten uit te kiezen, maar in de praktijk lazen ze bijna altijd voor uit het werk van M.C. Marsh, de enige dichter die Fell's Church ooit had voortgebracht.

Terwijl John bezig was met voorlezen, probeerde Caroline voortdurend de aandacht naar zich toe te trekken. Ze glimlachte naar het publiek, schudde haar haar los en woog de reticule die om haar middel hing. Haar vingers gleden liefkozend over het tasje met het trekkoord en Elena betrapte zichzelf erop dat ze er als gehypnotiseerd naar stond te staren en elk kraaltje in haar hoofd prentte.

John boog en nam zijn plaats naast Elena weer in. Caroline wierp haar schouders naar achteren en liep als een model naar de lessenaar.

Deze keer was het applaus vermengd met gefluit. Maar Caroline glimlachte niet; ze nam zelfs een houding aan alsof er een tragische verantwoordelijkheid op haar schouders rustte. Met een perfecte timing wachtte ze tot de zaal helemaal stil was voor ze het woord nam.

'Ik was van plan een gedicht van M.C. Marsh voor te dragen,' begon ze, in de aandachtige stilte, 'maar dat ga ik niet doen. Waarom zou je híéruit voorlezen...' – ze hield de negentiende-eeuwse gedichtenbundel omhoog – '... als er iets veel eh... relevanters staat in een boek dat ik toevallig heb gevonden?'

Gestolen, zul je bedoelen, dacht Elena. Haar ogen zochten de mensen in de menigte af en ze zag Stefan staan. Hij stond vrij ver naar achteren, geflankeerd door Bonnie en Meredith, als om hem te beschermen. Toen zag Elena nog iets. Een paar meter achter hem stond

Tyler, samen met Dick en een stel andere jongens. De jongens waren al wat ouder, niet meer van middelbareschoolleeftijd. Ze zagen er ruig uit en ze waren met z'n vijven.

Ga weg, dacht Elena, terwijl ze Stefan weer aankeek. Ze probeerde hem uit alle macht duidelijk te maken wat ze wilde zeggen. Ga weg, Stefan; ga alsjeblieft weg voor het gebeurt. Schiet op.

Heel licht, bijna onmerkbaar, schudde Stefan met zijn hoofd.

Carolines vingers gleden in het tasje, alsof ze bijna niet langer kon wachten. 'Wat ik ga voorlezen gaat over het Fell's Church van vandááág, niet over dat van honderd of tweehonderd jaar geleden,' zei ze. Ze werkte zichzelf op naar een soort triomfantelijke opwinding. 'Het is nú van belang, omdat het gaat over iemand die bij ons in het dorp woont. Hij is zelfs hier aanwezig.'

Tyler heeft vast de toespraak voor haar geschreven, besloot Elena. Vorige maand, in de gymzaal, had hij laten zien dat hij erg goed was in dat soort dingen. O, Stefan, o, Stefan, ik ben bang... Haar gedachten tuimelden ordeloos door elkaar terwijl Caroline haar hand in het tasje stak.

'Ik denk dat u wel zult begrijpen wat ik bedoel als u het hoort,' zei ze, en met een snelle beweging haalde ze een boekje met een fluwelen kaft uit de reticule en stak het met een theatraal gebaar omhoog. 'Ik denk dat dit veel zal verklaren van wat er de laatste tijd in Fell's Church is gebeurd.' Snel en licht ademhalend keek ze van het ademloos luisterende publiek naar het boekje in haar hand.

Elena had bijna het bewustzijn verloren toen Caroline het dagboek tevoorschijn haalde. Schitterende lichtballen bewogen zich langs de randen van haar gezichtsveld. De duizeligheid kwam met geweld opzetten, klaar om haar te overmeesteren, maar toen viel haar iets op.

Het lag zeker aan haar ogen. Ze had vast last van de toneellampen en het geflits van de camera's. Ze had het gevoel dat ze ieder moment kon flauwvallen; het was geen wonder dat ze niet goed kon zien.

Het boekje in Carolines hand leek groen, niet blauw.

Ik word zeker gek... of is dit een droom... word ik misschien gefopt door het licht? Maar kijk eens naar Carolines gezicht!

Caroline staarde met bevende mond naar het fluwelen boekje. Ze leek het publiek compleet te zijn vergeten. Ze draaide het dagboek om en om in haar handen en bekeek het van alle kanten. Haar bewegingen werden steeds nerveuzer. Ze stak haar hand in de reticule, alsof ze hoopte er iets anders in te zullen vinden. Toen keek ze wild het podium rond, alsof datgene wat ze zocht misschien op de grond was gevallen.

Het publiek begon ongeduldig te roezemoezen. Burgemeester Dawley en de directeur van de school keken elkaar fronsend aan.

Nadat ze had vastgesteld dat er niets op de grond lag, staarde Caroline weer naar het boekje. Maar nu keek ze ernaar alsof het een schorpioen was. Met een plotselinge beweging sloeg ze het open en keek erin, alsof haar laatste hoop was dat alleen de omslag veranderd was en dat de woorden die erin stonden van Elena waren.

Toen keek ze langzaam van het boekje naar de afgeladen zaal.

Iedereen was weer stil geworden. Het moment leek zich eindeloos uit te rekken terwijl alle ogen gevestigd bleven op het meisje in de lichtgroene jurk. Toen draaide Caroline zich met een onverstaanbare kreet om en stormde het podium af. In het voorbijgaan sloeg ze naar Elena, haar gezicht verwrongen tot een masker van woede en haat.

Langzaam, met het gevoel alsof ze zweefde, bukte Elena zich om het boekje op te rapen waarmee Caroline haar had proberen te slaan.

Carolines dagboek.

Achter haar klonk gestommel van mensen die Caroline achternarenden en voor haar barstten in het publiek de opmerkingen, woordenwisselingen en discussies los. Elena keek naar Stefan. Hij zag er blij en opgelucht uit. Maar tegelijkertijd keek hij net zo verbijsterd als Elena zich voelde. Met Bonnie en Meredith was het net zo. Toen Stefans ogen de hare ontmoetten, werd Elena overspoeld door dankbaarheid en blijdschap, maar het gevoel dat overheerste was ontzag.

Het was een wonder. Verbijsterend genoeg waren ze gered. Ze waren veilig.

En toen viel haar blik op een ander donker hoofd in de menigte.

Damon leunde, nee, hing tegen de noordelijke muur. Zijn lippen waren vertrokken tot een halve glimlach en hij keek Elena strak aan.

Naast haar stond burgemeester Dawley. Hij schoof haar naar voren en maande het publiek tot stilte. Het had geen zin. Elena las met een dromerige stem haar tekst voor aan een kletsende groep mensen die geen enkele aandacht aan haar besteedde. Zelf was ze er ook niet bij met haar hoofd; ze had geen idee wat ze zei. Keer op keer keek ze Damons kant uit.

Toen ze klaar was klonk er een zwak, verspreid applaus op, waarna de burgemeester meedeelde wat er de rest van de middag ging gebeuren. Daarna was het afgelopen en kon Elena weg.

Ze liep bijna zwevend het podium af, zonder zich ervan bewust te zijn waar ze naartoe ging, maar haar benen voerden haar naar de noordelijke muur. Damons donkere hoofd verdween door de zijdeur en zij liep achter hem aan.

De lucht op de binnenplaats voelde na de drukke zaal heerlijk koel aan en de zilverachtige wolken kolkten boven haar hoofd. Damon stond op haar te wachten.

Haar stappen vertraagden, maar ze bleef niet staan. Ze liep door tot ze minder dan een halve meter van hem verwijderd was en keek hem onderzoekend aan.

Er viel een lange stilte. Toen vroeg ze: 'Waarom?'

'Ik dacht dat je meer geïnteresseerd zou zijn in hóé ik het heb gedaan.' Hij klopte veelbetekenend op zijn jack. 'Vanmorgen werd ik uitgenodigd op de koffie, nadat ik vorige week een oude bekende was tegengekomen.'

'Maar waaróm?'

Hij haalde zijn schouders op en heel even trok er een zweem van onzekerheid over zijn fijne trekken. Elena kreeg de indruk dat hij zelf niet wist waarom, of het niet wilde toegeven.

'Om mijn eigen plannen te verwezenlijken,' zei hij.

'Dat denk ik niet.' Tussen hen bouwde zich iets op, iets machtigs dat Elena bang maakte. 'Ik geloof niet dat dat de reden is.'

Er verscheen een gevaarlijke glinstering in zijn donkere ogen. 'Daag me niet uit, Elena.'

Ze kwam nog dichterbij, zodat ze hem bijna aanraakte, en keek hem aan. 'Ik denk,' zei ze, 'dat je misschien uitgedaagd móét worden.'

Zijn gezicht was slechts enkele centimeters van het hare verwijderd, en Elena zou nooit weten wat er zou zijn gebeurd als ze op dat moment niet waren onderbroken door een stem.

'Het is je dus tóch gelukt om te komen! Wat ben ik daar blij om!' Het was tante Judith. Elena had het gevoel dat ze van de ene wereld in de andere werd geslingerd. Ze knipperde verdwaasd met haar ogen, deed een stap achteruit en liet haar adem ontsnappen, waarvan ze niet eens had beseft dat ze die had ingehouden.

'Dus je hebt Elena's voordracht gehoord,' ging tante Judith opgewekt verder. 'Je hebt het prachtig gedaan, Elena, maar ik weet niet wat er met Caroline aan de hand was. De meisjes in dit dorp gedragen zich de laatste tijd allemaal alsof ze behekst zijn.'

'Zenuwen,' suggereerde Damon, met een doodernstig gezicht. Elena had even zin om te giechelen en was meteen geïrriteerd. Het was prachtig dat Damon hen had gered, maar zonder hem was er helemaal geen probleem geweest. Damon had de misdaden begaan die Caroline Stefan in de schoenen wilde schuiven.

'Waar is Stefan trouwens?' vroeg ze zich hardop af. Ze zag Bonnie en Meredith samen op de binnenplaats staan.

Tante Judith keek afkeurend. 'Ik heb hem niet gezien,' zei ze kortaf. Toen glimlachte ze vriendelijk. 'Maar ik heb een idee. Waarom kom jij niet bij ons eten, Damon? Dan kunnen Elena en jij misschien na afloop...'

'Hou op!' zei Elena tegen Damon. Hij keek haar beleefd welwillend aan.

'Wat?' vroeg tante Judith.

'Hou op!' zei Elena weer tegen Damon. 'Je weet wat ik bedoel. Hou hier onmiddellijk mee op!'

15

'Elena, je bent onbeleefd!' Tante Judith werd zelden boos, maar nu was ze dat wel. 'Je bent te oud voor dit soort gedrag.'
'Het is niet onbeleefd! U begrijpt niet...'
'Ik begrijp het heel goed. Je gedraagt je net als toen Damon bij ons kwam eten. Vind je niet dat een gast wat meer consideratie verdient?'
Elena werd overspoeld door frustratie. 'U weet niet waar u het over hebt,' zei ze. Dit was te veel. Om Damons woorden uit tante Judiths mond te horen... het was onverdraaglijk.
'Elena!' Een vlekkerige blos kroop naar tante Judiths wangen. 'Ik scháám me voor je! En ik móét zeggen dat dit kinderachtige gedrag is begonnen sinds je met die jongen omgaat.'
'O, "die jongen".' Elena keek Damon nijdig aan.
'Ja, die jongen!' antwoordde tante Judith. 'Sinds je aan hem verslingerd bent, ben je jezelf niet meer. Onverantwoordelijk, stiekem... en brutaal! Hij heeft vanaf het begin een slechte invloed op je gehad, en ik accepteer dit niet langer.'
'O, meent u dat?' Elena had het gevoel dat ze tegelijkertijd tegen Damon én tante Judith sprak en ze keek van de een naar de ander. Alle emoties die ze de laatste dagen, de laatste weken, de maanden sinds Stefan in haar leven was gekomen had onderdrukt, kwamen nu naar boven. Het was net een enorme vloedgolf, waar ze geen macht over had.
Ze merkte dat ze beefde. 'Nou, dat is dan jammer, want u zult het wel móéten accepteren. Ik geef Stefan nooit op, voor niemand. Zeker niet voor jóú!' Dit laatste was voor Damon bestemd, maar tante Judith hapte naar adem.
'Zo is het genoeg!' snauwde Robert. Hij was samen met Margaret komen aanlopen en hij keek haar aan met een gezicht als een onweers-

wolk. 'Jongedame, als die jongen je aanmoedigt om zó tegen je tante te spreken...'

'Het is niet "die jongen"!' Elena deed nog een stap achteruit, zodat ze hen allemaal kon aankijken. Ze maakte zichzelf belachelijk, iedereen op de binnenplaats keek naar haar. Maar het kon haar niet schelen. Ze had haar gevoelens zó lang ingehouden, al haar angst en woede verborgen zodat niemand ze kon zien. Alle zorgen om Stefan, alle angst voor Damon, alle schaamte en vernederingen die ze op school had moeten doorstaan, al die gevoelens had ze weggestopt. Maar nu kwamen ze weer boven, allemaal tegelijk, in een onvoorstelbare golf geweld. Haar hart bonsde als een bezetene; haar oren tuitten. Ze had het gevoel dat niets er meer toe deed. Ze wilde nu alleen de mensen pijn doen die daar voor haar stonden. Ze zou ze leren.

'Het is niet "die jongen",' zei ze weer, met ijskoude stem. 'Hij heet Stefan en hij is de enige om wie ik geef. En toevallig ben ik met hem verloofd.'

'Ach, doe niet zo belachelijk!' donderde Robert. Dat was de laatste druppel.

'Is dit belachelijk?' Ze stak haar hand met de ring naar hen omhoog. 'We gaan trouwen!'

'Jij gaat niet trouwen,' begon Robert. Iedereen was woedend. Damon greep haar hand en staarde naar de ring. Toen draaide hij zich abrupt om en beende weg, elke stap vol nauwelijks bedwongen razernij. Robert kon bijna niet uit zijn woorden komen van kwaadheid. Tante Judith ziedde van woede.

'Elena, ik verbied je ten enenmale...'

'U bent mijn moeder niet!' schreeuwde Elena. Tranen probeerden zich uit haar ogen omhoog te persen. Ze moest weg, alleen zijn, bij iemand zijn die van haar hield. 'Als Stefan naar me vraagt, zeg dan maar dat ik naar het pension ben!' voegde ze eraan toe en ze baande zich een weg door de menigte.

Ze verwachtte half dat Bonnie of Meredith haar achterna zou komen, maar ze was blij dat ze het niet deden. De parkeerplaats stond vol auto's, maar er waren bijna geen mensen. De meeste gezinnen bleven voor de middagactiviteiten. Maar vlak vooraan stond een aftandse Ford en een bekende figuur deed net het portier open.

'Matt! Ga jij weg?' Ze nam onmiddellijk een besluit. Het was te koud om het hele eind naar het pension te lopen.

'Hè? Nee, ik moet coach Lyman helpen met de tafels opruimen. Ik bracht alleen dit even weg.' Hij gooide het plakkaat met Atleet van het Jaar op de passagiersstoel. 'Hé, gaat het een beetje?' Hij zette grote ogen op toen hij haar gezicht zag.

'Ja... nee. Maar het komt wel goed als ik hier weg kan. Luister, mag ik je auto lenen? Even maar?'

'Ja, natuurlijk, maar... Weet je wat, ik rij wel. Ik zal het even tegen coach Lyman zeggen.'

'Nee! Ik wil gewoon even alleen zijn... O, stel alsjeblieft geen vragen.' Ze griste de sleutels bijna uit zijn hand. 'Ik beloof je dat ik hem snel terugbreng. Of anders Stefan. Als je Stefan ziet, zeg hem dan dat ik naar het pension ben. En bedankt.' Hij protesteerde nog, maar ze sloeg het portier dicht. Ze liet de motor loeien en omdat ze niet gewend was aan een auto met versnelling, reed ze hortend en stotend de parkeerplaats af, sprakeloos nagestaard door Matt.

Ze reed zonder iets te zien of te horen, huilend, opgesloten in haar eigen wervelwind van emoties. Stefan en zij zouden weglopen... Ze zouden er samen vandoor gaan... Ze zouden iedereen eens wat laten zien. Ze zou nooit meer een voet in Fell's Church zetten.

En dan zou tante Judith spijt hebben. Dan zou Robert zien hoe verkeerd hij had gehandeld. Maar Elena zou het hen nooit vergeven. Nooit.

Wat haarzelf betrof: zij had niemand nodig. Ze had in ieder geval niet dat stomme Robert E. Lee College nodig, waar je het ene moment superpopulair was en het volgende door iedereen met de nek werd aangekeken, alleen omdat je van de verkeerde persoon hield. Ze had geen familie nodig, en ook geen vrienden...

Elena minderde vaart om de kronkelweg naar het pension in te slaan en merkte dat ook haar gedachten geleidelijk aan bedaarden.

Nou ja... ze was niet kwaad op al haar vrienden. Bonnie en Meredith hadden niets gedaan. En Matt... Matt was oké. Ze had hem dan misschien niet nodig, maar zijn auto kwam goed van pas.

Ondanks alles voelde Elena een verstikte giechelbui in haar keel opwellen. Arme Matt. Mensen wilden voortdurend zijn oude rammelkast van een auto lenen. Hij dacht vast dat Stefan en zij gek waren. De lachbui maakte nog een paar tranen los en ze veegde ze hoofdschuddend weg. O god, hoe kon het dat het zo was gelopen? Wat een dag. Ze had een overwinningsfeestje kunnen vieren omdat ze Caroline hadden verslagen, maar in plaats daarvan zat ze in haar eentje in Matts auto te huilen.

Caroline had er wel heel grappig uitgezien. Elena's lichaam schudde een beetje van een enigszins hysterische lachbui. O, die blik op haar gezicht. Hopelijk had iemand het op video gezet.

Ten slotte hield het snikken en lachen op en stroomde er een golf van vermoeidheid door Elena heen. Ze leunde tegen het stuur en probeerde een poosje nergens aan te denken. Toen stapte ze uit de auto.

Ze zou op Stefan wachten en dan zouden ze samen teruggaan om de puinhoop te herstellen die ze had aangericht. Daar was wel wat voor nodig, dacht ze vermoeid. Arme tante Judith. Elena had tegen haar staan schreeuwen waar het halve dorp bij stond. .

Waarom had ze zich zo overstuur gemaakt? Haar emoties lagen echter nog steeds dicht onder de oppervlakte, zoals ze merkte toen de deur van het pension op slot zat en niemand reageerde toen ze aanbelde.

O, geweldig, dacht ze. Haar ogen prikten alweer. Mevrouw Flowers was ook Founders' Day aan het vieren. En nu had Elena de keus om in de auto te gaan zitten, of in de storm buiten te blijven staan...

Het was voor het eerst dat ze iets merkte van het weer, maar nu ze dat deed, keek ze verontrust om zich heen. De dag was koud en bewolkt begonnen, maar nu kroop er een mist over de grond, waarvan het leek alsof die door de omringende velden werd uitgeademd. De wolken raasden woedend langs de hemel. En de wind werd steeds harder.

Hij floot klagend door de takken van de eikenbomen, rukte de overgebleven bladeren af en liet ze in bosjes naar beneden dwarrelen. Het geluid nam langzaam toe en ging van een klagend gehuil over in een oorverdovend geloei.

En er was nog iets anders. Iets wat niet afkomstig was van de wind, maar van de lucht zelf, of van de ruimte om de lucht heen. Een gevoel van druk, van dreiging, van een onvoorstelbare kracht. Het verzamelde zijn macht, kwam steeds dichterbij en sloot haar langzaam in.

Elena draaide zich met een ruk om naar de eiken. Er stond een groepje achter het huis en nog een paar wat verder naar achteren, waar ze één geheel vormden met het bos. En daarachter waren de rivier en het kerkhof.

Er was daar... iets. Iets... slechts...

'Nee,' fluisterde Elena. Ze kon het niet zien, maar ze kon het voelen, alsof er een enorme gedaante boven haar uittorende en de lucht verduisterde. Ze voelde het kwaad, de haat, de beestachtige razernij.

Bloeddorst. Stefan had dat woord gebruikt, maar zij had het niet begrepen. Nu voelde ze die bloeddorst... op haar gericht.

'Nee!'

Hoger en hoger torende het boven haar uit. Ze kon nog steeds niets zien, maar het was alsof gigantische vleugels zich ontvouwden en zich aan weerskanten tot aan de horizon uitstrekten. Iets met een onvoorstelbare Macht... en het wilde doden...

'Néé!' Net op het moment dat het ineendook om zich op haar te storten, wist ze de auto te bereiken. Haar handen grabbelden naar de deurkruk en ze hannesten zenuwachtig met de sleutels. De wind gierde om haar heen en rukte aan haar haar. Hagelstenen sloegen in haar gezicht en verblindden haar, maar toen draaide de sleutel om in het slot en ze rukte het portier open.

Veilig! Ze sloeg het portier met een klap dicht en ramde met haar vuist de vergrendeling naar beneden. Toen wierp ze zichzelf over de passagiersstoel om te controleren of de portieren aan de andere kant op slot zaten.

Buiten bulderde de wind met duizend stemmen. De auto begon heen en weer te schudden.

'Hou op! Damon, hou op!' Haar schrille kreet ging verloren in de kakofonie van geluid. Ze legde haar handen op het dashboard, alsof ze daarmee de auto in evenwicht kon houden, maar de auto schudde nog heftiger heen en weer en de hagel kletterde tegen de ramen.

Toen zag ze iets. De achterruit begon te beslaan, maar door de damp kon ze een gestalte onderscheiden. Het leek net een enorme vogel van mist of sneeuw, maar de omtrekken waren vaag. Het enige wat ze zeker wist, was dat het wezen gigantische vleugels had die razend snel dichterbij kwamen... en dat hij het op haar had gemunt.

Steek de sleutel in het contactslot. Schiet op! En nu rijden! Haar geest beet haar bevelen toe. De oude Ford pufte moeizaam en het gepiep van de banden overstemde de wind toen ze wegreed. De gedaante achtervolgde haar en werd allengs groter in haar achteruitkijkspiegel.

Rijd naar het dorp, naar Stefan! Schiet op! Schiet op! Maar op het moment dat ze met piepende banden linksaf Old Creek Road op draaide, spleet een bliksemflits de hemel in tweeën.

Als ze niet al had geslipt en afgeremd, was de boom boven op haar gevallen. Nu miste de stam op een haar na haar rechterbumper. De auto schudde heen en weer alsof er een aardbeving plaatsvond. De boom was een grote massa neerstortende takken en de stam versperde de terugweg naar het dorp volledig.

Ze zat in de val. De enige weg naar huis was afgesneden. Ze was alleen, ze kon op geen enkele manier ontsnappen aan deze afschuwelijke Macht...

Mácht. Dat was het, dat was de oplossing. 'Hoe sterker je Machten zijn, hoe meer de regels van het donker je aan banden leggen.'

Stromend water!

Ze reed de auto achteruit, keerde hem en zette hem met een ruk in zijn vooruit. De witte gedaante helde over en dook op haar af, maar miste haar op een haar, net als de boom. Toen scheurde ze Old Creek Road af, de vliegende storm tegemoet.

Het zat nog steeds achter haar aan. Slechts één gedachte speelde door haar hoofd: ze moest stromend water oversteken om van dit ding achter haar af te komen.

Er waren nog meer bliksemschichten en ze zag nog meer bomen vallen, maar ze reed er met een boog omheen. Het kon nu niet ver meer zijn. Aan haar linkerkant zag ze door de neerstriemende ijsregen de glinstering van de stromende rivier. Toen zag ze de brug.

Ze was er. Ze had het gered! Een windvlaag joeg natte hagel tegen de voorruit, maar na een haal van de ruitenwissers zag ze de rivier weer stromen. Het was zover. Hier moest ongeveer de bocht zijn.

De auto maakte een plotselinge slingerbeweging en slipte op de houten ondergrond. Elena voelde hoe de banden grip probeerden te krijgen op de gladde planken en plotseling blokkeerden. Wanhopig probeerde ze met de slipbeweging mee te sturen, maar ze kon niets zien en ze had geen ruimte...

En toen reed ze door de vangrail. Het verrotte hout van de voetbrug gaf mee met het gewicht dat het niet langer kon dragen. Met een misselijkmakende vaart stortte ze tollend naar beneden. Toen raakte de auto het water.

Ze hoorde gegil, maar het geluid leek niet bij haar vandaan te komen. Om haar heen steeg het water. Alles was lawaai, verwarring en pijn. Een van de autoruiten werd verbrijzeld door vallend puin, en nog een. Donker water en ijsachtig glas stortten zich over haar heen. Ze werd overspoeld. Ze kon niets zien; ze kon niet weg.

En ze kon geen adem krijgen. Ze zat gevangen in dit helse kabaal en er was geen lucht. Ze moest ademen. Ze moest hier weg...

'Stefan, help me!' schreeuwde ze.

Maar haar schreeuw maakte geen geluid. In plaats daarvan stroomde het ijskoude water haar longen binnen, maakte zich meester van haar lichaam. Ze verzette zich uit alle macht, maar het was te sterk. Haar verzet werd wilder, ongecoördineerder, en toen hield het op.

Alles werd stil.

Bonnie en Meredith zochten ongeduldig het terrein rondom de school af. Ze hadden Stefan deze kant op zien gaan, min of meer gedwongen door Tyler en zijn nieuwe vrienden. Eerst waren ze hem gevolgd, maar toen was er dat gedoe geweest met Elena. Daarna had Matt hun verteld dat Elena ervandoor was en waren ze weer achter Stefan aan gegaan. Maar er was hier helemaal niemand. Er waren zelfs geen gebouwen, alleen een enkele bouwkeet van golfplaat.

'En nu gaat het zo stormen!' zei Meredith. 'Hoor die wind eens! Volgens mij gaat het regenen.'

'Of sneeuwen!' Bonnie huiverde. 'Waar zijn ze gebleven?'

'Het kan me niet schelen. Ik wil alleen een dak boven mijn hoofd. Het begint al!' Meredith hapte naar adem toen een ijskoude regenvlaag tegen haar aan sloeg en Bonnie en zij renden naar de dichtstbijzijnde schuilplaats: de bouwkeet.

En daar vonden ze Stefan. De deur stond op een kier en toen Bonnie naar binnen keek, deinsde ze verschrikt terug.

'Tyler met zijn knokploeg!' fluisterde ze. 'Pas op!'

Er stond een halve kring van jongens tussen Stefan en de deur. Caroline stond in een hoek.

'Hij móét het hebben! Hij heeft het op de een of andere manier gepakt. Ik weet het zeker!' zei ze.

'Wát heeft hij gepakt?' vroeg Meredith luid. Iedereen draaide zich naar hen om.

Carolines gezicht vertrok toen ze hen in de deuropening zag staan en Tyler trok een grimas. 'Weg jullie,' zei hij. 'Jullie willen hier niet bij betrokken raken.'

Meredith negeerde hem. 'Stefan, kan ik je spreken?'

'Direct. Ga je haar vraag nog beantwoorden? Wát heb ik gepakt?' Stefan concentreerde al zijn aandacht op Tyler.

'Zeker ga ik haar vraag beantwoorden. Maar eerst ben jij aan de beurt.' Tyler sloeg zijn vuist in zijn vlezige hand en stapte naar voren. 'Jij bent hondenvoer, Salvatore.'

Verschillenden van zijn stoere vrienden begonnen te grinniken.

Bonnie opende haar mond om te zeggen: 'Laten we hier weggaan.' Maar wat ze zei was: 'De brug.'

Het was zo vreemd dat iedereen naar haar omkeek.

'Wat?' vroeg Stefan.

'De brug,' zei Bonnie weer, zonder dat zelf te willen. Haar ogen sperden zich angstig open. Ze hoorde de stem uit haar keel komen, maar ze had er geen macht over. En toen voelde ze hoe haar ogen zich verwijdden en haar mond openviel, en plotseling had ze haar eigen stem weer terug. 'De brug, o mijn god, de brug! Elena is daar! Stefan, we moeten haar redden... O, schiet op!'

'Bonnie, weet je het zeker?'

'Ja, o god... daar is ze naartoe gegaan. Ze verdrinkt! Schiet op!' Golven diepe duisternis stortten zich over Bonnie heen. Maar ze mocht nu niet flauwvallen; ze moesten naar Elena.

Stefan en Meredith aarzelden slechts een ogenblik. Toen veegde hij de knokploeg opzij alsof het papiertjes waren. Ze renden over het gras naar de parkeerplaats, Bonnie met zich mee trekkend. Tyler rende eerst nog even achter hen aan, maar gaf het op toen de wind hem met volle kracht raakte.

'Waarom zou ze met dit weer naar buiten gaan?' schreeuwde Stefan, terwijl ze in Merediths auto sprongen.

'Ze was van streek. Matt zei dat ze met zijn auto was vertrokken,' antwoordde Meredith hijgend, in de betrekkelijke stilte van de auto. Ze reed snel de parkeerplaats af, stuurde de auto in de richting van de wind en drukte het gaspedaal gevaarlijk diep in. 'Ze zei dat ze naar het pension ging.'

'Nee, ze is bij de brug! Meredith, sneller! O god, straks komen we te laat!' Tranen stroomden over Bonnies gezicht.

Meredith gaf plankgas. De auto slingerde heen en weer, gegeseld door wind en hagel. De hele nachtmerrieachtige rit zat Bonnie te snikken en klampte ze zich krampachtig vast aan de stoel voor haar.

Stefans scherpe waarschuwing voorkwam dat Meredith op de boom inreed. Ze stapten uit en werden daar onmiddellijk voor gestraft door de striemende wind.

'Hij is te groot om te verplaatsen. We moeten lopen,' schreeuwde Stefan.

Natuurlijk is hij te groot om te verplaatsen, dacht Bonnie, die zich al een weg baande door de takken. Het is een volwassen eik. Maar eenmaal aan de andere kant verdreef de ijzige stormwind alle gedachten uit haar hoofd.

Binnen een paar minuten was ze verdoofd van de kou, en de weg leek zich eindeloos voor hen uit te strekken. Ze probeerden te rennen, maar de wind sloeg hen terug. Ze konden nauwelijks iets zien; als Stefan er niet was geweest, waren ze het water in gelopen. Bonnie slingerde als een dronkenman over de weg. Ze stond op het punt om door haar knieën te zakken toen ze Stefan, die vooruit was gelopen, hoorde schreeuwen.

Meredith sloeg haar arm steviger om Bonnie heen en ze begonnen weer half struikelend te rennen. Maar toen ze bij de brug kwamen, bleven ze stokstijf staan.

'O, mijn god... Elena!' gilde Bonnie. De Wickery Bridge was één massa versplinterd puin. Aan één kant was de vangrail verdwenen en de planken waren afgebroken alsof een gigantische vuist erop had ingebeukt. Onder hen kolkte het donkere water over een misselijkmakende stapel puin. Onder het puin, met alleen de koplampen nog boven water, lag Matts auto.

Meredith gilde ook, maar nu naar Stefan. 'Nee! Je kunt daar niet naartoe gaan!'

Hij keek niet op of om. Hij dook van de oever naar beneden en het water sloot zich boven zijn hoofd.

Bonnie zou zich gelukkig slechts vaag iets herinneren van het uur dat volgde. Ze herinnerde zich dat ze op Stefan wachtten, terwijl de storm eindeloos voortwoedde. Ze herinnerde zich dat de afloop haar bijna niet meer kon schelen, tegen de tijd dat een gebogen figuur uit het water opdook. Ze herinnerde zich dat ze geen teleurstelling voelde, alleen een enorm, gapend verdriet toen ze het slappe ding zag dat Stefan op de weg legde.

En ze herinnerde zich Stefans gezicht.

Ze herinnerde zich hoe hij keek terwijl ze iets voor Elena probeerden te doen. Alleen was het niet echt Elena die daar lag, maar een wassen pop met Elena's gezicht. Het was niet iets wat ooit had geleefd, en nu leefde het zeker niet meer. Bonnie bedacht dat het dwaas was om er zo in te blijven duwen en porren, om te proberen water uit de longen te krijgen. Wassen poppen ademden niet.

Ze herinnerde zich Stefans gezicht toen hij het eindelijk opgaf. Toen Meredith met hem worstelde en tegen hem schreeuwde en iets zei over een uur zonder zuurstof en hersenbeschadiging. De woorden drongen tot Bonnie door, maar hun betekenis niet. Ze vond het alleen vreemd dat Meredith en Stefan allebei huilden terwijl ze tegen elkaar stonden te schreeuwen.

Op een gegeven moment hield Stefan op met huilen. Hij zat daar alleen maar, met de Elena-pop in zijn armen. Meredith schreeuwde nog wat, maar hij luisterde niet naar haar. Hij zat daar alleen maar. En Bonnie zou de uitdrukking op zijn gezicht nooit vergeten.

Toen schoot er een schroeiende pijn door Bonnie heen die haar tot leven bracht. Doodsbang schrok ze op. Ze klampte zich aan Meredith vast en zocht om zich heen waar het vandaan kwam. Er kwam iets slechts... iets verschrikkelijks aan. Het was er al bijna.

Stefan leek het ook te voelen. Hij keek alert op en bleef roerloos zitten, als een wolf die een geur opsnuift.

'Wat is er?' schreeuwde Meredith. 'Wat heb jij?'

'Jullie moeten gaan!' Stefan kwam overeind, met het slappe lichaam van Elena nog steeds in zijn armen. 'Nu!'

'Wat bedoel je? We kunnen je niet alleen laten...'

'Ja, dat kan wel! Wegwezen! Bonnie, neem haar mee!'

Niemand had Bonnie ooit eerder opdracht gegeven om voor iemand anders te zorgen. Andere mensen zorgden altijd voor háár. Maar nu pakte ze Merediths arm en begon te trekken. Stefan had gelijk. Voor Elena konden ze niets meer doen, en als ze hier bleven, zou wat het ook was dat haar te pakken had gekregen, hen ook grijpen.

'Stefan!' schreeuwde Meredith, terwijl Bonnie haar wegsleepte.

'Ik leg haar onder de bomen. Onder de wilgen, niet onder de eiken,' riep hij hen na.

Waarom vertelt hij ons dat nu? vroeg Bonnie zich af in een deel van haar hersenen dat niet in beslag werd genomen door haar angst en door de storm.

Het antwoord was eenvoudig, en haar geest kwam er onmiddellijk mee aandragen. Omdat hij er straks niet zou zijn om het hun te vertellen.

16

Lang geleden, in de donkere zijstraten van Florence, had de uitgehongerde, bange, uitgeputte Stefan zichzelf een eed gezworen. Meerdere eden, om precies te zijn, over de Machten die hij in zichzelf waarnam, en hoe hij zou omgaan met de zwakke, falende, nog menselijke wezens om hem heen.

Nu zou hij die eden allemaal verbreken.

Hij had Elena's koude voorhoofd gekust en haar onder een wilg gelegd. Als hij kon, zou hij hier terugkomen om zich bij haar te voegen.

Zoals hij al had verwacht had de golf van Macht Bonnie en Meredith laten ontsnappen en was hij achter hem aan gekomen, maar nu had hij zich weer teruggetrokken en wachtte af.

Stefan zou hem niet lang laten wachten.

Niet langer gehinderd door het gewicht van Elena rende hij met de soepele gang van een roofdier de verlaten weg af. Van de ijskoude hagel en wind had hij weinig last. Zijn jachtzintuigen boorden daar dwars doorheen.

Hij zette al zijn instincten in om de prooi op te sporen waarop hij zijn zinnen had gezet. Nu niet aan Elena denken. Pas als dit voorbij was.

Tyler en zijn vrienden waren nog in de bouwkeet. Mooi zo. Ze wisten niet wat hen overkwam toen het raam aan stukken vloog en de wind naar binnen gierde.

Stefan had de bedoeling om te doden toen hij Tyler bij zijn nek greep en zijn hoektanden in zijn vlees liet zakken. Dat was een van zijn regels geweest: niet doden. En die wilde hij nu verbreken.

Maar nog voor hij al het bloed uit Tyler had weggezogen, kwam een van de bodybuilders op hem af, niet om zijn gevallen leider te beschermen, maar om te ontsnappen. Hij had de pech dat hij daarbij

Stefans pad kruiste. Stefan wierp hem op de grond en viel gretig op de nieuwe ader aan.

De warme, koperachtige smaak gaf hem weer kracht, verwarmde hem, stroomde als vuur door hem heen. Het deed hem verlangen naar meer.

Macht. Leven. Zij hadden het; hij had het nodig. Hij overdonderde hen moeiteloos met de ontstellende kracht die vrijkwam door wat hij al had gedronken. Hij ging van de een naar de ander, dronk gulzig en wierp hen daarna opzij. Het was alsof hij zo snel mogelijk een sixpack met biertjes achteroversloeg.

Hij was met de laatste bezig toen hij Caroline ineengedoken in een hoek zag zitten.

Bloed droop van zijn mond toen hij zijn hoofd ophief om naar haar te kijken. Die groene ogen, die meestal tot spleetjes waren geknepen, stonden nu wijd open, en het oogwit was zichtbaar, als bij een doodsbang paard. Haar lippen vormden bleke vlekken terwijl ze geluidloos smeekbeden prevelde.

Hij greep haar beet bij de groene linten om haar middel en rukte haar omhoog. Ze kermde en haar ogen draaiden omhoog in hun kassen. Hij begroef zijn hand in haar kastanjebruine haar om haar blote nek in de gewenste positie te brengen. Hij trok zijn hoofd iets terug om toe te slaan... Op dat moment gaf Caroline een gil en verslapte.

Hij liet haar vallen. Hij had toch genoeg gehad. Hij zat barstensvol bloed, als een opgezwollen teek. Hij had zich nog nooit zo sterk gevoeld, zo verzadigd van primitieve macht.

Nu was het tijd voor Damon.

Hij verliet de bouwkeet langs dezelfde weg als hij was binnengekomen. Maar niet in mensengedaante. Een jachtvalk scheerde het raam uit en vloog cirkelend de lucht in.

De nieuwe gedaante was fantastisch. Sterk... en wreed. Zijn ogen waren scherp. Zijn nieuwe lichaam bracht hem waar hij wilde, scherend over de eiken van het bos. Hij zocht naar een speciale open plek.

Hij vond hem. De wind sloeg striemend tegen hem aan, maar hij cirkelde met een schrille, uitdagende kreet naar beneden. Damon, die in mensengedaante op de grond zat, wierp zijn handen omhoog om zijn gezicht te beschermen toen de valk op hem afdook.

Stefan scheurde bloedige repen huid uit zijn armen en hoorde Damon krijsen van pijn en woede.

Ik ben niet meer je zwakke, kleine broertje. Hij zond de gedachte op een verpletterende vloedgolf van macht naar Damon toe. *En deze keer kom ik jouw bloed halen.*

Hij voelde de haat die Damon hem als reactie terugzond, maar de stem in zijn geest klonk spottend. *Dus dit is mijn dank dat ik jou en je verloofde het leven heb gered?*

Stefan vouwde zijn vleugels langs zijn lichaam en hij dook opnieuw, zijn hele wereld teruggebracht tot één doel: doden. Hij dook naar Damons ogen, en de stok die Damon had opgeraapt scheerde langs zijn nieuwe lichaam. Zijn klauwen boorden zich in Damons wang en Damons bloed vloeide. Mooi.

Je had me niet in leven moeten laten, zei hij tegen Damon. *Je had ons allebei in één keer moeten doden.*

Die vergissing zal ik met genoegen goedmaken! Eerst had Stefan hem overrompeld, maar nu voelde hij dat Damon zijn Macht verzamelde om zich tegen een volgende aanval te wapenen. *Maar eerst moet je me maar eens vertellen wie ik deze keer vermoord zou hebben.*

De hersenen van de valk konden de stroom van emoties niet aan die de spottende vraag opriep. Met een woordeloos gekrijs liet hij zich weer pijlsnel op Damon vallen, maar deze keer trof de zware stok doel. Gewond, met één hangende vleugel, viel de valk achter Damon op de grond.

Stefan nam onmiddellijk zijn eigen gedaante aan, zonder veel te voelen van de gebroken arm. Voor Damon zich kon omdraaien, greep hij hem beet, groef de vingers van zijn goede hand in de nek van zijn broer en draaide hem met een ruk naar zich toe.

Toen hij sprak, klonk zijn stem bijna teder.

'Elena,' fluisterde hij en hij stortte zich op Damons keel.

Het was donker en erg koud, en er was iemand gewond. Iemand had hulp nodig.

Maar ze was verschrikkelijk moe.

Elena's oogleden gingen trillend open en de duisternis verdween. Wat de kou betrof... ze was ijskoud, verkild tot op het bot. En geen wonder; ze was bedekt met ijs.

Ergens, diep vanbinnen, wist ze dat dat niet het enige was. Wat was er gebeurd? Ze had thuis liggen slapen... nee, het was vandaag Founders' Day. Ze had in de kantine op het podium gestaan. Iemand had een vreemd gezicht getrokken.

Het was te veel om te bevatten; ze kon niet nadenken. Gezichten zonder lichaam zweefden voor haar ogen; fragmenten van zinnen klonken in haar oren. Ze was erg in de war.

En zo moe.

Ze kon maar beter weer gaan slapen. Het ijs was niet zo heel erg. Ze wilde gaan liggen, maar toen hoorde ze de kreten weer.

Ze hoorde ze, niet met haar oren, maar met haar geest. Kreten van woede en pijn. Iemand was erg ongelukkig.

Ze bleef doodstil zitten en probeerde orde te scheppen in haar gedachten.

Ze zag een lichte beweging aan de rand van haar gezichtsveld. Een eekhoorn. Ze kon hem ruiken. Dat was vreemd, want ze had nog nooit eerder een eekhoorn geroken. Het diertje staarde naar haar met één zwart kraaloogje en klauterde de wilg in. Elena besefte pas dat ze hem had willen pakken toen ze misgreep en met haar nagels in de boomschors klauwde.

Dat was belachelijk. Waar wilde ze in hemelsnaam een eekhoorn voor hebben? Ze dacht er even over na en ging toen uitgeput liggen.

Het geschreeuw ging nog steeds door.

Ze probeerde haar oren te bedekken, maar dat hield het geluid niet tegen. Iemand was gewond en ongelukkig en was aan het vechten. Dat was het. Er was een gevecht gaande.

Oké. Nu wist ze het. Nu kon ze gaan slapen.

Maar het lukte niet. De kreten wenkten haar dichterbij. Ze had de onweerstaanbare behoefte om hen te volgen naar waar ze vandaan kwamen.

Dáárna kon ze gaan slapen. Als ze... hem had gezien.

O, ja, ze wist het weer. Ze herinnerde zich hém. Hij was degene die haar begreep, die van haar hield. Hij was degene bij wie ze voor altijd wilde zijn.

Zijn gezicht dook vanuit de nevel op in haar hoofd. Ze keek er liefdevol naar. Goed dan. Voor hém zou ze opstaan en door deze belachelijke hagel lopen tot ze de juiste open plek had gevonden. Tot ze zich bij hem kon voegen. Dan zouden ze bij elkaar zijn.

Alleen al de gedachte aan hem leek haar te verwarmen. Er brandde een vuur in hem dat maar weinig mensen konden zien. Maar zij zag het. Het was net als het vuur in haar.

Op dit moment leek hij op de een of andere manier in de problemen te zitten. Er klonk tenminste veel geschreeuw. Ze was nu dicht genoeg in de buurt om het zowel met haar oren als met haar geest te horen.

Daar, achter die dikke eik. Daar kwam het lawaai vandaan. Híj was daar, met zijn zwarte, onpeilbare ogen en zijn heimelijke glimlach. En hij had haar hulp nodig. Ze zou hem helpen.

Elena schudde de ijskristallen uit haar haar en stapte tussen de bomen vandaan.